TROTERAS Y DANZADERAS

clásicos ∞ *castalia*

COLECCIÓN FUNDADA POR
DON ANTONIO RODRÍGUEZ-MOÑINO

DIRECTOR
DON ALONSO ZAMORA VICENTE

RAMÓN PÉREZ DE AYALA

TROTERAS Y DANZADERAS

*Edición,
introducción y notas
de*
ANDRES AMORÓS

clásicos castalia

Madrid

Copyright © Editorial Castalia, S.A., 1972
Zurbano, 39 - 28010 Madrid - Tel. 319 58 57

Cubierta de Víctor Sanz

Impreso en España - Printed in Spain
Unigraf, S.A. Móstoles (Madrid)

I.S.B.N.: 84-7039-147-X
Depósito Legal: M. 25.631-1991

SUMARIO

A Elena Catena,
culpable, en gran medida, de esta edición

INTRODUCCIÓN CRÍTICA

T EÓFILO Pajares, el poeta "maldito" adscrito a la escuela modernista, se ha enamorado locamente de Rosina. El lector de Pérez de Ayala conoció a ésta en su primera novela, *Tinieblas en las cumbres,* como pueblerina enamorada y prostituta incipiente; con el paso del tiempo, se ha convertido en una mujer refinada y de gran belleza. El poeta la desea. Ella se siente halagada por tal adoración y cree amarlo. Sin embargo, la "felix coniunctio" (usando términos del *Carmina burana*) no llega a producirse. El novelista nos aclara irónicamente las causas: ante todo, porque los dos disfrutan limitándose —por el momento— al platonismo poético; además, y de modo decisivo, porque Teófilo es consciente del estado impresentable de su ropa interior.

Este episodio, con su unión de sentimentalismo y sarcasmo, puede dar bien idea del tono predominante en la novela: contrastes irónicos, humor tornasolado, inteligencia crítica, aguda percepción de las debilidades humanas... Puede pensarse que es muy característico de la "manera" artística de Pérez de Ayala. Algunos han hablado, incluso, de la crueldad con que se complace en rebajar a los muñecos que él mismo ha creado.

Y, sin embargo, esta visión no es completa. Enunciamos objetivamente el hecho: investigando los posibles antecedentes históricos de *Troteras y danzaderas* me he encontrado con la anécdota de la ropa interior, en los medios literarios y en la fecha que retrata la novela. Así pues, lo que algunos consideraban fruto amargo de la imaginación del novelista asturiano resulta ser testimonio histórico atestiguable en los periódicos de la época, anécdota que corría entonces por los corrillos de la bohemia literaria madrileña. De todos modos, esto no priva de su significación al hecho de que Pérez de Ayala *haya escogido esa anécdota* —y no otra, entre las muchas posibles— y la haya recreado artísticamente al atribuirla a su personaje Teófilo, incorporándola al mundo cerrado que es la novela.

¿Por qué he comenzado refiriéndome —de manera, quizás, no muy ortodoxa para el prólogo de una edición crítica— a este episodio? Ante todo, no cabe negarlo, por preferencia personal: por angustias más o menos semejantes hemos pasado todos, probablemente, cuando nos enamoramos. La mirada inteligente de Pérez de Ayala sabe descubrir estas pequeñas debilidades en el comportamiento humano pero no se encarniza en ellas sino que las contempla con inteligente indulgencia. Su pesimismo va siempre unido a la tolerancia liberal.

Además —y eso es lo más importante— el episodio puede darnos alguna luz sobre el proceso creador de Pérez de Ayala, en esta novela. Lo que parecía libre invención personal ha resultado ser incorporación artística de un material preexistente, real, históricamente atestiguable. Los ejemplos paralelos podrían multiplicarse. La realidad madrileña de la época y la creación literaria se entrelazan de modo muy sutil en esta novela. A intentar desenmarañar un ovillo tan intrincado he dedicado mi estudio *Vida y literatura en "Troteras y danzaderas"*, publicado también por Editorial Castalia, que aparece a la vez que esta edición. De una vez por todas, a este libro remito al lector interesado por la consideración —básica para comprender la obra— de *Troteras y danzaderas* como novela de clave. En el presente prólogo, por obvias razones de espacio, me limito a recordar los datos imprescindibles para la lectura de la novela, esbozando apenas los problemas y resumiendo las conclusiones de mi estudio antes citado.

Comencemos, pues, por el principio. *Troteras y danzaderas,* la cuarta novela de Pérez de Ayala, aparece en Madrid en 1913. Más exactamente, se puso a la venta el día 17 de febrero de 1913, según anuncia, ese mismo día, *Los Lunes del Imparcial,* a la vez que publica el fragmento titulado "Verónica y Desdémona". [1] Se trata, sin duda, del capítulo de la novela del que su autor estaba más satisfecho. El juicio público estará de acuerdo, pues este fragmento es el que suscitará más comentarios críticos y pasará a algunas antologías. [2]

La novela está fechada en "Munich, 10 noviembre 1912". La anterior, *La pata de la raposa,* lo estaba en "Florencia, noviembre, 1911". Según eso, parece lógico afirmar —y así lo he hecho yo mismo varias veces [3]— que Pérez de Ayala la ha escrito en un año. Es, por el momento, su novela más extensa: 384 páginas en la primera edición.

Sin embargo, me parece necesario aportar ahora un nuevo dato. Entre el material que la familia del escritor puso amablemente a mi disposición se encuentra la acuarela de una cabeza femenina, de perfil, realizada por Ayala que, como es sabido, era buen dibujante y de joven pensó en dedicarse a la pintura. Representa a "Verónica, de *Troteras y danzaderas*". En esta edición reproducimos esa acuarela, pues me parece muy interesante ver cómo se imaginaba el narrador a uno de sus personajes. Pues bien, el problema surge cuando comprobamos que está firmada y fechada en 1909. Según eso, habría que imaginar que Pérez de Ayala tiene ya en su cabeza la idea de este personaje cuando todavía no ha escrito *A.M.D.G. (La vida en un colegio de jesuitas)* ni *La pata de la raposa.* No es esto imposible,

---

[1] La publicación de ese fragmento concluye el día 24.
[2] Por ejemplo, la de María de Maeztu en la colección Austral: *Antología. Siglo XX. Prosistas españoles.*
[3] Por ejemplo, en el capítulo VI de mi estudio *La novela intelectual de Ramón Pérez de Ayala,* Madrid, ed. Gredos (Biblioteca Románica Hispánica), 1972.

desde luego, aunque venga a contradecir lo normal-
mente pensado, pues es bien conocido el largo y complicado proceso por que atraviesa un personaje hasta
plasmar sobre el papel. Sin embargo, cabe otra explicación más sencilla: Pérez de Ayala dibujó un perfil
femenino en 1909, y, *luego,* hacia 1912, pensó que su
personaje Verónica podría haber tenido ese rostro. Aunque se trata de una minucia, no he querido dejar de
señalarla aquí, por primera vez, teniendo en cuenta la
nueva luz que puede arrojar sobre la cronología de
la obra de Ayala.

En la contraportada de la primera edición se nos da
una lista de "obras del mismo autor". Además de *La
paz del sendero,* su primer libro de poesías, y las tres
novelas ya publicadas, se anuncian otras dos en prensa: *Espíritu recio* y *Fe y Encarnación.* Ninguna de las
dos —igual que tantos proyectos de Pérez de Ayala—
llegó a ver la luz. Nada en absoluto sé de la primera.
De la segunda, en cambio, he tenido la suerte de encontrar un fragmento no muy corto y que me parece
de gran interés. [4]

No voy a tratar aquí de la biografía del escritor pues
ya lo he hecho en otro volumen de esta misma colección. [5] Me limitaré a recordar, como datos imprescindibles, que su estancia en Inglaterra se vio truncada por
una desgracia familiar y que, en 1911, obtuvo una pen-
sión de la Junta para Ampliación de Estudios para estudiar estética en Inglaterra y Alemania. En Munich
asistió a los cursos de Wölfflin. Una clara huella de
estos estudios me parece encontrarla en la referencia
que se hace, en esta novela, al "Einfühlung" como reciente concepto estético.

Troteras y danzaderas está fechada en Munich. Mucho nos gustaría saber algo más acerca de su estancia
en Alemania. Las únicas referencias que conozco se encuentran en unas cartas a Unamuno. Lo que hallamos

---

4 Lo publico como apéndice a mi estudio citado en la nota anterior.
5 Ramón Pérez de Ayala: *Tinieblas en las cumbres,* edición de
Andrés Amorós, Madrid, ed. Castalia (Clásicos Castalia), 1971, pp. 7-15.

allí no son datos muy concretos pero sí pueden servir para hacernos una idea de su estado de ánimo: "estos días ando muy desalentado" (19 de junio de 1912). "Querido Unamuno: estoy enfermo del estómago y con calentura ya va para un mes. No sé lo que me ocurre" (11 de julio de 1912). Y una alusión despreciativa a Marburgo y los españoles —Araquistáin, García Morente...— que acuden a estudiar allí. [6]

Quizás la inquietud sentimental no es ajena a este malestar. En Italia ha conocido a la norteamericana Mabel Rick a la que pronto hará su mujer. Desde allí le envía la traducción alemana de su novela *A.M.D.G.* —curioso regalo de novios, por cierto— con esta dedicatoria: "For my darling, dearest Mabel". (El volumen se encuentra todavía entre las ediciones de Pérez de Ayala que conservan sus hijos.)

Por otra parte, el temperamento del escritor no congeniaba mucho con el germánico, a pesar de reconocer sus grandes valores científicos y culturales. Cuando estalle la guerra europea, militará decididamente en el bando aliado. Sus crónicas del frente las publicará *La Prensa*, de Buenos Aires (septiembre, octubre y noviembre de 1916) y luego las recogerá en el volumen *Hermann encadenado*. [7] A la vez, publica, sin firma, una antología de los escritos del Kaiser alemán [8] con un prólogo rabiosamente crítico. [9]

Esto es lo poco que yo sé de la estancia del escritor en Alemania. Tengamos en cuenta que una novela centrada en la vida madrileña (personajes, lugares, ambiente,

[6] Publiqué las "Veinte cartas de Pérez de Ayala a Unamuno" en *Revista de la Universidad de Madrid*, XVIII, 70-71, II, pp. 7-32. Lo incluyo como apéndice en el estudio *La novela intelectual de Ramón Pérez de Ayala*, ya citado.
[7] Ramón Pérez de Ayala: *Hermann encadenado. Notas de un viaje a los frentes del Isonzo, la Carnia y el Trentino*, Madrid, Imprenta Clásica Española, 1917.
[8] *El señor de las batallas. Selección de dichos y sentencias del Kaiser Guillermo II, extraída de sus discursos, cartas y telegramas*, Madrid, Biblioteca Corona, 1915.
[9] Lo he dado a conocer y estudiado en mi artículo "Pérez de Ayala, germanófobo. (Un prólogo ignorado)", incluido en *La novela intelectual de Ramón Pérez de Ayala*.

lenguaje) es escribe... en Alemania. La cosa no es tan paradójica como a primera vista pudiera parecer. En este caso —creo— la distancia no ha supuesto idealización pero sí una decidida voluntad de recordar todos los pormenores, aún aquellos que, vistos de cerca, parecerían fútiles; un intento de "salvar" literariamente una etapa de bohemia artística que ya se ha cerrado y que corre vertiginosamente hacia el olvido. No me parece, pues, nada accidental que una novela tan profundamente madrileña como *Troteras y danzaderas* se haya escrito en Alemania.

¿Cómo era, por aquellos años, Pérez de Ayala? Un joven creador que, al volver de Inglaterra, ha llamado la atención por su impecable atuendo. Luis Calvo lo ve como un "señorito despabilado, que había venido de Londres, luciendo unos terribles chalecos de fantasía, unos abrigos de lord, unos sombreros fastuosos que chocaban con la miseria de la poetambre madrileña; que fumaba cigarrillos egipcios y habanos de rentista; que tenía ideas propias y paradójicas sobre las bellas artes; que era un humanista *de cuerpo entero*; que se burlaba de la gente y epataba a los burgueses". [10]

Antonio Machado lo retrata para la eternidad en su soneto "Ramón Pérez de Ayala":

Lo recuerdo... Un pintor me lo retrata,
no en el lino, en el tiempo. Rostro enjuto,
sobre el rojo manchón de la corbata,
bajo el amplio sombrero; resoluto
el ademán, y el gesto petulante
—un si es no es— de mayorazgo en corte,
de bachelor en Oxford o estudiante
en Salamanca, señoril el porte.
Gran poeta, el pacífico sendero
cantó que lleva a la asturiana aldea;
el mar polisonoro y sol de Homero
le dieron ancho ritmo, clara idea;

---

[10] Cito por José María Martínez Cachero: "Prosistas y poetas novecentistas. La aventura del ultraísmo. Jarnés y los 'nova novorum'", en *Historia General de las Literaturas Hispánicas*, VI, Barcelona, ed. Vergara, 1968, p. 436, nota 73.

su innúmero camino el mar ibero,
su propio navegar, propia Odisea. [11]

En 1910, además, Pérez de Ayala se ha dejado un muy literario bigote, según vemos en el retrato que incluye, al publicar sus poesías, la revista *Europa*. [12]

Troteras y danzaderas —todos los manuales de historia de la literatura lo afirman— es una novela de clave. Desfilan por ella rostros de escritores y artistas bien conocidos en la vida bohemia madrileña de comienzos de siglo. Esta es, desde luego, la razón básica de la usual curiosidad que se siente por esta novela. Al lector medio (y, más aún, al profesor o crítico literario) le complace mucho ir levantando las máscaras y reconocer, por debajo del tenue disfraz, a hombres que ya han pasado a nuestra historia intelectual. Convengamos en que esta curiosidad, muy lógica, no tiene mucho que ver con la valoración específicamente literaria de la obra.

La cuestión, a mi entender, merece ser tratada con calma. Ante todo, comencemos por lo más elemental: ¿es realmente *Troteras y danzaderas* una novela de clave? Si hojeamos algunas de las críticas publicadas cuando apareció la novela comprobaremos que la cuestión no es tan obvia. Cabe imaginar que los críticos de la época verían con gran claridad las claves y procederían a desenmascararlas. Sin embargo, no sucedió así.

Eduardo Gómez de Baquero elogia mucho la obra: "Me parece la mejor novela de D. Ramón Pérez de Ayala y creo que confirma lo que escribí a propósito de *La pata de la raposa* diciendo que el autor era superior a aquella obra. En esta nueva, las cualidades que en sus anteriores libros señalaban al Sr. Pérez de Ayala como un excelente novelista en potencia, han pasado a ser acto, creación artística madura y completa". Sin embargo, apenas se atreve a decir nada de la clave: "Al hablar de clave no me refiero, naturalmente, a la

[11] A. Machado: *Nuevas canciones* y *De un cancionero apócrifo*, ed. de José María Valverde, Madrid, ed. Castalia (Clásicos Castalia), 1971, pp. 163-164.
[12] Madrid, n.º 9, 17 de abril de 1910.

identificación de los personajes, *suponiendo que algunos de ellos sean retratos, más o menos modificados, de sujetos reales.* Esto, en la novela de Pérez de Ayala, tendría a lo sumo un interés muy secundario...". [13]

Ramón María Tenreiro sí afirma la clave pero no se atreve a descubrirla: "La obra, por lo demás, refleja tan de cerca figuras y acaecimientos de la menuda realidad madrileña, que *a la mayor parte de los personajes y a no pocos sucesos* fácilmente los restituiría a su ser real y propio quien conozca un tanto nuestro Ateneo, cafés y escenarios. Así se encierran doblados placeres en este libro, aunque no todos literarios ni de índole buena". [14] Si lo ve tan claro, ¿por qué no lo dice? Evidentemente, porque ni se atreve ni lo cree necesario. "A buen entendedor..." Sin embargo, si esta actitud se generaliza, pasarán los años y las claves, tan evidentes al comienzo, acabarán convirtiéndose en un problema de erudición histórica bastante difícil de resolver.

Creo haber sido el primero en fijarme en un texto de Pérez de Ayala que afirma tajantemente el carácter de clave de su novela. En el prólogo a un libro hoy olvidado escribe así: "mi novela *Troteras y danzaderas* —mundillo de ficción, dentro del cual, con leve, transparente máscara y apenas disimuladas, pulula regular acopio de figuras reales, las más señaladas y conspicuas en nuestra literatura actual—...". [15]

Muchos años después, en el prólogo a una edición argentina de la novela, Pérez de Ayala limita algo esto sin poder anularlo del todo: "personajes que, como comencé diciendo, representan (o pretenden representar) actitudes de la conciencia individual en momentos o presentes que para cada uno de ellos les provocan o estimulan una reacción vital defensiva u ofensiva". [16]

---

[13] *Los Lunes del Imparcial,* Madrid, 31 de marzo de 1913. El subrayado es mío.

[14] *La Lectura,* Madrid, 1913, I, pp. 409-413. El subrayado también es mío.

[15] Luis de Tapia: *Sus mejores versos,* Madrid, col. Los Poetas, 23 de marzo de 1929.

[16] Prólogo a *Troteras y danzaderas,* Buenos Aires, ed. Losada (Biblioteca Contemporánea), 1942, p. 20.

Según esto, los personajes de la novela, ¿se limitan a representar actitudes intelectuales posibles? No, ni mucho menos. De las páginas del libro surgen, con claridad innegable, el "penacho" orgulloso de Valle-Inclán, la retórica de Maeztu, la pedantería del juvenil Ortega... Me parece de justicia referirme aquí a un artículo de Vicente Sánchez-Ocaña [17] que, aunque aparece en alguna bibliografía, [18] creo que no ha sido tenido en cuenta. No conozco detalles sobre su autor ni si estuvo en relación con Pérez de Ayala en Argentina, pero el hecho indudable es que sabe más que la mayoría. Este articulito, perdido en las páginas de un diario argentino, me ha servido de mucho para orientar mis pesquisas sobre la relación de *Vida y literatura en "Troteras y danzaderas"*.

En 1960, Norma Urrutia aludía a la existencia en el Ateneo de Madrid de "un ejemplar de *Troteras y danzaderas* acotado por mano anónima, en donde personajes clave aparecían con sus propios nombres. Ignórase si está aún allí". [19] En este ejemplar parece que se basó Joaquín de Entrambasaguas para dar su lista de identificaciones. [20] Otra nos la proporciona el infatigable recolector de artículos del novelista, José García Mercadal, [21] con la doble autoridad de haber vivido esos momentos y de haber sido amigo del novelista en los últimos años de su vida.

En la mayoría de los casos, ambos críticos están de acuerdo en sus identificaciones. Son éstas:

Antón Tejero = Ortega y Gasset.
Sixto Díaz Torcaz = Benito Pérez Galdós.

[17] Vicente Sánchez-Ocaña: "Una novela de clave, *Troteras y danzaderas*", en *La Nación*, Buenos Aires, 24-VII-1949.
[18] Lo cita Constantino Suárez, "Españolito": *Escritores y artistas asturianos*, edición y adiciones de José María Martínez Cachero, tomo VI, Oviedo, Instituto de Estudios Asturianos, 1957, p. 163.
[19] Norma Urrutia: *De Troteras a Tigre Juan. Dos grandes temas de Ramón Pérez de Ayala*, Madrid, ed. Ínsula, 1960, p. 26, nota 15.
[20] Joaquín de Entrambasaguas: *Las mejores novelas contemporáneas*, tomo VII, Barcelona, ed. Planeta, 1961, p. 319.
[21] J. García Mercadal: "Prólogo" a *Troteras y danzaderas*, Madrid-Buenos Aires, ed. Edaf (Biblioteca Edaf), 1966.

Bobadilla = Benavente.
Monte-Valdés = Valle-Inclán.
Raniero Mazorral = Ramiro de Maeztu.
Honduras = Hoyos y Vinent.
Arsenio Bériz = Federico García Sanchiz.
Luis Muro = Luis de Tapia.
don Sabas = Amós Salvador.
Pérez de Toledo = Fernando Díaz de Mendoza.

En el caso del protagonista, Teófilo Pajares, García Mercadal duda entre Marquina o Villaespesa, mientras que Entrambasaguas se inclina por el segundo.

Discrepan con respecto a Verónica: para García Mercadal, representa a Tórtola Valencia; para Entrambasaguas, en cambio, a Antonia Mercé, "la Argentina".

García Mercadal añade algunas identificaciones más:
Alcázar = Romero de Torres.
El crítico don José = tal vez, Fernández de Villegas, "Zeda".
Bernabé Barajas = el Marqués de Premio Real.
Rosina = "La Fornarina".

A su vez, Entrambasaguas completa así el cuadro:

Trelles = Gómez Carrillo.
Toñito = "el Bomba".
Espartajo = Espartero.
González Fitoris = Álvarez Quintero.
Muslera = García Morente.
Angelón Ríos = Manolo Uría.

Ésta era, más o menos, la situación de la crítica antes de mi trabajo. ¿En qué consistió éste? Yo estaba de acuerdo, en principio, con lo que afirmó mi amigo Guillermo de Torre: en *Troteras y danzaderas,* el "valor superior no reside en su condición adjetiva de novela-clave, sino en la vivacidad narrativa y el condimento intelectual".[22] Así, atento sobre todo a los valores

22 Guillermo de Torre: "Un arcaizante moderno: Ramón Pérez de Ayala", en *La difícil universalidad española*, Madrid, ed. Gredos (Campo Abierto), 1969, p. 182.

específicamente literarios, enfoqué la obra en mi estudio *La novela intelectual de Ramón Pérez de Ayala.* Posteriormente, el preparar para Editorial Castalia esta edición fue ocasión de que me ocupara con más calma de la clave. ¿Se reduce ésta a ser una simple condición adjetiva? Hoy creo que no es así, sino que empapa la esencia misma de la novela.

¿En qué ha consistido mi trabajo? Podría decir que he corregido errores tan notorios como la identificación de Espartajo (el Espartero) y la supuesta alusión al estreno de la *Electra* galdosiana. He añadido las identificaciones de Halconete, la Roldán, Alba, Zancajo y —caso que posee un especial encanto novelesco, de época— de "Las Petunias". También he aventurado nuevas hipótesis sobre el dramaturgo catalán, el torero Espartajo y los actores. He estudiado cuatro posibles modelos para Teófilo y algunos también para Verónica. Creo saber a qué obra puede referirse "A cielo abierto", el drama poético del modernista Teófilo, y he hallado una parodia dramática de la novela que nadie había comentado.

Podría seguir acumulando detalles pero creo que no es necesario. Lo fundamental me parece otra cosa. Ante todo, se me figura que el problema de las claves no se resuelve colocando, junto a cada nombre ficticio, uno auténtico. Lo esencial —me parece— no es esta labor (que podría compararse quizás a la del descifrador de acertijos o charadas) sino estudiar, en la medida de lo posible, su utilización artística. Un ejemplo: no basta con saber que Alberto del Monte-Valdés representa a Valle-Inclán o Antón Tejero a Ortega. Lo atractivo es hacer el cotejo de estas figuras ficticias con sus modelos para advertir qué rasgos de la realidad ha seleccionado Pérez de Ayala y cuáles ha desatendido. Convendría también saber cuáles fueron las relaciones personales de Pérez de Ayala con estos personajes en los años anteriores a la novela, para comprender mejor cómo los enfoca, e incluso en los años posteriores; en el caso de Ortega, por ejemplo, me parece que nos encontramos con una curiosa premonición de futuras colaboraciones políticas.

En mi trabajo tuve un punto de partida fundamental: localizar la "fecha interna" de la novela, el momento de la vida madrileña que retrata. Creo haberlo podido determinar, con exactitud de año y mes, gracias a la referencia a algunas actividades de Ramiro de Maeztu (la famosa conferencia en el Ateneo que dio lugar a grandes polémicas periodísticas y a un banquete de homenaje) que coinciden cronológicamente a la perfección con otros muchos episodios de la novela.

A partir de allí, los descubrimientos fueron relativamente numerosos. Pero no se trata sólo de aciertos aislados, debidos a suerte o a paciencia. En mi opinión, se impone tomar en serio, por primera vez, todo lo que está contenido en la afirmación usual de que *Troteras y danzaderas* es una novela de clave. Eso es lo que he intentado hacer en mi estudio *Vida y literatura en "Troteras y danzaderas"*, al que antes aludí.

Aparecen en la novela algunos personajes que conservan sus nombres reales, desde Camprodón hasta la Princesa Tamará. De esta olvidada bailarina, el lector de la presente edición puede ver, incluso, una caricatura. Los lugares que aparecen en la obra eran bien conocidos por los madrileños de entonces: calles, plazas, merenderos, cafés, teatros serios o de music-hall, lugares de reunión. Podemos dar la descripción geográfica del pueblo asturiano en el que pasó sus vacaciones Teófilo. En el ambiente de la época estaban, igual que en la novela, la mala vida, el anarquismo, el juego, la forma de tuberculosis llamada granulia, el crimen pasional, la superstición, la admiración por Rotschild, el tomarse en broma los nombres moros, el auge creciente del cinema. El soneto de Teófilo parece una antología de los tópicos modernistas que pueden atestiguarse en composiciones concretas de los poetas que le sirvieron de modelo. Muchos objetos que aparecen en la novela estaban entonces de moda y costaban lo mismo que Pérez de Ayala nos dice. Etcétera, etcétera.

Estando bien empapado de la novela, basta adentrarse por las páginas de los periódicos madrileños o de las obras costumbristas de aquel momento para comprobar la asombrosa fidelidad de Pérez de Ayala a la realidad histórica. ¿Significa eso algún mérito literario especial? Creo que no, pero sí constituye un elemento absolutamente indispensable para hacerse cargo de lo que es la novela. Creo poder decir que *Troteras y danzaderas* es una novela de clave en un sentido más hondo y mucho más completo de lo que hasta ahora se había sospechado. Pérez de Ayala, además, no se queda nunca al nivel del puro costumbrismo descriptivo sino que recrea con la imaginación, estiliza, sintetiza estéticamente lo que, para su peculiar finalidad artística, más le conviene. Desde Alemania, poco antes de casarse, vuelve los ojos atrás, sobre los años de su bohemia madrileña, e intenta salvar de la carcoma del tiempo unas personas, unos lugares, unas horas que él vivió. *Troteras y danzaderas* significó, así pues, la "búsqueda de un tiempo perdido". Sesenta años después, se ha convertido en la magdalena literaria que nos permite asomarnos a nosotros, lectores, a un mundo que nunca conocimos. La impresión general de vida cuenta mucho más, desde luego, que la exactitud arqueológica de un detalle. (Aunque esta última también suele darse). Así, como tantos han señalado, la literatura de creación resulta más verdadera que la misma historia.

Troteras y danzaderas es, pues, una novela de clave, con toda la trascendencia que a ésta afirmación queremos darle. Pero existe otra perspectiva necesaria para que el lector comprenda adecuadamente el libro: esta novela forma parte de la tetralogía juvenil de Pérez de Ayala. Ante todo, reaparecen una serie de personajes que el lector de Ayala ya conoce: hemos mencionado a Rosina, que ha sufrido una honda evolución desde que surgió como jovencita tímida y sentimental en *Tinieblas en las cumbres*; se ha refinado muchísimo pero sigue siendo símbolo de la sensualidad voluptuosa, uno de los valores esenciales de lo femenino, según el

novelista asturiano. Travesedo, que subió a ver el eclipse en *Tinieblas en las cumbres,* se ha convertido ahora
en un empresario y en reencarnación del tipo clásico
español del arbitrista. Fernando representa el atractivo
masculino, de virilidad un tanto dudosa. (Pérez de Ayala coincide —y, según él, precede— a su amigo Mara-
ñón en las teorías sobre el donjuanismo). Continúa la
imperturbabilidad de Alfonso del Mármol, aplicada
ahora al juego.

Pero el verdadero hilo conductor de la serie novelesca es su protagonista: Alberto Díaz de Guzmán, claro
trasunto de Ramón Pérez de Ayala. Las cuatro novelas
representan distintas etapas de una crisis de conciencia
juvenil.

En la primera, *Tinieblas en las cumbres,* [23] de 1907,
acompañado de varios amigos y unas prostitutas sube
a las cumbres de Pinares (Pajares) a contemplar un
eclipse. La ascensión por etapas posee un significado
claramente simbólico. Alternan en ella, conforme al gusto del novelista por los contrastes, episodios filosóficos
con otros lupanarios. (Ese es el calificativo que mereció
la obra en la crítica de la época: "novela lupanaria").
Al final, las tinieblas se extienden sobre las cumbres de
las montañas y también sobre el espíritu de Alberto,
llevándose sus últimas ilusiones.

La segunda novela, *A.M.D.G. (La vida en un colegio de jesuitas),* publicada en 1910, supone retroceder
en la biografía del protagonista. Alberto —como su
creador— se educó interno en los jesuitas y a esta influencia atribuye Ayala su pesimismo. La visión del
colegio era, pues, necesaria para comprender la evolución del protagonista. Además de esto, la novela supone
un alegato (que Ortega secundó con entusiasmo) en pro
de una educación más liberal y laica, y posee rasgos
claramente panfletarios. No ha sido reeditada en España, después de la guerra, y se la excluye, sin justificación alguna, de la edición de *Obras Completas* publicada por Aguilar.

---

[23] Véase mi edición crítica en Clásicos Castalia, Madrid, 1971.

La tercera obra, *La pata de la raposa* (1912), continúa el hilo cronológico de *Tinieblas en las cumbres*. En otra ocasión [24] he intentado mostrar cómo se trata de una novela de aprendizaje, centrada en la "educación sentimental" de un adolescente, Alberto, que se busca a sí mismo en el amor físico o espiritual, en la renuncia a todo valor trascendente... La conclusión es desoladora: todos los intentos fallan, todas las experiencias quedan prematuramente frustradas. Por eso creo que esta novela podría también titularse "la rendición de Alberto".

Troteras y danzaderas, un año posterior, comprende un período de tiempo intermedio. Como dice una nota editorial en la segunda edición de *La pata de la raposa,* [25] "abarca el intersticio de tiempo que va desde la segunda hasta la tercera parte de *La pata de la raposa,* y en ella intervienen el protagonista y otras figuras secundarias de esta última novela". Alberto, comprometido con Fina, ha marchado a Madrid a conquistar la gloria literaria. Ha pasado ya un año y ha conseguido cierta notoriedad, en círculos minoritarios, pero ningún provecho económico. A lo largo de la novela se nos informa de que ha roto con su novia, sin darnos más explicaciones. Después vendrá la aventura erótica con Meg (tercera parte de *La pata de la raposa*). Como héroe literario y vital, Alberto está ya concluido, se sobrevive a sí mismo. La atención se desplaza de su drama individual al gran fresco histórico y social que es *Troteras y danzaderas.* La serie narrativa se interrumpe aquí; en verdad, no vemos qué continuación podía haber tenido.

Hemos esbozado la línea que enlaza estas cuatro novelas desde un punto de vista fundamentalmente individual y, en parte, autobiográfico. Sin embargo, no es ésta la única explicación posible. El propio Pérez de Ayala, después de la guerra española, ofreció otra

[24] Véase mi edición crítica: Barcelona, ed. Labor (Textos Hispánicos Modernos), 1970.
[25] Incluida en mi edición citada en la nota anterior: p. 319, nota 768.

bastante distinta, que ha sido aceptada mayoritariamente por la crítica. Conviene recordarla e incluso reproducir varios párrafos, pues el texto [26] es muy difícil de encontrar: la mayoría de la crítica se ve obligada a tenerlo en cuenta a través del resumen que de él hace Norma Urrutia. [27]

Después de una digresión introductoria sobre los personajes episódicos que pueden convertirse en ciertos momentos en protagonistas (su maestro Galdós lo sabía muy bien), se centra Ayala en el tema fundamental: *Trotaderas y danzaderas* forma parte, junto con las tres novelas anteriores, de un vasto plan que no llegó a cumplirse. "El plan aspiraba a reflejar y analizar la crisis de la conciencia hispánica desde principios de este siglo". Su contenido esencial es éste: "¿qué valor tiene o qué aliciente ideal puede tener la vida para el hombre individual, considerado como un fin en sí mismo, si la nación a que pertenece ha fracasado en ser, a su vez, un fin en sí misma?" (p. 7). Porque cree Pérez de Ayala que "lo universal no puede manifestarse sino a través y por medio de lo nacional: y de aquí que lo nacional es lo que universaliza al hombre individual" (p. 8). Esa crisis comienza, en España, en 1898, y se anticipa a la general europea, desde la primera gran guerra. "Esta psicología o estado de conciencia cosmopolita, supernacional, e internacional, persiste y domina en la literatura europea, salvo en España, hasta la guerra del 14" (p. 9). Después se fue abriendo camino la convicción "de que el hombre, cada hombre, no puede encaramarse *inmediatamente* a la categoría de lo universal, sí sólo *mediatamente,* por *medio* y a través de su nación; y que fracasada la nación como un fin en sí misma la vida individual fracasa rotundamente, concebida como un ideal que encierra su finalidad en sí mismo" (p. 10).

Confieso mi poca afición por estas abstracciones pero me parece indispensable recoger aquí las afirmaciones

---

[26] Prólogo citado en nota 16. Como no ha sido reimpreso, cito siempre por esta edición.
[27] *Obra citada* en nota 19, pp. 20-30.

fundamentales de un prólogo que muy pocos pueden hoy manejar. Bajemos ya al terreno concreto de la novela que nos ocupa: "El plan que yo me había propuesto al escribir *Troteras y danzaderas,* cuarta novela de una composición en serie que no llegó a realizarse, consistía en ir trazando y "presentando", a través de las reacciones vitales y actitudes fundamentales del mayor número de conciencias individuales representativas (…) la evolución de esas conciencias desde la mentalidad heredada del siglo XIX, mentalidad inter o supranacionalista y cosmopolita (en España se decía "europeizante") (…) hasta una mentalidad gradualmente definida e intensificada de conciencia nacional e histórica".

En la práctica, quería que cada novela de la serie "se desarrollase en medios nacionales diversos y representativos; el medio escolar, el universitario, la vida rústica, la vida provinciana, la vida castrense, la vida política, la vida literaria y artística, la clase obrera, la clase media, las clases gobernantes, etc., etc." (p. 13). Es decir, el conocido esquema de la saga o novela-río.

La unidad, por supuesto, no vendría de razones extrañas, topográficas o cronológicas, sino del aludido proceso de conciencia. "A ese hilo de Ariadna y fibra conductora del frustrado y tantas veces mentado proceso psíquico desde lo caótico en la conciencia individual hasta la ordenación en la conciencia nacional le cuadraría bien, como epígrafe, la divisa de Beethoven, 'por el dolor a la alegría', o la de Goethe, 'desde la sombra a la claridad' " (p. 14).

Amplía luego Pérez de Ayala este mismo esquema para que comprenda también toda su obra poética, dividida en tres períodos: "las formas, las nubes y las normas". El último desemboca en "el grado de penetración inteligente y persuasiva con que percibe, de palabra y de obra, la armonía inviolable de las normas eternas y de los valores vitales" (p. 17). Es decir, que todas las contradicciones se resuelven en clásica armonía. ¿Hará falta recordar que Pérez de Ayala escribe esto después de la guerra civil española, cuando cuenta ya 62 años?

En el caso concreto de *Troteras y danzaderas,* Pérez de Ayala adopta numerosas cautelas: cada cual puede entenderla como guste, por supuesto, pero, para él, esta novela "donde quizás se hallan expresiones harto crudas y severas acerca de la vida española de comienzos de siglo, no es sino una fase en el curso de la sombra a la luz" (p. 19). Y todavía se cura más en salud: "si en esa novela algún intérprete de maliciosa disposición creyese entrever algo que se pudiera asemejar a un juicio poco halagüeño de mi tierra y mi gente, en comparación con otras gentes y tierras, entiéndase bien que nada estaba más lejos de mi intención y de mi leal saber y entender". Las expresiones polémicas —dice— son de los personajes, no de su autor, y, "en la consumación del plan novelesco, debía resultar la armonía y conciliación de todas esas conciencias, entre sí encontradas, en una manera de conciencia nacional que las comprendiese a todas, sin desindividualizar a ninguna" (p. 20). Pérez de Ayala, indudablemente, ya no es el joven polémico de hace años. No sé si parecerá demasiado malicioso recordar el hecho de que, en esa época, recibía un sueldo de la Embajada Española en Buenos Aires como Ex-Embajador.

He reproducido amplios párrafos de este prólogo por una triple razón:

a) La mayor parte de la crítica (Norma Urrutia y Reinink, por ejemplo) lo siguen.

b) Muy pocos lectores españoles lo han podido manejar. Como dice Elías García Domínguez, "hoy, en España, es un texto inencontrable". [28]

c) Me parece, en todo caso, un elemento de juicio que debía proporcionar al lector de esta novela.

Sin embargo, las brevísimas acotaciones que he hecho bastan —creo— para mostrar que estoy en bastante

---

[28] Elías García Domínguez, en *Boletín del Instituto de Estudios Asturianos,* Oviedo, XXV, 1971, n.º 72.

desacuerdo con esta interpretación, por muy auténtica
que sea. No es éste el momento para una discusión de-
morada. (El posible lector interesado la encontrará en
mis citados estudios). Sin embargo, me parece obligado
enunciar aquí, aunque sea muy brevemente, algunos de
mis puntos de vista.

Todo este prólogo de la edición argentina me suena
a falso, a bonita construcción mental realizada "a pos-
teriori". Creo que Pérez de Ayala era muy aficionado
a "hacer encajar" sus creaciones artísticas espontáneas
dentro de marcos conceptuales mucho más rígidos en
los que —con toda seguridad— no había pensado al
escribir.

Personalmente, me inclino a rechazar esta interpretación trascendental y sigo aferrándome a la autobiográfica. Me baso para ello, además de en las declaraciones
de algunos amigos del novelista, en mi propia experiencia de lector de Pérez de Ayala. Y no me parece esto
tan innecesario como Elías García Domínguez opina, [29]
pues creo que el prólogo a la edición argentina de *Troteras y danzaderas* ha desorientado a no pocos críticos.

En definitiva, el problema que se plantea aquí es el
de saber si, dentro de la primera época narrativa de
Pérez de Ayala, predomina la preocupación nacional o
el carácter autobiográfico. Por supuesto que, como afirma García Domínguez, "no se trata de interpretaciones
excluyentes sino sólo complementarias". Pero la realidad es que, en el prólogo citado, Pérez de Ayala subraya lo primero y omite lo segundo. Eso, a mi juicio, no
es exacto. Me parece, más bien, que, al cabo de muchos
años, el novelista intenta lanzar una filosófica cortina
de humo sobre sus actitudes juveniles y adopta una
postura de armónico clasicismo muy alejada de la apasionada y vital que poseía cuando escribió la novela.
¿Percibe en ella el lector imparcial ese pase "desde
la sombra a la claridad" que su autor señala como

[29] Comentando mi edición crítica de *La pata de la raposa*: véase
nota anterior.

auténtica clave de la obra? Quizás sea limitación mía pero yo, desde luego, no acierto a verlo.

Si García Domínguez acusa de "obvia" mi interpretación autobiográfica, yo debo hacer algo parecido con la contraria: en el momento actual —me parece— resulta más tentador para la mayoría de los críticos encontrar "una suerte de literatura *engagée*" que el testimonio de una crisis juvenil. No exageremos, en todo caso: la actitud del joven Pérez de Ayala es inseparable del ambiente español en que vive y de su opinión sobre ese ambiente. El problema —insisto— no es de exclusión sino de dosis.

La cuestión está muy relacionada con la del noventayochismo de Ayala. García Domínguez ha señalado con acierto el interés de los hombres del noventayocho por *La pata de la raposa,* "con ser a primera vista la más marcadamente autobiográfica del ciclo", y la relación que estableció la crítica contemporánea con obras de Baroja, Azorín y Antonio Machado. Basado en motivos semejantes defiende la plena inclusión de Pérez de Ayala dentro del movimiento noventayochista K. W. Reinink. [30]

La cuestión, desde luego, dista mucho de ser sencilla. Ante todo, porque no está demasiado claro lo que es el noventayocho, ni, por tanto, qué límites se le pueden asignar. Recuérdese la reciente y tajante opinión de un buen crítico, Ricardo Gullón, que viene a enlazar con otras anteriores: "La invención de la generación del noventayocho, realizada por Azorín, y la aplicación a la crítica literaria de este concepto, útil para estudios históricos, sociológicos y políticos, me parece el suceso más perturbador y regresivo de cuantos afligen a nuestra crítica en el presente siglo". [31] Sin embargo, para poner otro ejemplo, recordemos que no opinaba lo mis-

30   K. W. Reinink: *Algunos aspectos literarios y lingüísticos de la obra de D. Ramón Pérez de Ayala,* El Haya (sic), Publicaciones del Instituto de Estudios Hispánicos, Portugueses e Iberoamericanos de la Universidad estatal de Utrecht, 1959.
31   Son las palabras iniciales de su libro *La invención del 98 y otros ensayos,* Madrid, ed. Gredos (Campo Abierto), 1969, p. 7.

mo un crítico para mí tan admirable como Pedro Salinas. [32]

Personalmente me parece práctico atenerse a un concepto funcional (como útil instrumento pedagógico) y algo estricto: según eso, Pérez de Ayala forma parte del grupo intermedio entre el 98 y el 27, llámese novecentista (Entrambasaguas) o generación de 1914 (Gonzalo Sobejano). Le acompañan en este grupo autores como Ortega, Miró, d'Ors, Gómez de la Serna... Por supuesto que heredan la preocupación por España que caracteriza al noventayocho, pero desde un punto de vista más intelectual y europeo. [33] El propio escritor nos dejó una opinión tajante: "Yo no formé parte de ella, aunque los traté a todos, especialmente a Unamuno, Valle y Azorín". [34] El lector de *Troteras y danzaderas* observará en la novela la frecuente aparición (índice claro de amistad) de los hombres del noventayocho y el interés por sus ideas, pero también el irónico despegue —tan típico de Pérez de Ayala— con que a veces las enjuicia. Para el novelista, lo que hace el noventayocho es dar nueva vitalidad estética, por influencia de Ortega y Gasset, a quejas españolas muy antiguas. El capítulo dedicado a la conferencia de Mazorral (Maeztu) en el Ateneo así lo declara rotundamente.

A mi modo de ver, *Troteras y danzaderas* posee una estructura de novela intelectual, con abundancia de digresiones. Según Martínez-Cachero, "tales digresiones no suelen cansar, no resultan alardes un tanto pedantescos en las novelas que ahora nos ocupan; quizá se deba a que son a modo de confidencias del propio protagonista, explicación o corroboración necesaria de los acontecimientos". [35] Se refiere el crítico a las cuatro novelas que forman la primera etapa narrativa de Pérez de

---

[32] Pedro Salinas: "El concepto de generación literaria aplicado a la del 98", en *Literatura española. Siglo XX*, nueva edición, Madrid, Alianza Editorial (El Libro de Bolsillo), 1970, pp. 26-34.
[33] Trato el tema un poco más extensamente en la introducción a *La pata de la raposa* citada en la nota 24.
[34] Declaraciones a José Antonio Flaquer en *El Noticiero Universal*, Barcelona, 3 de enero de 1962.
[35] *Estudio citado* en nota 10, p. 405.

Ayala. Sin embargo, no estoy seguro de que esto pueda aplicarse por entero a *Troteras y danzaderas*. En la novela que ahora nos ocupa se observa un innegable aumento de digresiones que pueden deleitar al lector culto pero también, indudablemente, fatigarle. Me parece —y así lo he mostrado en mis estudios— que el aumento del elemento cultural en esta novela no es sino la otra cara de la progresiva desaparición de Alberto.

Se conjugan aquí elementos muy variados. Por ejemplo, el lupanario, a que tan aficionado era el novelista. Quizás eso explique —ya que no justifique— el informe sobre esta obra de la censura española, después de la guerra, que encontré entre los papeles del escritor: "Creo que no se debe de permitir su publicación por razón de argumento".

No cabe olvidar tampoco la crítica de los defectos españoles, más frecuente en esta novela que en cualquier otra del escritor asturiano, ni la abundante crítica literaria. Dentro de ésta, imprescindible resulta subrayar las caricaturas (tan fieles al modelo real, como he mostrado en mi estudio, y tan graciosas) del drama poético y el soneto modernista, así como la experiencia estética de la lectura de *Otelo,* que demuestra la receptividad innata de Verónica, y la defensa del arte trágico frente al melodramático y humorístico, básica dentro del sistema mental de Pérez y Ayala. [36]

En definitiva, la abundancia de digresiones deriva de una convicción básica, expresada así en la novela: "Querido Teófilo, créeme que Pegaso es el rocín más rocín, tirando a asno, cuando el que lo cabalga no lleva acicate, y el acicate es la cultura". Varias veces he subrayado la importancia de esta frase y su innegable carácter de autocrítica. Al escribir esto, Pérez de Ayala está pensando, indudablemente, en su propia obra.

¿Quién es el protagonista de *Troteras y danzaderas*? Francisco Agustín, en su panegírico del autor, afirma que se trata de Alberto, "el personaje que capta la

---

[36] Examino con detención todos estos puntos en mi libro citado: *Vida y literatura en "Troteras y danzaderas".*

atención del crítico y del lector reflexivo". [37] No estoy de acuerdo con esta afirmación. Creo que, al final de *La pata de la raposa*, Alberto está ya concluido como personaje. [38] En cierto sentido, el verdadero protagonista de *Troteras y danzaderas*, visto con cariño pero de ningún modo idealizado, es Madrid: sus calles y plazas, sus centros de discusión o de recreo, las tiendas donde Angelón compra regalos baratos para sus amadas ocasionales o las porterías donde se habla de bailarinas y del fabuloso Rotschild... Si tuviéramos, dentro de eso, que señalar a un personaje concreto, nuestra elección, sin duda alguna, recaería sobre Teófilo Pajares. Nacido, quizás, como caricatura de un tipo de literatura tópica y convencional que Pérez de Ayala detestaba, [39] va ganando progresivamente en densidad humana hasta convertirse en una figura en verdad entrañable. Con Teófilo Pajares —me parece— alcanza Pérez de Ayala uno de sus máximos logros artísticos: la creación del héroe tragicómico.

Una tragicomedia es, en efecto, *Troteras y danzaderas*, como lo son todas las novelas de Ayala, les dé o no ese título (así lo hace, por ejemplo, con la narración "Padre e hijo" de *Bajo el signo de Artemisa*). En definitiva, esta visión tragicómica del mundo deriva de su perspectivismo: [40] "Todo lo que sucede en Congosto y en el mundo, es justamente para reir y para llorar. Lo cómico y lo dramático dependen de la perspectiva". [41] En nuestra novela, alcanza esto expresión plástica al distinguir, en una situación dada, los puntos de vista de todos los que intervienen en ella (don Sabas, Rosina, Teófilo Pajares, la niña Rosa Fernanda y hasta —efecto irónico— el galápago). Años después, Pérez de Ayala

---

[37] Francisco Agustín: *Ramón Pérez de Ayala. Su vida y obras*, Madrid, Imprenta de G. Hernández y Galo Sáez, 1927, p. 120.
[38] Vid. la introducción a mi edición crítica citada.
[39] Véanse sus implacables críticas del drama poético en *Las máscaras*.
[40] Lo han estudiado Mariano Baquero Goyanes y Frances Wyers Weber. (Ver bibliografía.)
[41] *El ombligo del mundo*, en *Obras completas*, II, Madrid, ed. Aguilar, 1965, p. 731.

insistirá en el mismo motivo en su famoso capítulo
dedicado a la Rúa Ruera vista desde dos lados, en
Belarmino y Apolonio.

¿Cuál es el significado final de esta novela? Algunos
han visto en ella, de acuerdo con las declaraciones del
prólogo a la edición argentina que antes comentamos,
un optimismo latente. Así, para Reinink significa que
"la crisis espiritual de abulia y pesimismo ha sido vencida".[42] Para Donald L. Fabian, la lectura del *Otelo*
shakespeariano es el momento en que Alberto "comienza
su madurez como hombre y como artista y en que es
capaz de emerger de la frustración de la segunda fase
y empezar a canalizar su capacidad en la actividad
artística".[43] No alcanzo a comprender el motivo de
estos optimismos.

Más de acuerdo estoy con Guillermo de Torre: "sensación de escepticismo amargo, de descreimiento burlón".[44] Recordemos la crítica de Tenreiro, poco después
de aparecer la novela: "¿Cuál es ahora el sentido del
libro, si es que alguno tiene? La total ironía, la vuelta
a la *bagatela* cuyo culto afectaban hace unos cuantos
años nuestros más insignes escritores jóvenes; el desprecio por todo sentido trascendente de la vida individual
y colectiva; la carencia de válida tabla de valores con
que apreciar las cosas; la ceguera para lo que no es la
vil realidad de cada momento. Por ello el autor termina
el libro con estas poco plausibles palabras acerca del
problema español..."[45] Dejando a un lado los excesos
retóricos en que suele incurrir siempre la apología pa-
triótica, cabría aceptar la adscripción de esta novela a
la "bagatela", siempre que la entendamos rectamente,
con el sentido tan positivo que ha aclarado Ildefonso-

---

42 *Obra citada* en nota 30, p. 35.
43 Donald L. Fabian: "The progress of the artist: a major theme
in the early novels of Pérez de Ayala", en *Hispanic Review*, Philadelphia, XXVI, 2, abril 1958, p. 113.
44 *Obra citada* en nota 37, p. 123.
45 *Artículo citado* en nota 14.

Manuel Gil.[46] Dejo a un lado —por tratarla en otro lugar— la interpretación de la frase final.

El tono general de la novela, en efecto, es muy desolado y vitalista. Cuando empleo la expresión novela intelectual no lo hago en el sentido peyorativo hoy tan frecuente, ni muchísimo menos. Ni siquiera es esencial para ello la discusión de muchos temas culturales, a la manera de la novela-ensayo, sino la complejidad mental, la multiplicidad del cosmos narrativo que presenta.

En comparación con las otras novelas de la primera etapa, a *Troteras y danzaderas* le falta unidad. En cambio, creo que es divertida, gracias a la riqueza y variedad de experiencias humanas acumuladas. Pérez de Ayala —ya lo he apuntado— novela aquí con la cultura, sí, pero con una cultura que está íntimamente unida a la vida. Me parece, por tanto, que *Troteras y danzaderas* ocupa una situación casi intermedia entre las dos etapas narrativas de Pérez de Ayala y posee todo el encanto inestable de esos momentos de transición. Junto a los serios diagnósticos de Ortega o Maeztu sobre la cultura española, conservamos en el recuerdo los calzoncillos de Teófilo, el sabio escepticismo de don Sabas, la sensualidad de Rosina, el suicidio de un anarquista, el sonido insistente de un músico inválido que pasa por la calle tocando su cornetín de pistón... Un momento y un ambiente madrileños que ya son historia.

El entusiasta crítico Francisco Agustín supo ya ver que, en esta novela, "el Arte y la Vida van siempre unidos".[47] Cuarenta y cinco años después, yo me he limitado a subrayar la unión de *vida y literatura en "Troteras y danzaderas"*.[48]

ANDRÉS AMORÓS

[46] Ildefonso-Manuel Gil: "El disputado ¡viva la bagatela!: Baroja, Azorín y Valle-Inclán", en *Cuadernos Hispanoamericanos*, número dedicado a Azorín, Madrid, nº 226-227, octubre-nov. 1968, pp. 451-466.
[47] *Obra citada* en nota 37, p. 123.
[48] Es el título de mi libro al que constantemente me he remitido.

NOTICIA BIBLIOGRÁFICA

No se conserva manuscrito de esta novela.

Las principales ediciones son las siguientes:

1. *Troteras y danzaderas (Novela)*. Madrid, Renacimiento, Imprenta de Prudencio P. de Velasco, sin año (es de 1913), 384 páginas. Fechada en "Munich, 10 noviembre 1912". La citaré como *R*.

2. ————. Madrid, ed. Mundo Latino, 1923. Obras Completas de Ramón Pérez de Ayala, tomo VI (La cita como dudosa —probablemente no consiguió verla— Elías García Domínguez en su bibliografía).

3. ————. Madrid, ed. Pueyo S. L., 1930. Obras Completas de Ramón Pérez de Ayala, tomo VI. La citaré como *P*. Conozco dos impresiones distintas de esta misma edición, una de ellas con portada de Penagos.

4. ————. Buenos Aires, ed. Espasa-Calpe, 1939.

5. ————. Buenos Aires, ed. Losada (Biblioteca Contemporánea, n.º 100), 1942. Contiene un prólogo del autor para esta edición y una nueva dedicatoria "al doctor don Mariano Castex". No se ha reeditado desde 1942. La citaré como *L*.

6. ————. *Obras Completas de Ramón Pérez de Ayala,* prólogo de José García Mercadal, tomo I, Madrid, ed. Aguilar (Biblioteca de Autores Modernos), 1964.

7. ————. Madrid - Buenos Aires, ed. EDAF (Biblioteca Edaf, n.º 51), prólogo de José García Mercadal, 1966.

BIBLIOGRAFÍA SELECTA SOBRE PÉREZ DE AYALA

A) LIBROS DEDICADOS A PÉREZ DE AYALA

Agustín, Francisco: *Ramón Pérez de Ayala. Su vida y obras,* Madrid, Imprenta de G. Hernández y Galo Sáez, 1927.

Amorós, Andrés: *La novela intelectual de Ramón Pérez de Ayala,* Madrid, ed. Gredos (Biblioteca Románica Hispánica), 1972.

————: *Vida y literatura en "Troteras y danzaderas",* Madrid, ed. Castalia (Literatura y Sociedad), 1973.

Bobes, María del Carmen: *Gramática textual de "Belarmino y Apolonio",* Madrid, ed. Planeta, 1977.

Concha, Víctor G. de la: *Los senderos poéticos de Ramón Pérez de Ayala,* Universidad de Oviedo (*Archivum,* XX), 1970.

Derndarsky, Roswitha: *Ramón Pérez de Ayala,* Frankfurt, Vittorio Klostermann, 1970.

Fernández, Pelayo H.: *Ramón Pérez de Ayala: Tres novelas analizadas,* Gijón, 1972.

————: *Estudios sobre Ramón Pérez de Ayala,* Oviedo, Instituto de Estudios Asturianos, 1978.

Fernández Avello, Manuel: *Pérez de Ayala y la niebla,* Oviedo, Instituto de Estudios Asturianos, 1970.

————: *El anticlericalismo de Pérez de Ayala,* Oviedo, Gráficas Summa, 1975.

Genoud, Mariana J.: *La relación fondo y forma en "Belarmino y Apolonio",* Universidad de Cuyo, Mendoza, 1969.

Gil Mariscal, Fernando: *Los jesuitas y su labor pedagógica: comentario a la novela 'A.M.D.G.', original de D. Ramón Pérez de Ayala,* Madrid, 1911.

Matas, Julio: *Contra el honor. Las novelas normativas de Ramón Pérez de Ayala,* Madrid, Seminarios y Ediciones (Hora H), 1974.

Pérez Ferrero, Miguel: *Ramón Pérez de Ayala,* Madrid, Publicaciones de la Fundación Juan March (Monografías), 1973.

Reinink, K. W.: *Algunos aspectos literarios y lingüísticos de la obra de don Ramón Pérez de Ayala,* Publicaciones del Instituto de Estudios Hispánicos, Portugueses e Iberoamericanos de la Universidad estatal de Utrecht, El Haya (*sic*), 1959.

Salgués de Cargill, Maruxa: *Los mitos clásicos y modernos en la novela de Pérez de Ayala,* Jaén, Instituto de Estudios Gienenses, 1972.
Suárez Solís, Sara: *Análisis de "Belarmino y Apolonio",* Oviedo, Instituto de Estudios Asturianos, 1974.
Urrutia, Norma: *De Troteras a Tigre Juan. Dos grandes temas de Ramón Pérez de Ayala,* Madrid, ed. Ínsula, 1960.
Wyers Weber, Frances: *The Literary Perspectivism of Ramón Pérez de Ayala,* Chapell Hill, University of North Carolina Press, 1966.

B). Estudios sobre Pérez de Ayala en libros de conjunto

Amorós, Andrés: "Pérez de Ayala, la novela total" en *Introducción a la novela contemporánea,* 2.ª ed., Salamanca, ed. Anaya, 1971.
———: "Prólogo" a Pérez de Ayala: *Las novelas de Urbano y Simona,* Madrid, Alianza Editorial, col. El Libro de Bolsillo, 1969.
———: "Prólogo" a edición crítica de *La pata de la raposa* de Pérez de Ayala, Barcelona, ed. Labor, col. Textos Hispánicos Modernos, 1970.
———: "Prólogo" a edición crítica de *Tinieblas en las cumbres* de Pérez de Ayala, ed. Castalia, col. Clásicos Castalia, 1971.
———: "Introducción" a edición crítica de *Belarmino y Apolonio,* Madrid, ed. Cátedra (Letras Hispánicas), 1976.
"Andrenio": *Novelas y novelistas,* Madrid, 1918.
———: *El renacimiento de la novela en España,* Madrid, 1924.
Aub, Max: *Discurso de la novela española contemporánea,* México, El Colegio de México, 1945.
Azaña, Manuel: *Obras completas,* edición de Juan Marichal, vol. I, México, eds. Oasis, 1966.
Azorín: *Escritores,* Madrid, 1956.
Balseiro, José A.: *El vigía,* Madrid, 1928.
Baquero Goyanes, Mariano: *Perspectivismo y contraste. (De Cadalso a Pérez de Ayala),* Madrid, ed. Gredos, col. Campo Abierto, 1963.
———: *Estructuras de la novela actual,* Barcelona, ed. Planeta, 1970.
Barja, César: *Libros y autores contemporáneos,* Madrid, 1935.
Bosch, Rafael: *La novela española del siglo XX,* Nueva York, ed. Las Américas, 1970.
"El Caballero Audaz": *Galería,* tomo II, Madrid, eds. ECA, 1944.
Cambria, R.: *Los toros: tema polémico en el ensayo español del siglo XX,* Madrid, ed. Gredos (Biblioteca Románica Hispánica), 1974.
Cansinos-Asséns, Rafael: *La nueva literatura: I: Los hermes,* 2.ª ed., Madrid, ed. Páez, 1925.
———: *La nueva literatura: IV: La evolución de la novela (1917-1927),* Madrid, ed. Páez, 1927.
Casares, Julio: *Crítica efímera,* vol. II, Madrid, 1944.
Cejador, Julio: *¡De la tierra!,* Madrid, 1914.
Clavería, Carlos: *Cinco estudios de literatura española moderna,* Salamanca, 1945.

Curtius, E. R.: *Ensayos críticos acerca de literatura europea*, vol. II, Barcelona, ed. Seix y Barral, col. Biblioteca Breve, 1959.

Chabás, Juan: *Literatura española contemporánea (1898-1950)*, La Habana, 1952.

Consuelo Burell en *Diccionario de literatura española*, 3.ª ed., Madrid, ed. Revista de Occidente, 1964.

Díaz-Plaja, Guillermo: *La dimensión culturalista en la poesía castellana del siglo XX*, Madrid, Real Academia Española, 1967.

Díez-Echarri, E., y Roca Franquesa, J. M.: *Historia general de la literatura española e hispanoamericana*, Madrid, ed. Aguilar, 1960.

Domingo, José: *La novela española del siglo XX*, Barcelona, ed. Labor (Nueva Colección Labor), 1973.

Entrambasaguas, Joaquín: *Las mejores novelas contemporáneas*, vol. VII, 2.ª ed., Barcelona, ed. Planeta, 1965.

Garagorri, Paulino: "Pérez de Ayala, escritor político", en *Españoles razonantes*, Madrid, ed. Revista de Occidente, 1969.

García Calderón, Francisco: *La herencia de Lenin y otros artículos*, París, 1929.

García Mercadal, José: "Prólogo" a *Obras completas de Ramón Pérez de Ayala*, tomo I, Madrid, ed. Aguilar, Biblioteca de Autores Modernos, 1964.

——: "Una amistad y varias cartas", prólogo a: R. Pérez de Ayala: *Ante Azorín*, Madrid, Biblioteca Nueva, 1964.

——: "Prólogo" a: R. Pérez de Ayala: *Troteras y danzaderas*, Madrid-Buenos Aires, ed. Edaf, 1966.

Gómez Marín, José Antonio: *Aproximaciones al realismo español*, Madrid, 1975.

González Blanco, Andrés: *Los contemporáneos*, primera serie, París, 1907.

——: *Historia de la novela española desde el Romanticismo a nuestros días*, Madrid, 1912.

González Ruiz, Nicolás: *En esta hora: ojeada a los valores literarios*, Madrid, 1925.

——: *La literatura española. Siglo XX*, Madrid, 1943.

Luján, Néstor: "Prólogo" a: R. Pérez de Ayala: *Obras selectas*, Barcelona, ed. AHR, 1957.

Madariaga, Salvador: *De Galdós a Lorca*, Buenos Aires, ed. Sudamericana, 1960.

Mainer, José Carlos: *La edad de plata (1902-1931)*, Barcelona, Los Libros de la Frontera, 1975.

Mañach, Jorge: *Visitas españolas. (Lugares, personas)*, Madrid, ed. Revista de Occidente, 1960.

Martínez Cachero, José María: "Prosistas y poetas novecentistas. La aventura del ultraísmo. Jarnés y los 'nova novorum'", en *Historia general de las literaturas hispánicas*, vol. VI, Barcelona, ed. Vergara, 1968.

Mayoral, Marina: *Análisis de textos. (Poesía y prosa españolas)*, Madrid, ed. Gredos, 1977.

Meregalli, Franco: *Parole nel tempo. Studi su scritori spagnoli del novecento*, Milán, ed. Mursia, 1969.

Miranda, Sebastián: *Recuerdos y añoranzas*, Madrid, ed. Prensa Española, 1972.

Muñiz, María Elvira: *Historia de la literatura asturiana en castellano,* eds. Ayalga, Salinas (Popular Asturiana), 1978.

Nora, Eugenio de: *La novela española contemporánea,* vol. I, 2.ª ed., Madrid, ed. Gredos, Biblioteca Románica Hispánica, 1963.

Nuez, Sebastián de la, y Schraibman, José: *Cartas del archivo de Galdós,* Madrid, ed. Taurus, 1967.

Ortega y Gasset, José: "Al margen del libro *A.M.D.G.*", en *Obras completas,* tomo I, segunda edición, Madrid, ed. Revista de Occidente, 1950.

Ortega, Soledad: *Cartas a Galdós,* Madrid, ed. Revista de Occidente, 1964.

Pérez Ferrero, Miguel: *Unos y otros,* Madrid, 1947.

Pérez Minik, Domingo: *Novelistas españoles de los siglos XIX y XX,* Madrid, ed. Guadarrama, 1957.

Prado, Ángeles: *La literatura del casticismo,* Madrid, ed. Moneda y Crédito, 1973.

Río, Ángel del: *Historia de la literatura española,* edición revisada, tomo II, New York, Holt, Rinehart and Winston, 1963.

Shaw, Donald: *La generación del 98,* Madrid, eds. Cátedra, 1977.

Sobejano, Gonzalo: *Nietzsche en España,* Madrid, ed. Gredos, Biblioteca Románica Hispánica, 1967.

Suárez, Constantino: *Escritores y artistas asturianos,* edición y adiciones de José María Martínez Cachero, tomo VI, Oviedo, Instituto de Estudios Asturianos, 1957.

Torre, Guillermo de: *La difícil universalidad española,* Madrid, ed. Gredos, col. Campo Abierto, 1965.

Torrente Ballester, Gonzalo: *Panorama de la literatura española contemporánea,* 3.ª edición, Madrid, ed. Guadarrama, 1965.

Trend, J. B.: *Alfonso the Sage and other Spanish Essays,* London, 1926.

Valbuena Prat, Ángel: *Historia de la literatura española,* quinta edición, tomo III, Barcelona, ed. Gustavo Gili, 1957.

Varela Jácome, Benito: *Renovación de la novela en el siglo XX,* Barcelona, ed. Destino, 1967.

Vázquez Dodero, José Luis: "Prólogo" de *Las terceras de ABC,* Madrid, ed. Prensa Española, 1976.

Zuleta, Emilia de: *Historia de la crítica española contemporánea,* Madrid, ed. Gredos (Biblioteca Románica Hispánica), 1966.

C) Artículos

Albiac, María Dolores: " 'La educación estética. Baile español'. Un precedente desconocido de *Troteras y danzaderas,* de Ramón Pérez de Ayala", en *Ínsula,* n.º 361, diciembre de 1976.

Amorós, Andrés: "El prólogo desconocido de *Justicia* de Pérez de Ayala", en *Boletín del Instituto de Estudios Asturianos,* XXX, enero-abril 1976.

————: "El *Oráculo de Napoleón* y *Troteras y danzaderas,* de Pérez de Ayala", en *Homenaje a Mathilde Pomés. Estudios sobre literatura del siglo XX, Revista de la Universidad Complutense,* XXVI, 108, abril-junio 1977.

Bacarisse, Mauricio: "Dos críticos: Casares y Pérez de Ayala", en *Revista de Libros,* Madrid, 1928.

Bataillon, Marcel: *"Belarmino y Apolonio,"* en *Bulletin Hispanique,* 1922, tomo XXIV, número 2.

Beck, Mary Ann: "La realidad artística en las tragedias grotescas de Ramón Pérez de Ayala", en *Hispania,* XLVI, 3, septiembre 1963.

Bobes, María del Carmen: "Notas a *Belarmino y Apolonio* de Pérez de Ayala", en *Boletín del Instituto de Estudios Asturianos,* XXXIV, 1958.

Cabezas, J. A.: "Entrevista con Pérez de Ayala", en *España semanal,* Tánger, 17 de julio de 1960.

Campbell, Brenton: "The Esthetic Theories of Ramón Pérez de Ayala", en *Hispania,* L, 3, septiembre 1967.

——: "Free Will and Determinism in the Theory of Tragedy: Pérez de Ayala and Ortega y Gasset", en *Hispanic Review,* 37, 1969.

Cassou, Jean: *"Belarmino y Apolonio",* en *Révue Européenne,* II, 1923.

Cela, Camilo José: "Sobre un romance de circunstancias de Pérez de Ayala", en *Papeles de Son Armadáns,* 64, febrero 1972.

Córdoba, Santiago: "Entrevista" en *ABC,* Madrid, 6 de febrero de 1958.

Cordua de Torreti, Carla: "Belarmino: hablar y pensar", en *La Torre,* Puerto Rico, 32, 1960.

Correa Calderón, E.: "El costumbrismo en la literatura española actual", en *Cuadernos de literatura,* Madrid, IV, 1948.

Cuesta Rodríguez, E.: "Noreña y Pérez de Ayala", en *Boletín del Instituto de Estudios Asturianos,* 67, 1969.

Cueto Alas, Juan: "La cuarta persona del singular. El humor literario: dos ejemplos asturianos", en *El Urogallo,* Madrid, n.º 16, 1972.

Díaz Fernández, J.: "Entrevista", en *El Sol,* Madrid, 12 de diciembre de 1928.

Embeita, María: "Dos problemas de abulia: *La voluntad* y *Tinieblas en las cumbres*", en *La Estafeta Literaria,* n.º 365, marzo 1967.

Fabian, Donald L.: "Action and idea in *Amor y pedagogía* and *Prometeo*", en *Hispania,* XLI, 1, marzo de 1958.

——: "The Progress of the Artist: a major theme in the early novels of Pérez de Ayala", en *Hispanic Review,* XXVI, 2, abril de 1958.

——: "Pérez de Ayala and the Generation of 1898", en *Hispania,* XLI, 2, mayo de 1958.

——: "Bases de la novelística de Ramón Pérez de Ayala", en *Hispania,* XLVI, 1, marzo de 1963.

Fenny, Thomas P.: "El hombre de acción as Hero in Pérez de Ayala's *Bajo el signo de Artemisa*", en *Revista de Estudios Hispánicos,* Alabama, 9, 1975.

Fernández, Pelayo H.: "El prólogo en *Belarmino y Apolonio*", en *Boletín del Instituto de Estudios Asturianos,* 78, 1973.

Fernández Avello, Manuel: "Ramón Pérez de Ayala y el periodismo", en *Gaceta de la Prensa Española,* Madrid, tercera época, año XIV, n.º 132, enero-febrero de 1961.

Fernández Avello, Manuel: "Pérez de Ayala en su rincón", en *Boletín del Instituto de Estudios Asturianos*, XXII, 1968.

Fernández Galiano, Manuel: "Notas al romance de Ramón Pérez de Ayala", en *Papeles de Son Armadáns*, 66, agosto 1972.

Font, María Teresa: "La sociedad del futuro en Pérez de Ayala, Huxley y Orwell", en *Revista de Estudios Hispánicos*, Alabama, IV, 1970.

Forradellas, J.: "*El último vástago*: novela primera de Pérez de Ayala", en *Letras de Deusto*, Bilbao, V, 9, enero-junio 1975.

Fuentenebro, F.: "La huella literaria de Ramón Pérez de Ayala", en *Arbor*, 87, enero-febrero 1974.

García Arias, J. L.: "Norma lingüística en *La pata de la raposa*", en *Archivum*, XXV, 1975.

García Domínguez, Elías: "Epistolario de Pérez de Ayala", en *Boletín del Instituto de Estudios Asturianos*, Oviedo, 1969, n.º 64-65.

García Miñor, A.: "Ayala, pintor frustrado... y torero fracasado", en *La Voz de Asturias*, Oviedo, 16 enero 1977.

Gillespie, Ruth C.: "Pérez de Ayala, precursor de la revolución", en *Hispania*, XV, 1932.

González Calvo, J. M.: "Elementos expresivos en la prosa de Ramón Pérez de Ayala", en *Archivum*, XXV, 1975.

González Ruano, César: "Entrevista". En *Arriba*, Madrid, 8 de mayo de 1955.

González Ruiz, Nicolás: "La obra literaria de don Ramón Pérez de Ayala", en *Bulletin of Hispanic Studies*, Liverpool, 1932.

Hartsook, J. H.: "Literary Tradition as Form in Pérez de Ayala", en *Romance Notes*, VI, 1964.

Holdsworth, C. A.: "Ideas religiosas en las novelas maduras de Ramón Pérez de Ayala", en *Revista de Estudios Hispánicos*, Alabama, VI, 2, mayo 1972.

Ionescu, Andrei: "Romanul ca tragicomedie la Pérez de Ayala", en *Analele Universitatii*, Bucarest, 22, 1973.

────── : "Sobre el clasicismo de Pérez de Ayala", en *Actas del V Congreso Internacional de Hispanistas*, Burdeos, Instituto de Estudios Ibéricos e Iberoamericanos, 1977, vol. II.

Johnson, Ernest A.: "The Humanities and the *Prometeo* of Ramón Pérez de Ayala", en *Hispania*, XXVIII, 3, septiembre de 1955.

────── : "Sobre *Prometeo* de Pérez de Ayala", en *Ínsula*, Madrid, n.º 100-101.

King Arjona, Doris: "*La voluntad* and *abulia* in contemporary Spanish ideology", en *Revue Hispanique*, 1928, vol. 74.

Leighton, Charles: "La parodia en *Belarmino y Apolonio*", en *Hispanófila*, 6, 1959.

────── : "The Structure of *Belarmino y Apolonio*", en *Bulletin of Hispanic Studies*, XXXVII, 1960.

Levy, Bernard: "Pérez de Ayala's *Belarmino y Apolonio*", en *Spanish Review*, New York, III, 1936.

Livingstone, León: "The Theme of the 'Paradoxe sur le comédien' in the novels of Pérez de Ayala", en *Hispanic Review*, XXII, 3, julio de 1954.

────── : "Interior Duplication and the Problem of Form in the Spanish Novel", en *PMLA*, LXIII, 1958.

Lozano Alonso, María Blanca: "El tiempo en *Belarmino y Apolonio* de Ramón Pérez de Ayala", en *Boletín de la Real Academia Española*, LXI, n.º 194, 1971.

——: "Reflexiones críticas de Ramón Pérez de Ayala", en *Actas del V Congreso Internacional de Hispanistas*, Burdeos, Instituto de Estudios Ibéricos e Iberoamericanos, 1977, volumen II.

Macklin, J. J.: "Literature and Experience: the problem of distance in Pérez de Ayala's *La pata de la raposa*", en *Bulletin of Hispanic Studies*, LV, 1978.

Martínez Cachero, José María: "Ramón Pérez de Ayala en dos entrevistas de hacia 1920", en *Boletín del Instituto de Estudios Asturianos*, IX-XII, 1975.

Matus, E.: "El símbolo del segundo nacimiento en la narrativa de Pérez de Ayala", en *Estudios Filológicos*, Valdivia, 5, 1969.

Millner, Ch. C.: "Ontological inversion in the novels of Ramón Pérez de Ayala", en *Mester*, Los Angeles, V, 2, abril, 1975.

Newberry, W.: "Three Examples of the Midsummer Theme in Modern Spanish Literature: *Gloria, La dama del alba, El curandero de su honra*", en *Kentucky Romance Quarterly*, 21, 1974.

Noble, Beth: "The Descriptive Genius of Pérez de Ayala in *La caída de los limones*", en *Hispania*, XL, 2, mayo de 1957.

Pérez Ferrero, Miguel: "Con Pérez de Ayala, en el Oviedo de su infancia y primera juventud", en *Mundo Hispánico*, Madrid, n.º 253, abril de 1969.

Posada, Paulino: "Pérez de Ayala, un humanista del siglo xx", en *Punta Europa*, n.º 127, noviembre de 1967.

Prado, Ángeles: "'Castilla': el sendero tierra adentro de Ramón Pérez de Ayala", en *Cuadernos Hispanoamericanos*, 316, 1976.

Rodríguez Monescillo, Esperanza: "El mundo helénico de Pérez de Ayala", en *Actas del Segundo Congreso Español de Estudios Clásicos*, Madrid, Sociedad Española de Estudios Clásicos, 1961.

Romeu, R.: "Les divers aspects de l'humour dans le roman espagnol moderne: III: L'humour trascendental d'un intellectuel", en *Bulletin Hispanique*, IX, 1947.

Salgués Cargill, Maruxa: "El mito de Don Quijote-Sancho en *Belarmino y Apolonio*", en *Insula*, n.º 274, septiembre de 1969.

Salgués Cargill, M. y Palley, J.: "Myth and Anti-myth in *Tigre Juan*", en *Revista de Estudios Hispánicos*, Alabama, VII, 3, octubre 1973.

Sallenave, Pierre: "La estética y el esencial ensayismo de Ramón Pérez de Ayala", en *Cuadernos Hispanoamericanos*, Madrid, n.º 234, 1969.

——: "Ramón Pérez de Ayala, teórico de la literatura", en *Cuadernos Hispanoamericanos*, Madrid, n.º 244, 1970.

Sánchez Ocaña, Vicente: "Una novela de clave: *Troteras y danzaderas*", en *La Nación*, Buenos Aires, 24 de julio de 1949.

Senabre, Ricardo: "La prehistoria poética de Pérez de Ayala", en *Insula*, 346, septiembre 1975.

Serrano Poncela, Segundo: "La novela española contemporánea," en *La Torre*, Puerto Rico, año I, n.º 2, abril-junio de 1953.

Shaw: "On the ideology of Pérez de Ayala", en *Modern Language Quarterly*, Washington, tomo 22, 1961.

Soldevila Durante, Ignacio: "Ramón Pérez de Ayala. De *Sentimental Club* a *La revolución sentimental*", en *Cuadernos Hispanoamericanos*, n.º 181, 1965.

Sopeña, Federico: "La 'pietas' de los últimos días", en *ABC*, Madrid, 7 de agosto de 1962.

Sturken, H. Tracy: "Nota sobre *La pata de la raposa*", en *Nueva Revista de Filología Hispánica*, año XI, n.º 2, abril-junio de 1957.

Sullivan, C. A.: "La modificación del protagonista en *La pata de la raposa*", en *Hispanófila*, XLV, 1972.

Tenreiro, R. M.: "*Tinieblas en las cumbres*", en *La lectura*, Madrid, 1908.

———: "*A.M.D.G.*", en *La lectura*, Madrid, 1911.

———: "*La pata de la raposa*", en *La lectura*, Madrid, 1912.

———: "*Troteras y danzaderas*", en *La lectura*, Madrid, 1913.

Zamora, C.: "La concepción trágica de la vida en la obra novelesca de Pérez de Ayala", en *Hispanófila*, XLII, 1971.

———: "Homo impotens and the vanity of human's striving: two related themes in the novels of Pérez de Ayala", en *Revista de Estudios Hispánicos*, V, 1971, n.º 3.

———: "La angustia existencial del héroe-artista de Ramón Pérez de Ayala: la caducidad de la vida", en *Boletín del Instituto de Estudios Asturianos*, 83, septiembre-diciembre 1974.

———: "La negación de la praxis auto-creadora en la novelística de Ramón Pérez de Ayala", en *Boletín del Instituto de Estudios Asturianos*, 92, 1977.

NOTA PREVIA

H E utilizado *P* (Madrid, Pueyo, 1930) como base para esta edición. Mi experiencia en anteriores ediciones críticas de Pérez de Ayala (*La pata de la raposa* y *Tinieblas en las cumbres*) me indica que esta edición es la última de la que podemos afirmar con seguridad que fue corregida por el autor. El número y clase de correcciones, en esta novela, así nos lo confirman.

Indico las variantes de la primera edición, *R,* nunca señaladas con anterioridad.

En el caso de *Troteras y danzaderas* tenemos otra edición, *L* (Buenos Aires, Losada, 1942) que contiene variantes de importancia. El hecho de publicarse en Argentina cuando Pérez de Ayala está allí y de que escriba para ella una nueva dedicatoria y un importante prólogo inclina a pensar que el novelista tomó parte activa en esta edición y que las variantes pueden ser obra suya. Así debe de ser, por ejemplo, en el caso de la nueva referencia al cubismo y en la supresión de los modelos poéticos de Alberto. La mayoría de las variantes, sin embargo, son puramente estilísticas y tan pequeñas que parecen obra de un corrector de pruebas puntilloso más que del escritor. En general, *L* sigue a *P,* como es lógico, pero alguna vez —cosa curiosa— vuelve a *R.* Anoto todas estas variantes pero no muchos detalles de puntuación absurda que existen en *L.*

Puede notarse que, en el famoso capítulo de la lectura de *Otelo*, no hay apenas diferencia entre *R*, *P* y *L*. Da la impresión de que Pérez de Ayala estaba tan orgulloso de este capítulo que apenas lo corrigió.

En las notas a pie de página prescindo de la mayoría de las identificaciones y detalles ambientales que señalo en mi estudio *Vida y literatura en "Troteras y danzaderas"*. En cambio, he procurado aclarar el léxico y las referencias culturales, así como subrayar las conexiones con otras obras de Pérez de Ayala.

A. A.

RAMÓN PÉREZ DE AYALA

TROTERAS Y DANZADERAS

(NOVELA)

Después fise muchas cántigas de dança é troteras
Para judías, et moras, é para entendederas
Para en instrumentos de comunales maneras
El cantar que non sabes, oílo á cantaderas.

JUAN RUIZ *(Arcipreste de Hita).*

RENACIMIENTO
SOCIEDAD ANÓNIMA EDITORIAL
Calle de Pontejos, núm. 8, 1.º
MADRID

Después fise muchas cántigas de dança é troteras.

JUAN RUIZ *(Arcipreste de Hita).* [1]

---

[1] El lema en *R* era más amplio, pues reproducía, completa, la estrofa 1513 del *Libro de Buen Amor.*

2

SESOSTRIS Y PLATÓN [3]

> *Vedere adunque dovevi, amore essere una passione accecatrice dell' animo, disviatrice dello ingegno, ingrossatrice, anzi privatrice della memoria, dissipatrice delle terrene facultá, guastatrice delle force del corpo, nemica della giovinezza, e della vecchieza; morte, genitrice de' vizi, e abitatrice de' vacui petti; cosa senza ragione, e senza ordine, e senza stabilitá alcuna; vizio delle menti non sane e sommergitrice della umana libertá.*
>
> BOCCACCIO [4]

[2] *R* tenía la siguiente dedicatoria, que fue suprimida en las ediciones posteriores: "A Don Miguel de Unamuno

Poeta y Filósofo español del siglo XXIº".

La historia de esta dedicatoria puede verse en mi trabajo "Veinte cartas de Pérez de Ayala a Unamuno", incluido como apéndice en *La novela intelectual de Ramón Pérez de Ayala*, Madrid, ed. Gredos (Biblioteca Románica Hispánica), 1972. Unamuno le contestó, en una carta: "Usted me cree de nuestro tiempo y hay amigo de usted y mío que no me cree moderno". Años después, al mencionar esta dedicatoria, Pérez de Ayala la cambia, voluntariamente o por olvido: "Yo le dediqué a Unamuno la primera edición de *Troteras y danzaderas* como al filósofo para los mediados de este siglo" (*Nuestro Séneca*, Madrid, Edhasa, 1966, p. 13).

[3] *R*: "Parte primera

Sesostris y Platón".

En mi estudio de la novela he explicado quién era Sesostris. Como ejemplo de personaje famoso lo cita, aplicándole el esquema del "ubi sunt", Nicasio Álvarez de Cienfuegos, en su poema "La escuela del sepulcro": "¿Sesostris dónde está? ¿dónde el gran Ciro?" (*Poesías*, edición de José Luis Cano, Clásicos Castalia n.º 4, Madrid, 1969, p. 171).

[4] El lema de Boccaccio pertenece al *Corbaccio* (en *Opere*, a cura di P. G. Ricci, vol. II, Milano, Ricciardi, 1966, p. 495). Esta invectiva no corresponde al tono general de la obra de Boccaccio y parece más bien concorde con la corriente misógina de tantas obras medievales. (Vid. Azzurra B. Givens: *La dottrina d'amore nel Boccaccio*, Messina-Firenze, G. d'Anna, 1968, especialmente las pp. 43-139).

Algo muy semejante dirá don Sabas en la novela: "¡Oh, amor, necio engaño!".

48   RAMÓN PÉREZ DE AYALA

TEÓFILO Pajares, "El Príncipe de los poetas españoles, a cuyo paso debía tenderse por tierra un tapiz de rosas", al decir de algunos diarios de escasa circulación, el autor de *Danza macabra* y *Muecas espectrales,* bajaba poco a poco y como embebecido en cavilaciones por la calle de las Huertas, [6] cara al Botánico. Era una mañana de otoño; el cielo, desnudo, y la luz, agria. Neblina incierta, de color hez de vino, saturaba sombras y penumbras.

Lo primero que se advertía en la persona del poeta Pajares era lo aventajado de su estatura, lo insólito de su delgadez y el desaliño de la indumentaria: desaliño de penuria económica y también por obra de cierto desdén hacia las artes cosméticas. Las botas y los pantalones, en particular, delataban con sañuda insolencia la inopia y desaseo de Teófilo. [7] Sin duda, éste lo echaba de ver, porque, según caminaba con las manos a la espalda y la cabeza caída hacia el pecho, miraba pertinazmente pantalones y botas, y su rostro aguileño, cetrino y enjuto, languidecía con mueca de consternación —una *mueca espectral* hubiera dicho él—, como si encarándose con aquellas prendas tan deleznables y mal acomodadas a los miembros, las motejase de escasa tenacidad ante el infortunio y falta de adhesión a su amo.

Detúvose Teófilo delante de una puerta y miró el número pintado en el dintel: el 26. Volvió sobre sus pasos y penetró en el portal del 24. Arrancaba a subir las escaleras, cuando la portera, enarbolando un escobón, se precipitó a atajarle el paso.

—¡Eh!, tío frescales, ¿adónde va usté? [8] —rugió la mujer, con iracundia que a Teófilo le pareció incongruente en tal caso. Continuó casi frenética:— Aquí

[5] En *R,* cada uno de los capítulos lleva números romanos. Este es el I de la Parte Primera.
[6] *R:* "por la calle de Cervantes". Las dos calles están muy cerca, en el mismo barrio.
[7] Nótese la forma cultista de decir que Teófilo iba mal vestido.
[8] *R:* "usted". En *P,* en varios casos, adopta la grafía correspondiente a la fonética popular.

no se admiten méndigos, ¿lo oye usté, so sinvergüenza, tísico?

Teófilo sintió helársele el alma. Sus ojos perdieron por un segundo la visión. Teófilo, que había suspirado infinitas veces, en verso, por la muerte, y había descrito con cínica deleitación y nauseabundos detalles la orgía que con su carne pútrida habían de celebrar los gusanos, y también el fantasmagórico haz de sus huesos, ya mondos, a la luz de la luna; él, el cantor de la descomposición cadavérica, así que escuchaba mentar la palabra *tisis* desfallecía de miedo. Su zozobra constante era si estaría tísico.

La portera había ganado la delantera a Teófilo. Estaba dos escalones más alta que el poeta, con el escobón empuñado a la ofensiva y muy despatarrada, de manera que, dado el terrible volumen de su vientre y caderas, podía obstruir el paso con sólo ladearse un poco a diestra o siniestra, según por donde viniera el ataque.

—Señora... —tartamudeó Teófilo.

Como si del calificativo hubiera recibido la más bárbara injuria, [9] la portera reanudó sus voces con furor próximo al paroxismo. Esgrimía el escobón con entrambas manos a modo de mandoble; amagaba, pero no acometía.

Teófilo se mantuvo vacilante en un principio. Recobrado del desfallecimiento, por reacción la sangre le invadía acelerada los pulsos. Temblaba, sintiendo levantarse dentro de sí una fuerza indócil a la voluntad.

—Pero, ¿es que no tiene usté orejas, so tísico? —gritó exasperada la portera.

—Mujer, esté usted loca o no lo esté, esto se acabó, porque se me ha acabado la paciencia —masculló Teófilo, atropellando las sílabas. Inclinó la cabeza, adelantó con el pie derecho un escalón y descargó secamente sobre la barriga de la portera, en su zona central y más rotunda, un golpe recto con el puño. Como si el

---

[9] Un caso más (como es habitual en Pérez de Ayala) de reflexión irónica sobre la equivocidad del lenguaje según las circunstancias.

vientre fuese el fuelle de una gaita gigantesca y por la
colisión del puño se hubiera vaciado de pronto, los ámbitos de la caja de la escalera retemblaron: tal fue el
alarido de la portera. Cayó sentada la mujer, y Teófilo
brincó sobre ella, con propósito de huir escaleras arriba; pero la portera logró asirle un pie y en él hizo
presa. Tiraba Teófilo con todas sus fuerzas, y la mujer
aferraba sin ceder, pidiendo auxilio. Oíanse pasos apremiantes dentro de las viviendas. Teófilo, a la desesperada, dio una sacudida y libertó el pie; pero al ponerlo
en firme recibió rara impresión de frío y falta de tacto,
como si el pie no le perteneciese. Miróse y vio que le
faltaba la bota y le sobraban agujeros al calcetín, color
cardenal retinto. [10] Vergüenza y rabia le encendieron las
mejillas. Le acometió la tentación de patear, con la bota
que le quedaba, la cabeza de la portera, la cual agitaba en su mano la otra bota a modo de trofeo, y voci-
feraba:

—Este ladrón... Este ladrón... ¡Emeteriooo...! Pero,
¿en dónde te metes, bragazas? ¡Emeteriooo! —Y poniendo un descanso en sus clamores, hizo hito de la
nariz de Teófilo y le lanzó la bota con tanta violencia
como pudo. La bota pasó por encima de la cabeza del
poeta, rebotó en el muro y deslizándose entre dos hierros del barandal fue a caer al pie de la escalera. Para
recobrarla, Teófilo debía pasar otra vez por encima de
la portera.

En el rellano del piso primero asomó un cuerpecito
muy bien cortado; una apicarada cabeza femenina por
remate de él.

—Pero ¿qué pasa, señá Dionisia? ¿Es c'a caído un
bólido?

Teófilo levantó la cabeza y respiró:

<hr/>

[10]   Reinink señala "la obvia predilección del autor por caracteriza-
ciones tomadas de la vida eclesiástica" (*Algunos aspectos literarios y
lingüísticos de la obra de Don Ramón Pérez de Ayala*, El Haya, Publicaciones del Instituto de Estudios Hispánicos, Portugueses e Iberoamericanos de la Universidad estatal de Utrecht, 1959, p. 115. De ahora en
adelante nos referiremos a este libro siempre que citemos el nombre
de su autor).

—¡Conchita! —dijo Teófilo—. Con qué oportunidad sale usted... Esta arpía —y señaló a la portera yacente— no me dejaba subir; me amenazó, quiso agredirme con la escoba, y me dirigió los insultos más groseros.

La portera comenzaba a incorporarse. El señor Emeterio, portero consorte, surgió en este punto, en mangas de camisa y liando un cigarrillo. [11] Venía con aire pachorrudo y ceño escrutador, como hombre que no se deja alucinar, sino que examina cabalmente los hechos antes de emitir juicio. Adelantóse, con esa prosopopeya cómica del pueblo bajo madrileño. El frunce de su cara parecía decir: "vamos a ver lo que ha pasao aquí".

—¿Pero no sabe usté, señá Dionisia —preguntó desde lo alto Conchita—, que el señor Pajares es visita de casa, amigo de la señorita?

—¿Cómo iba a fegurarme yo que este méndigo...? —comenzó a decir la portera, adelantando, al llegar a *méndigo,* el labio inferior, en señal de menosprecio. El señor Emeterio mutiló la frase incipiente de su esposa con una mirada de través.

—Suba usted, don Teófilo —habló Conchita.

La señá Dionisia no pudo reprimir una exclamación sarcástica:

—¡Huy, don Teófilo! ¡Qué mono!

El señor Emeterio dobló el brazo derecho en forma de cuello de cisne y puso la mano como para oprimir un timbre: el dedo índice muy erecto, apuntando a los labios de su mujer. Ordenó campanudamente:

—¡Tú, a callar! —Y enderezando la mirada a Teófilo:— Vamos a ver, ¿le ha faltao mi señora?

Disponíase la portera a protestar, pero el señor Emeterio con un movimiento autoritario del brazo izquierdo, la redujo a silencio y sumisión.

Teófilo permanecía aturdido y nervioso. Comprendía que el señor Emeterio estaba en duda si dar o no [12] una paliza a la señá Donisia, y que el porvenir colgaba de su respuesta.

---

[11] *R:* "liando un cigarrillo y en mangas de camisa".
[12] *R:* "de dar o no".

—¡Vaya! —intervino Conchita, impacientándose—, que se hace tarde y no puedo estar toda la mañana a la puerta. Suba usté, don Teófilo. ¡Vaya si son ustedes pelmas!...

—¡Un hemistiquio, Conchita! —rogó el señor Emeterio.

—Un hemis... ¿qué? —Y Conchita rio alegremente.

—Quiere decirse un momento. [13] —El señor Emeterio enarcó las cejas y chascó la lengua; daba a entender que era tolerante con la ignorancia de Conchita. Dirigiéndose a Teófilo repitió:— Vamos a ver, ¿le ha faltao mi señora?

—¡Oh..., verá usted!... No, de ninguna manera —Teófilo no sabía qué decir.

—Creía... —insinuó el señor Emeterio.

—¡Bah! —concluyó Teófilo, esforzándose en sonreir—. Una equivocación cualquiera la tiene.

—Pero que muy bien dicho —comentó el señor Emeterio—. Quiere decirse entonces que usté sabe disimular si mi señora ha tenido un lásus o quiprocuó.

—Claro, claro —aseguró Teófilo, sin atreverse a reconquistar la bota y sustentándose en un pie.

—Pues buenos días, y disimular. ¡Tú, anda p'alante! —Y el señor Emeterio, en funciones de imperio conyugal, acompañó esta orden haciendo castañuelas de los dedos.

La señá Donisia comenzó a retirarse con paso remolón y gesto reacio. Volvíase de vez en vez a mirar de soslayo, tan pronto a Conchita como a Teófilo, y sus ojeadas eran, respectivamente, de servilidad y de encono. Desde el comienzo de la escena la conducta de la señá Donisia había sido ejemplarmente canina. Recordaba esos perros de casa grande que ladran con rabia

---

13 Todos los autores que han estudiado el habla popular madrileña señalan como característica su redichismo. El uso de cultismos en un sentido a veces disparatado es frecuente, por ejemplo, en el lenguaje de los personajes de Arniches (Manuel Seco: *Arniches y el habla de Madrid*, Madrid-Barcelona, ed. Alfaguara, col. Estudios de Literatura Contemporánea, 1970, p. 151. De ahora en adelante nos referiremos a este libro siempre que citemos el nombre de su autor).

descomunal al visitante humilde; luego, si por mala ventura, habiéndose excedido en su celo, el visitante es admitido a la mansión del dueño y ellos golpeados por un sirviente, vanse mohinos y rabigachos, con los ojos inquietos, tan pronto recelosos del castigo como coléricos hacia el intruso.

Así como la señá Donisia descendió los cuatro escalones, Teófilo recuperó y se calzó la bota, que era de elásticos, aun cuando había renunciado ya a sus cualidades específicas de elasticidad; y como si se hubiera ajustado al tobillo no una bota, sino las alas de Mercurio, voló, más que subió, al piso primero.

En estando a solas los dos porteros se les serenó la cara: la de la señá Donisia dejó de ser iracunda y servil, y la del señor Emeterio perdió su prosopopeya y toda suerte de aderezo figurado. Mirábanse llanamente el uno al otro, como matrimonio bien avenido, y era evidente que se comprendían sin hablarse.

—¡Pero miá tú que la señorita Rosa!... —chachareó [14] la mujer, conduciendo involuntariamente la mano al paraje en donde Teófilo había descargado el golpe—. Si son unas guarras... Ya ves tú si el señor Sicilia, y más ahora que le han hecho menistro, le dará lo que la pida el cuerpo...

—¡Qué ha de dar, Donisia! A su edad...

—No seas picante, Emeterio. Digo que si le dará tantas pelas, ¡qué pelas!, tantos pápiros [15] como pesa. Pues ná, que le ha de poner la cornamenta. Y entavía, si fuera aquello de decirse con un señorito decente o con un torero. Pero ¡hay que ver el chulo que ha seleccionao!... Con una cara de tísico... Pues, ¿y los tomates del calcetín? ¿Te has fijao?

—¿No m'había de fijar, Donisia? Las hay pa toos los gustos. Pero tú, también, ¡vaya que has dao gusto a la muy! [16] Y hay que tener púpila...

---

[14] Reinink (*obra citada*, cap. III) ha estudiado la abundancia de onomatopeyas y voces expresivas en la obra de Pérez de Ayala.

[15] *pelas* = 'pesetas'; *pápiros* = 'billetes'.

[16] *la muy* = 'la lengua'. La frase popular es "dar gusto a la muy" = 'hablar mucho'. También era popular en esta época la frase "achan-

—Pero —acordándose del golpe recto de Teófilo—, si es que me ha soltao un mamporro talmente aquí...— Señalaba lo más avanzado del vientre.

—Ya, ya... Y ná, que hay que cerrar el pico, porque las propis [17] de la señorita Rosa...

—Es la princesa del Caramánchima, [18] Emeterio.

—Y que lo digas, Donisia.

Y se engolfaron en las tinieblas del cuchitril.

[19]

HABÍANSE entrado en la portería el señor Emeterio y la señá Donisia, cuando se oyeron grandes y majestuosas voces llamando al marido y a la mujer. Acudieron éstos al lugar de donde las voces partían, para lo cual hubieron de atravesar un pasadizo que daba a un angosto patizuelo; en él una puerta con dos escalones, y por ella se entraron a una pequeña antesala y luego a una ancha pieza, con vidrieras a un costado y en el techo, a modo de estudio de pintor. Estaba esta pieza atalajada con pocos y vetustos muebles de nogal denegrido; un arcón tallado, sillones fraileros, y en el respaldo de uno de ellos una casulla; una mesa de patas salomónicas trabadas entre sí por hierros forjados, un velón de Lucena, algunos cacharros de Talavera y Granada, una cama con colcha de damasco de seda carmesí, y en la cama un hombre flaco, barbudo y sombrío. A la primer ojeada este hombre ofrecíase como el más cabal trasunto corpóreo de Don Quijote de la Mancha. Luego se echaba de ver que era, con mucho, más barbado que el antiguo caballero, porque las del actual eran barbas de capuchino; de otra parte, la agui-

tarse la muy" (Baroja: *Memorias. Desde la última vuelta del camino. I.*, Barcelona, ed. Planeta, 1970, p. 463. Citaremos la obra siempre por esta edición).

[17] *propis* = 'propinas'. Es bien conocida la tendencia del pueblo madrileño a acortar palabras de uso frecuente. (Vid. Seco, p. 170.)

[18] *P*: "Caramanchima*l*". Debe de ser errata. El nombre auténtico de la cupletista acababa en *i*. Baroja lo escribe así: "la princesa Caraman - Chimay" (*obra citada*, p. 636).

[19] *R*: "II".

leña nariz de Don Quijote había olvidado su joroba al pasar al nuevo rostro, y, aunque salediza, era ahora más bien nariz de lezna.

Estaba el caballero sentado en la cama, con una pierna encogida y la rodilla muy empinada, haciendo de pupitre, sobre el cual sustentaba un cartón con una cuartilla sujeta por cuatro chinches. Con la mano derecha asía un lapicero. Despojóse con la izquierda de las grandes gafas redondas, con armazón de carey, y miró severamente al matrimonio. Sin embargo, sus ojos, fuera por sinceridad, fuera por condición de la miopía, [20] delataban una especie de ternura. [21]

—¿Me quiere usted decir, Dionisia, a qué obedece el escándalo que usted ha movido en las escaleras? ¿No sabe usted, mujer que no puedo trabajar si hay ruido? ¿Quiere usted obligarme a que busque nuevo alojamiento a cien leguas de su desordenada vocinglería? [22] —habló el caballero con un tono enfático, semejante al de un actor joven representando un papel de arzobispo.

—¡Por Dios, señorito! —rogó el señor Emeterio.

—¡Por Dios, don Alberto! —suplicó la señá Donisia con extremada y dolida humildad.

Marido y mujer acercábanse siempre a don Alberto poseídos de medrosa devoción. Lo amaban como el perro ama al hombre y el hombre ama a Dios, como a un ser a medias familiar y a medias misterioso. [23]

Don Alberto del Monte-Valdés, como los españoles de antaño, había dado los nerviosos años de la juventud a las aventuras por tierras de Nueva España, en cuyo descubrimiento y conquista, al decir de don Alberto, habían tenido gloriosa parte antepasados suyos. Acercábase a la mitad del camino de la vida cuando

---

[20] La doble posibilidad es ejemplo del irónico perspectivismo típico de Ayala.

[21] *R*: "delataban gran blandura de sentimientos". La versión de *P* me parece más acertada.

[22] Nótese el uso de voces muy literarias, impropias para hablar con los porteros.

[23] Se interrumpe aquí la acción para darnos los antecedentes del personaje.

retornó a la metrópoli y cayó en la villa y corte luciendo llamativo indumento y anunciando la buena nueva
de un arte extraño. Los transeúntes reían de su traza.
Los cabecillas literarios hostilizaron con mofas sus escritos. Monte-Valdés, como haciéndose fuerte en un
baluarte, entonó la vida conforme a una pauta de orgullo, mordacidad y extravagancia, que tales eran los
tres ángulos de su defensa contra burlas, insidias y ruti-
nas ambientes. Algunos escritores mozos le seguían y
remedaban. Y a todo esto, el escaso dinero con que
había llegado a Madrid andaba a punto de consumirse.
No conseguía publicar ningún artículo en los periódicos,
y si por acaso alguna revista de poco fuste se lo acogía
no se lo pagaba, como no fuera en elogios. Habiéndose
reducido su caudal a diez y seis duros mal contados,
caminaba cierto día sin rumbo por las calles, considerando lo que darían de sí y el tiempo que tardaría en
ganar otros diez y seis, cuando un corro de apretada
gente, al pie de una casa a medio construir, le atrajo
la atención. Abrió brecha entre los mirones a codazos
y descubrió en el centro un hombre lívido y quejum-
broso, yaciendo en tierra. Dos personas parecían prestarle auxilio y examinarlo. Trajeron una camilla y en
ella acomodaban al herido a tiempo que Monte-Valdés,
llegándose al lugar de la escena, interrogó a una de
aquellas dos personas, que resultó ser médico.

—¿Qué ha ocurrido?

Monte-Valdés, como Don Quijote, suspendía a quien
por primera vez hablaba, con una emoción entre imponente e hilarante. [24] El médico examinó despacio al
advenedizo, se encogió de hombros y respondió despe-
gadamente.

—Nada; ya lo ve usted. Un albañil que se ha caído
del andamio. Nada. [25]

---

24   Otro caso de perspectivismo, aquí para expresar la complejidad
de un personaje.
25   Para multiplicar el efectismo de las situaciones más dramáticas,
suele emplear Pérez de Ayala un estilo objetivo, muy conciso, que
contraste con su habitual retórica. Así sucede, por ejemplo, en la escena
de la violación en *Luz de domingo*.

—¿Cómo que nada? —rezongó a lo sordo Monte-Valdés, sacudiendo barbas y quevedos.

El médico volvió a examinar al intruso, pensando si estaría loco. Y habló de nuevo, esta vez con cortesía:

—Digo que nada precisamente por eso, porque este *nada* quiere decir *todo*: quiere decir que el hombre quedará inútil para toda su vida, cosa que, en resumidas cuentas, le estará bien merecido, porque son unos bestias, que no cuidan de sí; [26] eso, como no estuviera borracho. Y digo que se quedará inútil porque el arreglo del brazo, que es donde tiene la quebradura, no se puede hacer sino con un aparato ortopédico que vendrá a costar setenta y cinco pesetas, y como él no tiene las setenta y cinco pesetas ni quien se las dé, pues, ¡nada!

—¿Y quién le ha dicho a usted que no tiene quien se las dé? —bramó opacamente Monte-Valdés, despidiendo centellas por los ojos. Ahora fueron tan violentas las sacudidas de los quevedos, que hubo de afianzarlos en la nariz con insegura mano.

—Digo; como usted no las...

—Naturalmente que yo las doy.

En este punto apareció una mujer que hipaba y gemía, conduciendo de la mano una chicuela morenucha y enclenque. El médico se acercó a la mujer, y, en hablándole unas palabras, la mujer acudió a Monte-Valdés, y quería besarle las manos. El escritor, con ademán y son evangélicos, dijo:

—Mujer, no llores, que lo que hago no vale la pena. Toma los quince duros.

La mujer quiso saber el nombre y domicilio del protector de su marido. Resistíase Monte-Valdés, pero hubo de ceder al fin.

Una modistilla, arrastrada por ese instinto sentimental y burlesco, [27] que es toda el alma de las madrileñas de clase humilde, gritó:

—¡Viva Don Quijote!

---

[26] *R*: "que no se cuidan de nada".
[27] Nótese, otra vez, la unión de adjetivos aparentemente contrapuestos.

Y los testigos de lo acaecido, en su mayoría de pueblo bajo, hicieron coro:

—¡Viva!

Monte-Valdés, gran enemigo de la plebe y despreciador de sus arrebatos, huyó con ligero compás de pies. Las menestralas, que le veían de espaldas, con su larga cabellera y extraño pergenio, [28] lloraban de risa.

El albañil herido era el señor Emeterio; la mujer sollozante, la señá Donisia.

A solas ya, Monte-Valdés contó el dinero que le quedaba: cuatro pesetas y veinte céntimos. Tenía arrendado un cuarto y solía comer en cafés y restoranes de precio módico, sólo dos veces a la semana, porque su sobriedad era tanta como las de algunos célebres españoles de otros siglos. Es decir, que sus arbitrios pecuniarios no alcanzaban a procurarle el sustento más arriba de una semana. No tenía amigos a quienes acudir, ni, de otra parte, se hubiera doblegado nunca a solicitar dineros.

Esforzábase en resolver tan intrincado problema cuando acertó a pasar frente a la iglesia de las Góngoras. [29] Entró en el templo, sentóse en un banco, y allí, estando con la cabeza gacha, los ojos entornados, las aletas de la nariz dilatadas por el olor a incienso, y peinándose despaciosamente las barbas con los dedos, tuvo una revelación. [30] Salió confortado de la iglesia y se encaminó a una panadería, en donde compró pan para un mes. Pan que luego conservó blando envolviéndolo en pañizuelos, los cuales mantenía húmedos siempre, como los escultores hacen con sus bocetos en barro: o, según él

---

[28] *pergenio* = *pergeño*: 'traza, apariencia, disposición exterior de una persona o cosa' (Real Academia Española: *Diccionario de la lengua española*. Decimonovena edición, Madrid, 1970. A partir de ahora, a esta obra y edición me referiré cuando cite sólo "Academia"). Aparece otra vez en la novela.

[29] Se conoce con este nombre una de las iglesias barrocas madrileñas, la de las Mercedarias Descalzas, porque Felipe IV encargó de la fundación a don Juan Felipe Jiménez de Góngora. Se concluyó de construir en 1689.

[30] Me parece ver ironía antirreligiosa (rasgo frecuente de la juventud del novelista) en esta "revelación" que tiene lugar en una iglesia.

decía, cuando narraba el caso, *los hidraté*. [31] Antes de
terminar el mes, y con él el pan, Monte-Valdés colocó
dos artículos que cobró a cinco duros cada uno. Casi
al mismo tiempo presentáronsele Emeterio, repuesto ya
del percance, y la mujer. Su agradecimiento y adhesión
al caballero eran tales, que a la vuelta de lagrimear y
dar gracias centenares de veces, la Donisia [32] habló así:

—Señorito, nosotros queremos servirle a usté, estar
siempre con usté y a sus órdenes pa lo que nos resta
de vida.

—Me place. Yo no puedo vivir sino rodeado de servidumbre. —Y comenzó a peinarse las barbas, signo en
él de reflexión—. Pero debo advertirles que yo soy un
hidalgo pobre.

—Con usté, aunque fuese morir de hambre —afirmó
decidido Emeterio—. ¡Mejor que con el Rochil!

—¡Sea! —concluyó Monte-Valdés.

A partir de este punto comenzó la época misteriosa-
mente heroica de la vida de Monte-Valdés, la época de
la conquista: conquista de renombre y, en segundo término, si ello viniera de añadidura, conquista de bienes-
tar. Y así como la enjuta Castilla de los tiempos del
Emperador, con el hambre en casa y la miseria, con-
quistaba el mundo lidiando por la fe, y tanto como se
le apretaban las tripas se le erguía la cabeza ante ojos
ajenos, Monte-Valdés peleaba, a su modo, por un ideal
de arte, y cuanto más recia era la escasez en casa, más
se le entiesaba y endurecía la raspa, que no la doblaba
ante nadie. Solamente entre españoles se encuentra el
tipo de hombre que ha hecho compatible el hambre con
el orgullo y a quien no envilece la pobreza. [33] No era
raro que durante aquella época de conquista Monte-
Valdés permaneciera algunos días sin salir del lecho,

---

[31] No aparece en *R* la frase "o, según él decía, cuando narraba el
caso, *los hidraté*".
[32] *R*: "la Dionisia". Igual que en la nota 7, *P* adopta la grafía correspondiente a la pronunciación popular.
[33] El ejemplo de Monte-Valdés le sirve al novelista para una digresión (a las que él es tan aficionado) irónico-admirativa sobre el ascetis-
mo español.

habiendo empeñado el único traje que poseía, por no morirse de hambre él y su servidumbre. Y si acaso en tales ocasiones aportaba [34] un amigo de visita, recibíale Monte-Valdés en cama, con afable prestancia y un como natural olvido de las humildes cosas en torno de ellos, que no parecía sino que el lecho era estrado.

Era pendenciero, porque consideraba que en la adversidad los ánimos nobles se enardecen. Una de sus pendencias hubo de costarle una pierna, la derecha, que sustituyó con otra de palo. Si se le hubiera de creer a él, de este accidente recibió gran contento, porque le hacía semejante a Lord Byron, que también era cojo, si bien de distinta cojera. [35]

—Lo que me duele —exclamaba a veces componiendo un gesto de consternación irónica— es sentirme incapacitado para aplicar puntapiés a los galopines de las letras y no poder desbravar potros cerriles. —Cosa la última que dejaba un tanto perplejo al interlocutor.

Tras muchas y ásperas campañas, la fortuna comenzó a serle amiga y el éxito a lisonjearlo. Iba camino de alcanzar cuanto se había propuesto.

El señor Emeterio, que había dejado el oficio, y la señá Donisia, que había incurrido en menesteres porteriles por distraerse, decía ella, habían seguido caninamente a Monte-Valdés en todas sus andanzas y participado, con resuelto corazón, de sus privaciones. Sentían, además de amor, cierto orgullo reflejo por su señorito: esa jactancia de servir a buen amo, que es la verdadera cadena y muestra visible de todas las servidumbres. [36] Por eso le amaban como el perro ama al hombre y el hombre ama a Dios, com un ser a medias familiar y a medias misterioso. [37]

---

[34] *aportar* (uso intransitivo): 'acudir a determinado lugar, acercarse, llegarse' (Academia, p. 105).

[35] Byron cojeaba a consecuencia de la desviación de un pie que sufrió en la niñez.

[36] A partir de un caso concreto, a Pérez de Ayala le gusta generalizar, sacar consecuencias amplias.

[37] Concluye aquí el "flash-back" de la historia de Monte-Valdés, con las mismas palabras con las que se inició.

—Es que verá usté, señorito —empezó a explicar la señá Donisia—, se cuela un méndigo en el portal, porque talmente era un méndigo. Ya sabe usté que el casero no quiere méndigos. Lo mismo da decir ladrón que méndigo.

—Mendigo, mujer, y no méndigo, como ha dicho usted por cuatro veces.

—Ladrón me paece más al caso. Pues como le digo, voy y no le dejo pasar. Pues que se arranca a decirme perrerías, y va y y [38] me da un puñetazo en el vientre; y ná, que resulta que es el chulo de la señorita Rosa.

Monte-Valdés se peinaba las barbas. Al oir el nombre de Rosa, alargó el brazo y dijo:

—Basta, Dionisia. Que no le oiga a usted llamar señorita a una mala mujer. [39] Veo que en esta casa no se puede vivir. Y como quiera que ya vengo pensándolo hace varios días, usted, Emeterio, irá hoy a verse con el casero y le dirá que me mudo en seguida. Yo mismo buscaré nuevo cuarto, y ustedes, si quieren seguir sirviéndome, me acompañan; si prefieren la portería y los gajes que le pueden venir de una mala mujer, se quedan.

—Pero es que..., señorito. —El señor Emeterio titubeaba.

—He dicho basta. Dionisia, traiga agua caliente, que quiero vestirme al punto.

40

—L A señorita se levanta ahora mismo. Pase usté entretanto al gabinete.

—Si no hubiera dificultad, Conchita, yo preferiría esperar en el comedor.

—A ver, ¿es que no nos hemos desayunao aún, don Teófilo? —Soltóse a reir Conchita como una chicuela.

[38] Nótese la repetición de fórmulas sintácticas en la narración de la señá Donisia: "va y... y va y... y ná...". Pérez de Ayala fue siempre muy aficionado a caracterizar a sus personajes poco cultos mediante la repetición de muletillas.

[39] Este puritanismo no me parece que case muy bien con el resto de los caracteres de Monte-Valdés.

[40] R: "III":

No había dado sentido literal a la pregunta; creía haber dicho una agudeza, sin sospechar que atormentaba a Teófilo.

—Es usted tremenda, Conchita —balbuceó Teófilo azorándose.

—Tráteme usté de tú, don Teófilo.

Teófilo pensaba: "Conchita se figura que no me he desayunado todavía; que estoy muerto de hambre. [41] Con mi facha..."

—Es que en el comedor hay más luz, Conchita.

—Más luz, ¿eh? Está usté apañao del quinqué. [42] Cómprese unas gafas ahumás.

Teófilo pensó ahora: [43] "Se está burlando de mí. Le parezco ridículo." Aquella fuerza tiránica, indócil a la voluntad, que le había movido a descargar gallardo golpe sobre el vientre de la portera comenzaba a insurgirse y dominarlo. "¿Quién me manda a mí venir a casa de una *prostituta*?..." Cerebro y corazón se le quedaron en suspenso unos instantes. Prosiguió el hilo del soliloquio mental: "Al fin y al cabo, una *prostituta*." *Al fin y al cabo* valía tanto como "aunque yo esté enamorado de ella; aunque quizás llegue a enamorarse de mí y se regenere; [44] aunque ando loco entre esperanzas y desesperanzas." Y Teófilo, dolido por lo que él juzgaba burlas de Conchita, continuaba pensando: "Lo natural, lo decoroso, el *gesto bello* de este trance risible sería que le diese un puntapié en el trasero a Conchita, para que aprenda a no ser desvergonzada." Y aquella fuerza agresiva e irreprimible le hormigueaba ya en una pierna. Pero de pronto tuvo la sensación de quedar exangüe, con las venas vacías, y así como si el corazón fuese una cosa flácida y hueca, susceptible de ser vuelto del revés. A pesar suyo, volvió a formular con palabras

41 *R*: "Conchita se figura que estoy muerto de hambre".
42 *el quinqué* aquí corresponde al sentido intermedio entre 'vista' e 'ingenio' que registra Seco (p. 483).
43 Nótese claramente, en todo este párrafo, la técnica del narrador omnisciente, que nos revela lo que piensan sus personajes. Así sucede habitualmente en esta novela. Ya no lo volveremos, por tanto, a comentar.
44 *se regenere*: incluso pensando emplea Teófilo verbos "literarios".

las ideas: "¡Pobrecita! ¿Qué culpa tiene ella de que yo sea pobre y grotesco?"[45] Y otra vez, de la palabra concreta descendió a derretirse en neblina y angustias sentimentales. Era que tenía miedo de las palabras: miedo de desvelar la verdad acerca de sí propio; y a tiempo que todo su ser, a tientas, aspiraba a interrogarse y conocer si en realidad era un hombre grotesco, obstinábase[46] en ignorar esta aspiración perentoria. Cerraba los ojos de la conciencia igual que, después de algunos días de hambre y algunas noches sin sueño, solía cerrar los del rostro al pasar ante un espejo, por miedo a verse con toda la traza de un tísico rematado. Tales estados de ánimo iban unidos siempre, en lo afectivo, a una rara ternura y tolerancia hacia la maldad ajena, a un movimiento de amor por todos los seres y las cosas, y en las líneas de la cara trasparecían[47] estos sentimientos, a modo de[48] mueca simpática y pueril, como si con el gesto dijese: "Yo os perdono que seáis como sois. Perdonadme que sea como soy, porque la verdad es que yo no tengo la culpa."

—¡Parece mentira! Y yo que te quiero tanto, Conchita... —Cuando le entró por los oídos el compungido acento de sus propias palabras, Teófilo quedó estupefacto y corrido de haber hablado como por máquina, sin el concurso de la voluntad.

—¡A ver, a ver, que yo me entere! —Conchita colocó los brazos en jarras, se empinó sobre las puntas de los pies, entiesando el grácil torso, y ladeó la cabecita para oir mejor. Ahora era Conchita quien pensaba que se burlaban de ella.

Su engallada actitud de braveza y enojo era tan linda y graciosa, que Teófilo se deleitaba contemplándola y no pudo menos de sonreír.

---

[45] *grotesco*: primera vez que aparece esta palabra, importante para definir a Teófilo.
[46] *R*: "era un ser grotesco, Teófilo se obstinaba...".
[47] *trasparecer*: 'dejarse ver una cosa al través de otra más o menos trasparente' (Academia, p. 1291).
[48] *R*: "trasparecían a modo de...".

—Te quiero como amigo, Conchita; nada más que como amigo. Sabes que las aguas van por otro lado; aparte de que tú ya tienes novio.

—Eso es lo que a usté menos le importa —dijo Conchita con sequedad que no era hostil.

—Claro que no me importa, si tú te empeñas. Bien; ahora llévame al comedor.

—¡Y dale! ¡Qué pelmazo es usté, señor Pajares!

Conchita tomó de la mano al poeta, y corriendo de suerte que Teófilo iba a remolque, le condujo al comedor.

—¿Lo ve usté? —preguntó la muchacha, mostrando el desorden de la habitación.

Las sillas estaban unas encima de otras y algunas sobre la mesa; los cortinajes, recogidos en los batientes de las puertas. Una vieja criada barría.

—¿Se quiere usté quedar aquí, don Teófilo?

—Ya veo que tenías razón; pero es que el tal gabinetito me es antipático.

—Anda, que si le oye a usté la señorita; está loca con él.

—¡Concha!... —gritó una voz tumultuosa, masculina, desde el interior de un aposento.

—¿Qué hay? —respondió Conchita.

—¿Quién está ahí? —preguntó la voz.

Y Conchita:

—Un amigo de la señorita.

Y la voz:

—¿Es el señor Menistro? [49] —Por el tono se comprendía que lo pronunciaba con letra mayúscula.

Y Conchita:

—No, señor.

Y la voz:

—Pero será amigo del señor Menistro...

Y Conchita:

—No lo sé. Es un señor poeta.

---

[49] *Menistro*: cambio de *i* átona en *e* por asturianismo. En otras obras Ayala emplea "desemular", "feguración", "defunto", "desgusto", "escrebir" (Vid. Reinink, p. 129). Debe de actuar aquí la disimilación, igual que en "vegilar".

Y la voz:

—Qué cosa ye [50] más, ¿Menistro o poeta?

Y Conchita:

—Luego se lo diré, en cuanto lo averigüe. —Volvió a tomar de la mano a Teófilo y salieron del comedor.

—¿Quién es? —interrogó Teófilo muy sorprendido.

—El padre de la señorita. Era marinero, al parecer, allá por el Norte, no sé en dónde. [51] Ahora está ciego.

—Y, desde luego, como si lo viera: al padre le parecerá muy bien la vida que lleva su hija.

—Miá tú éste; como al mío, si yo tuviera la suerte de ella. Vaya, entre en el gabinete, que yo tengo que vestir a la señorita.

[52]

CONCHITA penetró en la estancia y, sumiéndose entre tinieblas, con gran desenvoltura y tino fue derechamente a abrir las contraventanas. A través de las cortinas de delgado lino blanco, lisas y casi conventuales, fluyó la luz, fría, pulcra. La habitación era amplia y rectangular, de una blancura mate, nítida, que en los ángulos menos luminosos degradábase en velaturas azulinas y marfileñas. [53] Hubiérase creído vivienda amasada con sustancia de nubes a no ser por el estilo tallado, perpendicular, de los muebles, de laca blanca. Las puertas estaban aforradas con una cuadrícula de sutiles listones, encerrando espejillos biselados. La alfombra era espesa y muelle. Había pocos muebles, y éstos ingrávidos, sin domesticidad. De las paredes colgaban tan sólo tres cuadros, un aguafuerte y dos grabados en sepia, con mucho margen, y por marco un fino trazo de roble color ceniza.

Daban las únicas notas de color una butaquilla baja, de respaldar sinuoso y con orejeras a entrambos lados

[50] *ye* = 'es'. Otro asturianismo, con diptongación de la *e-*. Según los casos, Ayala nos ofrece las formas con o sin diptongación (Vid. Reinink, p. 128).
[51] En el pueblecito de Arenales: era personaje de *Tinieblas en las cumbres.*
[52] *R:* "IV".
[53] Ayala, que fue pintor, suele atender a estos matices de color.

del respaldar, tapizada de pana fresa,[54] y dos lechos,
uno matrimonial y el otro infantil, los dos de cobre
dorado y diseño muy simple; a la cabecera, sendas ca-
becitas rojiáureas, y a los pies, edredones de seda oro
viejo.[55]

En aquel fondo inmaculado, el cuerpo menudo y ágil,
vestido de negro, de Conchita, destacaba como un ra-
toncillo caído en un cuenco de leche.

Las dos cabezas, encendidas por el sueño y sumergi-
das en una masa de cabellos de miel, yacían profundamente, ajenas al advenimiento de Conchita y de la luz.

La doncella se acercó a la cama de la señorita y la
zarandeó con suavidad.

—¿Qué hora es? —preguntó Rosina, con voz algo
ronca.

—Las diez y media, sobre poco más o menos.

—¿Por qué me despiertas tan temprano?

—El señor Pajares está ya en el gabinete, esperándola
a usté.

—Es verdad. No me acordaba.

Sacó los desnudos brazos de entre las sábanas y los
elevó al aire, desperezándose. Eran bien repartidos de
carne, gordezuelos quizás, dúctiles, femeninos porque
aparentaban carecer de coyuntura y músculos, cual si
ondulasen, y tenían, así como el cuello[56] y los hombros,
una suave floración de vello entre rubio y nevado, a
través del cual se metía la claridad de manera que tra-
zaba en torno a los miembros un doble perfil, como si
estuvieran vestidos de luz.

—Que no se despierte la niña —bisbiseó[57] Rosina, in-
corporándose y haciendo emanar del interior del lecho
una fragancia cálida, semihumana y semivegetal.

El tibio olor llegaba hasta Conchita, sugiriéndole ideas
de voluptuosidad. Se dijo: "No me extraña que los

---

[54] R: "de pana gris perla". Para un dormitorio femenino, le debió
de parecer más adecuado el color de P.

[55] Sobre este color, véase Reinink, p. 114.

[56] Es rasgo frecuente en Pérez de Ayala el dotar a sus heroínas de
un poco de pelo rubio en esa zona.

[57] bisbiseó: otro caso de onomatopeya, a la que (en sus distintas
variedades) tan aficionado era el escritor.

hombres cuando tropiezan con una gachí [58] como ésta, se entreguen hasta dar la pez." [59]

—¿Dónde está *Celipe*? —preguntó una clara voz infantil.

Rosina y Conchita volviéronse a mirar hacia la cama de Rosa Fernanda. La niña se había puesto de rodillas en el lecho y sentado sobre los talones, escondidos entre rebujos del luengo camisón de dormir.

—¡Tesoro! ¡Gloria! ¡Picarona! ¿Quién la quiere a ella? Ven aquí, que te coma un poco de esa carina [60] de rosa, que la mamita tiene mucha hambre. Ven, ven.

Y Rosina tendía los brazos a su hija, a tiempo que murmuraba más y más ternezas y amorosos dislates.

Rosa Fernanda, que restregaba desesperadamente los ojos con los puños, repitió:

—¿Dónde está *Celipe*?

—¡Ah, malvada! Quieres más a *Celipe* que a tu mamita. Ahora voy a llorar.

Y comenzó a simular afligido llanto.

Rosa Fernanda arrugó el entrecejo e hizo un pucherito, en los barruntos de una llantina. Rompió entonces la madre a reír, y la niña, dando con los ojos patentes muestras de que no le había hecho gracia la burla, repitió indignada:

—¿Dónde está *Celipe*?

Oyóse cauto rumor a la puerta, como de alguien que la arañase.

—¡Ahí tienes a *Celipe*, pícara, más que pícara! —refunfuñó Rosina, fingiéndose enojada.

Rosa Fernanda saltó del lecho a tierra, a punto que el llamado *Celipe* forzaba la entrada, y corrieron el uno al encuentro del otro. Pero Rosa Fernanda, cuyo camisón era dos palmos más largo que su diminuta

---

[58] *gachí*: 'muchacha, chica'. Véase Academia, p. 646; Seco, p. 378. Vuelve a aparecer en la novela varias veces: pp. 194 y 247, por ejemplo. También su masculino, "gachó".

[59] *dar la pez* (frase figurada y familiar): 'llegar al último extremo de cualquier cosa, por alusión a la pez que suele hallarse en el interior de las corambres' (Academia, p. 1017).

[60] *carina*: sufijo diminutivo asturiano.

persona, se enredó y dio en el suelo, al aire las rosadas
piernecillas y los desnudos pies, de planta y talón ambarinos. Entonces *Celipe,* que era un perro faldero tan
velludo que parecía una pelota de lana sin cardar, llegóse a la niña, comenzó a botar en torno a ella, a gruñir, con acento ridículo y amistoso, y a toparla con su
cabezota cubierta de tupidas cerdas cenicientas, informe y sin ninguna apariencia orgánica, como no fueran
dos ojos brutales, duros, de azabache, entre vedijas. [61]
Desternillábase a reír la niña; contagióse de la risa la
madre, y, a la postre, también Conchita, de suerte que
entre las tres, con su alegre concierto, enardecían a *Celipe* y le inducían a cometer mayores incoherencias.

—Señorita —atrevióse a sugerir la doncella—, que el
pobre señor de Pajares [62] está esperando.

—Sí, tienes razón; dame acá el kimono. [63]

Rosina vistióse el kimono que Conchita le presentaba; una a manera de holgada vestidura de seda carmesí, bordada de dragones verde malva, glicinias violeta
y plateadas zancudas volantes. El kimono estaba gua-
teado por dentro, y así Rosina gustaba de arrebujarse
en él y sentir cómo le abrazaba el cuerpo aquella leve-
dad mimosa y tibia.

Rosina tomó en el aire a Rosa Fernanda y la besó
con apasionada efusión, sin cuidarse de las protestas y
pataleos de la niña, ni de los ladridos del informe *Celipe,* el cual se había alongado como cosa de medio
metro, [64] verticalmente, en el espacio, demostrando con
esto y la incertidumbre del equilibrio que se había puesto en dos pies. La madre depositó de nuevo a la pequeña sobre la alfombra, y dejándola a su placer en la
amiganza del jocoso *Celipe,* salió al cuarto de baño,
seguida de la doncella.

---

61   "entre vedijas" no aparece en *R.*
62   Aquí Conchita antepone (quizás buscando una fórmula de mayor
respeto) un "de" al apellido del poeta. Dos páginas antes no lo había
hecho así.
63   *R* repite varias veces "el kímono", con acento. Ya no se da el
acento en *P* ni en *L.*
64   *R:* "como cosa de una cuarta".

En el cuarto de baño sentóse a esperar que la pila se llenase. En tanto Conchita azacaneaba [65] el agua con el termómetro, previniendo la temperatura adecuada, Rosina permanecía con los ojos disipados [66] en el vaho caliente que del baño subía. Como Conchita espiase de soslayo la distracción de su ama, por entretenerla le refirió el lance que había acaecido entre Teófilo y la señá Donisia. [67]

—Pero, ¡qué bestia es esa mujer! —comentó Rosina nerviosamente—. Y él, ¿no le dijo alguna frase oportuna?

—Arpía: fue lo único que yo le he oído.

—¡Pobre Pajares!

—Quite usté, señorita, si tié la sangre más gorda...

Rosina y su doncella mantenían entre sí un trato de familiar llaneza, si bien Conchita, por mucho que le aguijase la curiosidad, absteníase de preguntar: tarde o temprano, Rosina se lo contaba todo.

—¿Cómo viene vestido hoy?

—¿Cómo? Anda, pues de príncipe ruso. Ya conoce usté la *mise en escène* [68] (pronunciado en castellano): [69] pantalones con fondillos, y sus flecos, calzao americano, que es la moda, quiero decir, calzao que proviene de las Américas del Rastro, y la chaqueta que puede pasar... que puede pasar al carro de la basura. Pues no le ha visto usté en calcetines.

—Claro que no. ¿Es que le has visto tú?

—Natural que le he visto. Pero ¿no le he dicho a usté que la señá Donisia le había sacao una bota?

—¡Qué bestia de mujer!

—Pues nada, que había que ver la tontería de calcetín.

—Bueno, basta, Conchita. Parece que no te has enterado de que no me gusta oír hablar mal de Pajares.

[65] Nótese, en una sola página, el empleo de varios términos anticuados o literarios: "planta y talón ambarinos", "amiganza", "azacaneaba el agua"...
[66] R: "perdidos".
[67] L restituye la grafía correcta: "Dionisia". Probablemente se debe esto al corrector argentino.
[68] En francés correcto sería *scène*, naturalmente.
[69] La frase entre paréntesis no aparece en R.

—Si es que le tengo lástima.

—¿Lástima de qué? ¿De su pobreza? Eso le honra. Has de saber que es un hombre de gran talento; que podía ganar lo que quisiera escribiendo en los periódicos; pero como ocurre que su carácter noble y rebelde no le deja doblarse ante nadie..., eso es todo. Además, que le tienen envidia...

Rosina exteriorizó con gran vehemencia sus opiniones; opiniones que había contraído directamente del propio Teófilo.

—No lo dudo, porque mire usté que en el mundo hay envidiosos y envidiosas... Ya está el baño.

Rosina sumergió el desnudo cuerpo en el agua, templada y olorosa. Era una de esas bellezas áureas de los climas húmedos, productos de jugosa madurez, que afectan, con ligadura de fruición deleitable, tanto los ojos como el paladar de quien las mira: sugieren nebulosamente una sensación de melocotones en espaldera, ya sazonados, y hacen la boca agua. A causa del sedoso vello, la piel de Rosina, como la de las frutas frescas, dentro del líquido semejaba estar cubierta con polvo de plata cristalina. Rebullíase la mujer con molicie y entornaba los ojos. Estaba pensativa.

—Oye, Concha, ¿no te parece que Pajares no se puede decir que sea feo?

—No es un bibeló; pero no se puede decir que sea feo.

—Tiene así un no sé qué [70] de distinguido, ¿no te parece? Algo en el aire. Una cosa de orgullo, a veces de desprecio, que está bien. Bueno; tú no te paras a mirar esas cosas. Si me lo vistes como los niños de la Peña, pongo al caso...

—Mire usté, señorita; pa mí que el hábito no hace al monje. Yo me pongo los vestidos de la señorita, y sigo siendo la Concha.

—No estoy conforme contigo; habías de verme a mí cuando no era más que una pobre rapazuca de pueblo,

---

[70] Como tantos autores, Pérez de Ayala suele emplear esta fórmula tradicional para expresar algún encanto que escapa a las normas clásicas.

una sardinera hija de un pescador. No debía de haber por dónde cogerme.

—Ya, ya; dejaría usté, cuando se quedaba en cueros, como ahora, y se metía en el agua, como ahora, digo que si dejaría usté de ser, como es ahora: una alhaja, que toda usté parece plata, oro y brillantes.

Rosina sonrió a las lisonjas de su doncella.

—Pues digo más, y esto para el señor Pajares —prosiguió Conchita—. Y digo que no sé por qué se me figura que todo el aquel que usté le encuentra, en cuanto que se vistiera como un niño litri, [71] no quedaba pero que ni esto.

—Es decir, que según tú, el hábito hace al monje. Pues yo te digo que Teófilo tiene una gran figura.

Rosina salía del baño. Conchita la arropó en la sábana, y se dijo para sus adentros: "Está chalá por el poeta".

Volvieron a la alcoba. Rosa Fernanda y *Celipe* se habían marchado. En tanto la muchacha peinó, le acicaló las manos y vistió a Rosina, no volvieron a cambiar una palabra.

[72]

TEÓFILO hubo de resignarse a esperar en el gabinete, que, en efecto, le era muy antipático: le exasperaba los nervios. Pajares había definido este sentimiento enemigo sirviéndose de una imagen: "lo odio como un ruiseñor odiaría un solo de cornetín".

El gabinete había sido planeado por don Sabas Sicilia, ministro de Gracia y Justicia y amante de Rosina. Era una pieza amueblada y decorada al estilo Imperio, y, mal que pese a todas las antipatías, a Teófilo le había servido para hacer las siguientes anotaciones literarias: "La gama completa de los rojos se fusiona en un conjunto de incandescencia aguda y cesáreo esplendor. Los muros tapizados con seda rojo mate, como

[71] *litri* = 'presumido, cursi'. Vid. Seco, p. 412. Lo usan también, por ejemplo, Arniches y Cela (*La colmena*). En esta novela se da también en otra ocasión.
[72] *R*: "V".

ladrillo romano, y en ella esparcidas coronas de laurel, de color bermellón anaranjado. La caoba bruñida de los muebles, trasunto del rubí traslúcido de los vinos de la Campania. La alfombra, de un carmín intenso, casi violáceo, como púrpura antigua". Y luego añadía para sí: ¡qué bobadas! [73]

Dentro de aquella habitación, los pobres atavíos de Pajares se trasmutaban en andrajosidad. Cierta hidalguía misteriosa que corregía la fealdad y desgarbo del poeta era devorada por el fuego purpúreo del aposento. [74]

El insolente imperialismo [75] de la estancia determinó que Teófilo, reaccionando por instinto, se sintiese traspasado de mística humildad. Dejóse caer sentado en una butaca, cuyas patas terminaban en garras de esfinge, cinceladas en cobre; hincó los codos en las piernas y hundió el rostro en el hueco de las manos. "¡Dios mío, Dios mío!" —murmuró, considerándose horriblemente desgraciado, sin saber por qué.

Un aullido alfeñicado y a la vez furioso le obligó a levantar los ojos, y vio en la abertura de la puerta dos ojos de azabache que le miraban con dura frialdad, entre vedijas de lana cenizosa.

—¡Celipe! ¡Celipe! —gritó de fuera una voz aniñada, y Teófilo volvió a quedar a solas y a murmurar: "¡Dios mío!" Veíase objeto de escarnio y odio universales: los hombres se burlaban de él; las bestias, como Celipe, [76] lo odiaban; hasta las cosas se le mostraban hoscas, con una hosquedad doblemente irritante por ser arcana, indefinible. No encontraba dentro de sí propio escondrijo adonde acogerse, ni fuerza con que valerse y luchar. En estos desmayos y trances de humildad llegaba a confesarse que su espíritu era tan seco y flojo como su cuerpo, y las galas de sus versos no menos desastradas que sus calzones, calcetines y botas. Reconocía no ser poeta,

---

[73] "Y luego añadía para sí: ¡qué bobadas!" no está en R. Contrarresta el tono excesivamente literario —incluso para Teófilo— de las anteriores frases.

[74] Pérez de Ayala sigue hablando como lo hacía su personaje.

[75] L: "El insolente y artificioso imperialismo".

[76] "como Celipe" no está en R.

sino gárrulo urdidor de palabras inertes, y desesperaba
de llegar a serlo nunca. Pero había algo en el propio
tuétano de su alma que él no lograba desentrañar; algo
a modo de angustia perdurable, un ansia de luz, [77] y un
creerse a punto de verla, un desasosiego perenne, el cual,
en la vida de relación, se manifestaba ya como hermética
timidez, ya por exabruptos de energúmeno.

Según estaba con el rostro escondido entre las manos,
en el gabinete Imperio, aquella angustia de todo momento le señoreó con no acostumbrado poderío, imbu-
yéndole la ilusión de la omnipresencia. Veía plástica-
mente, en la memoria, toda su vida pasada como un
momento actual. En su historia, tal como él la veía, no
se engendraba la vida a costa de la muerte; no había
la función materna de un hecho para con el que le
sigue, de una nota para con la nota que va detrás, como
acontece con la poesía y con la música, sino que todos
sus pasos y estados de ánimo, aun los remotos de la
infancia, destacaban sobre un mismo plano en estado
de presencia, guardando entre sí la coordinación de valores y armonía estática de las figuras en una pieza
pictórica. Esto es: no *sentía* el pasado lírica ni musical-
mente, a modo de nostalgia o de melancolía, sino que
lo *contemplaba* como lienzo a medio pintar. [78] Tal era
su manera de comprender el libre albedrío; cada momento en su existencia no era obra fatal del momento
precedente, sino la nueva figura del cuadro, hija de la
voluntad ágil del pintor. Y amando locamente a Rosina,
no se juzgaba constreñido a ello por la fuerza de unos
hechos emocionales [79] necesariamente concatenados, sino
por propia elección y apasionada voluntad de coronar
el fondo tenebroso del cuadro de su vida con aquel vivo
oro de aurora a guisa de firmamento. De esta cualidad
materialista de su imaginación provenía que Teófilo no

[77] La luz es tema importante en la obra literaria de Pérez de Ayala:
como símbolo intelectual (unido a la consciencia) y como motivo poético
(recuérdese *Luz de domingo*).
[78] Todo esto se parece más a una digresión culturalista que a la
reflexión de una persona angustiada.
[79] *R*: "de unos hechos".

comprendiera el arte de la pintura, si bien gustaba mucho de perorar acerca de ella, con entonaciones críticas.

Pero si la voluntad era libre, el arte era escaso. ¡Cuántas veces no había hallado Teófilo que, tras mucho trabajar, todo lo que conseguía era una mala caricatura de su propósito o ideal primero!

Era Teófilo hijo único de una mesonera de Valladolid. Siendo Teófilo muy niño, sus padres habían gozado más holgada fortuna: la casa de huéspedes de ahora había sido Fonda en otro tiempo. Recordaba Teófilo la larga mesa redonda, cubierta con un tul color de rosa, y las moscas luchando encarnizadamente por quebrantarlo y llegar hasta los frutos y galletas, más incitativos y codiciables por estar detrás de un aislador [80] imposible, falaz, sonrosado y transparente. Teófilo acostumbraba descifrar en esta imagen del tul [81] el símbolo de su vida entera. Él era la mosca; entre él y los bienes del mundo se extendía no sé qué velo de ilusión que lo exaltaba todo, y, en acercándose, el velo era muralla.

Oyéronse carcajadas de Rosa Fernanda. Teófilo levantó la cabeza y se llevó las manos al pecho. Murmuró por vez tercera: "¡Dios mío! ¡Dios mío!"

[82]

—E A , ya estoy vestida. Cuando usted quiera... —dijo Rosina, sonriente, apareciendo en la puerta del gabinete. Vestía un traje, hechura sastre, de *homespun*; áspera estofa de un medio color pardusco, moteada de acres colorines, en velloncitos sin hilar. Avanzó hacia un espejo, con los brazos en alto, prendiendo los alfileres del sombrero, de manera que su busto destacaba sobre el fondo carmesí desembarazadamente, como el de las Venus mutiladas. [83]

---

80 "Aislador" no aparece en *R* ni en *L*. En contra de lo usual, *L* no sigue aquí a *P* sino a *R*. Quizá el propio Ayala se arrepintió luego de lo que había añadido en la segunda edición.

81 *L*: "de tul". Debe de ser errata pues, si no, cambiaría el sentido y resultaría muy cursi.

82 *R*: "VI".

83 Es habitual en el novelista la comparación de la vida con el arte. (Véase especialmente *La pata de la raposa*, Parte Primera, cap. IV.)

Teófilo se puso en pie, haciendo cloquear las choque-zuelas, de tan flaco como era. [84] Dio dos patadas nervio-sas por estirar los pantalones y corregirlos de sus pliegues inveterados, los cuales se habían recrudecido en la pos-tura sedente.

—Andando —indicó Rosina.

Pero Teófilo no se movió; deseaba examinar los pan-talones al espejo y arreglarlos: no quería que Rosina se diera cuenta de ello. Rosina aguardaba a que saliese.

—Andando, sí; ¿qué espera usted ahí mirándome? ¿Teme usted que me lleve algo del gabinete? —mur-muró Teófilo con esa voz áspera y ruin que a pesar suyo emite el hombre cuando por hallarse irritado con-sigo mismo se esfuerza en hallar ocasión al enojo en la conducta ajena.

Rosina sonrió con benignidad, y a tiempo que giraba sobre los talones y partía, murmuró llanamente:

—Por mí se puede usted llevar la consola en el bol-sillo del chaleco, señor Erizo. Voy andando delante. —No le desplacía la hosquedad de Teófilo, presumiendo todo el amor que tras de ella se ocultaba.

En el minuto que Teófilo estuvo a solas, contemplóse de perfil en el espejo. Los pantalones eran realmente execrables. Tenían tales depresiones y abombamientos que era casi imposible suponer que dentro de ellos se albergaban miembros humanos. El color de pizarra del paño [85] había degenerado en lila, y en la parte superior externa de los muslos estaban negros, con mugre. [86]

"¿Cómo voy a salir a la calle con esta mujer?", se dijo Teófilo, y la angustia le detenía la respiración. Como por arte sobrenatural, sintió algo así como si su espina dorsal se hiciera de acero, inopinadamente; algo como frenética necesidad de erguirse con desesperado orgullo y desafiar al mundo. Salió del gabinete cesáreo como un César de verdad. Rosina y Conchita, que estaban en la antesala, viéronle venir con aquel aire de realeza,

---

[84] No aparece en *R* "de tan flaco como era".
[85] No aparece en *R* "del paño".
[86] "Con mugre" no aparece en *R*.

y la primera le admiraba, mientras la otra luchaba por contener la risa, que a la postre dejó en libertad, como Teófilo tropezase con un galápago que a la sazón tranquilamente cruzaba por aquella parte, y diese un traspiés, y luego un formidable puntapié al estorbo, enviándolo largo trecho por el aire.

—¡Pobre *Sesostris*! —exclamó Conchita.

Sesostris era un galápago que la cocinera había comprado para que devorase las cucarachas. La imposición del nombre había sido cosa del ministro.

Riéndose, Conchita acudió a socorrer a *Sesostris,* que había caído en mala postura, y al inclinarse a tierra la muchacha descubría sus delicados tobillos. Tenía Conchita la frágil finura de cabos y el voltaje latente de las razas inútiles y de excepción, como los caballos de carrera, que ganan un Derby, y las chulillas matritenses, [87] que hacen un Dos de Mayo, pero no pueden arrastrar un camión ni [88] el peso de la vida normal civilizada.

Teófilo, aunque a ello le incitase Conchita con sus risas y vayas, no conseguía enfadarse con ella. Contemplándola ahora, par a par de Rosina, se le aparecían, si bien muy por lo turbio y lejano, como encarnaciones, Conchita de la pasión, y Rosina de la voluptuosidad, los dos polos del amor ilícito.

—¿Listos? —preguntó Rosina.

—Cuando usted ordene —respondió Pajares, que se había dulcificado por extraño modo.

Al bajar las escaleras, dijo Rosina:

—¿No me ofrece usted el brazo?

—El brazo y el corazón. —En habiéndolo dicho, se arrepintió, reputándolo impertinente y temiendo una respuesta desdeñosa. Pero Rosina volvióse hacia él, con mimosa incertidumbre, como suplicando no ser engañada, y murmuró:

—A ustedes los poetas no les cuesta trabajo ofrecer el corazón; pero desgraciada quien les crea. [89] Porque

---

87 "Y las chulillas matritenses" no aparece en *R.*
88 *R:* "o".
89 *R·* "la que se lo crea".

la poesía no es más que eso, ¿verdad?: una mentira bonita. En medio de todo, la verdad suele ser siempre tan sosa y desairada que todos prefieren las mentiras bonitas.

—No, Rosa; la poesía es la única verdad. —Pajares asumió un continente sacerdotal, porque[90] la sentencia adquiriese cierto valor religioso.

—No, no. Si es verdad, ya no es poesía.

—¿Cómo, Rosa? ¿Es usted verdad?

—¿Que si soy verdad? No entiendo.

—¿Existe usted? ¿No es usted una cosa real y verdadera?

—Claro que lo soy.

—Y dice usted que la poesía es una mentira bonita... Poesía es una verdad bella, la única verdad. Ya lo dijo nuestro gran poeta: "¿Qué es poesía? ¿Y tú me lo preguntas? Poesía eres tú".

Rosina no sabía qué decir. Experimentaba una fruición nueva; la sangre afluía a sus mejillas. Esa satisfacción inocente de complicar el propio instinto con la vida del Universo y encubrir la venereidad[91] con las ropas hechas del bazar del Arte, satisfacción que ha gustado cualquiera criada de servir cuyo novio sea un hortera sentimental, era absolutamente desconocida para Rosina. Era la primera vez que le hablaban de esta suerte. Las proposiones de amor que de los últimos tiempos recordaba tenían un carácter espartano, a propósito, por la sobriedad, para la epigrafía: "Cuándo y qué precio". No podía darse más laconismo.[92] Pajares, ahora y por contraste, le pareció adorable diciendo aquellas cosas tan sencillas y tiernas con gran ternura y sencillez, porque, en efecto, para decirlas Pajares se había despojado del artificio e infatuación que en él eran frecuentes.

---

90 L: "para que". Así está mejor expresado.
91 R: "la venustidad".
92 Al comienzo de *Tinieblas en las cumbres*, Pérez de Ayala se divierte aplicando también estas inscripciones lacónicas a temas prostibularios.

Llegaron al portal en ocasión que don Alberto del Monte-Valdés salía [93] componiendo un ritmo trocaico con la pierna de palo sobre el pavimento, el halduda gabán flotando a la espalda.

Teófilo quiso satisfacer una doble vanidad: la de mostrarse ante Monte-Valdés en compañía de tan hermosa mujer y la de alardear ante Rosina de la confianza con que trataba al renombrado escritor.

—¿Adónde vamos tan de prisa, Monte? —interrogó Teófilo, procurando traducir en el acento la estrecheza de su amistad con Monte-Valdés.

El cojo volvió la cabeza, aborrascó el entrecejo y siguió andando, sin dignarse contestar. Para Teófilo la vejación fue muy dolorosa, porque iba acompañada de un oscuro sentimiento de haberla merecido. Rosina, replegada aún en sus emociones, no concedió mucha importancia al incidente.

—No le ha reconocido a usted, sin duda —explicó al observar el mutismo de Teófilo.

—¿No me había de reconocer? De sobra. Qué sé yo; le habrán ido con algún chisme...

—He oído decir que escribe muy bien.

—Psss...

—¿Puede usted prestarme algún libro que él haya escrito?

—No vale la pena. Es todo falso y afectado.

Continuaron en silencio. Teófilo, luego de aquellos momentos espontáneos que había vivido según bajaba las escaleras del brazo con Rosina, a consecuencia del tropiezo [94] con Monte-Valdés había vuelto a perder el equilibrio interior, como si le hubieran revuelto el espíritu y las entrañas. Irritábase, y luego desalentábase creyéndose víctima de un extraño fatalismo, el cual le espiaba de continuo y, en viéndole ligero de corazón y a punto de ser feliz, le ponía por delante un lazo en que se enredase, dando de narices en tierra. Teófilo lo expresaba así dentro de su pensamiento: "Es ya

93   R: "en ocasión que salía don Alberto del Monte-Valdés".
94   R: "después del tropiezo".

mucho moler, que en cuanto me entrego al entusiasmo ocurre algo ridículo para darme en la cresta". Era la voz de esa conciencia inferior en donde se reflejan los fallos de la justicia mecánica del mundo; la conciencia de los jactanciosos y de los pedantes.

Rosina, engolosinada con el exordio lírico de Teófilo, hacía los imposibles porque hablase, y todo era en vano. A las observaciones que la mujer le ofrecía contestaba él con réplicas cortadas y siempre en un sentido pueril de contradicción.

Iban paseando por la avenida del Botánico, rostro al Museo del Prado.

—Parece que está usted de mal humor hoy, Pajares. Yo le había rogado que me acompañase al Museo, porque soy una ignorante y usted sería para mí el mejor guía. Pero si le molesta, como parece, y no tiene ganas de hablar, yo renuncio al capricho, aunque lo siento mucho, porque la pintura me gusta tanto...

—Sí, sí, lo creo. Arte de mujeres. Arte materialista, sensual, burdo, inferior...

—Sin embargo, creo que alguna vez me ha dicho usted...

—¿Qué? ¿Lo contrario? —Teófilo eyaculó [95] una risita antinatural. —Es posible. No le pida usted a una mariposa que vuele en línea recta. En línea recta vuelan los escarabajos peloteros. —Y acabando de sentar la sentencia pensó: "Apuesto a que he dicho una sandez... y una grosería". Con lo cual su irritación y desasosiego subió de punto.

Rosina, ilusionada y contrariada, [96] se encontraba como se había encontrado en otras ocasiones, que, habiéndole caído una mancha en un vestido sin estrenar, la mancha parecía haber herido la retina, y adondequiera que volvía los ojos la mancha flotaba en el aire, oscureciendo la realidad. Ahora todas las cosas las veía feas: el cielo, los árboles, particularmente los mendigos y los campesinos manchegos que pasaban a la vera de sus

[95] *eyaculó*: Pérez de Ayala es muy aficionado a emplear este verbo en sentido metafórico.
[96] "Ilusionada y contrariada" no está en R.

mulas en reata. La poseía ese pesimismo placentero, a flor de piel, de las personas ociosas, el cual constituye una buena preparación espiritual para el esteticismo.

Entraron en el Museo.

—¿Qué es lo que vamos a ver primeramente? —consultó Rosina.

—Pues primeramente Velázquez, que es el pintor más pintor; es decir, el que veía la materia más material —respondió Teófilo con intención agresiva.

No sentía la pintura, achaque antiguo en los poetas de su tierra; pero hablaba y discutía a menudo de ella. En lo íntimo no estimaba el arte pictórico sino como arte ancilario, ilustración servil del arte retórico, [97] y aun más por bajo, como pretexto para abrillantar la prosa o el verso con ciertas alusiones, ora al rojo ticianesco, ora a las diafanidades de Patinir, cuándo a la doncellez de los primitivos, cuándo a la perversidad de las marquesitas de Watteau; no de otra suerte que el petimetre, por ejemplo, opina que la cabeza humana ha sido creada, como los boliches de una percha, para colocar sobre ella un sombrero de copa.

Pasaron de largo por la rotonda de entrada y enfilaron el pasillo central hasta la sala de Velázquez, en la cual penetraron. Antes que nada fueron a la saleta de las Meninas.

A Rosina lo primero que hubo de sorprenderle en el cuadro fue la acabada simulación de ambiente, y cómo los seres, a pesar de yacer aplastados en un lienzo, se presentaban aparentemente sólidos, sumergidos en un caudal de aire y con distancias entre sí que a ojo pudieran calcularse con ligero error.

—¡Qué cosa!... —murmuró Rosina, y se acercó al cuadro. —Nadie diría que este caballete está pintado. Si es de bulto... Y se volvió hacia Teófilo, que sonreía con afectado desdén. —Pero ¿de veras no lo encuentra usted maravilloso? Verá usted qué tontería se me ha ocurrido... No se ría usted de mí. ¿No ha visto usted nunca los peces detrás de los vidrios en los acuarios? [98]

---

[97] R: "siervo del arte retórico".
[98] R: "acuariums". P nos ofrece la palabra ya españolizada.

—Naturalmente que sí —cortó rudamente Teófilo, que, en efecto, no los había visto nunca, lo cual, en rigor, no era bochornoso.

—En casa tengo una pecera con un pez. Bueno. Pues ¿no se ha fijado usted en que cuando el pez está junto al vidrio se le ve de su tamaño, pero se aparta nada más que una cuarta y se le ve muy a lo lejos, muy a lo lejos? Y, sin embargo, se ve y se conoce que anda muy cerquita. Lo mismo ocurre con las guindas en aguardiente. Y ahora viene la tontería. Al ver este cuadro me acordé de cuando yo ponía guindas en aguardiente. [99] Nada, que parece que hay un vidrio por delante y detrás está todo lleno de espíritu de vino, y las personas están flotando en él y conservadas para siempre. Mire usted este hombrín, [100] vestido de negro, allá, muy allá, en el fondo, y sin embargo se ve y se comprende que está a diez pasos.

—Sí, sí; algo hay de eso...

—Claro que no pretendo que le haga a usted esa impresión. Son tonterías mías. Usted es un artista.

Rosina permaneció largo tiempo en un leve éxtasis sensual, contemplando la pintura. Teófilo salió a sentarse en el diván de la sala redonda. Anonadábale la desesperanza: creía tener en lugar de corazón un montoncito de cenizas y una burbuja de aire turbio en lugar de sesos. Rodaba los ojos en torno, demandando a las pinturas de don Diego Velázquez una emoción o una idea; mas su espíritu permanecía árido. "¿Por qué eran estos cuadros mejores que otros cuadros? ¿En qué aventajaban a un cromo?", se preguntaba, y se retorcía las nudosas, viscosas manos. Llegóse Rosina a él y se sentó a su lado. Cerró los ojos y estúvose unos minutos en silencio. Al abrirlos exclamó con voz brumosa:

—¡Oh, Pajares! Si me parece que no existimos... Si las cosas parecen una ilusión, como en aquel cuadro... [101]

---

[99] Tiene sabor de época (de cierta época) este hablar de altas materias estéticas con aire como de juego, con metáforas cotidianas.

[100] *hombrín*: otra vez el sufijo diminutivo asturiano. (Ya no lo señalaremos más.)

[101] De acuerdo con las teorías del novelista, contemplar arte le ha enseñado a ver de manera nueva la realidad.

—Ruborizóse como observase que Teófilo la miraba severamente, y añadió: —Qué bobada; como no estoy acostumbrada a madrugar, eso debe de ser: debilidad. Estos otros cuadros son preciosos también. —Levantábase a mirarlos de cerca, cuándo uno, cuándo otro, y tornaba a sentarse junto a Teófilo—. Es curioso. ¿No le ha llamado a usted la atención que este pintor [102] hace casi siempre los ojos con las niñas muy grandes, muy abiertas? [103] Como los míos. Son de color castaño, como la castaña de Indias; me los tengo bien estudiados; pero a veces la niña los cubre todos y entonces son negros. Ahora deben ser [104] negros, porque estoy algo nerviosa. Míremelos usted.

Inclinóse Teófilo a examinarlos y declaró con inflexiones líricas:

—Negros, negros... abismáticos.

—¡Bah!... Esa es una palabra —corrigió Rosina, que poseía un claro buen sentido.

—Sí, una palabra hueca. Tiene usted razón —asintió Teófilo en uno de aquellos estados suyos de renunciamiento. Y pensó: "¿Qué soy todo yo sino un amasijo de palabras huecas?" Su rostro se inclinaba en aquel instante en actitud de serena amargura. Como volviera al acaso sus ojos hacia Rosina, descubrió que la muchacha le miraba con simpatía, quizás con amor. Teófilo, sin poder reprimirse, le estrechó la mano y se aventuró a interrogar: —¿En qué pensaba usted?

—No pensaba en nada, lo que se dice pensar claramente; pero andaba así como buscando no sé qué parecido entre usted y los cuadros de Velázquez. No con un cuadro solo, o con tal o cual cara, sino una cosa de aire, de elegancia, de aplomo... [105] Qué sé yo. No me lo puedo explicar.

Visitaron después diferentes salas, y ya cerca de la una salieron a la calle.

<hr />

[102] En la página siguiente nos aclara que se trata de Goya.
[103] En ese mismo detalle insistió Eugenio d'Ors, en su *Goya*.
[104] *L*: "deben de ser", corrige acertadamente la edición argentina.
[105] "De elegancia, de aplomo" no aparece en *R*.

Rosina estaba tan colmada de sensaciones que las palabras fluían sin tasa de sus labios:

—¡Qué día! ¡Qué hermoso día! ¿Verdad, Pajares? Este cielo de Madrid... Dicen que es profundo y alto, y no sé cuántas cosas más. Es mucho mejor que eso; es aquella cosa mate y tierna como la carnecita de mi Rosa Fernanda, si la carne fuera azul; pero a mí me da la misma impresión. Eso es; aquella cosa mate de aquel cuadro que vimos, ¿de quién era? De Goya, ¿no? Pues mire usted aquel pobre, aquella capa de color chocolate, aquellos ojos... Si es el..., ¿cómo se llamaba?, el Esopo; justo, el Esopo. [106] ¿Pues esos carreteros? ¿No es todo hermoso?

La fluencia de Rosina anegaba a Teófilo, llenándole los vacíos pómulos con una sonrisa densa, bondadosa y feliz.

—Sí, Rosa, todo es hermoso. A mí se me figura que lo veo por primera vez. [107]

Rosina tomó el brazo de Teófilo.

—Usted lo ha dicho, con cuatro palabras, lo que yo sentía y no era capaz de expresar. Parece que se ve por primera vez, como si lo hubiera acabado de hacer Dios y no pudiera ser de otra manera que como es. [108] Todas estas personas y cosas, que antes me parecían tan miserables y feas, cansada como estaba de haberlas visto tantas veces, creí verlas una vez más en los cuadros del Museo, y por eso me emocionaban los cuadros, porque me recordaban las cosas de veras; y esas mismas cosas, después de verlas en los cuadros, me parecen ahora hermosas, maravillosas, como si hubiera aprendido a verlas; como si ahora las viese por primera vez. ¿Hay nada más curioso?

Detuviéronse junto a una de las fuentes del Paseo del Botánico.

---

[106] Se trata, por supuesto, del famoso cuadro de Velázquez.
[107] En eso consiste la auténtica vivencia estética para Ayala.
[108] Desde aquí hasta el punto y aparte no aparece en *R*: el novelista desarrolló después la digresión.

Al pie de ella, unos obreros municipales habían levantado una hoguera con ramazón seca y hojarasca. Agua y fuego cantaban a su modo.

—¡Qué hermosa es el agua! ¡Qué hermoso es el fuego! —suspiró Rosina.

Y Teófilo, a quien agua y fuego sugerían emociones e ideas, añadió:

—Las dos cosas más hermosas de la tierra. Dos cosas que no se pueden pintar.

—Sí, las dos cosas más hermosas quizás.

—Como no sea la mujer, que tiene algo de agua y algo de fuego.

Rosina, instintivamente, se ceñía al flanco de su amigo.

En la puerta de casa, Teófilo quiso despedirse.

—¿Cómo? —atajó Rosina—. Hoy almuerza usted conmigo. Al subir las escaleras, Teófilo se arrepintió de haber aceptado el convite, porque temía hacer erróneo uso del cuchillo o de otros adminículos que hay en las mesas distinguidas [109] y desmerecr a los ojos de Rosina.

> *El don de la palabra ha sido otorgado al hombre por que pueda ocultar lo que piensa.*
>
> PADRE MALAGRIDA

110

ROSINA había dispuesto que comiesen a solas Teófilo y ella. El marinero ciego y Rosa Fernanda comían en otra habitación.

El comedor tenía dos balconcitos que daban a un espacioso patio. Los balcones estaban abiertos y corridas las cortinas de muselina, tan livianas que el aire y el sol las pasaba de claro, pero bastante densas para guardar de ojeadas fisgonas el recinto.

Conchita sirvió el almuerzo, y no era raro que se mezclase a la conversación, solicitada siempre por Rosina o Teófilo. Uno y otra hablaban con exceso e incoherencia; una afable sonrisa social, sin expresión,

---

109   "O de otros adminículos que hay en las mesas distinguidas" no aparece en *R.*
110   *R:* "VII".

superpuesta al rostro, como personas que más que por decir lo que quieren luchan por no decir lo que piensan. Daban escape al exceso de energía nerviosa por la válvula de los labios; pero el espíritu, ausente de la palabra, [111] vagaba agitadamente en un angosto ámbito de pensamientos, como el viajero que aguarda en los andenes la llegada de misterioso tren. Los dos pensaban: "no es tiempo aún". Por eso requerían a Conchita de continuo a que les distrajera con una de sus graciosas y prolijas parrafadas. Pero Conchita, por desgracia y raro caso, no estaba aquel día en modo elocuente.

En terminando de almorzar, Rosina envió de paseo a su hija, en compañía de la criada vieja. Quería desembarazarse de gente. Tenía un criado para sacar a la calle al ciego; pero comía y dormía fuera de la casa y no se presentaba sino a las horas de servicio.

Rosina condujo a Teófilo a una salita de confianza, en donde ella acostumbraba vestirse, leer, ensayar canto y coser, algunas veces. Estaba amueblada heterogéneamente, como habitación en donde cada mueble obedece a una necesidad. Había un piano vertical, un perchero con cortinas que bajaban hasta casi rozar el suelo, un tocador, fotografías empalidecidas por los años; los sillones eran cómodos, de suave y muelle adaptabilidad, obra del uso. Sobre el piano, una pecera con un pez color azafrán.

A poco de haber llegado Teófilo y Rosina, y cuando no habían abierto aún la boca, entró el ciego, el cual sabía andar a tientas por toda la casa. Eran sus facciones redondas y muy curtidas; el rostro, afeitado, y por debajo de la quijada un rollo de barbas, a la marinera, blanquinosas. Los ojos azules, portentosamente serenos y como si no estuvieran privados de visión. Las espaldas, rotundas; largos los brazos y las manos chatas; corvas las piernas. Toda la traza del hombre que ha vivido adscrito muchos años al remo. Fumaba un cigarro habano, con la sortija puesta, y lo asía con dos dedos, muy cerca de la lumbre.

---

[111] R: "pero el espíritu permanecía ausente de la palabra".

—Rosina, ponme una silla.

Rosina le guió hasta una butaca. Luego, por señas, instó a Teófilo a que diese la mano al ciego.

—¿Usté ye el poeta, verdá?

—¿Quién se atreverá a decir de sí propio que es un poeta? Y menos, el poeta por antonomasia. [112] ¡Oh!

Habló Teófilo tanto con el movimiento de las facciones como con las palabras, sin darse cuenta de que estaba frente a un ciego.

—Pero usté, ¿ye o no ye poeta?

—Hombre, hago versos.

Teófilo se cortó un tanto.

—Padre, tiene usted unas preguntas... ¿No ve que él no puede responderle?

—¿Por qué no?

—Porque no.

La seca respuesta abatió la cabeza del ciego. Irguióla poco después, inquiriendo:

—Qué ye más, ¿poeta o menistro?

—Poeta, padre; ministro lo es cualquiera.

—¿Cualquiera?

—Sí, cualquiera.

—Y este señor, ¿es amigo del menistro?

—No lo soy. De su hijo Pascual, sí. Por él conocí a Rosa.

—¿Y cómo viene a esta casa sin ser amigo del menistro?

—Porque esta casa, padre, es mi casa, y no la casa del ministro.

—¿Eh?

—Que esta es mi casa y recibo a quien me da la gana.

—Sí, sí; tienes razón, Rosina. Rosina ye muy guapa, ¿verdá, señor poeta?

—Hermosísima —exclamó Teófilo con ímpetu.

Rosina le sonrió.

—Cuando salga al teatro..., ¿verdá?, la gente va a quedar toña.

---

[112] "Por antonomasia" no está en R.

—Chiflada, quiere decir —explicó Rosina.

—Desde luego —asintió Teófilo, penumbrosamente.

—Rosina, súbeme la anilla.

Y alargó el cigarro a su hija. Ésta apartó dos centímetros la sortija del fuego y devolvió el cigarro al padre.

—A mí estropéaseme [113] el cigarro al subir la anilla —explicó el viejo—. Estos cigarros dámelos el menistro. Diz que son los mejores. Fúmolos porque el menistro me los da; pero dende [114] que non veo, ¿non ye raro?, non me sabe a ná el tabaco. Tien que ser muy fuerte. Como que non sé si arde o non arde, si no pongo al lao los deos... Uno cree que pierde la vista sólo, ¿eh? ; pues piérdense tantas cosas con ella...

Sonó el timbre de la puerta.

—Padre, debe de ser Rufino. Ea, a pasear, que hoy hace un día muy guapo. [115]

Era Rufino, el criado. El ciego salió con él y quedaron a solas Teófilo y Rosina.

[116]

"AHORA tiene que ser", pensaron la mujer y el hombre. Tenía que ser, pero aún no sabían cómo iba a ser. No sabían si alegrarse o apesadumbrarse. El futuro inminente gravitaba sobre ellos, pero ignoraban lo que iba a ocurrir.

Rosina había entrado con toda su alma en esta aventura, prometiéndose deleites de un linaje desconocido, elevados deleites; ella no era carnal, [117] sino voluptuosa. Durante el almuerzo se había preguntado repetidas veces: "¿Le quiero?" La respuesta sucedíase siempre en afirmación. Y ya en los umbrales del misterioso trance, cerraba los ojos y humillaba el espíritu ante el nuevo yugo, ansiando sentir cuanto más pronto su con-

---

[113] Asturianismo: posposición del pronombre.
[114] *dende* = 'desde': "se usa a menudo en el bable de Ayala" (Reinink, pp. 140-141).
[115] Conforme al uso asturiano, Rosina emplea el adjetivo "guapo".
[116] *R*: "VII".
[117] *R*: "porque no era carnal".

tacto y con él el término de aquella congoja. "¿Qué va a hacer? ¿Qué va a hacer, Dios mío?", se decía. Y luego: "¿Y si hiciera lo de todos?" Lo de todos era tomarla, gustarla y poseerla, con más o menos fruición, y después dejarla de lado fríamente, hasta que el deseo la avalorase de nuevo. Y se le desparramaba en el paladar un gusto amargo, astringente. Permaneció con los ojos gachos.

También Pajares mantenía bajos los párpados. Pero su zozobra era más profunda y doliente que la de Rosina. Apretábale la urgencia de hacer o decir algo, y el corazón, impaciente por asomarse a sus labios, había subido a la garganta y le ahogaba. Pero la voluntad le había desertado y un frío cobarde se alojaba en sus huesos. En el Museo y más tarde, a la hora de almorzar, le había parecido descubrir patentes indicios de amor en Rosina. Pero ahora echaba de ver claramente que no eran sino meras afabilidades sociales, cuando no sutiles y crueles artificios de cortesana. Espantábale amar y que le hicieran befa del amor. El vértigo se apoderaba de él y le nublaba los ojos con un velo de sangre anémica, color de rosa. Entonces decidió dar fin a semejante martirio, salir huyendo a esconderse en el último rincón de la tierra, pero no pudo. La cabeza le vacilaba sobre los hombros, y cayó en tierra, el corazón desfalleciente y como ajenado de los sentidos. Cayó en tierra de rodillas y llorando; desplomó la cabeza sobre el regazo de Rosina, la asió de las manos y se las cubría de besos.

Tan inesperado fue todo, tan fuerte, que Rosina, a causa del choque y a pesar suyo, se encontró desdoblada en dos personalidades diferentes: la una estaba plenamente dominada por la situación, la otra había salido de fuera, como espectador, y exclamaba casi en arrobo: "¿Es posible que exista amor tan puro, apasionado y rendido?" [118] Pero, a poco, las dos personalidades se fundieron en una como inconsciencia y sabrosa conturbación del ánimo. Rosina estaba atacaba de una breve

118 R: "¿Es posible que existan estas cosas?"

risa nerviosa que sonaba a sollozos y que por sollozos tomó Pajares.

A seguida, pareciéndole mal a la mujer que aquel hombre estuviera hinojado a sus pies, deslizóse de la butaca y descendió a sentarse en la alfombra, en donde abrazados, besándose y suspirando palabras borrosas, se estuvieron un buen rato. Cuando se recobraron y se levantaron, no sabiendo qué decirse, se sonreían mutuamente.

Pajares se sentó en una butaca y atrajo a Rosina a que se le sentara sobre las piernas, y en teniéndola sobre sí la cercó con los brazos, enjutos y nerviosos, que Rosina sentía a través del vestido como un aro de hierro inquebrantable.

Pajares conservaba aún humedecidos los ojos; lo propio le sucedía a Rosina. Así como en la historia de la Humanidad el agua fue la grande y primera soldadora de pueblos (porque mares y ríos son lazos, montes son barrera y desierto es aislador), así en la historia de los amores individuales las lágrimas unen, la altivez separa y la llaneza árida aisla.

Presa entre sus brazos y recibiendo de ella la calidez de sus besos, Pajares experimentó perentoria voracidad de poseer a Rosina enteramente. Pero esta entera posesión no era la posesión física o concupiscencia de gozarla, [119] sino la sed de beberle el alma, de conocer toda su vida, de atraer el pasado diluido en sombras hacia el presente y trasplantar las oscuras raíces de aquella amada criatura a su propio corazón. Porque en la posesión física pasa el hombre por la mujer como el ave por el cielo o la sierpe por la hierba; pero en este otro linaje de posesión Pajares adivinaba extrañas virtudes de reciedumbre duradera: sería una absorción. [120] Como buen español, amaba de la manera más espiritual, que es lo que vulgarmente se dice *de una manera brutal,* y apenas había besado a la mujer por vez primera, y antes de hacerla suya, le invadía el furor de los celos retrospectivos.

[119] *R:* "de gozarla como hembra". Lo suprimido era superfluo.
[120] "Sería una absorción" no aparece en *R.*

—Quiero que me lo cuentes todo, todo, todo —exigía Pajares, paladeando el placer equívoco de procurarse seguros sinsabores.

Rosina reclinó la cabeza sobre el hombro de Pajares, entornó los ojos, como recogiéndose dentro de sí mismo, y con voz lenta y segura, y procurando evitar toda ficción, comenzó a referir lo que recordaba de su vida. * Sus años jóvenes, en Arenales; su deshonra; su caída en el primer burdel y cómo dio muy pronto con un amante que la llevó a Madrid; sus primeros pasos en la corte, en calidad de hetaira [121] de alto copete; [122] su relación con un inglés rico de la embajada, el cual la mantuvo consigo como amante cerca de dos años, y la trató siempre con tanto mimo y regalo como a una yegua pura sangre; [123] su vuelta a Madrid y la buena impresión que hizo en los círculos alegres y adinerados; sus nuevas amistades, entre ellas la de Pascualito Sicilia, para quien sirvió de modelo fotográfico, desnuda, y cómo don Sabas Sicilia solía contemplar los artísticos retratos que el hijo tomaba, y habiéndole causado particular entusiasmo el de Rosina, determinó conocer el original, y a las palabras contadas le propuso sostenerla como amante, lo cual ella aceptó, porque según propia confesión no había nacido para ser de muchos, [124] pues esto le repugnaba, sino para burguesa y madre de familia; y la vida que ahora llevaba, muy quieta y hasta casta, y cómo era don Sabas afectuoso, inteligente, liberal y poco chinchorrero.

Hablaba Rosina, y el corazón de Pajares, que poco antes se había abierto y esponjado maravillosamente, iba empapándose poco a poco en amargor, de tal suerte que al final de la historia le gravitaba [125] dentro del pecho como una masa enorme. El cerco de sus brazos, con que tenía asida a Rosina, se relajó, como si no

* *Tinieblas en las cumbres*. Novela.
[121] *R*: "hetera".
[122] *R*: "de alto rango".
[123] *R* y *L*: "pursang".
[124] *R*: "de muchos hombres".
[125] *gravitaba*: verbo que emplea Pérez de Ayala con cierta frecuencia.

fuera ya necesario oprimirla tan recio para sentirla dentro de sí. Contrariamente, Rosina había ido aliviándose, según hablaba, de una gran pesadumbre cordial, y su corazón hallóse tan ligero que se le subió a la cabeza; y era así como si el corazón discurriese y la cabeza amase. Vivía unos momentos de ilusión. "Pero, ¿es posible que haya llegado a quererle tanto sin haberme dado cuenta?", pensaba Rosina, ingenuamente, asustándose de aquel cariño. Contempló el rostro de Pajares y su entrecejo contraído y ojos ausentes, por donde se echaba de ver que se hallaba en ese estado de infinito estupor que sigue a las grandes emociones. Besóle Rosina el paciente entrecejo con ahincado beso, y levantándose de sobre él fue a sentarse en la butaca. Hubiera deseado loquear, saltar, cantar, sentirse niña, porque a través de toda su carne y alma se derramaba una inundación de olvido, como renacimiento de la doncellez; y hubiera deseado también que Pajares se sintiera, como ella, con ímpetu de realizar locuras y obrar de manera pueril e inconsciente, que para ella valía tanto como inocente. En amor, [126] la mujer se entrega, el hombre posee; o lo que es lo mismo, la mujer endosa al hombre la responsabilidad de su vida y la custodia de su corazón y conducta, y desembarazándose de tan frágil y a la vez tan pesada carga, recibe la más honda, placentera e inefable sensación de libertad.

Sonó el timbre de la puerta. Rosina hizo un mohín de disgusto y aguzó el oído. Oyó una voz conocida hablando con la Concha. "Es Ángel Ríos", pensó: "si le da por ponerse pesado...". El visitante y la criada hablaban a gritos.

—¡Que no está! ¡Que no está! ¡Y que no está! —decía Conchita.

—Bah; no seas boba... Si él mismo me dijo que estaría a estas horas —replicaba el visitante.

—No se ponga usté pesao, Ríos, que no está.

---

[126] Partiendo del caso concreto, Pérez de Ayala generaliza: la digresión que sigue no tiene mucho de narrativo, parece propia de un tratado psicológico.

—Pues entro a ver a Rosina.

—Vaya; pues no faltaba otra cosa...

—Conchita, que te doy dos azotes... —Y el visitante reía a carcajadas.

—A ver... No haga usted la prueba por un si acaso.

Entre las risas varoniles y las voces airadas de Conchita oíase traqueteo y sordo rumor de lucha. Teófilo, retrotraído ya a la realidad, se puso en pie. Estaba pálido; murmuró:

—¿Qué ocurre?

—Nada; bromas de Angelón Ríos. ¿No lo conoces? Aquí se nos colará, porque ése cuando dice allá voy...

—No, no, Rosina. Cuando dice allá voy como si no lo dijera, porque si tú no quieres que entre, yo lo arrojo a patadas.

—Pero... ¿tú conoces a Angelón? —preguntó Rosina algo asombrada ante la erupción bélica de Teófilo, haciendo un cotejo mental entre la fortaleza de aquél y la flaqueza de éste. [127]

—Sí, le conozco. —Y revelaba una energía latente capaz de consumar hechos increíbles.

—Bueno; no vale la pena. Angelón es simpático y como viene se va. No nos cansará mucho tiempo.

Avecináronse las risotadas de Angelón y los chillidos de Conchita; abrióse la puerta y apareció un hombre inmenso, sofocado de risa, con dos piernas de mujer, muy bien calzadas de transparentes medias, colgándole a entrambos lados del pescuezo, pecho abajo, las cuales sujetaba con fuerza por los tobillos, condenándolas a la inmovilidad. Arrodillóse el hombre y pudo verse entonces que traía a horcajadas sobre sus hombros a Conchita. Venía la muchacha en estado de frenesí; asía con rabia los cabellos de la cabalgadura y se esforzaba en arrancárselos a puñadas, maniobra que para Angelón era lo mismo que si le hicieran cosquillas, a juzgar por el contento que mostraba. Anduvo unos pasos de rodillas porque Conchita no tropezase en el dintel de la

---

[127]   R: "la fortaleza de uno y la flaqueza del otro".

puerta, y en estando dentro de la salita púsose en pie
y habló:

—Estás que tocas el cielo con las manos, Conchita.

—Y luego, dirigiéndose a Teófilo y Rosina, guiñando
un ojo a lo pícaro y con el otro señalando las piernas
de la muchacha, agregó:— Está bien la cucañera [128]
chiquilla.

Sonreía Rosina del cuadro, y Pajares también. Conchita, harta de protestar sin fruto, rompió a reír de
pronto, y entre los golpes de risa murmuró:

—A usté hay que dejarlo o emplumarlo.

—Lo mismo digo, Conchita —respondió Angelón, colocando a Conchita en tierra. La muchacha huyó avergonzada.

Ríos saludó a Rosina y Teófilo con franca ligereza,
como se acostumbra hacer con amigos a quienes se ve
a todas horas: era éste un hábito adquirido de sus muchas relaciones políticas. Acercóse después al espejo y
con las manos ordenó los alborotados cabellos.

—Entonces, ¿no está don Sabas?

—No, hombre. Ya te ha dicho Conchita que no.

—Y a propósito de Conchita: ¿sabes que está bien?

—Bien o mal, me parece que no es para ti.

—¡Quién sabe! ¿Tiene novio?

—Sí; un encuadernador.

—Pues avísame cuando la engañe; porque, eso sí, a
mí no me gusta engañar a una mujer. ¿Puedes prestarme papel y pluma? Quiero escribir a don Sabas y en
seguida me voy, que no quiero estorbar. Vaya, vaya
—se acercó a Teófilo y le dio una palmadita en los
muslos—; también los poetas... Las princesas pálidas
están muy bien en los versos; pero de vez en cuando,
¿eh?, un cogollito de carne y hueso, tan rico como
Rosina, no está mal, ¿verdá, neña? [129]

Teófilo procuró adoptar una actitud altiva, por sostener a distancia los entrometimientos de Angelón, el

---

[128] A pesar de su afición por lo lupanario, Pérez de Ayala emplea
a veces eufemismos: quizás la época toleraba lo primero pero exigía
lo segundo.

[129] Angelón Ríos también es asturiano.

cual, sin hacer caso alguno del poeta, tomó el papel y pluma que Rosina le presentaba y se aplicó a escribir. A mitad de la carta levantó la cabeza:

—¿A que no aciertas, Rosina, quién es el interesado en el asunto que le recomiendo a don Sabas?

—¿Quién?

—Echa a ver.

—Yo qué sé. Cualquier amigacho tuyo.

—Y tuyo.

—¿Mármol?

—No; Alberto.

—¿Qué Alberto? —inquirió aquí Teófilo—. ¿Díaz de Guzmán?

—Sí; el mismo —respondió Ríos—. ¿Sabes, Rosina, que vive en mi casa?

—Tengo deseos de verle. Dile que venga por aquí. ¿Cómo está ahora?

—Estos días parece que anda algo malucho.

Ríos concluyó su carta, la engomó y se la entregó a Rosina.

—Neña, qué pez tan apetitoso —exclamó Ríos, contemplando el pez color de azafrán, que daba estúpidamente vueltas y más vueltas dentro de la bola de vidrio.

—¿Quién, *Platón*?

—Digo este pez.

—Sí, *Platón.*

—¿Cómo *Platón*?

—Cosas de Sabas. Dice que Platón era un filósofo, y que todos los filósofos son como peces en pecera, que ellos toman por el universo mundo, y que los filósofos son castos e idiotas, como los peces, [130] y qué sé yo. Habías de oírle a él. Ya sabes que tiene la manía...

—Sí, de decir gracias que no son gracias. Neña, es una manía de todos los políticos españoles. Les gusta más hacer el payaso y abrir la boca que abrir una carretera. Hasta cuando son déspotas, son payasos. ¿Por qué crees tú que yo soy un payaso, sino porque siem-

---

[130] La comparación, bajo su apariencia de frivolidad esnob, expresa el profundo vitalismo del novelista.

pre he vivido entre gente política? Pero, no nos desviemos de la cuestión. Este pez me parece suculento.

—¿Suculento?

—Sí, suculento. Me lo comería de buena gana.

—¿Es una payasada?

—Es la verdad.

—¿Quieres que te lo fría Conchita?

—Quita allá. Tal como está.

Ríos sumió la mano en la pecera, pescó el pez y se lo llevó a la boca. Volvióse hacia Teófilo y Rosina, con medio pez fuera de los labios, coleando. Hizo luego con el cuello un movimiento de ave que bebe, y engulló el pez. Por último, se dio unos golpecitos en el estómago y afirmó:

—Exquisito.

—¡Qué atrocidad! —comentó Teófilo, sonriendo.

—¡Qué bárbaro eres! —dictaminó Rosina—. Oye, te advierto que si quieres hacer sopa de tortuga dentro del buche también hay un galápago en casa: *Sesostris*; éste es su nombre, puesto por Sabas, como puedes suponer; pero las razones las ignoro.

—Gracias, neña; me basta con *Platón,* que por cierto era muy sustancioso, aunque filósofo. Pero, chica, es que hoy no he comido aún... Ando tan apurado...

—¿De tiempo?

—¡Bah! De dinero.

—¡Qué payaso eres! —aseveró Rosina, mirando de arriba abajo a Angelón y su distinguido, flamante indumento.

—Ya ves, y no me han hecho aún director general. Ea, adiós y buen provecho.

—Lo mismo digo, Angelón.

Ríos salió de la estancia como un torbellino.

Apenas se quedaron a solas, Teófilo se adelantó a decir:

—De manera que Díaz de Guzmán ha sido amigo tuyo...

—No ha sido, sino que es.

—Ya puedes presumir lo que quiero dar a entender con la palabra amigo.

—No lo presumo...

—¿No? Pues es muy fácil. ¿Qué clase de relaciones has tenido o tienes con él?

—Pero, hombre, ¿qué te importa?

—¿Eh?

Pajares lividecía. Rosina acercóse a acariciarlo y le rodeó el cuello con los brazos.

—No seas niño; no he querido molestarte. He dicho qué te importa, porque la cosa no tiene importancia. Te lo contaré todo, ya lo creo. Es preciso que sepas que no te oculto nada. Verás: conocí a ese muchacho el mismo día que me llevaron a aquella mala casa, en Pilares, [131] ya sabes. Ya puedes figurarte si yo estaría como loca. Bueno; pues él me trató con mucho afecto, no como a una cosa, sino como a una persona. Esto es bastante raro, y yo le conservo agradecimiento: eso es todo. ¡Ah! Luego me escapé de Pilares, y como no daban conmigo creyeron que él, Guzmán, me había asesinado; nada menos que eso. Hasta le metieron en la cárcel. Es una historia ridícula. [132]

—¿Y nada más?

—Nada más, hombre.

Rosina besó a Teófilo en los ojos.

—Bueno, Rosa; tú no puedes seguir llevando esta vida.

—¿Qué vida? Más tranquila, más formal, no puede ser.

—Tranquila y formal, si así lo quieres, para una...

Teófilo titubeó antes de pronunciar la palabra cocota.

Rosina se acurrucó a los pies de Pajares, reclinando la cabeza en sus piernas.

—¿Y qué soy yo sino una cocota?

—Si lo eres, es preciso que dejes de serlo.

—Sí, sí; pero, ¿cómo?

---

[131] *Pilares* = Oviedo, escenario de varias novelas de Ayala.
[132] La primera parte de la historia nos la cuenta *Tinieblas en las cumbres*; la segunda, *La pata de la raposa*.

—¿Cómo?

Pajares aupó a la mujer y la estrujó contra su pecho, besándola con arrebato.

—Tú no puedes ser ya sino mía, mía, mía [133] y para siempre, para siempre. Viviremos juntos, retirados de la gente, uno para el otro, uno para el otro...

"¡Cómo me quiere!", pensó Rosina. Intentó imaginar aquel futuro que Pajares le ofrecía; pero no lograba darle cuerpo, carne sonriente y atractiva. Se le iba llenando el pecho de tenue desazón, como si hubiera debido hacer o decir algo de importancia y no consiguiera recordar qué era ello.

—Por lo pronto —añadió Pajares—, hay que romper con don Sabas.

—Sí, sí —contestó Rosina sin convicción.

—Hoy mismo —determinó Teófilo.

—Por Dios, eso es imposible. No me ha dado motivos, y es muy duro, así de repente.

—Hoy mismo —repitió Teófilo.

—No seas cruel —Rosina avecindó [134] al de Pajares su rostro, contraído e implorante—. Me haces sufrir. Yo no deseo otra cosa; pero fíjate que no es tan fácil como parece... Hay que ir preparándolo poco a poco... Ten compasión de mí.

Teófilo permanecía en silencio. Rosina se envalentonó:

—Tengo una idea. Lo mejor es que vayamos a pasar unos días fuera de Madrid: en Aranjuez, en El Escorial, en Toledo, donde te parezca, y allí arreglaremos todas las cosas y le escribo a Sabas rompiendo con él. ¿Qué tal? —Y envolvió en mimos a Teófilo; pero Teófilo no desplegaba los labios.— ¡Qué feliz voy a ser con mi poeta! ¡Y qué feliz voy a hacerle a él! ¡Qué felices, qué felices vamos a ser! —continuó prodigándole blandas, enervantes caricias; Teófilo permanecía sin hablar.

---

[133] Teófilo es ejemplo del amor posesivo, típico español según Pérez de Ayala.

[134] L: "avecinó". Las dos posibilidades existen, según el Diccionario académico (p. 146), pero *avecindar* en el sentido de 'avecinarse, acercarse' es "poco usado".

Y es que Pajares ahora sufría una nueva tortura. En su cerebro había destacado de pronto, y con imperiosa sequedad, una idea: "Esta mujer me desea, y aunque sin atreverse a declararlo con palabras, necesita la satisfacción de su deseo". Así interpretaba Pajares las ternezas y mimosidades con que Rosina pretendía aturdirlo por desviarle la voluntad de aquella absurda exigencia de romper con don Sabas. Y la tortura de Pajares era que temía ser virilmente despreciado y desconsiderado por Rosina. De una parte, no le encendía en aquellos instantes ningún linaje de torpe concupiscencia; [135] de otra parte, aun habiéndose sentido inflamado de deseos, no se hubiera dejado tiranizar por ellos o buscado su saciedad, porque el estado de su ropa interior era miserable y vergonzoso, y por nada del mundo se hubiera presentado ante Rosina en tan triste intimidad. Se acordaba de una frase de no sabía qué autor, oída a no sabía qué amigo: "El dinero es el afrodisíaco superlativo".

—¿Qué te ocurre? Habla, por la Virgen Santa. ¿No te parece bien lo que te propongo? Cuatro o cinco días, o más, en El Escorial, por ejemplo; sí, en El Escorial. ¡Di algo!

—Sí, Rosa; tienes razón.

—¿De veras te parece bien?

—Sí, mujer.

—¡Qué felicidad! ¡Qué felicidad! Me harás versos, ¿verdad?

—Sí, te haré versos —sintió Teófilo, sonriendo con amargura.

—Y luego los publicas en *Los Lunes*. [136] Calla; pues resulta que el viajecito te va a dar dinero... —Poniéndose en pie Rosina, palmoteaba como un niño ante una tarta. [137]

"Dinero...", pensaba Teófilo. Había escrito algunos días antes a su madre pidiéndole, con mil apremiantes

---

135   Por ironía, adopta Ayala la expresión solemnemente moralizante.
136   La página literaria del periódico madrileño *El Imparcial*, muy famosa entonces.
137   *L*: "torta". Debe de ser errata de la edición argentina.

pretextos, un extraordinario, además de la humilde mensualidad que de ella recibía. Aun cuando se veía y se deseaba para poder vivir ella misma y sostener una casa de huéspedes de que ella era patrona, [138] en donde muchos huían sin pagar y los que pagaban, pagaban poco, la madre hacía el milagro de raer aquí y acullá en su comida y vestido unos ahorros, hasta sumar de doce a quince duros, que enviaba cada mes al hijo y aun, en ocasiones, cinco o seis más, fuera de cuenta. "¡Qué canalla soy!", pensó Teófilo, recordando a su madre. "Mi vida no tiene sentido", caviló. El corazón se le redujo a cenizas nuevamente y, nuevamente, los ojos se le envolvieron en un tul de sangre anémica, color rosa. Se le eliminó en un punto la voluntad. Imaginaba ver su propia alma a la manera de esos perros vagabundos que miran de reojo a todas partes, porque saben que el universo está poblado de garrotes, botas y piedras invisibles, los cuales, repentinamente, se materializan donde menos se piensa.

Entró Conchita, desvariada, empavorecida.

—¿Qué ocurre? —interrogó Rosina, contagiada del pavor de la doncella—. ¿Algo de Rosa Fernanda?

Teófilo tuvo el presentimiento de que la bota invisible comenzaba a materializarse frente a él; abrió aleladamente los ojos.

—Que, que —rompió a explicar Conchita temblandodo—, que... don Sabas... ha entrado en el portal... y ya debe estar llegando a la puerta del piso.

—¡Bah! Déjalo que llegue, que entre... ¡Qué susto me habías dado!...

Teófilo se había puesto en pie, demudado el rostro. Le acosaba un terror irracional, casi zoológico. Echó a correr hacia la puerta; pero Rosina le detuvo, agarrándole de la chaqueta.

—¿Qué vas a hacer? ¡Por Dios! ¡Tranquilízate!

—De los arrestos bélicos de Teófilo a la llegada de Angelón, de sus posteriores exigencias de un rompimiento con dos Sabas y del actual desconcierto, Rosina había

---

[138] *R:* "y sostener la casa de huéspedes".

inferido que le poseía una furia loca de agredir al ministro.

Sonó el timbre. Conchita interrogaba con los ojos. Teófilo permanecía en pie silenciosamente, por donde Rosina consideró que se había tranquilizado. Ordenó a la doncella:

—Vete a abrir y que pase aquí como siempre. —Salió Conchita. Rosina imploró:— ¡Déjalo! Todo se arreglará en seguida, te lo prometo. Que venga, y nosotros como si tal cosa; por ahora, como si fueras un amigo que está de visita.

Pero Teófilo no podía oír porque le ofuscaba un espanto absurdo, algo así como terror atávico.

Sintiéronse los pasos cadenciosos, graves y lentos de don Sabas, y cuando se acercaban ya al umbral de la puerta, sin que Rosina pudiera impedirlo, Teófilo huyó a refugiarse detrás de las cortinas del perchero. [139]

If music be the food of love, play on.
SHAKESPEARE [140]

... como la vihuela en el oído — que la podre atormenta amontonada.
FRAY LUIS DE LEÓN

ENTRÓ don Sabas, acercóse a Rosina, le dio dos palmaditas en la mejilla, con gesto paternal, y saludó [141] con estas palabras:

—¡Hola, Pitusa! Hace frío.

—Siempre con frío metido en los huesos. Pues no eres tan viejo para ser tan friolero.

—No es cosa de la edad. Desde niño he sido friolero. No puedo vivir sin calor; necesito toda especie de calor: calor en el cuerpo y calor de afecto en el alma.

—Su afirmación contrastaba con la frialdad del tono en

---

[139] *R*: "IX".
[140] Shakespeare: *Twelfth Night*, acto I, escena I, verso primero (edited by E. F. C. Ludowyk, Cambridge University Press, 1963, p. 2).
[141] *L*: "la saludó".

que la hacía y con la indiferencia de la sonrisa. [142]—
Me consentirás que no me quite el gabán...

—Claro, hombre. Pues no faltaba otra cosa.

Se sentó y se restregó las manos. Echábase de ver al punto que era hombre público por la carátula que llevaba puesta, ocultándole la verdadera y móvil expresión del rostro; esa carátula social de las personas que han vivido muchos años ante los ojos de la muchedumbre, carátula que tiene vida propia, pero vida escénica, y tiende a tipificar con visibles rasgos fisonómicos el ideal y singulares aspiraciones del individuo, de manera que facilita la labor del caricaturista, porque la carátula tiene ya bastante de caricatura. Lo típico en el semblante social de don Sabas era el escepticismo y cierta afabilidad protectora que él reputaba como la más cabal realización expresiva del *magnificum cum comitate,* o dignidad benévola, de Séneca. Su voz era más que recia, tonante, e incompatible con el aire de duda que cuidaba de imprimir a sus dichos. En su perfil dominaba la vertical, como en el de las cabras, y de hecho, a primera vista, con su faz alongada y huesuda, sus barbas temblantes, saledizas y demasiado lóbregas por la virtud del tinte, sus ojos oscuros y distraídos y el despacioso movimiento de la mandíbula, según daba mesurado curso a la densidad del vozarrón, hacía pensar en una cabra negra, rumiando beatíficamente un pasto abundoso y craso.

Rosina estaba sentada de espaldas al perchero; don Sabas cara a Rosina.

—Estoy cansado, Pitusa.

—¿Has trabajado mucho hoy?

—¿Trabajar? ¡Qué inocente eres, Pitusa! ¿Tú crees que le hacen a uno ministro para trabajar? ¿Te figuras de veras que los ministros servimos para algo, que el Gobierno sirve para algo? ¿Sabes qué papel hace el Gobierno en una nación? El mismo que hace la corbata en el traje masculino. ¿Para qué sirve la corbata? ¿Qué

---

[142] La falta de teatralidad de don Sabas garantiza —dentro del sistema mental de Pérez de Ayala— su sinceridad.

fin cumple o qué necesidad satisface? Y, sin embargo, no nos atrevemos a salir a la calle sin corbata. ¿Dónde está *Platón*? —Desde que había comenzado a negar la utilidad del Gobierno, echaba [143] de menos a *Platón*; pero como tenía a orgullo poner en orden sus ideas y emociones y hacerles guardar cola, esto es, conservar en todo momento una perfecta y estoica serenidad, tanto intelectual como afectiva, no había inquirido acerca del pez hasta que no hubo dado lento y adecuado desarrollo al parangón entre los gobiernos y las corbatas.

Rosina refirió concisamente el triste acabamiento del pez de color de azafrán.

—¡Qué hermosas enseñanzas nos ofrece la realidad a cada paso! Ya ves de qué manera han concluido los días de *Platón*: embuchándoselo un hombre como Angelón Ríos, un libertino que no piensa más que en gozar mujeres, y mujeres, y más mujeres. Y es que toda filosofía, Pitusa, tarde o temprano no sirve sino para alimentar el amor carnal.

A Rosina le había parecido siempre que en el tono que don Sabas imprimía a su charla había un no sé qué implícito que podía traducirse así: "No prestéis mucha fe a lo que digo, porque lo mismo me da decir esto que todo lo contrario. La cuestión es pasar el rato". Y este tono Rosina lo había juzgado en otras ocasiones como de buen tono y sutil elegancia, aunque en rigor un poco ofensivo. Pero ahora le ofendía extraordinariamente. En realidad, no sabía si echarle la culpa a don Sabas o echársela a sí propia y a la impertinente nerviosidad que la poesía. No lograba concentrar el pensamiento. Presumía la inminencia de un conflicto.

Teófilo, entretanto, se hallaba sumido entre los pliegues de dos faldas bajeras. Su irracional pavura se había disipado, y en su vez le estrujaba los sesos una obsesión no menos irracional. La seda de las faldas era muy crujiente, y a la más leve moción de Teófilo producía un ruido crepitante que le transía los dientes. No temía que el ruido le delatase, sino que le horrorizaba

---

143 *R*: "había echado".

la sensación en la dentadura y que el tormento se prolongara mucho. Y así, huérfano el cerebro de toda idea y casi con ahinco de loco, luchaba por conseguir la inmovilidad absoluta.

—Sí, sí, Pitusa; estoy muy cansado. Pero el verte tan rosada, tan linda, me alivia tanto... El peso de una cartera, Pitusa, es increíble. Es como si tuviera sobre las espaldas una de las pirámides de Egipto, con la punta hacia abajo. Me parece que no tardaré en presentar mi dimisión.

Como la pausa de don Sabas se alargase demasiado, Rosina se vio obligada a hablar, y como no tenía nada que decir, lo que dijo resultó a destiempo:

—¿Tan pronto?

—Tan pronto, ¿qué?

—La dimisión, digo.

—¿Tan pronto después de ocho días? Hace ocho días que soy ministro y te parece poco tiempo. ¿Tú qué sabes de eso, Pitusa? Ocho días tardó Dios en hacer el mundo; poco fue para tan gran obra; por eso son disculpables algunos olvidos y equivocaciones [144] que tuvo. Pero ocho días para arreglar un trozo diminuto de una pequeñísima parte de aquella obra, es más que suficiente, y si no se arregla en este tiempo es por una de dos: o que uno no sirve para el caso, o que la cosa no tiene arreglo.

Después de unos minutos, Rosina se vio obligada de nuevo a decir algo. Por suerte, se acordó de la carta de Ríos.

—Se me había olvidado. Ríos ha dejado una carta para ti. Aquí está.

Disponíase a leerla don Sabas, cuando echó de ver un par de botas de hombre, viejas y empolvadas, asomando por debajo de la cortina del perchero. Como ya había hecho propósito de leer la carta, aplazó toda hipótesis para en concluyendo de leerla:

—Bien; otra petición. Esto es lo me cansa, lo que me abruma. Desde que entré en el ministerio, por todas

---

[144] "Y equivocaciones" no aparece en *R. P* subraya la ironía contra la providencia (tema habitual en la primera época del novelista).

partes me persigue gente postulando. Esto no es una nación, es un asilo de mendicantes. —Y con mirada distraída examinó las botas.— ¿De quién son aquellas botas?

A tiempo que don Sabas hacía la pregunta, una de las botas desapareció detrás de la cortina. Teófilo no había podido reprimir el movimiento instintivo de retirar un pie.

Don Sabas se levantó, se acercó al perchero y descorrió la cortina.

Rosina no se atrevió a mirar.

Don Sabas estuvo algún tiempo perplejo y mudo ante aquel hombre tan largo y cenceño, de mirar desvariado, que parecía estar sepulto en posición erecta, a la usanza rabínica.

Teófilo comprendía que el único modo de evitar, o cuando menos de amenguar lo grotesco del lance, era convertirlo en trágico. Don Sabas, a quien desagradaba por igual lo trágico que lo grotesco, [145] porque le interrumpían momentáneamente la fruición de su voluptuosidad rumiada y quieta, resolvió aceptar el descubrimiento de Teófilo con serena cortesía, como si fuera uno de los infinitos sucesos indiferentes que forman la urdimbre de la rutina social.

—¡Oh! —dijo con graciosa solicitud, tendiéndole la mano—. ¡Cuánto siento!... Siéntese usted. Rosina, preséntame a este caballero.

Rosina levantó la cabeza. Había entrado en posesión de sí misma y estaba tranquila.

—Es un amigo mío.

—Y yo no deseo otra cosa sino que lo sea mío también. [146]

—El señor Pajares.

—Pajares... ¿Es usted el escritor?

—Servidor de usted —habló Teófilo, esforzándose en parecer altanero. Sin embargo, ante don Sabas sentíase

---

[145] Nótese la cercanía de dos conceptos muy importantes para esta novela: lo trágico y lo grotesco.
[146] En *L* falta "sino": errata evidente.

sugestionado, empequeñecido, como si aquel hombre pudiera hacer de él lo que le viniera en gana.

—Sí, sí, ya recuerdo; Pajares, novelista.

—No, poeta —corrigió Rosina, con involuntaria hostilidad.

A don Sabas no le gustaba agraviar a sabiendas a la gente, ni rodearse de personas irritables o melancólicas; en general, le molestaba el sufrimiento ajeno, no por compasión, sino por egoísmo, y así se cuidaba de huir la presencia de él, más que [147] de evitarlo.

—Pues yo he leído algún cuento y novelas cortas del señor Pajares.— Lo cual era falso.

—Sí, he escrito también cuentos y novelas cortas —corroboró Pajares, muy lisonjeado.

—Y versos también he leído, ¡ya lo creo! Mi hijo Pascual habla mucho de usted y con gran admiración. Usted es modernista, [148] y nosotros, los viejos, no podemos ser modernistas; pero en todos los géneros hay bueno y malo. Y usted es de lo bueno, sí, señor.— Don Sabas no se proponía otra cosa que halagar al poeta y reducirlo a una sociabilidad corriente y moliente, de visita. No había leído un solo verso de Teófilo y le importaba un ardite la llamada poesía modernista. Tanto a Teófilo como a Rosina les cosquilleaba una leve zozobra; no sabían si don Sabas hablaba en serio o irónicamente. Don Sabas preguntó: —Bajo su palabra de caballero, señor Pajares, ¿me promete usted decirme la verdad?

—Según de lo que se trate.

—¡Bah! Una cosa muy sencilla. ¿Promete usted?

—Sí, señor; prometo.

—¿Está usted enfermo?

Teófilo palideció.

—¿Lo está usted? Dígame la verdad.

—No le entiendo a usted...

—De sobra que me entiende...

---

[147] R: "mas no". Es más lógica la versión de P.
[148] Aquí se afirma claramente la escuela literaria a la que pertenece Teófilo.

—Le juro a usted que no entiendo... ¿Qué puede importar a usted que yo esté o no esté enfermo?

—¿No ha de importarme? Verá usted: cuando entra a servirme un nuevo mozo de comedor, lo primero que hago es decirle: "Mira, hijo, aquí está la botella de vino y aquí un vaso. Este vaso es solamente para ti. Ya sé que no puedo impedirte que bebas el vino de escondite; por eso, lo único que te ruego es que no bebas por la botella y nos sirvas luego a los demás tus babas". ¿Comprende usted ahora? De todos los crímenes que conozco, el más grave para mí es el de esos hombres atacados de enfermedades vergonzosas que no tienen reparo en corromper y contagiar a otros cientos de hombres por intermedio de mujeres que toman y dejan a la ventura.

—Si no he comprendido mal, para usted lo grave de este crimen no es que una pobre mujer caiga enferma, sino que, por traslado, [149] otros hombres, quizás personas respetables, grandes personajes, sufran el contagio.

Rosina sonrió cordialmente a Pajares, quien en aquel instante se sentía muy superior a don Sabas.

—No me he explicado claramente. No he hablado de la mujer sino como vehículo, porque si usted se para a pensarlo ecuánimemente y aparte la lástima que nos inspire, no es otra cosa que vehículo. Y si no, compare usted la proporción numérica del mal, y verá que de un lado hay una mujer y de otro cientos y cientos de hombres a quienes ella infesta.

—En este caso no veo sino una mujer, y muy en segundo término un solo hombre.

—Se exalta usted sin motivo. Parece usted echarme en cara que cuando abomino del mal general no pienso sino en el mío propio. Es decir, que mis palabras no estaban dictadas por el amor al prójimo, sino por el temor de un daño que pudiera sobrevenirme; en suma, que he hablado egoístamente. Sí, señor; así es. Lo reconozco. Y no puedo menos de ser así, porque el egoís-

---

149   *R*: "por segundo endoso".

mo es la medula espinal del espíritu humano. [150] Cuando ejecutamos aun las acciones más generosas, no tenemos otro móvil que el egoísmo. [151] Su exaltación de usted hace un momento y sus nobles palabras de lástima por las mujeres caídas y enfermas, ¿qué eran sino balbuceos de un egoísmo inconsciente que le movió a usted a declararse paladín del sexo por ganar el amor, o acrecentarlo o robustecerlo, de una mujer que le estaba escuchando? Pues el progreso moral no es otra cosa que la más clara conciencia de este egoísmo radical y el mayor valor para declararlo en público; de manera que, contrastándose egoísmo con egoísmo, cede cada cual en aquello que puede y debe ceder y se alcanza una paz deleitable, armoniosa y duradera. El progreso moral consiste en aprender a no engañarse ni engañar. La caballerosidad, el honor, no son sino la moneda admitida en los contratos o chalaneos de buena fe entre varios egoísmos. Y así, de caballero a caballero, invocando mi egoísmo, lo cual equivale a darle a usted derecho para que usted me invoque el suyo cuando lo necesite, le pregunto: ¿Está usted enfermo?

Teófilo volvió a sentirse empequeñecido por don Sabas. Pensaba que no tenía razón el ministro; pero no sabía qué contestarle. Y Rosina pensaba como Teófilo.

—Pero es que... —atajó Rosina, dirigiéndose a don Sabas—, si te figuras que ha habido algo entre nosotros...

—Si no te echo nada en cara, Pitusa... Me parece muy natural. Yo soy viejo y tú eres joven: ¿cómo te voy a exigir fidelidad absoluta? Y hasta me parece

---

[150] Así lo afirma repetidas veces Ayala. Por ejemplo, en su comentario a *La loca de la casa*, de Galdós, incluido en *Las máscaras*: el "sagrado egoísmo" es "una fuerza del mundo orgánico correlativa a la fuerza de cohesión del mundo inorgánico". Y llega a proclamar que "el egoísmo, en su sazón y madurez, se llama altruísmo" (*Obras completas*, vol. III, Madrid, ed. Aguilar, 1963, pp. 61 y 89 respectivamente).
[151] *R*: "Cuanto hacemos, aun las acciones más generosas, no tiene otro móvil que el egoísmo".

preferible que hayas elegido un artista a uno de esos
señoritos silbantes... [152]

—De caballero a caballero —habló Pajares—, puesto
que usted se obstina en preguntarlo, le respondo por
última vez que no le va a usted ni le viene en mis
enfermedades. Y no le va ni le viene porque, como ha
dicho Rosa, nada ha habido entre nosotros, ni puede
haberlo, porque yo no lo aceptaría entretanto que no
sepa que Rosa es mía y solamente mía. Usted parece
que no puede comprender esto...

Don Sabas inclinó la cabeza, reflexionando:

—No, no lo puedo comprender. Pero, aun cuando
hubiera habido algo, lo disculpo; es más, lo justifico.
Rosa es, por decirlo así, el ornamento de mi vida, y
ella sabe cuán humildes son mis exigencias. ¡Si sólo
mirarla me deleita!... No soy tan insensato que me
obceque en obligarla a una fidelidad completa. Lejos
de eso, me hace feliz saber que ella lo es por diferentes
caminos. Tampoco puede usted comprender esto.

—No lo puedo comprender.

—Y es que usted piensa que el suyo, por ser desor-
denado, es mejor amor. Pues mire usted, yo renuncia-
ría ahora mismo a Rosa si supiera que mi renuncia
le acarreaba verdadera ventura, a pesar de todo mi
egoísmo.— Por primera vez se le cayó la carátula de
afabilidad protectora, dejando al desnudo un rostro
gravemente triste. A seguida superpuso nuevamente la
carátula, y añadió: —Pero por ahora Rosa no necesita
mi renuncia, ni con ella piensa ser más venturosa, ¿verdad, Pitusa?

Las emociones de Teófilo se concretaron en una sentencia mental: "Si yo tuviera unos miles de pesetas en
el bolsillo..." Como si Rosina lo hubiera adivinado, respondió:

---

[152] *silbante*: "Entre las palabras de 1885 a 1900 había algunas bastante gráficas. Se usaban, por ejemplo, en la calle, las palabras pollo,
sietemesino, silbante y pirante, dedicadas al jovencito que se distinguía
por su elegancia". Recuérdese lo que dice *La Gran Vía*: "de este silbante, la abuela murió" (Baroja: *Memorias*, I, ed. citada, p. 461).
Clavería (*Estudio sobre los gitanismos del español*, Madrid, 1951,
p. 188) da otros testimonios de su uso por C. Frontaura.

—Ya te he dicho, Sabas, que nada hay entre nosotros, y yo no miento. Por lo tanto, claro está que no necesito esa renuncia.

Teófilo miró con estupor a Rosina, quien, aprovechando la distracción del ministro, guiñó un ojo al poeta, como haciéndole cómplice de su disimulo.

—A propósito, Pitusa. Me ha escrito don Jovino, por mal nombre *el Obispo retirado*. Dice que dentro de tres o cuatro días es la inauguración de la temporada y que aguarda el nombre con que has de presentarte al público; es urgente, porque necesitan tirar los carteles con alguna anticipación. ¿Sabía usted, señor Pajares, que la Pitusa nos ha resultado una gran canzonetista [153] y se lanza definitivamente a la escena?

—Sí, señor.

—Bien, bien; pues ayúdenos usted a elegir un nombre para ella... Convendrá usted conmigo en que del nombre depende la mitad del éxito, sobre todo en la mujer. Es necesario encontrar uno que, como exige el código de Manú, cuando se pronuncie sepa dulce en los labios. Yo he seleccionado unos pocos, que someteré al juicio de ustedes. Por lo pronto siento una invencible inclinación hacia los nombres de mujer que comienzan por A. Entre otras razones, para producir el sonido de la A se abre de pleno la boca, porque A es una vocal admirativa, y dado que es cosa probada que los movimientos y actitudes musculares provocan ciertos estados de ánimo, como el hipnotismo ha demostrado, resulta que al pronunciar un nombre de mujer que empieza con A, involuntariamente propendemos a la admiración. Todo esto le parecerá a usted extraordinario, ¿verdad, señor Pajares? En último término, puede que sea una de tantas tonterías como a uno se le ocurren. He aquí los nombres: Acidalia, que es una de las advocaciones de Afrodita; Actea, una nereida; Adrastia, hija de Júpiter o Zeus y de la Necesidad; Antígona, que todo el mundo sabe quién fue —y miró irónicamente a Teófilo—, y Lotos, una ninfa. Este último nombre no tiene la A por inicial, pero a mí me suena muy bien. Lotos o Antígona me parecen dos buenos nombres de cartel. ¿Qué dices, Pitusa?

—¿Qué te parece a ti? —solicitó de Teófilo Rosina, proporcionándole con el tuteo, en presencia del ministro, gran satisfacción.

—Antígona me parece un nombre muy bello. Suena un poco trágico, pero no importa.— De que era un personaje de la tragedia antigua estaba seguro, y esto era todo lo que sabía acerca de Antígona; él, Pajares el poeta, que había decorado siempre sus versos con innúmeras alusiones al arte y a la mitología helénicos.

—¿Ha oído usted ya cantar a Antígona?

—No, señor.

—¿Quieres cantar algo, Antígona?

—Ya lo creo, con mucho gusto.— Se levantó de la butaca y con gentil alacridad fue hasta el piano. Volvióse un punto para decir a Teófilo: —Te advierto que toco rematadamente mal. Sólo lo preciso para acompañarme.

—¿Qué vas a cantar, Pitusa?

—*Ninon*.

—¡Oh, Pitusa, canta cualquiera otra cosa!... ¡Eso es tan sentimentalmente cursi!...

—A mí me gusta, Sabas.

Rosina cantó:

> Ninon, Ninon, qu'as tu fait de la vie?
> L'heure s'enfuit, le jour succede au jour.
> Rose ce soir, demain fletrie
> Comment vis tu, toi qui n'a pas d'amour?
> Aujourd'hui le printemps, Ninon,
> Demain l'hiver...

La voz de Rosina era escasa; pero tenía densa transparencia de óleo y se insinuaba dentro del espíritu con cariciosa suavidad. [154] Desafinaba a veces un poco, y era

---

[154] Es muy frecuente en Pérez de Ayala recurrir a comparaciones con una sensación de suavidad oleaginosa para las escenas más sentimentales.

en todo momento insegura, algo temblorosa, como si diluida dentro de ella palpitase una gran emoción, de la cual se contagiaba muy presto el oyente. Teófilo no entendía las palabras; pero la música se le filtraba hasta el más obscuro rincón del alma, colmándole de ciega felicidad, que, al esforzarse en adquirir luz y conciencia [155] de sí propia, producía dolor gustoso. [156]

Don Sabas tenía los párpados caídos, y la carátula también. Con profunda angustia recibía en el corazón los versos de Musset y el lamento *sentimentalmente cursi* de Tosti: *"¿Qué has hecho de tu vida? Huyen las horas y los días suceden a los días. La rosa de esta tarde, mañana estará marchita... Hoy, primavera; invierno, mañana".* Y luego, *¿cómo se puede vivir sin amar?* ¡Oh, amor; necio engaño! Sicilia, de la propia suerte que había teñido de negro la ancianidad de sus barbas, había blanqueado de filosofía la negrura desolada de su espíritu escéptico. Pero ahora, bajo el influjo de aquella musiquilla cándida, quejumbrosa, el postizo embadurnamiento se resquebrajaba, se derretía, dejando al aire hielo vivo entre sombras. Y con el corazón aterido, Sicilia abarcaba la desmesurada vacuidad de todo lo creado. ¿De qué le había servido aquel emplasto de estoicismo, epicureísmo y anacreontismo, a dosis iguales, aplicado al alma por curarla del miedo a la muerte y darle fuerza y virtudes? Era honesto y virtuoso en el sentido clásico; no había hecho mal a nadie; pero sus virtudes, ¿qué eran sino groseros simulacros, prendas de abrigo que no abrigaban? Mesábase las barbas, engañosamente negras, y la amargura del pecho casi le rebosaba por los ojos.

Terminada la canción, cuando Teófilo y Rosina miraron de nuevo a don Sabas, éste tenía ya superpuesta la carátula social.

—Muy bien, Pitusa. Tienes una voz muy dulce y mimosa. Pero esa romancita...

---

[155] Nótese la unión de dos conceptos que nuestro autor suele emplear como equivalentes: "luz y conciencia".

[156] *dolor gustoso*: Pérez de Ayala suele emplear antítesis de este tipo, tomadas del lenguaje de los místicos.

—La romanza es admirable. Nada hay tan penetrativo ni que tan hondamente remueva el alma como la música —sentenció el poeta. Como poeta español que era, tenía por característica un sistema nervioso esencialmente refractario a la música. Nunca había sentido la música. Oyendo cantar ahora a Rosina había recibido insospechadas emociones, que no eran sino voluptuosidad sin satisfacer, evaporada en bruma de anhelo, y que él tomaba por puras emociones musicales. Encontrábase tan enorgullecido con el reciente don de sensibilidad, que preguntó a don Sabas:

—Pero, ¿de veras no le ha conmovido la romanza?

—¿Qué quiere usted que le diga? A esta música dulzona italiana, y aun a la alemana, prefiero la española popular, [157] porque es más instintiva, más sincera. El español no concibe la música sino como aderezo de la lujuria o a manera de desfogo físico y bramido carnal; por eso los músicos españoles no aciertan a componer nada que valga la pena, como no sean schotis, tangos y jotas. Schotis, [158] tangos, jotas: esa es música, y buena música, música centrífuga, que le vacía a uno el cerebro a través de los miembros, derramándolo hacia afuera, en un prurito de danzas, de cabriolas y otros ejercicios más placenteros. Pero la otra música, la centrípeta, cuya acción es a la inversa, de fuera adentro... Si corrieran tiempos de tiranía y yo fuera tirano, suprimía de un golpe, así, con un rasgo de la pluma, semejante clase de música. O mejor, y para mayor seguridad, suprimía la música en absoluto.— Y sonrió con afabilidad indiferente.

Rosina, vejada por la frialdad de don Sabas, y sin haberle entendido, habló en tono algo áspero:

—En resolución, que para ti la música como quien oye llover.

—Psss... Ojalá nunca aprendas, Pitusa, lo triste que es oír llover. [159]

[157] "Popular" no está en R.
[158] R y L: "chotis".
[159] R y L: "ojalá nunca aprendas, Pitusa, a oir llover". Me parece más acertada la versión de P y no comprendo por qué L vuelve a la de R.

—Oh, Sabas, a veces me atacas los nervios, porque no pareces una persona...

—Está por la primera vez que veo enfadada a la Pitusa. No he querido enojarte, Rosina, y ya te he dicho que tu voz es muy suave y bella. Harto sabes cuánto me gusta oírte cantar. Te pronostico grandes éxitos en el teatro.

—Allá veremos —contestó Rosina con mal simulada humildad. La fuerza atractiva de la gloria la orientó hacia el futuro, de manera que continuó hablando con voz de lontananza, como si los seres y cosas en torno de ella hubieran dejado de existir. Dijo que no cantaba en Madrid sino a guisa de ensayo o prueba por ver si el público la atemorizaba; que en cantando dos o tres noches rescindiría el contrato con el *Obispo retirado,* por grande que fuera el éxito de su presentación; que el foco de sus ambiciones era París, y que deseaba también conocer los Estados Unidos del Norte de América. [160] Tanto don Sabas como Teófilo sentían por modo evidente cuán lejos de ellos estaba aquella mujer, cuán inasible e indomeñable era su corazón. Hubo un silencio que rompió Antígona, retrotraída al futuro próximo.

—Se me olvidaba decirte, Sabas, que pienso pasar la semana que viene en El Escorial.

—Es el caso, Pitusa, que como estamos en las tareas preliminares del Gobierno no podré acompañarte. Te haré alguna visita.

—No, no te molestes. Quiero estar sola, completamente sola, unos días.

—Como gustes. —Don Sabas había comprendido.

Pajares consideraba los días de El Escorial como la crisis decisiva de su existencia. Durante ellos, había de apoderarse para siempre de Rosina o perderla para siempre.

Don Sabas, que había venido a casa de Rosina en la esperanza y aun con la certidumbre de mitigar un poco el hastío de su vida, exasperado en las horas de

---

160 Nótese la mención completa, sin acortar.

ministerio, hallábase más triste y cansado que nunca. Le hostigaba la necesidad de sentir sobre el rostro la tersura lenitiva de la mano de su amante. Le hacían falta mansas caricias físicas, como al terruño yermo el agua de llovizna.

Lentamente y renqueando, *Sesostris* avanzaba por la habitación.

—¡Oh, excelente *Sesostris*! —exclamó don Sabas—. ¡Quién fuera galápago o tortuga! Como de ordinario, sus interlocutores ignoraban si lo decía en serio o de chanza. —Todos los males del hombre, ¿no cree usted, señor Pajares?, se derivan de un mal original: el de tener epidermis. Parece a primera vista que el mal original es la inteligencia, entendiendo por inteligencia la manera específica y necia que el hombre tiene de conocer el Universo; pero si en lugar de epidermis tuviéramos un caparazón, como este animal privilegiado, o un dermatoesqueleto, como la langosta, nuestra inteligencia sería de distinto y aun de opuesto linaje. El hombre es el único animal que tiene epidermis. Tener epidermis equivale a andar con el alma desnuda, de suerte que de todas partes recibe heridas. Y por todas partes mendiga halagos. Por eso, cuando Platón dijo que el hombre era un bípedo sin pluma, sentaba una gran verdad que nunca ha sido bastantemente desentrañada. Tres son las fuerzas naturales de toda sociedad animal: la necesidad de alimentarse, la necesidad de reproducirse y la necesidad de moverse. ¿No se da usted cuenta, señor Pajares, de las terribles consecuencias que arrastra consigo la aparición de la epidermis, y cómo aquellas que eran fuerzas naturales se truecan en fuerzas morales, que es lo peor que pudo haber sucedido? ¡Oh, excelente *Sesostris,* la más noble de las criaturas, la de sangre más azul y aristocrática, porque tu abolengo tiene millones y millones de años de historia cierta! ¡Oh, tú, reptil insigne, cuyos antepasados reinaron en el aire, en el agua y sobre la tierra, señoreando el mundo y sus elementos! ¡Maldito el hado que os puso enfrente tan despreciable y bruto adversario como es el mamífero, y en sus bárbaros designios determinó que fuerais extirpados casi totalmente!

Sesostris, como cualquier diputado de la mayoría, no prestaba atención a la elocuencia ministerial, y seguía su pausada y renqueante ruta en busca de cucarachas. [161]

En esto entró Rosa Fernanda, que había vuelto del paseo, y fue a agazaparse en el regazo de su madre.

—Ven a darme un beso, Rosa Fernanda —dijo don Sabas—. Ven y te contaré el cuento del príncipe narigudo.

Rosa Fernanda acudió al requerimiento y se acomodó entre las piernas del ministro, el cual recibía sutil deleite físico contemplando la rosada fragilidad de la niña y acariciándole el oro resbaladizo de los cabellos. Rosa Fernanda levantó la cabeza cuando don Sabas comenzó a referir el cuento. Escuchaba como los niños acostumbran, con los ojos, como si las palabras, al desgajarse de los labios, se materializasen adquiriendo la forma y color de los objetos representados. Veía los vocablos en su religiosa desnudez originaria.

Entretanto, Rosina y Pajares pudieron hablar a solas y puntualizar la fecha y sitio de la próxima entrevista.

Rosa Fernanda se fatigó muy pronto de escuchar el cuento. Don Sabas le era antipático, así como sus caricias. Los niños, en su selección de amistades y afectos entre personas mayores, tienen el don de rehuir instintivamente aquellos individuos cuyo contenido ético es antivital, como la raposa huele y teme la pólvora antes de toda experiencia. [162] No es raro encontrar este don en las mujeres. Sienten apego por Don Quijote y Don Juan. Hamlet les es repulsivo. La niña volvió al regazo de la madre y allí se mantuvo en silencio, asimilándose la realidad externa con largas, inquisitivas miradas.

Hablaban don Sabas, Pajares y Rosina de cosas de poco momento y en tono indiferente, porque después

---

[161] Lo mismo hace, en medio de las metafísicas discusiones, el caracol *Osvaldo*, en *62. Modelo para armar*, de Julio Cortázar.

[162] Otra vez se eleva del caso concreto a una digresión generalizadora.

de las emociones de la tarde, cada cual se recogía dentro
de sí mismo laborando por extraer claras impresiones
críticas.

Punto de vista de don Sabas.—Tenía conciencia de
ser antipático, instintivamente antipático, a Rosa Fernanda, como se lo era a todos los niños (aun cuando
él los amaba), y esto le acongojaba; de ser a medias
antipático a Rosina y también del origen de este sentimiento fluctuante; de ser antipático por entero a Teófilo o, por mejor decir, odioso, y cómo la causa del
odio era el creerse Teófilo muy por debajo de don
Sabas en inteligencia, ingenio y fortuna. Y, sin embargo, don Sabas sabía que Pajares le era superior; primero, en juventud, y señaladamente en la posesión de
una cualidad divina, el entusiasmo, o sea aptitud para
la adoración o para el odio. Teófilo podía caer en
dolorosos desalientos o subir a la cima del más apasionado rapto; podía alternativamente pensar, tan pronto
que el mundo era malo sin remisión, como que era
divino, el mejor de los mundos posibles. Don Sabas
sabía que el mundo era tonto, comenzando por Teófilo,
un tonto, como todos los tontos, susceptible de felicidad
o de infelicidad.

Punto de vista de Rosina.—Don Sabas le parecía,
cuándo extremadamente sensible, cuándo extremadamente embotado de nervios e indiferente. La sugestio-
naba como el vaivén de un péndulo brillante. Veía
que aventajaba a Teófilo, con mucho, en inteligencia
y agilidad para urdir frases que quizás fuesen profundas; pero con todo no se resolvía a concederle más
talento que a Pajares. No podía explicárselo; pero en
Pajares adivinaba la verdad oculta, y sobre todo una
fuerza misteriosa que le hacía atractivo y amable.

Punto de vista de Pajares.—La presencia y sonrisa de
don Sabas le hacían el efecto de insultos. Era como si
después de árida jornada, cuando creemos andar por lo
postrero de ella, encontrásemos otro caminante que en
son de burla nos dijera haber equivocado nuestro camino y hubiéramos de desandar lo andado. La sonrisa

de don Sabas sugería la posibilidad de que todo aquello que Teófilo tomaba tan a pecho eran fruslerías y nonadas, como si don Sabas estuviera en el secreto de la vida y no quisiera descubrirlo; y lo peor es que quizás don Sabas tuviera razón. Veíase, pues, forzado a reconocer en don Sabas una superioridad, y viéndose en su presencia tan empequeñecido lo aborrecía.

Punto de vista de Rosa Fernanda.—Como el de todos los niños, era a ras de tierra. Podía ver la parte inferior de los muebles, la arpillera que les forraba la panza, un intestino de estopa saliendo por debajo del diván, y a *Sesostris* debajo del piano. En circunstancias normales, las personas no existían para ella sino desde las rodillas a los pies. Teófilo y su indumentaria [163] le parecían más pintorescos que don Sabas. La parte baja de los pantalones de Teófilo, con flecos y raros matices, pero sobre todo las botas, la tenían encantada. La afición que los niños muestran a los mendigos es tan sólo el gusto de lo pintoresco. En una de las botas de Teófilo había una larga goma, como un gusanillo negro, colgando del elástico. Rosa Fernanda hubiera dado cualquiera cosa [164] por ir a arrancarla y jugar con ella.

Sería interesante conocer el punto de vista de *Sesostris.*

Teófilo se levantó, dispuesto a irse. Don Sabas se despidió también. Bajaron juntos las escaleras. En la puerta de la calle don Sabas preguntó:

—¿Por dónde va usted?

—¿Y usted?

—Yo hacia arriba.

—Yo hacia abajo.

—Ea, pues hasta la vista.

—Hasta la vista.

---

[163] *L*: "indumento". No veo la razón del cambio.
[164] *L*: "cualquier cosa". Pero me parece que es frecuente en Ayala este tipo de construcción.

CAMINABA Teófilo cuesta abajo, automáticamente; su
espíritu descendía también; se apartaba de la claridad
consciente; se diluía en una especie de niebla letárgica.
Así anduvo toda la calle de las Huertas [166] y el Botánico, cara a la Cibeles. En la plaza de Neptuno dudó si
subir hacia el Ateneo o continuar Prado adelante; resolvió lo último. Su estado de ánimo se iba definiendo
poco a poco, iluminándose de resplandor intuitivo que
manaba de una palabra: *dinero.* Era fuerza que buscase
dinero cuanto antes. Un sentimiento de rebeldía contra
la vida moderna le henchía el pecho. El sentido y trascendencia de esta calificación, *edad capitalista,* se le
hicieron patentes. La actividad motriz de estos tiempos
no era sino la rapiña del capital, como quiera que
fuese; las demás actividades, sólo rebabas, añadiduras,
ejercicios suntuarios. En otras épocas, amor y belleza,
las dos mitades de la vida, habían sido *res nullius,* cosas
no estancadas, de libre disfrute para todos. Pero la edad
capitalista había constituido el monopolio de la vida a
modo de sociedad anónima por acciones y escindido el
género humano en dos partes: los que cobran dividendo
y los que no cobran; los que tienen derecho a vivir y
los que no pueden vivir. ¿Qué es el amor sino dulce
plenitud y exuberancia de energías que por no perderse
aspiran a perpetuarse, a reproducirse? ¿Y cómo pueden
hacer amiganza el amor y la miseria física, el hambre
y la fecundidad? De otra parte, ¿es verosímil enjaretar
cuatro versos mediocres sin cuatro malas pesetas en el
bolsillo?

Pero lo apremiante para Teófilo era que necesitaba
hallar unos cuantos duros inmediatamente. Como ocurre
en las coyunturas capitales de la vida, Teófilo esterilizó
de toda emoción su pensamiento y se aplicó a hacer
cuentas en frío. Era el último día del mes. Al día siguiente, o quizás aquel mismo día, tendría la paga que

---

165   *R:* "X".
166   *R:* "de Cervantes". Ya vimos al comienzo de la novela que
Pérez de Ayala decidió cambiar la calle.

Cubierta de la primera edición de *Troteras y danzaderas*

D. RAMON DEL VALLE INCLAN

Es manco, como el otro, para que sea más perfecta la semejanza. Admirable escritor, que trabaja, además, como una fiera y le queda tiempo... ¡Hasta para hacerse carlista...! Por cierto que no le sienta bien la boina...

Don Ramón María del Valle-Inclán, por Fresno

su madre acostumbraba enviarle cada mes. Teófilo vivía en la misma casa de huéspedes desde hacía tres años, y si bien no había mes que pagase los quince duros íntegros del pupilaje, a razón de 2,50 por día, con todo era un pagador exacto en la medida de sus recursos, de manera que hasta cierto punto le era lícito dejar de pagar aquel mes y reservarse el dinero para el viaje a El Escorial. Tal vez su madre le enviase también el extraordinario. En este caso, la suma total andaría tocando con las cien pesetas. Pero era poco. No había otra salida que pedir dinero prestado a un amigo. ¿A quién? A Díaz de Guzmán; sí, él era el hombre.

Teófilo llegó de vuelta a su hospedaje de noche cerrada. Era una misérrima casa de huéspedes de la calle de Jacometrezo. En el pasillo, apenas esclarecido por una bombilla exhausta, el vaho de los potajes se fundía con otras hediondeces. Teófilo cruzó con un huésped, Santonja.

—Hola, poeta. ¿Ha habido convite hoy? Le he echado a usted mucho de menos, porque no tuve con quién discutir. —Santonja se había repatriado hacía poco tiempo desde la Argentina. Estaba desviado de la espina dorsal y era cojo; la faz chata, simuladamente jocosa. Venía en mangas de camisa (una camisa de color sangre de toro) y llevaba un libro de la biblioteca Sempere debajo del brazo. Las discusiones de las horas de comer eran casi siempre sobre anarquismo. Un día, por dárselas de hombre terrible y espantar a los comensales —dos burócratas, tres horteras, un alcarreño de paso y un comandante—, Teófilo había modulado una rapsodia lírica en loor del regicidio [167] y la propaganda por el hecho. Santonja le interrumpió, calificando sus frases de absurdidades. Acalorado, Teófilo llegó a sostener que él no tendría inconveniente en tirar una bomba. Santonja había añadido que ninguna persona con sentido común puede ser anarquista; pero que, dado que la

---

[167] *L* ha añadido una frase que, para los argentinos, debía de poseer mucho color local: "en loor de Morral". Y añade nota a pie de página: "El anarquista que arrojó una bomba el día de los desposorios de don Alfonso XIII".

persona careciera [168] de aquel sentido, cosa frecuente, para tirar bombas se necesita mucho ombligo. A partir de entonces, Santonja solicitaba de Teófilo, con evidente ironía, razones que apoyasen el ideal anarquista. Respondíale Teófilo con argumentos que él consideraba muy originales y funambulescos; pero el otro replicaba que todo aquello era una pamplina.

Tales discusiones habían obsesionado a Teófilo en términos que no era raro oírle jactarse de sus ideas anarquistas en el Ateneo y otras tertulias literarias.

—¿Viene usted a cenar hoy, señor Pajares?

—Creo que sí. ¿Por qué?

—Porque me parece que hoy no trae usted cara de discutir conmigo.

—Le advierto que yo no he discutido nunca con usted.

—No; ya sé que usted me desprecia. Yo soy un hombre sin instrucción y usted es un literato. Y, a propósito: como me ha dado usted la matraca con Kropotkine, he comprado ese libro escrito por él. ¡Puaf! Macana pura; pura filfa... ¿Cree usted que el mundo es bueno, señor Pajares?

—Sí, señor.

—¿Cree usted que eso que llaman *amor* existe?

—Sí, señor.

Una pausa.

—Bien. ¿Qué hay con eso? —preguntó Pajares.

—Nada, sino que quizás hice mal en dudar de su sinceridad de usted como anarquista; pero como usted no compone versos sino sobre la muerte, la tumba y la podre..., como si este mundo fuera el peor de los mundos imaginables, y esto, mi amigo, creo yo que no se compadece con ser anarquista...

—Hombre, al contrario.

—Puede. Depende del punto de vista. [169] Creer que el mundo es bueno y que hay amor en él; pero no tener dinero y no poder tener novia, o si uno la llega a tener que se la pegue a uno, porque uno no es un Adonis

---

168 *L*: "carecía". No me parece afortunada la corrección.
169 Frase resumen del perspectivismo que profesa Pérez de Ayala.

(y no lo digo por usted), entonces sí que comprendo lo de las bombas, aun con poco ombligo.

—¡Bah, bah! Valiente anarquismo el que tuviera móviles tan bajos.

—Oiga, mi amigo: [170] me parece que, lo mismo que las plantas, los grandes hechos requieren su abono. La flor o el fruto viene a lo último, y el abono, que es lo primero, siempre es abono; ¿qué le parece?

—Nada, que tengo prisa. Hasta luego.

—Hasta luego, señor Pajares.

Pajares entró en su cuarto. Sobre la mesilla de noche había una carta de su madre. Teófilo la abrió con dedos ágiles y optimista corazón. No contenía ningún cheque. Decía la carta:

Amado hijo: No sabes cuánto he sufrido estos últimos ocho días del mes pensando en ti. Me es imposible enviarte la acostumbrada mesada, y lo peor es que tampoco podré de aquí en adelante. Sabes que los Martín, labradores de Zaratán, han tenido en mi casa todo el curso pasado a su hijo Arístides, que estudia Farmacia. Me habían prometido pagarme todo junto en comenzando el nuevo curso, por la cosecha. Pero dicen que la cosecha fue mala, y por más cartas que les escribo no sueltan prenda. ¿Para qué enviarán un hijo a los estudios si no cuentan con medios? Sólo para vivir del sudor ajeno. Yo, bien sabe Dios que los perdonaría de buen grado; pero no puedo menos de pensar que el hijo de ellos ha estado engordando a costa del mío, que te aseguro que comía más que un cavador. Para este curso lo han enviado a otra casa, y yo me alegro, no de que caiga sobre otro la carga, sino por verme libre de él, porque era además muy calaverón y escandaloso, como son todos estos zafios cuando vienen a la ciudad. No había querido decirte antes que don Remigio, el canónigo, se marchó de casa; ya ves, después de tantos años, y el único huésped formal y seguro. Fue un gran golpe para mí. Ya hace de ello dos meses y no me he podido

---

[170] Ayala introduce en las palabras de Santonja algún americanismo: antes, "macana"; ahora, la colocación del adjetivo.

recobrar del disgusto. Creí que nos tenía algún apego. Decía que últimamente no se podía comer en casa, y te echaba la culpa a ti porque yo te enviaba ahorrillos, cuando él debiera estar tan interesado como yo, que te conoció desde que eras una criatura y fue tu primer maestro. Por todo ello he estado tan apurada que no podía pagar el alquiler, y anduvieron si me desahucian; pero gracias a Coterón [171] el usurero, que me hizo unos pagarés sobre los muebles, pude salir del atranco. No estoy muy bien de salud; pero no te preocupes. Mi mayor pena es si tú pensarás que no te envío el dinero por propia voluntad. No, hijo mío; tú no puedes pensar eso de tu madre, que sabes te adora.

El recorte de periódico que me has enviado me ha hecho derramar lágrimas de ternura y orgullo. Sí, debían echar flores a tu paso. Ya desde chiquitín se comprendía que ibas a ser una gran cosa. Componías coplas mejor que los mayores, y así lo reconocían todos. Pero ya sabes que por estas pobres tierras de las Castillas los poetas se han muerto de hambre siempre. No me acuerdo de nombres; pero así lo he oído asegurar a los viejos. Luego, tus poesías son demasiado buenas y no las saben apreciar; yo, por ejemplo, que soy una ignorante, no las entiendo, y a veces temo que digas alguna herejía contra Nuestra Santa Madre la Iglesia. No; es imposible, que has sido criado en el temor de Dios. Pero lo principal es, Teófilo, que como eres tan sencillo y bondadoso, crees que los demás son como tú y te ilusionas con que de un día a otro te van a dar oro y montones. Dices que si hasta ahora no has ganado las pesetas por miles es por la envidia que te tienen, y yo lo creo; pero piensa que la envidia es planta que nadie desarraiga del mundo, y si te la han tenido, te la seguirán teniendo y siempre estaremos igual. Gloria, como muy bien me dices, ya has conquistado de sobra; ¿qué más quieres? Tres años hace que no nos vemos, y a mí han parecido tres siglos. ¿Por qué no vienes y dejas esa maldita Corte? Irías a pasar unos días de visita a casa de tus tíos, en

---

171   L: "Cotelón". Debe de ser errata.

Palacios. Tu prima Lucrecia te quiere como siempre o,
por mejor decir, te quiere mucho más desde que andas
por los papeles. Ya sabes que tienen un majuelo y no
sé cuántas yugadas de buena tierra de pan llevar, y
Lucrecia es hija única, que se perecen por ella los mozos
de los pueblos y los señoritos de Ríoseco, y hasta algu-
no de Valladolid. ¡Qué vejez tan dichosa, hijo mío, me
deparabas si te decidieras a escucharme! Pero yo nada
te digo si crees que debes seguir tu vocación...
   Un beso de tu madre, que te quiere,

JUANITA

Las tres últimas líneas estaban escritas de una manera
confusa y temblorosa. Teófilo leyó toda la carta; la
segunda parte, sin clara noción de lo que leía. Quedó
anonadado. Redujo a pequeños trozos la carta, rasgán-
dola sucesivamente, sin saber que la rasgaba. Salió a
la calle y se dirigió a casa de Angelón Ríos, en donde
vivía Alberto Díaz de Guzmán. Si Alberto no le salvaba
estaba perdido.

VERÓNICA Y DESDÉMONA [172]

[173]

U N A laringe estentórea y arcana expelió gigantescos
baladros: —¡Si no abren, tiro la puerta!

¿Será una de las trompas del Apocalipsis?, se preguntó Alberto, entre sueños. Una sacudida nerviosa le
recorrió el espinazo. Despertó. Restregóse con el dorso
de las manos los alelados ojos. Encontrábase de rodillas
en mitad de la cama, las asentaderas descansando en
los talones, vestido con un viejo pijama [174] de seda cruda
que tenía un gran desgarrón en la espalda. La fiebre
le transía; la expresión de su rostro era enfermiza.

Las paredes retemblaban. [175] En la puerta de la casa
oíanse tenaces porrazos, como si intentaran forzarla con
un ariete.

—¡Si no abren, echo abajo la puerta! —aullaron.

—¡Voy! —respondió Alberto, tan alto como pudo.
Saltó a tierra y fue a pisar sobre una copa de vidrio,

---

172 *R*: "Parte II: Verónica y Desdémona".
173 *R*: "I".
174 *R*: "pyjama".
175 *L*: "retemblaron".

hecha pedazos, hiriéndose dolorosamente en un pie, del cual comenzó a manar sangre en gran copia. Sin parar atención en el accidente, acudió presuroso a la puerta, y en abriéndola hallóse frente a un hombre obeso y congestionado, víctima, por todas las trazas, de funesta iracundia. Vestía el hombre un largo blusón de dril, color garbanzo; la estulta cabeza, al aire; el cerdoso bigotillo, convulso. Al ver a Alberto, el hombre depuso un tanto la cólera.

—¿Qué deseaba usted?

—Usted dispense, señorito; no era por usted. ¿Está don Ángel de los Ríos?

—No, no está.

—Esa ya me la tenía yo tragada. Y de mí no se burla nadie.— Parecía que iba a enfurecerse otra vez, pero, inopinadamente, se apaciguó. —Usted dispense... Pero es que esta mañana, porque ya he venido esta mañana, sonaba la campanilla y ahora no suena. A ver si no iba a llamar a patadas.

—En suma —atajó Alberto, impaciente—, que don Ángel no está; ¿qué desea usted?

—Si usted me hace el favor..., le dice de mi parte que dondequiera que le encuentre le rompo el alma.— Y como Alberto no respondiera, continuó: —¡De mí no se burla nadie! Verá usted, señorito. Yo soy oficial de zapatería. Yo no conozco, así, conocer de *visu,* que se dice, a ese don Ángel. Pues que esta mañana me manda el principal con la cuenta de seis pares de botas y zapatos, horma americana, que no hay Cristo que le haga pagar, y que tiro del cordón de la campanilla, y me sale a abrir, en calzoncillos, un señor muy grande, moreno, de barba, y voy y le dije, digo: ¿Está don Ángel, ecétera? [176] Y va y me dice: No está, pero a eso de las doce estará de seguro; vuelva usted. Conque, me dirijo a la zapatería, y que le cuento al maestro la cosa tal como fue, a lo que el maestro me llama panoli y que era el propio don Ángel, ecétera, quien había abierto, y que si el infrascrito don Ángel era un golfo desorejao y yo un inflapavas, [177] así, y que tal y que cual, [178] y que cuando volviera no le encontraría en casa, como se ha verificado. Lo cual que de mí no se burla nadie, y si usted me hace el favor de decirle que le voy a romper el alma, pues, tantas gracias, señorito.

El hombre, evidentemente satisfecho de su elocuencia, bajó los ojos, como recibiendo el homenaje del público, y echó de ver entonces que la sangre encharcaba el piso.

—¡Está usted herido!

—Así parece. —Alberto cerró la puerta de golpe, dando por terminada la entrevista.

[179]

ALBERTO Díaz de Guzmán había venido a Madrid con quince mil pesetas en el bolsillo, todo su caudal, y en la esperanza de que esta suma diera de sí para tres años, por lo menos. * Consideraba tal plazo más que sobrado para crearse un buen nombre en la literatura, y a la sombra del nombre una posición segura que le permitiera casarse y vivir en una casa de campo, lejos de los hombres. Antes de que la tierra completara su revolución anual en torno del sol, se le había concluido a Alberto el dinero, sin saber cómo. Renombre, si lo tenía, era escaso, y sólo entre literatos. Rendimientos, ninguno, como no fuera la misérrima remuneración por alguno que otro artículo, muy de tarde en tarde. Su carácter era sedentario, soñador e indiferente; espíritu nada pedestre, porque le faltaban los dos pies con que el espíritu sale al mundo a emprender y concluir acciones: carecía de esperanza y de ambición. Alas tam-

---

[177] *L*: "inflapapas". Creo que lo de *P* no era errata sino eufemismo. Recuérdese que *pavo* = 'persona sin gracia (Seco, p. 454), 'hombre soso o incauto', figurado y familiar (Academia, p. 992). Para comprender el eufemismo puede verse lo que dice Camilo José Cela en el tomo II de su *Diccionario secreto* (Madrid, ed. Alfaguara, 1971): voces "inflapollas", "soplapollas" y afines.

[178] Una vez más, Pérez de Ayala caracteriza a un personaje popular mediante la repetición de una muletilla; en este caso, "y que".

[179] *R*: "II". Comienza aquí el "flash-back" en que se nos cuentan los antecedentes de Alberto.

* *La pata de la raposa*. Novela.

poco las tenía, porque Alberto se las había cortado.
Aspiraba a la *mediocridad,* en el sentido clásico de
moderación y medida. El mucho amor y dolor de su
juventud le habían desgastado el *yo.*

Cierto día, sin un céntimo y con algunas deudas ya,
Alberto encontróse en la calle con Angelón. Echaron a
andar juntos. Eran paisanos y muy amigos, con esa
amistad en que al afecto se junta la mutua admiración
por cualidades diversas, de manera que no puede haber
choque o rivalidad de conducta. Son por naturaleza estas
amistades [180] aptas para la longevidad, porque en ellas
no cabe emulación ni envidia, sino orgullo recíproco
por las cualidades que a cada cual le faltan y el otro
posee; este orgullo se manifiesta en un a modo de
continuo rendimiento de tácita admiración, atmósfera
espiritual la más templada y a propósito para que dentro de ella el cariño medre y se robustezca. [181] Tales
son, en una esfera más amplia, [182] las amistades de la
inteligencia con la fuerza, el arte con el dinero, la ciencia con la religión, la filosofía con las armas. Los lla-
mados siglos de oro de la historia humana no son sino
estados sociales provocados por unas cuantas conspicuas
amistades de este género.

Entre Alberto Díaz de Guzmán y Angelón Ríos existía una diferencia de edad que pasaba de veinte años.
Alberto no era fuerte. Ángel, robusto, enorme; bajo su
piel morena, de tierra cocida, presentíase en circulación
un torrente de rica sangre jovial. Alberto era joven en
años y viejo por temperamento. Angelón, aun cuando
discurría por el undécimo lustro de su vida, era entusiasta como un adolescente. Aquél había perdido prematuramente el don de la risa; éste no había adquirido
aún el de la sonrisa. Ríos, gran aficionado por romanticismo a las artes y de mente, si inculta, muy despierta, admiraba en Alberto la sensibilidad y la virtud de

---

[180] Otro ejemplo de digresión, partiendo de un caso concreto.
[181] Nótese el pesimismo disimulado en esta frase: para que quera-
mos a alguien, lo mejor es que notemos que esa persona nos admira.
[182] *en una esfera más amplia*: frase que expresa el movimiento
mental de progresiva generalización.

discurrir con agudeza. Alberto admiraba en Angelón muchas cualidades: la alegría, que en él era como una secreción orgánica: su maravillosa constitución física, que le permitía, a los cincuenta y dos años, amar cotidianamente y aun muchas veces a una mujer, por fea y corrupta que fuese, cuando no había otra cosa a mano; su propia incultura y claro discurso, merced a los cuales, desembarazado de todo prejuicio, atinaba a dar con las más claras nociones prácticas, por ejemplo, acerca de la política, en la cual militaba activamente; la absoluta ausencia de un sentido interior con que advertir diferencias entre *moral* e *inmoral,* ausencia que, por rara paradoja, le había perjudicado en su carrera política, iniciada con gran éxito; y, señaladamente, su acometividad en coyunturas difíciles, su carácter de genuino hombre de acción, [183] esto es, fundamentalmente bueno: amaba el mundo y la vida por ser el uno y la otra fértiles en obstáculos.

Aquel día, a poco de encontrarse, Alberto refirió sus apuros a Angelón. Éste acudió al instante con el remedio, y sus frases eran tan optimistas que no parecía sino que había iniciado a su amigo en el secreto de transmutar los metales.

—Hoy mismo se viene usted a mi casa.

—¿Y arreglado todo? —inquirió Alberto, que conocía la escasez económica de Angelón.

—Naturalmente.

—¿Cuánto dinero tiene usted?

Angelón echó mano al bolsillo del chaleco y extrajo gran profusión de monedas, casi todas de cobre. Hizo un balance rápido y expresó la cifra resultante con alguna consternación:

—Diez y seis pesetas con noventa céntimos.

Alberto sonrió.

—¡Bah! —añadió Ríos, irguiéndose—. Mañana tendremos dinero, y si no, pasado mañana.

---

[183] Al fondo de esta amistad planea el tema clásico en el ensayismo del hombre de acción y el hombre de pensamiento.

Ríos juzgaba tan absurdo dudar del advenimiento diario del dinero por cambios postulatorios o aleatorios, como de que el sol debe salir cada mañana a la hora en que le emplazan los almanaques de pared. Añadió:

—¿Por qué no escribe usted artículos?

—Los escribo; pero me revienta enviarlos sin que me los pidan.

—No tiene usted chicha [184] para nada. Yo los colocaré.

Ríos acompañó a Alberto hasta el hotelucho en donde se hospedaba; requirieron un mozo de cuerda que trasladase las maletas de Guzmán al nuevo domicilio, y aquella noche durmió Alberto en casa de Angelón. Era ésta un piso segundo de la calle de Fuencarral, holgado y bien ventilado. Estaba como cuando Angelón vivía en él con toda su familia, atalajado a lo burgués; pero con mejor tino y buen gusto de lo que es uso en las instalaciones [185] domésticas de la clase media española. Había cuadros y esculturas de algún mérito; porcelanas, muebles y estofas de valor, de los cuales no había querido desprenderse el dueño ni en los trances de mayor angustia pecuniaria.

Tenía Angelón [186] mujer, hijos casados y otros casaderos, que vivían en Pilares. La exuberante naturaleza física de Ríos y su portentosa lozanía le empujaban al comercio habitual con damas galantes. Esto no estorbaba a que venerase a su mujer y la amase con amor solícito, honesto, por decirlo así. Los afectos familiares estaban muy arraigados en él, y gustaba de tratar a sus hijos como hermanos o camaradas. La mujer le pagaba con cariño casi maternal; le comprendía y por ende le sobraba indulgencia para disculpar, y en ocasiones hasta celebrar, aquellas diabluras y calaveradas de que a cada paso venían a darle sucinta y melodramática cuen-

---

184 Seco (p. 327) y la Academia (p. 407) registran la expresión familiar en plural: *tener pocas chichas* = 'tener pocas carnes o pocas fuerzas'.
185 *L*: "instituciones". Debe de ser errata.
186 Dentro de la historia de Alberto se abre ahora, a su vez, el paréntesis de los antecedentes de Angelón.

ta parentela y amigas, a pretexto de compadecerla. [187] Pero como la fortuna del cabeza de familia viniera muy a menos y algunos parientes ricos hubieran contraído espontáneamente el compromiso de auxiliarla, enojados éstos con los desórdenes de Angelón, impusieron una especie de divorcio discreto y privado, de tal suerte que Angelón se las bandease por su cuenta y riesgo en Madrid, desterrado del hogar, y retuvieron a la mujer y los hijos solteros en Pilares.

De tarde en tarde Ríos hacía un viaje a Pilares, y, de tapadillo, su mujer y él celebraban entrevistas, como dos adúlteros o dos novios a quienes la familia contraría los amores. Y como el piso de Madrid se lo pagaban, ésta era la razón de que estuviera alojado a lo magnate.

Angelón administraba su actividad conforme a cánones inmutables. Su lucha por la existencia se desplegaba en diversas formas del arte estratégico: la defensiva, el sitio, el asalto y el botín. Las horas de la mañana eran duras horas [188] a la defensiva, durante las cuales Angelón esquivaba, burlaba, repelía o estipulaba treguas y armisticios con los innumerables acreedores que de continuo le tenían en asedio. Vivía solo y sin servidumbre; el aseo del piso estaba a cargo de la portera. Desde las ocho de la mañana se situaba en la puerta de la casa la falange de los acreedores o sus emisarios, la mayor parte con malísimas intenciones, que no deseaban sino habérselas personalmente con Angelón y brumarle las costillas. La aldaba y el cordón de la campanilla no reposaban un punto. Angelón no podía dormir, y por no perder el grato reposo mañanero discurrió destornillar la aldaba y embarazar la cavidad de la campanilla con trapos y papeles. Entonces los acreedores, rabiosos, apezuñaban la puerta. Ríos hubo de renunciar al sueño antemeridiano. Levantábase entre siete y ocho, y antes

---

[187] Una vez más, el tema (frecuentísimo en Ayala) de la hipocresía de los que aparecen socialmente como buenos.
[188] *L* suprime la repetición: "las horas de la mañana eran duras, a la defensiva".

de que surgiesen las vanguardias de los acreedores ya
estaba él en la calle.

A la tarde, entre comida y cena, eran las horas políticas, y su modalidad estratégica, el sitio. Sumergíase
Angelón en el Congreso, y allí, de corrillo en corrillo,
voceando y riendo a carcajadas, que ésta era su manera natural de producirse, discutía *in vacuum,* como
siempre se hace en aquel lugar, acerca de naderías ora-
torias o burocráticas, o trabajaba con intrigas y cons-
piraciones por la vuelta al poder de su partido, y en
habiendo conquistado éste el Poder ponía sitio a Zancajo, el Presidente del Congreso, pidiéndole un alto cargo como justa recompensa a su lealtad política.

Después de cenar llegaba la ocasión del asalto y del
botín; horas eróticas dedicadas a la caza de la mujer.
Teatros, cafés, el espacio abierto y sombrío de la calle:
todo era cazadero de mujeres. En osadía para mirar-
las [189] de hito en hito y de manera inequívoca a los
ojos, o deslizarles en la mano un papelito, si la mujer
tenía trazas señoriles e iba acompañada de un caballero, o para abordarlas si por ventura iban solas, nadie
aventajaba a Angelón. Nunca se retiraba a casa sin una
compañera con que aderezar el lecho y la noche. Madrid nocharniego es un mercado o lonja [190] al aire libre,
en donde, aunque averiadas, las mercaderías amorosas
ostentan rara abundancia para todos los gustos y bolsillos. Pero Ríos procuraba elegir de lo bueno lo mejor.
porque, a la postre, no pagaba los favores recibidos. De
ordinario no pagaba a sus volanderas amantes, y no
por tacañería, sino porque no tenía con qué. Cuando
estaba en fondos era muy liberal: conducía a su amiga, la que fuese a la sazón, a uno de esos emporios y
comercios de la calle de Atocha, notables por la mo-
dicidad del precio [191] de los arreos indumentarios que en
ellos se expenden, y allí las proveía de abrigos, faldas

---

189   *L:* "mirarles".
190   Metáfora con multitud de antecedentes en la literatura del Siglo
de Oro.
191   "Del precio" no aparece en *R.*

de barros, boas, manguitos y otras prendas de ornato, [192] hasta quedar arruinado para unos días. Como Angelón vestía con elegancia, su ropa era rica y gentil su talle, así atractivo de su persona como imponente de ademán, en acercándose a una mujer cortesana por la calle, ésta le acogía con mal disimulado entusiasmo, presumiendo que se le presentaba un buen negocio. Luego Ríos no mentaba para nada el dinero, lo cual le parecía a la mujer felicísimo augurio de presuntas magnanimidades.

—Vamos a mi casa —ordenaba Angelón.

—Como usted guste —respondía la mujer, temblando de gozo.

Ya en el piso, Angelón, como al desgaire y sin propósito, iba haciendo ver a su flamante amiga objetos de arte y muebles raros. La mujer quedaba boquiabierta. Acaso se resolvía a inquirir:

—Pero ¿todo esto es tuyo?

Ríos contestaba que sí con la cabeza.

—Y ¿vives solo?

—Solo, a no ser que tú quieras vivir conmigo.

Y la cortesana, relamiéndose, pensaba: "Este tío es pa mí. Menuda pata he tenido".

A la mañana siguiente Ríos murmuraba con indiferencia:

—Vístete de prisa, que yo tengo que salir. —Y la guiaba al cuarto de baño. Después la ponía a la puerta, no sin antes haberla citado para la noche venidera.

Ya a solas, la mujer se hacía estas consideraciones: "No me ha hablado de dinero. Pensará hacerme un buen regalo. No comprometamos la cosa con impaciencias. A este tío lo cazo yo". Y corría desaladamente a suscitar la envidia de sus amigas y congéneres, refiriéndoles la singular fortuna que había tenido. No era raro que alguna de las de la camada, en lugar de entristecerse con el bien ajeno, rompiera a reír con sarcasmo.

—¿De qué te ríes, so fétida? Si te pica, aráscate.

---

192 *R* y *L*: "prendas suntuarias".

—Sí, sí; pues has apañao un trébol de cuatro hojas.
Conque mu alto, y mu grande, y en la calle de Fuencarral...

—Cabalito; ¿y qué?

—¿Y qué? Que has hecho la noche. El mayor *miquero* de Madrid y su extrarradio. —*Miquero* quiere
decir aquel que burla a las mujeres, dejándoles de satisfacer el debido estipendio. [193]
Si era tal el caso, la mujer no acudía a la cita de
la noche. Si la mujer no tenía quien la abriera los ojos,
retornaba, prometiéndose un buen regalo para el día
siguiente y en la seguridad de *cazar aquel tío,* hasta que
al cabo de ocho días Angelón se cansaba de ella y ella
había perdido toda esperanza, y desaparecía entonces
del horizonte visible, dándose a todos los diablos y sin
haberse atrevido a recriminar a Angelón, que era imponente.

Las empresas amorosas de Ríos no eran todas de tan
bajo linaje. Angelón juraba haber suscitado muchas y
grandes pasiones entre damas de alta condición. "Para
enamorar a las mujeres —decía él— no hay sino un
tira y afloja de brutalidad y humildad, de entusiasmo
y desdén, y no hay ninguna que se resista. Todo es
cuestión de escuela, y mi escuela en esto, como en lo
demás de la vida, no han sido los libros, sino la Naturaleza. [194] De todos los animales el más tenorio es el
palomo. Las horas que yo me pasé, en mi casa de Lan-
deño, sentado junto al palomar... El palomo tiene dos
movimientos, dos únicos movimientos isocrónicos, perfectamente contrarios: se engrifa, se endereza, se pone
tieso y muy insolente; después se humilla y arrastra por
el suelo el hervoroso buche, suplicando. Y no hay más
que esto: primero, hacerles ver que el hombre lo es
todo, tiranizarlas; segundo, fingir que uno no es nada,
someterse momentáneamente a ellas. Sin el primer mo-

---

[193] *Miquero* = 'el que da un mico'. Y *dar un mico* = 'engañar,
faltar a un compromiso'. Lo usa Arniches (Seco, p. 427; vid. también
Academia, p. 874). En esta novela reaparece la expresión varias veces.
[194] Esta es la causa de la poderosa fuerza vital de Angelón, según
Ayala.

vimiento, el segundo no tiene valor alguno, y el primero sin el segundo no da resultados". En sus éxitos era elemento no despreciable su apostura viril y su rostro cetrino, de árabe trasunto, y sobre todo, que de la mujer no tomaba en cuenta la personalidad humana, sino el sexo tan sólo; no podía tener amigas, sino amantes, y cada hembra, sucesivamente, era para él todas las hembras.

195

GUZMÁN, sin dinero y con algunas deudas; Angelón, con unos duros y mucho más endeudado que su amigo: tal era el estado de uno y otro cuando se juntaron a vivir en la misma casa. El optimismo de Angelón no desmayaba: lanzábase de continuo y con denuedo a la persecución de la peseta. Los fracasos no le abatían. Al segundo día de estar juntos no tenían un céntimo.

Comían en cafés y restoranes conocidos, dejando a crédito el gasto. Los mozos les servían a regañadientes y con gestos de procacidad. De los cafés pasaron a las tabernas. Alberto estaba en constante agitación nerviosa. Una mañana despertó con fuerte calentura. No pudo salir de casa y aprovechó la reclusión para escribir artículos. A la tarde llegó Ríos, segregando alborozo por toda la cara; traía varios paquetes que contenían pan, huevos, carne, leche y vino. Además manifestó [196] cinco duros en plata; los sonó y resonó y dió varias zapatetas en el aire:

—Terminó la mala racha al fin. —Hizo la higa con la mano izquierda para ahuyentar el maleficio, y añadió en son misterioso:— Estos cinco duros no son cinco sino cien.

Alberto comprendió que Ríos pensaba jugarse los cinco duros. El propio Angelón cocinó la cena y, en terminando de cenar, salió a la calle. Alberto reanudó su trabajo. Quería escribir, por lo menos, dos artículos. Tiritaba y no se le ocurrían sino absurdidades y

195 R: "III".
196 Segunda acepción de *manifestar* = 'descubrir, poner a la vista' (Academia, p. 837).

sandeces. Recorría de punta a rabo la habitación; sentábase de tarde en tarde a trazar una línea o dos, y así pasaban las horas. Por filo de la media noche dejó de lado los artículos y se puso a escribir a Fina, su novia. De la fiebre tomaba la imaginación exaltadas formas y le hacía creer a Alberto que nunca había amado tanto como aquella noche, ni nunca había aspirado al hogar y al regazo de la esposa con tan intensa y dolorida ternura como en aquellos momentos. Estando Alberto a punto de concluir la carta, ya muy avanzada la noche, surgió Angelón, acompañado de Verónica.

Era Verónica una muchacha como de veintitrés años, algo huesuda, la cara almendrada, levemente olivácea la piel, ojos y cabellos negros sobremanera.

Muy tentada de la risa, celebraba a carcajadas cualquier dicho, como si fuera un donaire. Sus labios, de extraordinaria elasticidad, se distendían graciosamente, descubriendo los blancos y frescos dientes, antes grandes que menudos. Su alegría era amable y contagiosa. Metíase Verónica tan llanamente en el afecto, que a los pocos minutos de hablar con ella no parecía sino que se la conocía y estimaba de toda la vida. Alberto cambió con Verónica contadas palabras aquella noche y ya la consideraba como una vieja amistad.

Antes de retirarse a sus respectivas estancias, Angelón y Alberto hablaron un momento a solas:

—Qué, ¿se multiplicaron los cinco duros?

—Pss... No pasaron de cincuenta.

—Bastante es. Mañana se perderán. ¿Dónde ha pescado usted esta pobre chica?

—En el Liceo Artístico. No está mal Liceo... Es una timba disimulada, mal disimulada, y luego mujeres... uf, así. —Arracimó los dedos.— Tiene usted que ir una noche.

197

VERÓNICA continuó viniendo por las noches a casa de Angelón, y algunas veces permanecía todo el día acom-

197   R: "IV".

pañando a Alberto. Había transcurrido una semana desde el encuentro con Ríos en el Liceo y no se había
atrevido aún a pedir dinero, a pesar de que su madre
estaba impaciente y la azuzaba sin tregua. Verónica vivía con su familia: [198] padre, madre, una hermana mayor, enferma y casi consumida; otra menor, apenas
púber, que acechaba la oportunidad de contratarse en
un cine o teatro de variedades y de entregar [199] a buen
precio la doncellez, y un hermano que andaba siempre
perdido por capeas y tentaderos, adoctrinándose en los
primeros rudimentos del arte taurino. Toda la familia
vivía a expensas de la prostitución de Verónica.

Alberto y Verónica habían simpatizado desde el punto
en que por primera vez se habían visto. Tanto la muchacha como Ríos, si bien cada cual por diferentes razones, parecían haberse propuesto que Alberto menos-
cabase la virginidad de Pilarcita, la hermana menor.

—Chico, que seamos dos a ganarlo en casa, que ahora
todo carga sobre mí, y como si no es hoy, será mañana, y parece que le gustas, no seas bobo. Que sea de
una vez, porque la verdad, para mí es mucho. Me estoy
quedando en los huesos. Si me hubieras conocido no
hace más que seis meses, [200] tan redondita...; no soy
sombra de lo que fui. Luego, para colmo, mi madre dice
que si es porque yo soy viciosa y tonta...

Alberto, dos tardes que se sentía mejor, había ido a
casa de Verónica: un hogar pobre, cuya fisonomía tiraba más a la clase media que a la artesana.

La madre, de pergenio embrujado, acecinada, [201] aguileña, sin dientes y con largas uñas, era repulsiva. Por
obra de su avaricia e ignorancia, adoraba a don Ángel
en forma fetichista. Sabía que el amigo de su hija había sido diputado varias veces, se figuraba que lo vol-
vería a ser, y daba por sentado que los representantes

[198] Aquí se abre el paréntesis para explicarnos los antecedentes de
Verónica.
[199] L: "y entregar". Supresión sin importancia.
[200] L: "no hace más de seis meses".
[201] Ayala suele aplicar este adjetivo a algunos personajes femeninos antipáticos, como símbolo de sequedad severa. Así, a doña Mi-
caela, la madre de Urbano, en *Las novelas de Urbano y Simona*.

en Cortes percibían sueldos archiepiscopales y estaban
unidos a la dinastía reinante por lazos de consanguini-
dad. No sólo la vieja, que también el resto de la familia tenían la esperanza colgada de los labios de don
Ángel, el cual, nada parco en el prometer, había prometido al padre la portería de un ministerio; al hijo,
hacerle banderillero del célebre torero *Toñito*; a Pilarcita, una contrata pingüe en el Royal Kursaal; a la
hermana enferma, la asistencia gratuita de una celebri-
dad médica, y a un chulillo sin vergüenza, amante de
ésta última, un empleo en una casa de banca. Y así,
aun cuando no tenían qué comer, ninguno osaba traducir en palabras lo que les escarbaba en la mollera:
"Por lo pronto, afloje usté unas cuantas pelas a Verónica".

202

DESPUÉS de cerrar la puerta en las narices del zapatero irascible, Alberto volvía a su cuarto a lavarse el
pie con agua de espliego por ver de restañar la sangre,
cuando la puerta del cuarto de baño se entreabrió;
asomó entonces la cabecita de Verónica, con la cabellera caída y remansada sobre los desnudos hombros.

—¿Qué ocurre, Alberto?

—Nada, Verónica. Buenos días; ¿cómo estás?

—Bien, bien.

—¿Y Ángel?

—Salió esta mañana, temprano, como siempre. Me
dijo que siguiera durmiendo y que estuviera en casa
contigo; que traerían carbón, y la comida de un restorán o del Casino, y que él vendría a comer con nosotros. Dice que tiene que celebrar hoy, imprescindible-
mente, una conferencia con Zancajo. Entra.

Alberto entró.

—¿Pero no te sientes mejor? Qué cara tienes, Alberto. A ver si es algo de cuidado. ¿Por qué no llamas a
un médico?

Verónica estaba en camisa, descalza de pie y pierna.

202   R: "V".

El descote dejaba al aire el nacimiento de los senos, pequeñuelos, morenuchos y algo cansados. La piel era cariciosa a los ojos y de matices veladamente musgosos, verdimalva. [203]

—Toda la noche he tenido fiebre alta y pesadillas, pero se conoce que la sangría me ha sentado bien.

—¿Qué sangría?

Alberto levantó el pie herido, sangrante.

—¡Virgen de Guadalupe! ¿Qué es eso, criatura?

—Vamos a ver si se estanca la sangre. Ayúdame. ¿No hay por aquí algún trapo?

—Espera; esta camisa parece de hilo. Que ni de perlas, pal caso. —Tomó una camisa de hombre y con unas tijeras la redujo a tiras.

—¿Qué has hecho, mujer? Una camisa nueva, sin estrenar. Quizás sin pagar aún... Cuando se entere Angelón te mata.

—Que encargue otra. ¿Para qué le sirve tanto dinero como tiene?

Alberto no pudo menos de reír. Verónica le acompañó a todo trapo, muy satisfecha, con la vaga noción de haber hecho y dicho una gracia.

La sangre se estancó pronto.

Llamaron a la puerta. Verónica estaba ya vestida; Alberto, a punto de concluir de vestirse.

—¿No puedes abrir tú, Alberto? Esa gente que viene por las mañanas me da miedo. Ángel dice que son conservadores, sus enemigos políticos. ¡Qué mundo!

—Ve tú y abre. Si fuera algo de importancia ya iré yo.

Alberto oyó el ruido que hacía la puerta al abrirse; después, un cuchicheo de diapasón femenino.

Presentóse Verónica otra vez en el cuarto de baño:

—Es mi hermana Pepa y su chulo. Pues... Me da vergüenza decírtelo. Ya sabes que en casa no entra más dinero que el que yo gano, y como hace varios días que no les doy nada... Dice Pepa que en la tienda no les fían ya. Yo creía que Ángel me daría sin que yo

<hr>

[203] *L:* "verdemalva".

se lo pidiera. Como ahora él no está, Pepa se empeña
en que te pida un duro a ti. Me da una grima...

—Es el caso, Verónica, que no tengo el duro que
me pides.

Verónica rio sigilosamente.

—Te he tañao. [204] —Dio un golpecito en la mejilla
de Alberto y salió saltando.

A los dos minutos volvía Verónica, y en pos de ella
Pepa y su novio. La mujer tenía cara de tísica, los ojos
febriles; se arrebujaba en un mantón color pulga. El
amigo no se había despojado de la gorra; vestía un
marsellés [205] de tela de cobertor y llevaba las manos
descansando en los verticales bolsillos. Su actitud [206] era
de petulancia seminal y sugería la imagen de un gallo.

—Nada, que esta golfa... —comenzó Verónica, con
sofrenada indignación.

—¡A mí no me llames golfa! —atajó Pepa, desafian-
do a su hermana con pupila arisca.

El chulo, que se apoyaba de un modo indolente sobre la pierna izquierda, traspasó la base de sustentación
a la derecha y entornó los párpados con gesto de hastío. [207] Continuó Pepa:

—En casa no hay más golfa que tú.

—Así me lo pagáis. Estúpida de mi. —Dirigiéndose
a Alberto:— ¿Qué te acabo de pedir?

—Un duro, que no tengo.

—¿Lo ves? —preguntó Verónica, furibunda.

—Tira p'alante y agur la compañía —ordenó el chulo,
sacudiendo la cabeza hacia la puerta. [208]

Cuando marcharon, Verónica habló, sonriendo:

---

[204] *tañar* = 'calar, comprender, conocer perfectamente las intenciones de una persona'. Lo usa Arniches. El sentido recto es 'ver'
(Seco, p. 512).

[205] *marsellés* = 'chaquetón de paño burdo, con adornos sobrepues-
tos de pana o pañete' (Academia, p. 850). Cita frecuentemente esta
prenda Galdós en sus *Episodios Nacionales* (por ejemplo en *Obras completas*, I, Madrid, ed. Aguilar, 1945, p. 102).

[206] *R* y *L*: "sus actitudes" y sigue la frase en plural.

[207] Vuelve a subrayar el novelista la teatralidad de los gestos del
pueblo bajo madrileño.

[208] No parece muy verosímil que el chulo renuncie a su petición
tan fácil y rápidamente.

—Si vieras cuánto me alegro que no le hayas dado el duro.

—¿Cómo se lo iba a dar si no lo tengo?

—A ver...

—Lo que oyes, mujer.

—Me querrás meter el dedo en la boca.

Después de examinar la expresión grave de Alberto, Verónica meditó.

—Vaya, que es imposible. Bueno; no tienes el duro en el bolsillo por casualidad; pero lo tienes en otra parte.

—En ninguna parte.

—¿Quiere decirse que estás como yo?

—Ni más ni menos. Tú *haces hombres,* como se dice; yo hago literatura, artículos, libros. Si la gente no nos paga o no nos acepta, nos quedamos sin comer. Tú vendes placer a tu modo; yo, al mío; los dos, a costa de la vida. En muy pocos años serás una vieja asquerosa, si antes no te mueres podrida; yo me habré vuelto idiota, si antes no muero agotado. [209]

Verónica se abalanzó a abrazar a Alberto, movida de un sentimiento que no atinaba a explicarse:

—¡Qué cosas dices! ¡Y qué tonta soy! No sé lo que hago ni lo que pienso. ¡Qué tonta soy! —Y con transición inopinada:— Vamos a ponerle los cuernos al viejo. —El viejo era Angelón.

—No digas tonterías, Verónica. [210]

Verónica humilló la cabeza, avergonzada:

—¡Perdona! No sé lo que digo.

Salieron al gabinete.

—En tanto viene Angelón y la comida, si vienen, yo voy a trabajar un poco. Como te vas a aburrir en mi compañía, y aquí se me figura que hoy no llenas la tripa, me parece lo mejor, Verónica, que te vayas a tu casa. Digo, ya no me acordaba que en tu casa tampoco hay menú.

---

[209] La comparación de escritores y prostitutas, muy típica del tono de esta novela, responde a una actitud esnob que busca "épater le bourgeois".

[210] *R* añadía: "Bueno estoy yo para poner cuernos a nadie".

—Pero, hombre, si Ángel me ha dicho que traerán la comida del Casino...

—¡Ah!, entonces siéntate a esperar mientras yo trabajo.

—¿Qué vas a hacer?

—Estoy traduciendo del inglés un drama para el actor Moreu. Allá veremos si lo concluyo y me lo ponen.

—¿Cómo se llama?

—Otelo. ¿No has oído hablar de Otelo?

—Espera. Otelo... ¿No era uno muy celoso?

—El mismo.

Alberto se sentó a escribir. Hacía frío. Oyéronse unas patadas en la puerta. Alberto salió a abrir. Era un carbonero con un saco de antracita a cuestas.

—¡Buen augurio! —exclamó Alberto.

—¿Eh? —interrogó el carbonero. Con la somera modulación de estas dos letras, una de las cuales es muda, delató el carbonero su oriundez galaica. Entre la mucilágine tenebrosa que le embadurnaba el rostro, el blanco de los ojos adquiría tonos calientes de ocre.

Después de descargar el saco, el carbonero aguardaba que le pagasen.

—¿Cómo? Ya pasará el señorito o yo por la carbonería —dijo Alberto.

—¡Quia! Si no me dan los cuartos el carbón vuélvese pa casa.

Alberto procuró quebrantar la obstinación del gallego con diferentes recursos retóricos; pero todo era en balde. El gallego sacudía la cabeza, se arrascaba con estrépito el cuero cabelludo y miraba amorosamente el saco de carbón, a sus pies en tierra.

—No perdamos tiempo. Ni los cuartos ni el carbón —rezongó Alberto, perdiendo la serenidad. Cogió al carbonero por un brazo y lo empujó fuera del piso.

—Entonces... —tartajeó el carbonero, amedrentado—, ¿cuándo traigo la cuenta?

—Cuando se le antoje. —Y cerró la puerta de golpe.

Sentados en cuclillas sobre la alfombra, cargaban Verónica y Alberto la salamandra. Dijo Verónica:

Verónica. Acuarela, por Pérez de Ayala

Madrid Cómico

Director propietario: MANUEL DE A. TOLOSA

1912—3 Octubre—Núm. 140
Oficinas y talleres:
Ferraz, 21.—MADRID
Teléfono 3558

Jacinto Benavente

Enmendando viejos daños,
al fin su país le premia
llevándole á los escaños
de la Sansota Academia.
Con su inspiración divina
va allí su palacio astro...
Ya es el señor Catalina
compañero del maestro!

20 céntimos

Izquierdo Durán

Jacinto Benavente, por Izquierdo Durán

—También Angelón tiene una asadura... [211] ¿Qué trabajo le costaba haber pagado el carbón?

—¿Cómo lo iba a pagar, Verónica, si no tiene un cuarto?

—¿Eh?

—Que no tiene un cuarto.

—¿Qué quieres decir?

—Que no tiene un cuarto —repitió sin mirarla y pensando: "Cuanto antes lo sepa, mejor. Es una barbaridad tener tanto tiempo engañada a esta pobre muchacha".

—¿Cómo tú y cómo yo?

—Peor; porque si bien es cierto que tiene alguna renta, sus necesidades son mayores que las nuestras, y sus deudas, a lo que presumo, todavía mayores que sus necesidades. —De propósito evitaba mirar a Verónica, sospechando que su expresión sería de doloroso desencanto.

—¿Y este piso?...

—Se lo paga la familia, creo.

Hubo un silencio, que rompió Verónica riendo a carcajadas. Se puso en pie y palmoteó como una niña, revelando infinito contento.

—¿De manera que sois unos bohemios?

—¿Qué quieres decir, Verónica?

—Como esos de los libros y de las novelas y de las óperas. ¡Viva la vida bohemia! Y yo que creí que eran inventos de los papeles y de los escritores... ¡Pero, hijo, si yo he sido loca por todo eso!... Cuando vivíamos en Trujillo, antes de venir a Madrid, leí en el folletín de un periódico la primera cosa de la vida bohemia, y artistas, y qué sé yo... Anda, pues si no hacía más que pensar en Mimí y Museta y aquel Coline [212] tan

---

[211] *asadura* = 'calma, flema' (Seco, p. 289). Aparece varias veces en la novela, ya en esta forma o sin la *d* intervocálica. Baroja la incluye entre los gitanismos de moda entre 1890 y 1914 (*Memorias I*, ed. citada, p. 463).

[212] *Mimí, Museta y Coline*: personajes de la ópera *La Boheme* (1896), de Puccini, sobre la famosa novela de Murger. Su éxito fue muy grande: "El público de ópera se sorprendió al oír una escena contemporánea sometida a un doble criterio de realismo y de elegíaca ternura: es, sin duda alguna, la gran obra de Puccini" (Federico

gracioso... Luego, siempre que veo en los carteles *Bohemios,* si tengo dinero voy al teatro. Me he ganado cada bronca de mi madre... Me sé la música de memoria. —Tarareó unos compases, enarbolando el brazo derecho, y sin dar tiempo a que Alberto le atajase, continuó vertiginosa charloteando:— Pero, chiquillo, los bohemios de las novelas y del teatro viven en buhardillas y no tienen qué ponerse; vosotros, ya, ya; vivís en un palacio, y vestir, no digamos. Mejor es así; una buena casa y luego bohemios. Lo importante es no tener dinero, no saber si se va a comer o no en el día y cantar y recitar versos. ¿Tú qué te creías? Pues te voy a recitar unos versos:

> Soy poeta embrujado por rosas lujuriosas
> y por el maleficio de la luna espectral.
> Mi carne ha macerado con manos fabulosas
> uno por uno cada pecado capital.
>   En el burgués estulto, mis guedejas undosas
> de bohemio suscitan una risa banal;
> mas él no advierte, bajo mi mugre, las gloriosas
> armas del caballero ungido de ideal.
>   Son mis magnificencia y fasto principescos;
> adoro las manolas y los sueños goyescos;
> toda la España añeja triunfa a través de mí.
>   Con ajenjo de luna mi corazón se embriaga,
> y en mi yacija, porque la carne satisfaga,
> sus magnolias me ofrenda la princesa Mimí.

Precioso, ¿verdad? "Sus magnolias me ofrenda la princesa Mimí...". ¿Sabes de quién son los versos? —De cualquiera.

Sopeña: *Historia de la Música,* 2.ª ed., Madrid, Epesa, 1954, p. 97).
   La Boheme se estrenó en Madrid, en el Príncipe Alfonso, en una temporada de primavera de 1898. En el Teatro Real, por primera vez el 17 de febrero de 1900 (José Subirá: *Historia y anecdotario del Teatro Real,* Madrid, ed. Plus Ultra, s.a., p. 505).
   Recuérdese lo que dice Baroja, con su habitual realismo antibohemio: "Además, no he visto por Madrid Rodolfos, ni Colines, Mimís y Musetas. Si los he visto alguna vez ha sido en los teatros y en los cinematógrafos, para entretenimiento de algún filisteo" (*Memorias I* ed. citada, p. 467).

—¿Cómo de cualquiera? ¿Es que no te gustan?

—No es eso, Verónica. Si de un jardín lleno de rosales arrancas una rosa, y me preguntas de qué rosal es esta rosa, ¿qué voy a decirte yo, sino de cualquiera? En la poesía, hijita, hay modas según los tiempos, y todos los poetas a veces parece que se ponen de acuerdo para escribir cosas tan semejantes, que lo mismo da que sean de uno que de otro. Una docena de poetas, por lo menos, conozco yo, que pudieron haber compuesto el soneto que has recitado sin quitarle ni añadirle una tilde. De algunos años a esta parte, querida Verónica, no hay poeta que no está macerado por los siete pecados capitales, lo cual no impide que si se les moteja de envidiosos se ofendan, y la verdad es que no suelen serlo, porque ¿a quién han de envidiar si cada cual se cree por encima del resto de los mortales? Tampoco tienen muchas ocasiones de darse a la gula, y en cuanto a la avaricia... ¡Ojalá fueran un poco avarientos de tropos y símiles, que tan a tontas y locas despilfarran!

—Pero en resumidas cuentas, no has dicho si te gustaron o no los versos que te recité.

—¿Te gustan a ti?

—Me encantan.

—Pues a mí también me gustan.

—Son de Teófilo Pajares. Supongo que le conocerás.

—Sí, sí.

—A ver si me lo presentas un día. Yo me sé de memoria muchos versos de él. Debe de ser un gran tipo, con su melena...

—No tiene melena.

—¿Cómo que no? Entonces, ¿por qué habla de sus guedejas undosas? ¿Guedejas no es lo mismo que melena?

—Sí.

—Oye, pues eso de decir una cosa por otra no está bien. ¿Y quién es su Mimí?

—Yo qué sé...

—A lo mejor tampoco es verdad lo de las magnolias.

—A lo mejor.

—Tú también haces versos. ¿Quieres decirme algunos?

—Yo no sé de memoria mis versos.

—Algunos sabrás. Anda... —suplicó Verónica—. La gravedad de su cara, de ordinario gozosa, era persuasiva. Pero Alberto repugnaba recitar versos propios.

—Vamos a lavarnos las manos.

Después de lavarse retornaron al gabinete. Acomodáronse en sendas butacas a un lado y otro de la encendida salamandra.

—Anda, Alberto, sé amable. Dime algún verso tuyo.

—Si no los sé de memoria...

—Alguno sabrás.

—Sólo un pequeño poema. Te lo diré y te aburrirás, porque mis versos no tienen ninguna importancia, como no sea para mí mismo.

Fijó los ojos en el trémulo bermellón de la salamandra y con voz rebajada y algo incierta recitó:

Señor, yo que he sufrido tanto, tanto,
que de la vida tuve miedo,
y he comido mi pan húmedo en llanto
y he bebido mi vino acedo;
yo que purgué pecados ancestrales,
delitos arrastrados del antaño,
y la cosecha negra, de fatales
simientes, a estas horas aguadaño;
Señor, si es que tu mano justiciera
el humano torrente
del placer y el dolor tasa y pondera
en cada vida equitativamente,
dame la paz que he merecido. Aleja
de mis labios el pámpano en agraz.
Dame la uva ya en sazón, bermeja
en sus dulces entrañas. Dame paz.
Dame el suave manjar de la alegría
por una vez siquiera.
Dame la compañía
de la que debe ser mi compañera.
Buscaremos un rústico descanso;
que allí nuestra oración, como un incienso,

suba en el aire manso
del firmamento inmenso.
Una casa no más, de aldeana esquiveza,
con un huerto a la espalda, y en el huerto un laurel,
y un fiel regazo en donde recline mi cabeza,
y por la noche un libro y una boca de miel.
Y además, que las rosas, de corazón riente,
canten todo a lo largo de las sendas del huerto,
y la boca y las rosas yazgan sobre mi frente
cuando ya esté cumplida mi labor y yo muerto. [213]

Verónica se estuvo sin hablar largo tiempo, meditando sobre lo que había oído. Habló despúes:

—Si no he entendido mal, tú quisieras vivir lejos del mundo, con tu mujer, solos en la aldea. ¿Te cansa la gente?

—Un poco.

—Y todo eso que aseguras en los versos, de querer ir a vivir solo, ¿es verdad?

—Por lo menos lo era cuando los escribí. Y ahora, al recordarlos, vuelve a ser verdad.

—Tienes razón; eso debe de ser una felicidad. —Y exaltándose de pronto:— Pero no digas, la vida de bohemia... Nada, que yo no vuelvo a mi casa. Que lo gane Pilarcita, que ya está en edad. Yo me quedo a vivir con vosotros, a ser Mimí, a pasar apuros y a gozar... Si era mi ideal ese...

—Voy a contarte lo que le pasó a un francés que se llamaba M. Jourdain. [214] Este señor se enteró, cuando ya era una persona mayor, de lo que era prosa, y, muy maravillado, dice: "¿Es decir, que he estado hablando en prosa toda mi vida sin saberlo?" Otro tanto te ocurre a ti. No te molestes en quedarte con nosotros a hacer vida de bohemia, porque toda tu vida la has estado haciendo sin saberlo. No tener dinero, hija mía,

---

[213] Subrayando más el pesimismo, esta composición expresa el mismo *ideal* que el poema de Alberto titulado así e incluído en *La pata de la raposa* (vid. mi edición crítica, Barcelona, ed. Labor, 1970, pp. 284-285).

[214] Alusión al conocido personaje de la "comédie-ballet" de Molière *Le bourgeois gentilhomme*.

no puede ser un ideal, y menos no tenerlo y desearlo, que esto es la bohemia, y ser perezoso e inútil para conseguirlo o crearlo. Mientras vivas en España, Verónica, harás vida de bohemia, porque vivirás entre gente miserable, holgazana e inútil, sin fortuna y con ambición, sin trabajo y con lotería nacional.

*No veo cometer una falta que no sienta
como si yo mismo la hubiera cometido.*
GOETHE

215

A todo esto, ¿qué hora es? —preguntó Verónica.

Alberto consultó el reloj.

—Las tres menos diez.

—Y Angelón sin venir.

—¿Qué, tienes apetito?

—La verdad, un poquitín.

—En la cocina debe de haber algún resto de otros días. Acaso hasta tres o cuatro huevos, y pan duro, y un infiernillo con alcohol, y quizás aceite.

Verónica fue a la cocina y volvió muy alegre.

—Todo lo que tú dices hay. Lo repartiremos entre los dos, como buenos hermanos. Yo haré de cocinera y verás que sé freír bien. El pan está como una piedra, chiquillo. Lo mejor es mojarlo y freírlo también.

Verónica aderezó rápidamente la parva refacción y la trajo a la estancia en donde Alberto estaba.

—He encontrado vino, ¿qué te parece? Luego dirás... Si esto es encantador. Los huevos me van a saber a gloria. ¡Ea! Estos para ti.

—Gracias. Hoy no como.

—¿Que no comes? Pues no faltaba otra cosa. Te digo que con un par de huevos estrellados y el pan frito tengo de sobra hasta la noche, y a la noche, Dios dirá.

—No es por eso. Tengo un poco de calentura y no me atrevo a comer. Por no comer un día no se muere nadie. Cómetelo tú todo, anda.

215   R: "VI".

Verónica comió lo que había y más que hubiera sido.

—Te juro que nunca he comido nada que mejor me supiera. Te voy a pedir un favor ahora.

—Lo que quieras.

—Que me leas ese drama de Otelo. ¿Quieres?

—¿Por qué no?

—Me hago la ilusión de ser una gran señora, que, después de haber comido ancas de rana y criadillas de ruiseñor, va al teatro. —Se acurrucó en la butaca, muy cerca de la lumbre. —Arriba el telón.

A poco de iniciar la lectura, Alberto estaba más interesado en las glosas, preguntas y observaciones de Verónica, que Verónica en lo que escuchaba, y ésta lo estaba sobremanera. Las reacciones sentimentales e intelectuales que el drama promovía en Verónica eran tan simples y espontáneas, y al propio tiempo tan varias, que Alberto estaba maravillado y sobrecogido, como ante la iniciación de un gran secreto. Era como si se encontrase en la reconditez de un laboratorio mágico, y palpitando entre sus dedos el desnudo corazón humano en su pureza prístina, sobre el cual vertía él los reactivos del gran arte, el arte verdadero, y descubriendo cómo este raro elixir se mudaba en latido, penetraba Alberto en la naturaleza de entrambos, del arte y de la vida. Arte y vida parecían entregársele, y él se figuraba poder aprisionarlos en una fórmula, de exactitud casi matemática. [216] Antiguas meditaciones acerca del arte y conclusiones provisionales desarticuladas entre sí, se aclaraban y soldaban en un fresco y sensible tejido orgánico, como si su cuerpo se hubiera enriquecido con un sexto sentido interno, síntesis de los otros cinco y del alma, prodigiosamente apto para deglutir, asimilar y dar expresión a lo más oscuro del arte y de la vida, y rechazar lo antiartístico y lo antivital. Leía, ahora, en voz alta y comentaba a Shakespeare, y al propio tiempo sentíase transfundido en la persona del autor durante la gestación y creación de la tragedia.

---

[216] Un poco ingenuas nos parecen hoy estas ponderaciones.

Hizo Alberto, antes que nada, una descripción de Venecia, y Verónica suspiró:

—¡Qué hermosa debe ser! [217] Como una ciudad encantada, ¿verdad? Yo ya me figuro estar en ella.

Llegaba Alberto al punto de la escena primera (una calleja de Venecia: noche) en que Yago dice a Rodrigo: "No hay remedio; tales son los gajes del servicio. La promoción se guía por recomendaciones y por el afecto personal, no por antigüedad y ascenso. Ahora, señor, juzga por ti propio si yo en justicia estoy llamado a amar al moro". —Verónica interrumpió, apasionadamente.

—Natural que odiase al negrazo. Yo, en su caso, haría lo mismo. Mira tú que el pobre Yago, que era tan valiente y había peleado siempre junto al moro, y cuando llega la ocasión de hacerle lugarteniente le deja en abanderado y lo posterga en favor de ese Casio, que era un estúpido, al parecer, y no sabía nada de batallas. Te aseguro que las injusticias me han encendido siempre la sangre. ¡Odiar al moro!... Más que eso: yo no cejaría hasta arruinarlo y hundirlo. ¡Por éstas!

Dice Rodrigo, en respuesta, a Yago: "Yo no continuaría a su servicio".

Y Verónica:

—Ni yo tampoco.

Responde Yago: "Sígole en provecho propio. No todos hemos de ser amos, ni los amos han de ser siempre servidos lealmente". (Verónica: *Muy bien.*) "Si parece que le sigo no es por amor o deber, sino para mis peculiares fines". (Verónica: *Algo trama. Me alegro. Y mira si es noble y cómo dice lealmente lo que piensa.*) Yago induce a Rodrigo, antiguo cortejador de Desdémona, a que despierte a Brabantio, padre de la doncella, y le informe de cómo ésta ha sido raptada por el moro. (Verónica: *Anda; pues nada menos que la había robado. ¡Qué criminal!*) Yago, a Brabantio, que ha aparecido en

---

[217] *R*: "debe de ser". Estaba bien en la primera edición, porque indica probabilidad, no deber moral. Lo de *P debe de ser* errata, que se mantiene en L.

una ventana: "Haz que el clamor de la campana despabile a los ciudadanos dormidos, de otra suerte el mismísimo diablo te hará abuelo". (Verónica: *Llama diablo al moro. Es gracioso Yago.*) Brabantio no quiere creer que su hija Desdémona se haya fugado. Al fin se cerciora de que ello es verdad. Yago se retira y desciende el viejo a la calle, en donde se junta con Rodrigo, y, transido de pena, exclama: "Oye, ¿no hay bebedizos que trastornan el seso de la juventud, y aun de la edad madura, de tal suerte que hacen perder la voluntad? ¿No has leído, Rodrigo, algo de esto?" (Verónica: *¿Qué otra cosa podía ser? Si no se comprende...*)

Escena segunda: otra calleja. Yago dice al moro que Brabantio, el senador, conoce ya el rapto de Desdémona, y le aconseja que se guarde de la cólera del viejo, a quien la magistratura que ostenta y el poder que con ella goza hacen temible. (Verónica: *Me gusta Yago. ¿Ves lo bien que disimula? Confío en que sabrá vengarse del negro.*) Otelo: "Que obre según su despecho. Los servicios que presté a la señoría hablarán más alto que su querella... Porque ha de saberse que mi vida y mi ser vienen de gentes que ocupan un solio real. (Verónica: *Pues no era un vagabundo afortunado, como Yago pensó. Y habla con cierta nobleza, ¿eh?*) Pasa una ronda con antorchas. Los de la ronda dicen que el Dogo y los cónsules están en consejo y buscan a Otelo. Se teme una guerra con los otomanos y Otelo será el general. (Verónica: *También es suerte lisa la del negrazo.*) Aparece otra ronda. Es Brabantio y sus seguidores, armados. Brabantio: "Caed sobre él ¡Ladrón!" (Verónica: *Y que lo diga. Buen lío.*) Otelo se interpone. "Envainad las espadas, que el rocío de la noche puede enmohecerlas. Señor, más fuerza tienes en tus años que en tus armas". (Verónica: *¡También es un tío!*) Brabantio: "Desatentado ladrón, ¿en dónde has escondido a mi hija? Me la has enhechizado, o de lo contrario todas las cosas carecen de sentido. Sea juez el mundo y diga si no es palpable que con ella has usado de encantos y artes de brujería, que de su delicada

mocedad abusante con drogas y minerales de esos que
debilitan el discernimiento". (Verónica: *A ver. No se
comprende de otro modo. ¡Pobre viejo y pobre muchacha!*) Están para irse a las manos los de uno y otro
bando. Otelo: "Detened el brazo los de mi parte y los
contrarios. Si el luchar estuviera ahora en mi papel no
necesitaría de apuntador: (Verónica: *Que se las trae
el negro. Tiene una confianza en sí mismo...*) Parten
todos camino del palacio de los Dogos, en donde la
Señoría está de consejo.

Escena tercera. En el salón del Consejo. Dogo, senadores y cónsules hablan de la guerra. Llegan Brabantio, Otelo y séquito. El viejo se adelanta a presentar su
querella. Brabantio: "Mi hija... Peor que muerta está
para mí. Me la han seducido, me la han robado, me la
han corrompido con ensalmos y mixturas de esas que
hacen los apoticarios. La Naturaleza no puede errar tan
de lleno, no siendo deficiente, ciega o mutilada de los
sentidos, sin concurso de brujería". El Dogo: "Quien-
quiera que te la haya hurtado por tan bajos medios, que
del sangriento libro de la ley y por tus propios labios [218]
oiga la sentencia más amarga, y que tú la interpretes
conforme a tu encono. Así sea, aun cuando mi propio
hijo fuese el culpable". (Verónica: *Si ahora se hiciese
lo mismo... Daba gusto en aquellos tiempos. Sospecho
que a Yago le van a ahorrar molestias.*) Brabantio
dice que ha sido Otelo. Los senadores, que necesitan
de Otelo para la guerra, se alarman, y animan al moro
a que se exculpe. (Verónica, muy emocionada: *Vamos a
ver.*) Otelo: "Mi habla es ruda, no tiene el don de las
blandas frases apacibles, porque desde que estos mis
brazos tuvieron el vigor de los siete años hasta hace no
más de nueve lunas sólo viví en batalla [219] y en campa-
mentos. Pero, sin embargo, Otelo explicará, como mejor
se le alcance, la manera que tuvo de enamorar a Desdémona". [220] (Verónica: *Pal gato.*) Envían a buscar a

218   L: "y de tus propios labios".
219   L: "batallas".
220   Esta última frase, en L, ya está fuera de las comillas, no la
pronuncia Otelo.

Desdémona. Entretanto, Otelo habla: "Su padre y yo éramos amigos. Invitábame a su casa con frecuencia y pedía que le contase la historia de mis fortunas, sitios y batallas que hube de ganar. Le referí mi vida entera, desde mis días infantiles, a su entero placer y talante. Le hablé de desastrosas aventuras y emocionantes accidentes por tierra y en la mar; de peligros graves en que libré por un cabello, sobre la mortal brecha; de cómo fui apresado por el insolente enemigo y vendido en esclavitud; de mi liberación y de mis largas jornadas; de las cavernas enormes y los desiertos estériles; de los rudos subterráneos y de las rocas y montes cuyas sienes tocan el cielo (yo hablaba, hablaba, esto fue todo); de los caníbales que se devoran entre sí; de los antropófagos y otros hombres cuya cabeza nace más abajo de los hombros. Y oyéndome, Desdémona, que estaba presente, se inclinaba con aire meditabundo. Huía a veces, porque los menesteres caseros la requerían. Pero volvía presto y con solícito oído devoraba mi discurso. Como yo lo observase, tomé a mi cuenta una hora favorable y acerté a conseguir que ella me rogase en su corazón que aquello que a retazos me había oído se lo dijese por entero. Consentí, y no pocas veces gocé de sus lágrimas como yo narrase [221] algún trance desastroso [222] que mi juventud había sufrido. Tal es mi historia. En pago de mis penas dióme un mundo de sollozos. Juraba que mi historia era peregrina, muy peregrina, digna de piedad, maravillosamente digna de piedad. Quería no haberla oído, y quería que los cielos la hubieran hecho hombre y ser como yo soy. Suplicábame que si algún amigo mío la amaba yo le enseñase a referir mi historia, y que sólo por esto ella le correspondería... Me amó por mis desventuras; la amé por haberlas compadecido. No otras fueron las artes de encantamiento que empleé. Aquí llega la dama. Sea ella testigo". (Verónica tiene los ojos húmedos: *Aguarda un momento. No sigas leyendo.* Una pausa. *Sigue.*) El

[221] L: "el narrar yo". Errata evidente por "al narrar...". De todos modos, cambió la fórmula.
[222] R: "golpe desastroso".

Dogo: "La historia hubiera ganado el corazón de mi propia hija también". (Verónica: *Y el mío.*) Entra Desdémona. Su padre le pregunta a quién, antes que nadie, obedece de los que están presentes. Desdémona: "Aquí está mi esposo, y de la propia suerte que mi madre os antepuso a su padre, yo profeso la fe que al moro me une". (Verónica: *Qué simpática.*) Brabantio está desolado. Los consuelos que el Dogo pretende prestarle en dulces palabras no alivian su dolor, porque dice el viejo: "No sé que el corazón quebrantado se cure a través de las orejas". Se habla entonces de la guerra de Chipre. El Senado nombra a Otelo gobernador general de la plaza. Desdémona suplica que se le consienta ir con el moro; que si lo amó fue para vivir en su compañía: "Su rostro para mí está en su alma". La apoya Otelo. El Senado accede. Otelo pártese a Chipre a seguida y deja a Desdémona encomendada a Yago y a su mujer para que la conduzcan a la isla, cuanto antes mejor. Primero de que se retire Otelo, Brabantio le dice: "Mírala, moro, si tienes ojos en la cara. Engañó a su padre y te engañará a ti". (Verónica: *Yo, en la pelleja del padre, pensaría otro tanto. Y hasta lo desearía.*)

Escena última del acto. Están a solas Yago y Rodrigo.

El haber perdido para siempre a Desdémona amarga el corazón de Rodrigo en términos que desea quitarse la vida. Yago le moteja de tonto: "No he encontrado todavía un hombre que sepa amarse a sí propio". Rodrigo confiesa que no tiene la virtud de sobreponerse al amor contrariado. "¿Virtud?", pregunta Yago... "Un comino". Yago hace algunas consideraciones morales muy atinadas, que Verónica aprueba con signos de asentimiento. Aconseja al inexperto Rodrigo: *"Come, be a man.* Sé hombre. Pon dinero en tu bolsillo. Alístate en la presente campaña, desfigurando el rostro con barbas contrahechas. Mete dinero y más dinero en tu bolsillo. Aguarda a que Desdémona se harte del moro, que se hartará. Abarrota tu bolsillo con dinero. Busca dinero, dinero, dinero. *Therefore make money".* Despí-

dense, y Yago habla consigo mismo. Odia al moro, no
sólo por haber recibido de él gran injusticia, sino porque "dícese de público —murmura Yago— que entre
las sábanas su persona suplantó a la mía en mi lecho
conyugal". Yago maquina su venganza. El instrumento
será Miguel Casio, el lugarteniente, que es gentil y a
propósito para que las damas gusten de él. Yago em-
ponzoñará de celos el corazón de Otelo, haciéndole creer
que Desdémona y Casio se han amado y se aman. Y
termina: "Infierno y noche mostrarán este monstruoso
engendro a la luz del día".

Hubo un descanso. Verónica estaba enovillada en un
profundo sillón; las piernas, recogidas sobre el asiento.
Un resplandor maligno alumbraba sus ojos. Dijo Alberto, por hacerle hablar:

—Verdaderamente, este Yago es un miserable.

—Gracias, hombre; en su caso te quisiera ver yo.
Primero, le hacen cornudo, y luego, sobre cornudo,
apaleao, como se suele decir. ¡Qué demontre! Que me
muera si ese hombre no habla en todo como un libro.
Virtud... Un comino se me da por la virtud. ¿Para qué
sirve la virtud, me quieres decir? Dinero, dinero y dinero; esa es la chipén. [223] ¿No lo decías tú mismo hace
un poco? Di que nos andamos engañando siempre unos
a otros y a nosotros mismos, y no nos atrevemos a decir
lo que pensamos, y ese hombre tiene el coraje de decirlo,
y resulta que los trapos que él saca a relucir son los
que todos llevamos dentro. Y, sobre todo, que él odiaba
al moro; sí, lo odiaba. ¿Es que tú nunca has sentido
odio, lo que se llama odio? Yo sí, a veces, lo mismo
que ese hombre lo siente. Y ¿sabes contra quién? Te
figurarás que contra los enemigos. ¡Bah! Yo no los
tengo. No; contra mi madre, contra mis hermanas, contra mis amigas. Di que se me pasaba pronto, y, además, que soy cobarde; pero, ¡qué gusto en ocasiones
hacer tanto mal como una quisiera!

---

[223] *chipén* = 'verdad'. Seco (p. 329) registra en Arniches la misma
expresión: "Esa es la chipén". Según Wagner (RFE, XXV) es voz de
origen gitano. Reaparece varias veces en la novela.

—Sí, tienes razón. La mala persona es Otelo.

—Parece mentira que digas eso. No hay sino oírle hablar para comprender el corazón que tiene, que no le cabe en el pecho. Se ve que es como un niño... Y bravo... Ya ves, le hacen general en jefe, conque [224] por algo será. Que al parecer tuvo o no tuvo con Emilia, la mujer de Yago. ¿Quién está libre de un pecadillo? Aparte, que a lo mejor es un lío que le han levantado, porque en el mundo hay cada lengua, chiquillo...

—Quizás fuera un falso testimonio. Pero, de todas suertes, no se concibe que Desdémona se haya enamorado de él. La pobre criatura obró alucinada; pero se dará cuenta de su error, cobrará asco al moro...

—¿Por qué? —atajó Verónica—. ¿Qué sabéis los hombres de esas cosas? Desdémona está enamorada de Otelo; pero así, mochales, [225] te lo digo yo. ¡Podía no! ¿Crees tú que se encuentra todos los días un hombre como Otelo? Pues que se te quite. Si le hace llorar a una cuando habla... Sentirse una abrazada por él, tan grandote, tan hombre, tan leal y tan inocente... Pero, ¿cómo no le iba a querer o es posible que llegue a cansarse de él? ¿No lo comprendes?

—Sí, lo comprendo ahora. Lo que no comprendo es cómo el bestia del padre se oponía en aquella forma...

—También tú tienes cada cosa, chiquillo. Parece que te empeñas en cerrar los ojos. Una niña como Desdémona, tan rubia y tan bonita, y tan casera que se asustaba de los hombres, y va y se escapa con un negrazo horrible... A ver. Que le dio un brebaje. Es claro como la luz. Eso como no se escapase por correrla y ser libre, porque a veces estas niñas que parecen tontas dan cada chasco... Te digo que yo, su padre, ¡le doy una mano de azotes!...

—Pero, ¿hablas poniéndote en el caso del padre o por tu cuenta?

—Natural que por mi cuenta.

[224] L: "con que".
[225] *mochales* = 'loco' (Academia, p. 884; Seco, p. 429). Aparece alguna vez más en la novela.

—Como primero me habías dicho todo lo contrario...
—¿Eh?

Las ideas y sensaciones de Verónica se enmadejaron
en este momento. Estaba como estupefacta y henchida
de angustia. Alberto la había ido induciendo con cautela
a que hablase, gozándose en ver cómo sucesivamente la
muchacha se asimilaba el espíritu de cada personaje del
drama hasta enajenarse de sí propia y vivir un punto
la vida de ellos. El alma de Verónica le parecía a Alberto tan plástica y tierna como la arcilla paradisíaca
entre los dedos de Jehová.

—¡Algo grave va a pasar! —habló Verónica—. Sigue
leyendo. ¡Oh! ¿Para qué comenzaste? Tengo miedo,
pero no importa; sigue leyendo. Tiene que ocurrir algo
grave; lo siento, lo siento dentro de mí, como los caballos huelen la tempestad. Sí, eso es, la tempestad. Se
me figura como si estuviese en el campo, después de
una larga sequía, y que yo hubiera estado muy enferma
y me levantara ya a convalecer, y necesitara de sol y
de buen tiempo para curarme; y si llueve, yo me muero de seguro; y si no llueve, no se dan las cosechas y
todos los campesinos se mueren; y aparece una nube-
cita, muy chiquitita, allá a lo lejos; y de pronto se
pone el cielo morado, y hay una tormenta que arrasa
los campos, arruina a los labradores y me mata a mí.
¿Quién tiene la culpa? Nadie; porque a Dios no se le
puede echar la culpa de nada. Nadie; pero todos su-
fren, todos lloran... [226] Es terrible. Perdona que hable
tanto... Tengo necesidad de desahogar. Ya puedes seguir
leyendo: sigue, sigue.

Acto segundo. En la isla de Chipre. La tormenta ha
hecho zozobrar la flota turca. No habrá guerra. Los
isleños están en los malecones de la orilla, contemplando
el embravecido mar. Llegan a la isla con buena fortuna el lugarteniente Casio, Desdémona, con Yago y su
mujer Emilia, y Otelo. Se lee por las calles, a redoble
de tambor, una proclama de Otelo, ordenando públicos

---

[226] Este es un ejemplo claro de lo que es la tragedia, según Pérez
de Ayala.

regocijos en celebración de sus desposorios con Desdémona. Conviénense Yago y Rodrigo en perturbar el seso de Casio con licores, a tiempo que estén de guardia, y en viéndole borracho que Rodrigo lo [227] provoque de manera que se suscite clamorosa contienda y le cueste a Casio su grado de lugarteniente. Realizan con éxito el plan. En lo más recio de la pelea a que inducen a Casio, Yago tañe al arma las campanas, sobresalta a las gentes y obliga a Otelo a que, abandonando el lecho, acuda al lugar de la contienda con tanta cólera, que al punto despoja a Casio de su dignidad de lugarteniente. Quedan a solas Yago y Casio, que se lamenta con amargura. Yago: "¿Estás herido, Casio?" Casio: "Sí, y no hay cirujano que me salve". Yago: "No lo quiera Dios". Casio: "¡Mi buen nombre! ¡Mi buen nombre! ¡Mi buen nombre! He perdido mi buen nombre. He perdido la parte inmortal que en mí había, y quédame sólo la de la bestia. ¡Mi buen nombre, Yago, mi buen nombre!" (Verónica: *Pobre Casio. Perdido el buen nombre, ¿qué queda? Díganmelo a mí.* [228]) Yago: "Por mi honor te juro que pensé en algún daño del cuerpo; éstos son de más gravedad que los recibidos en la opinión ajena. El buen nombre es la más necia y falsa impostura; gánase las más veces sin méritos y piérdese sin culpa. Nadie pierde su buen nombre si no lo da él mismo por perdido". (Verónica: *Cabal, ¡qué diantre!, también digo yo. Y si no, fíjate en todas esas señoronas, la Pantana, la Cercedilla, que nos dan ciento y raya a las del oficio. Valiente tonta la que se ocupa del qué dirán. A última hora, que le quiten a una lo bailado.*) Yago muestra a Casio el camino por donde de nuevo llegue al favor del general, y es interceder cerca de Desdémona, rogarle, moverla a compasión, porque la voluntad de Otelo es un juguete entre las manos de su mujer. Casio le queda muy agradecido.

---

[227] L: "le".
[228] Pérez de Ayala señala irónicamente que la capacidad de identificación de Verónica puede llegar hasta a los sentimientos que inicialmente parecen más alejados de ella.

Como al terminar el acto Verónica no desplegase los labios, Alberto continuó:

Acto tercero. Emilia, por consejo de su marido, dispone una entrevista de Casio con Desdémona, en el parque del castillo. Casio ruega. Desdémona le promete que será reintegrado en el puesto perdido. Desdémona: "No dejaré en paz a Otelo, en la mesa ni en el lecho, hasta que lo consiga. A cada paso que dé yo le pondré por delante la petición de Casio". Sobrevienen Otelo y Yago. Casio que los ve, se retira. Yago: "No me hace gracia eso". Otelo: "¿Qué?" Yago: "Que Casio se aparte de tal suerte que no parece sino que ha hecho algo malo". Desdémona se acerca a su marido y le habla en favor de Casio, suplicándole que lo llame y se reconcilie con él. Otelo dilata la respuesta. Desdémona lo acosa con fervorosos ruegos. Otelo parece ceder. Quedan solos Yago y Otelo. Los celos comienzan a inquietar el corazón de Otelo, el cual interroga a Yago, y éste esquiva responder. Otelo: "Parece que en tu mente se esconde un monstruo tan repugnante que no osa mostrarse a la luz". Yago continúa empleando subterfugios que enardezcan las inquietudes de Otelo. "Dime lo que piensas claramente, vistiendo el mal pensamiento con malas palabras". Yago simula rehusar: "Mi deber no me obliga a aquello de que hasta los esclavos son libres: decir lo que se piensa". El desasosiego del moro crece. Yago: "¡Guárdate, señor, de los celos! Minutos infernales los de aquel que a tiempo que acaricia duda: que sospecha y, sin embargo, ama con locura". Otelo: "No, Yago. No he de dudar sin ver. ¿Dudo? Quiero las pruebas. ¿Tengo pruebas? Pues no hay sino concluir con el amor o con los celos". Siendo así, Yago no tiene reparo en hablar con claridad, y aconseja a Otelo que no pierda de vista a Desdémona y Casio y tenga presente cuán simuladoras son las mujeres, aun la misma Desdémona, quien fingía ante su padre sentir miedo del moro cuando ya tenía determinada la fuga. Un instante que está Otelo a solas, piensa: "¿Por qué me he casado? Este buen hombre, Yago, ha visto y sabe mucho

más de lo que dice". Yago vuelve: "Cierto que Casio
ha sido buen lugarteniente y merece volver a serlo. Pero
lo conveniente por ahora es mantenerle degradado y
observar si Desdémona sigue su causa con excesiva vehemencia. Esto sería un gran indicio". A solas otra vez
Otelo, vese poseído de una gran conturbación. Viene
Desdémona. Otelo, malhumorado, dice que tiene dolor
de cabeza. Desdémona, muy solícita, intenta vendarle
la cabeza con un pañuelo, pañuelo que Otelo le había
regalado, exhortándola a que lo conservase siempre.
Otelo aparta el pañuelo, el cual cae a tierra sin que
uno ni otro lo echen de ver. Retíranse. Emilia recoge
el pañuelo y se lo da a Yago, quien ya en repetidas
ocasiones le había rogado que se lo hurtase a Desdémona. Encuéntranse nuevamente Otelo y Yago. Los celos
torturan al moro. Ha perdido la tranquilidad: "Aquel
a quien roban de lo que no necesita, si no llega a averi-
guarlo, es como si no hubiera sido robado. Si toda la soldadesca del campamente hubiera gozado su dulce cuerpo, ignorándolo yo, fuera feliz. Pero, ahora, ¡adiós para
siempre la paz del ánimo! ¡Adiós alegría! ¡Adiós em-
penachadas tropas en las empeñadas guerras que de la
ambición hacen una virtud! ¡Adiós, adiós todo!" Los
celos se truecan momentáneamente en iracundia: "Vi-
llano, pruébame que la mujer a quien amo es una
zorra: dame la prueba ocular, o más te valiera ser un
perro". Yago afirma que ha oído a Casio hablar y besar
en sueños a Desdémona, lamentándose de que fuera la
mujer del moro, y todo de suerte que parecía demostrar
oculta y culpable inteligencia entre una y otro. Otelo es
víctima de funesta cólera: "La desharé entre mis manos". Yago habla del pañuelo y que ha creído verlo
en poder de Casio. Otelo: "¡Sangre! ¡Sangre! ¡Sangre!" Otelo se vengará; quiere que asesinen a Casio
en el plazo de tres días.

Habiendo echado de ver la pérdida del pañuelo, Desdémona recibe gran contrariedad y está afanosa por
recuperarlo. Así que ve a su mujer, lo primero que hace
el moro es preguntar por el pañuelo. Desdémona supone

que ello es una añagaza de Otelo por impedir que su mujer reanude las súplicas en favor de Casio y así determínase en reiterarlas con particular empeño, y en tanto el moro, con creciente frenesí, exige el pañuelo, el pañuelo, Desdémona no se lo toma en cuenta y le responde con alabanzas a Casio, hasta que Otelo se retira lleno de furor y convencido de la culpabilidad de Desdémona.

Yago ha puesto el pañuelo en el aposento de Casio, el cual, así como lo encuentra, se lo regala a su amante Blanca.

Terminado este acto, Verónica, sin desplegar los labios, quedóse mirando a Alberto con pupila difusa, vacua, como si le mirase y no le viese. Durante este acto sus interpelaciones y glosas habían sido más sucintas y espaciadas que en los comienzos de la obra, y propendían a la interjección o grito emotivo sin contenido lógico, [229] por donde era fácil advertir que en lugar de ir compenetrándose y sustanciándose, sucesivamente, con cada una de las personas dramáticas, como en los dos primeros actos había hecho, se mantenía aparte y por encima, acaparada por una sensación de conjunto; en lugar de ir viviendo una tras otra las diferentes pasiones individuales, vivía ahora en su propio corazón la emoción expectante del conflicto y choque de las pasiones ajenas, las cuales le eran bien conocidas y sabía que habían de obrar fatalmente por haberlas en sí misma experimentado en los actos precedentes. De la emoción lírica había trascendido Verónica a la emoción dramática, de la tragedia del hombre interno a la tragedia de los hombres entre sí; y así como en el primer acto había sentido que, en el misterio de su alma, todo hombre es justo y bueno, aun el que no lo parece, porque sus intenciones y conducta se rigen por sutiles impulsos, a manera de leyes necesarias, así también ahora Verónica presentía que los sucesos que

---

[229] "Una interjección, un ajo, un taco, un reniego, son para mí más propios y expresivos que un apóstrofe ciceroniano o castelarino" (Pérez de Ayala: *El curandero de su honra*, Madrid, ed. Pueyo, 1926, p. 255).

entretejen la historia y de la cual los hombres reciben placer, dolor, exaltación, gloria, ruina, son como tienen que ser, producto de elementos fatales en proporciones fatales.

Tal era la interpretación que Alberto daba a las emociones de Verónica. Verónica era para él la tabla Roseta de los egiptólogos, clave con que descifrar jeroglíficos. Consideraba, con intuición repentina, la diferencia que hay entre el Gran Arte, floración espontánea del espíritu humano y organismo que de sí propio vive, y el arte ruin y farisaico, torpe artificio, que no arte, y comprendía que la esencial diferencia era diferencia de concepción moral y no de técnica. Encarnábanse simbólicamente estos ·dos artes antitéticos en dos géneros literarios, la tragedia y el melodrama. [230] El artista verdadero —sea del linaje que sea, escultor, pintor, músico, poeta— abriga en su mente y escucha en su magno corazón gérmenes y ecos de la tragedia universal. Y el espíritu trágico no es sino la clara *comprensión* de todo lo creado, la *justificación* cordial de todo lo que existe. Para el espíritu trágico no hay lo *malo* nacido del libre arbitrio, no hay delitos, sino desgracias, acciones calamitosas; cada nuevo acto llamado voluntario es el último punto añadido a una recta que se prolonga de continuo, esclava de su naturaleza rígida: todo es justo. De esta suerte, el conflicto de la tragedia, como el de la vida, es un conflicto de bondad con bondad y rectitud contra rectitud, conflagración de actos opuestos y justos; justos porque tienen una razón suficiente. Y de aquí viene esa gravitación cósmica, sidérea, que oprime el pecho del espectador de una buena tragedia, como de todo el que está ante una obra de Gran Arte. Contrariamente, el espíritu melodramático inventa el mal libre, crea el traidor, urde conflictos entre malos y buenos, intenta modificar la línea recta de acero, autónoma y agresiva, trocándola en curva arbitraria, y por último engendra *el sentimentalismo,* morbo contagioso y funesto. Las obras

---

[230] Del comentario a la actitud de Verónica hemos pasado a la pura digresión ensayística. (Ya no señalaré más casos de este procedimiento).

escultóricas, pictóricas, musicales y poéticas del arte farisaico y ruin revelan *su sentimentalismo* a modo de estigma del espíritu melodramático. Y Alberto formulaba en su conciencia esta interrogación desmesurada: "El espíritu de la raza a que pertenezco y la vida histórica de esta nación en cuyas entrañas fui engendrado, ¿son trágicos o melodramáticos? ¿Soy actor de coturno y persona, dignidad y decoro incorporado a la caudal tragedia humana, o soy fantoche de una farsa lacrimosa y grotesca?"

—Sigue por Dios, Alberto, sigue por Dios —rogó Verónica. Alberto continuó traduciendo:

Yago aprieta con diligente astucia la red de intrigas en torno de Otelo, lo enardece, lo ofusca, lo sofoca. El moro, conturbado por la pasión de los celos, no acierta a discurrir con tiento, se deja engañar de fútiles apariencias, adquiere la falaz certidumbre de que Desdémona ha sido desleal a la fe jurada, está loco de ira y sediento de venganza. Así que ve a Desdémona la injuria, la califica de prostituta una y cien veces, enloquecido de amor y de dolor, víctima y verdugo al propio tiempo. ¡Dulce Desdémona! ¡Pobre niña rubia, también amante y doliente, víctima y verdugo también, sin saberlo! Apenas si osa oponer a los dicterios del esposo mansa y suplicante quejumbre, a lo cual, el enfurecido moro, tomándolo por artilugio rameril, replica en todo punto con la palabra *prostituta*. Y al retirarse, Otelo premedita la pena acerba con que castigar el supuesto adulterio de Desdémona.

Verónica paseaba por el aposento. Los nervios no le consentían estarse quieta. A veces se detenía detrás de Alberto y escudriñaba ahincadamente el original inglés, con gesto de religiosa suspensión, pensando que así como en la mente de Dios hállase en cifra fatal el curso de los acontecimientos venideros, en aquellos signos arcanos del libro se guardaban en germen y a punto de brotar con vida el destino de los personajes que tan a mal traer la traían.

—¡La va a matar, la va a matar! Me lo da el corazón —solloza Verónica, retorciéndose las manos.

También a Desdémona el corazón le sugiere sombríos
presentimientos. Ha ordenado a su dama Emilia que le
haga el lecho con las sábanas del día de la boda. "Si
muriese antes que tú, Emilia, amortájame en una de
estas sábanas". Desdémona canta porque está triste:
canta la canción del sauce, antigua tonadilla que oyera,
siendo niña, de labios de una vieja sirvienta, Bárbara, a
quien el novio había abandonado, la cual murió cantando esta canción. En concluyendo de cantar, Desdémona pregunta a Emilia de pronto, con adorable candor: "¿Crees tú, Emilia, que hay mujeres tales, como
dicen, que sean infieles al marido?" (Verónica: *La verdad es que parece imposible.* [231]) Desdémona: "No, no
puede existir una mujer capaz de hacer tal cosa."

He aquí la alcoba. Desdémona duerme. Una luz arde.
Entra sigilosamente Otelo.

Verónica está frente a Alberto, rígida, algo pálida, los
ojos muy abiertos bajo las ceñudas cejas, mirándole a
los labios.

Otelo se inclina sobre Desdémona a contemplarla en
tanto duerme: "¡Qué hermosa es!, y su sueño ¡cuán
cándido!" Otelo: "¡Oh aromoso aliento, casi persua-
des a la justicia a que quiebre su espada! Un beso y
otro y otro." Otelo la besa y llora. Desdémona despierta.
Otelo le pregunta si ha rezado, porque va a matarla.
Desdémona: "¿Matarme?" Otelo: "Sí." Desdémona:
"Entonces, Dios tenga compasión de mí." Otelo: "Amén
con todo mi corazón." Desdémona: "Tengo miedo; no
sé por qué tengo miedo, pues soy inocente; pero tengo miedo." Otelo: "Piensa en tus pecados." Desdémona: "Mis pecados no son sino amor." Otelo: "Por eso
morirás."

En este momento Verónica se abalanzó sobre Alberto, arrebatóle de las manos el libro y lo envió volando
por los aires. Lloraba llevándose las manos al rostro;
pataleaba y entre los hipos del llanto balbucía:

---

231   Recuérdese lo que dijimos en la nota 228.

—¡No; no quiero que la mate, no quiero que la
mate, no quiero que la mate! ¡Oh, por Dios, Alberto!
Dile a ese hombre que está equivocado, que Desdémona
es buena y le quiere... ¡Pobre niña, pobre niña! ¡Por
Dios, por Dios! Pero ¿no hay modo de arreglarlo?
¡Qué ha de haber, de sobra lo comprendo! ¡Si ese
hombre está loco! Y ha llorado cuando la besaba...
¿no has visto? ¡Pobre, pobre Otelo! Tenía que ser, ya
lo decía yo. ¿Qué vamos a hacerle nosotros? ¿Qué ade-
lantamos con cerrar los ojos? Ya la habrá matado, ¿eh?
¿La mató ya? No quiero verlo. ¿La mató ya? —preguntaba con desvariado acento, como si la escena del
drama tuviera vida histórica e independiente y hubiera
seguido desarrollándose en tanto ella se entregaba a la
desesperación.

—Sí, la mató ya, Verónica.

—¿Cómo fue? ¿Lo sabes tú?

—Sí, la estranguló.

—Y ella, ¿qué dijo?

—Dijo: "Soy inocente", y más tarde a Emilia que
acude. "Yo misma me he matado. Ruégale a Otelo
que me perdone. Adiós."

—¡Adiós! —Verónica se dejó caer a los pies de una
butaca y reclinó la cabeza sobre el asiento, escondién-
dola entre sus brazos.

232

No tardó gran cosa Verónica en dar al olvido la tragedia de Otelo; pero le quedó, a manera de rastro en
el espíritu, un no sé qué [233] de cansancio y turbiedad,
como en la copa de cristal que ha contenido densos
licores de diferente color. Estaba quieta y callada, con
los ojos apesadumbrados como niña convaleciente.

Alberto, que se hallaba poseído por la emoción del
profesional ante el caso insólito, del bibliómano [234] ante

232   R: "VII".
233   Otra vez la fórmula clásica que comentamos en la nota 70. (Ya
no la señalaremos más.)
234   Pérez de Ayala lo fue y llegó a reunir una biblioteca con valio-
sos ejemplares, sobre todo de Cervantes y Dickens.

el incunable o del ornitólogo ante el mirlo blanco, y
había visto en qué portentosos términos Verónica poseía las bellas virtudes pasivas de la más exquisita receptividad, determinó someterla aún a nuevos experimen-
tos. Tomó al efecto papel y lápiz y se puso a dibujar
como sin propósito y por matar el tiempo. Al instante,
Verónica, cuya curiosidad instintiva estaba siempre en
acecho como la de los gatos cachorros, se acercó al
joven, apoyó las manos en sus hombros y aplicóse a
seguir con gestos y movimientos del cuerpo los giros
que Alberto imprimía al lápiz. Primero, Alberto trazó
líneas a la ventura: rectas, curvas, mixtas, quebradas;
y por la presión sobre sus hombros de las manos de
Verónica comprendía que toda la vida psíquica y orgánica de la muchacha convergía hacia las líneas en vía
de formación, como si aspirase a convertirse en puro
esquema geométrico; no de otra suerte que el jugador
de billar parece como que aspira a trocarse en una simple ley mecánica cuando, con vario linaje de contor-
siones y sin conciencia de lo que hace, acompaña la
ruta de la bola, como si por ella estuviera sugestionado.
Hasta juraría Alberto que Verónica tenía la lengüecilla
al aire, como los niños cuando hacen palotes.

Aquellas líneas incongruentes, por arte de Alberto,
fueron convirtiéndose en mujeres en actitudes danzantes, en bailarinas que no por serlo habían perdido su
prístina [235] naturaleza esquemática, sino que la línea de
donde habían nacido parecía imponer una ley interna,
un carácter, a la actividad de la figura; y así, junto a
la bailarina egipcia, de un hieratismo sacerdotal, obe-
diente al imperio de la línea recta, ondulaba la baya-
dera indostánica, esclava de una elipse voluptuosa e invisible, como los astros.

—¡Qué bien pintas, chiquillo! Esto está que se mete
por los ojos. Te advierto que yo me despepito por el
baile. Pero en casa se empeñan en que si tengo tanto
así de asadura y que pierdo el compás, y la mar y sus
barcos. En cambio, dicen que Pilarcita es el noplusultra.

235 Adjetivo literario que aparece varias veces en esta novela.

Eso sí, mucho trenzao de pies y vengan corcovos y piruetas que parece una langosta. Podía no; dos años lleva asistiendo a la academia de Juanito *el Marica*. Pero hijo, yo a eso no le llamo baile. El baile ha de decir algo, ¿no te parece a ti? Hay que sentirlo, y yo lo siento. Lo otro..., ¡bah!, a mí se suena como una máquina de coser. [236]

—¿Quieres bailar?

—Bailar, ¿qué? ¿Y la música?

—Yo tararareo lo que quieras.

Verónica no necesitó más. Salió al medio del gabinete, recogió una poco la falda sobre los riñones y gritó con repentina vehemencia:

—¡Venga de ahí!

Alberto tararareó un tango, luego un garrotín, y cuando observó, como ya preveía, que Verónica había perdido el seso como una bacante y entregádose por entero a la emoción del baile, cantó sonatas de Mozart y Beethoven, trozos de Wagner y Brahms, cuando se le vino a las mientes. Verónica danzaba sin tregua, como poseída sucesivamente de todos los sentimientos primarios de la raza humana en su auténtica simplicidad y energía, la ira, el terror, el éxtasis, la alegría, la pena, la lujuria, y todos ellos concordaban bien con el aire de la música; Verónica los estilizaba, no sólo con la expresión del rostro, sino también con todos y cada uno de sus miembros. Alberto pensaba en una frase de Goethe: "danza, poesía del cuerpo". ¡Qué cuerpo poético el de Verónica...! [237] Paró Alberto y Verónica se detuvo en seco.

—Bueno, chiquillo, por esto no puedes juzgar, porque la verdá es que maldito si sé lo que hice. Esto fue una improvisación. Tienes que verme con música, ¿sabes? —y se enjugó la húmeda frente.

—Bailas muy bien, Verónica, porque bailas por placer y no por vanidad; porque te olvidas de lo que

---

[236] La máquina de coser la utiliza el novelista, en *Tinieblas en las cumbres*, como término de comparación de la unión sexual (vid. mi edición crítica, Madrid, Clásicos Castalia, 1971, p. 152).

[237] La cita de Goethe y la exclamación siguiente son añadidos de *P*.

haces y no te ofreces en espectáculo; porque bailas como si te fuera necesario bailar por bailar y no por encandilar hombres de dinero.

—Eso es la chipén, chiquillo; bailo porque me sale de dentro.

—Y sobre todo bailas bien, porque bailas bien. Tú serás una gran bailarina.

—¡Quita allá, chalado!

—Por lo pronto, ¿te atreves a debutar dentro de dos o tres días?

—¿Qué dices?

—Nada, que vas a debutar porque lo quiero yo.

—Pero, hombre...

—El circo de Parish se abre dentro de pocos días. El empresario, y sobre todo el gerente, son amigos míos. Hoy mismo escribo la carta...

—Pero... ¿tú crees que puedo?

—When you do dance. I wish you
A wawe of the sea, that you might ever do
Nothing but that; move still, still so,
And own no other function. [238]

—Latinitos; ¿estás de coba?

—Nada de coba, niña. Estas palabras son del mismo autor de Otelo, y quieren decir: "Cuando te veo bailar quisiera que fueses una ola del mar, de manera que no pudieras hacer en adelante otra cosa que bailar. Baila, baila más aún; baila siempre, y no te apropies ninguna otra función." [239]

—Pero, ¿y el traje, Alberto?

—No te preocupes; yo me encargo de él.

—Si no tienes un cuarto.

—La empresa te lo pagará; quiero decir que yo te diré cómo has de vestirte.

—Cabalito; luego salgo al público, me da un soponcio y adiós Madrid.

[238] Shakespeare: The Winter's Tale, acto IV, escena IV, verso 140 (edited by J. H. Lobban, Cambridge University Press, 1950, p. 94).
[239] R y L: "baila siempre y no hagas sino bailar". La versión de P es más trabajosa.

—No te dará soponcio. Tú baila, y baila con toda tu alma, como David delante de Dios.

—¿El rey David? ¿El que dijo...?

—El mismo.

—¿Y era bailaor?

—A ratos.

—¡Ay, qué tío!

—Sí que era un tío.

—No, si el tío eres tú, digo. —Se llegó a Alberto, le enlazó del cuello con un brazo y murmuró:— Vamos a ponerle los cuernos al viejo.

—En ti, Verónica, el entregarte a todos y a todo es en tal grado que de vicio se hace virtud.

240

DESDE la calle de Jacometrezo [241] hasta el número 30 de la de Fuencarral, esto es, desde su vivienda a la de Alberto, Teófilo atravesó, a tiempo que caminaba, tres ciclos de pensamientos. [242]

El primero fue el ciclo amoroso. Nunca había sido afortunado en amores. Entre los lejanos amoríos con su prima Lucrecia, pasatiempo de mocedad y no otra cosa, y los tiernos amores con Rosina, cuantas mujeres había galanteado, ora en tono lírico mayor, madrigalizando, como decía él, ora a la manera corriente y moliente del común de los mortales, se le habían reído de sus versos, sus cuitas y su persona. No se tenía por un dechado de belleza física, ni mucho menos; pero como no era repulsivo, y en compensación consideraba muy por alto sus dotes naturales de inteligencia y sensibilidad, creíase un ejemplar de hombre apto por raro modo para inspirar pasiones y ser de ellas víctima. Entró, pues, en la vida, imbuido de tales ilusiones. Pero tantos descalabros hubo de sufrir, que llegó a persuadirse de que

240 *R*: "VIII".
241 *L*: "la calle Jacometrezo". Omisión de la partícula por errata o de acuerdo con el uso frecuente.
242 Se cierra aquí el gran paréntesis y volvemos a encontrar a Teófilo yendo a ver a Alberto.

en las operaciones bursátiles del amor la inteligencia no se cotizaba.

Sin embargo, aun cuando hacía tiempo que había renunciado a que se le amase por su rostro y talle, no se resolvía a renunciar a que algún día se le amase y venerase por sus talentos y buenas cualidades del sentimiento. Tropezó con Rosina, la amó y ella le correspondió. Y, ¡extraño fenómeno!, ahora Teófilo daba por sentado que Rosina le quería, no por poeta, sino por gustar de él, como hombre, más que del resto de los hombres. Si algún amigo, o la propia Rosina, le hubieran dicho "esa mujer te quiere porque te considera gran poeta, y un poco también por simpatía a que tu pobreza le mueve", Teófilo recibiera al oírlo el desencanto y amargura mayores de su vida.

Avanzaba por la oscura calle de Jacometrezo con el corazón henchido de sollozos y de afán. Perder a Rosina y dejar de existir era todo uno. ¿Qué había sido su pobre vida anterior sino ansiedad no satisfecha, purificación por el fuego de la adversidad y de la vergüenza, preparación espiritual para esta nueva etapa de transportes cordiales y gozo pleno; es decir, de vida verdadera? Perder a Rosina y dejar de existir sería todo uno. Estaba salvajemente resuelto a no perderla, a hacerla suya, costase lo que costase.

En la red de San Luis, Teófilo hubo de detenerse, en tanto pasaban algunos coches. Eran la mayoría coches de lujo, y según pasaban, Teófilo veía damas y caballeros repantigados en el interior. Por un momento se imaginó a sí mismo con Rosina a su lado, volviendo de la Castellana en coche propio, mejor en un auto, y esta fue la brecha por donde se metió en el segundo ciclo de pensamientos. Pensó: "Sí; el mundo es bueno, la vida es hermosa... Tiene razón ese animal de Santonja..." Y luego, acordándose de las personas ricas que había visto repantigadas dentro de los carruajes: "Esos brutos, bien comidos, bien bebidos, bien vestidos, ¿qué derecho tienen a la vida y a la fortuna? Vidas sordas, embotadas, absurdas... El que carece de

inquietudes y necesidades espirituales no tiene derecho
a la vida." Para Teófilo la necesidad espiritual por antonomasia era componer versos alejandrinos. No tenían
derecho a la vida sino los poetas. Este postulado le sirvió de trampolín, desde donde saltó al tercer ciclo de
pensamientos, un ciclo encantado y luminoso que go-
biernan con graciosa liberalidad dos hermanas mellizas:
Ilusión y Esperanza. Ocurrióse de pronto, o por lo
menos él pensó que se le había ocurrido, el asunto de
un drama poético. El héroe: un juglar de humilde cuna
que escala el trono e impone deleitable tiranía de rimas
y rosas. Tesis: la humanidad no existe por y para sí
propia, sino como pretexto, como abono, se pudiera decir en puridad, que alimente al lirio, que vale tanto
como decir al poeta, a quien Dios adornó de hermo-
sura y armonía, pues no otra cosa es sino verbo divino,
encarnado en forma mortal. El lugar de la acción: du-
daba si decidirse por la Provenza del Medioevo o la
Italia del Renacimiento; la elección la aplazó para más
en adelante. [243] Como el drama poético lo probable y
aun lo seguro era que le saliese un dechado, las empresas, así que de él recibieran noticia, se lo habían de
disputar. Teófilo veía ya el dinero entrándosele a espuer-
tas por casa, y en logrando holgura y vagar sosegado,
nuevos dramas habíanle de brotar a boca qué pides, que
nada hay tan fecundo para las cosechas del ingenio
como la lluvia de oro. Y según subía las escaleras de
la casa de Angelón, iba diciéndose: "Qué necedad, no
haber dado hasta ahora en lo del teatro, que es lo único
que produce dinero."

Llamó a la puerta. Le salió a abrir Alberto y entrambos pasaron al gabinete en donde Verónica estaba.

—Qué suerte la tuya, Verónica. Aquí tienes a tu ídolo.
¿No entiendes? El poeta Teófilo Pajares.

Verónica se puso como la grana. Deseaba examinar
a su entero talante las particularidades físicas y apariencia corporal del poeta bohemio, pero no se atrevía aún.

---

[243] *L:* "para más adelante".

—Es una desaforada admiradora tuya, Teófilo. No hace una hora todavía me recitaba un soneto tuyo, algo así como un autorretrato psicológico.

—Aquello que comienza: *soy poeta embrujado por rosas lujuriosas...* —murmuró Verónica, cohibida.

—¡Pss! Es un soneto que escribí al correr de la pluma por ganarme diez duros: cincuenta pesetas de lirismo. —Teófilo dejaba caer las palabras como el árbol demasiadamente enfrutecido deja caer el fruto, con absoluta indiferencia. Aparte de que le envanecía sobremanera que alguien se tomase la molestia de aprender de memoria sus versos, necesitaba en aquellos momentos aparecer en posesión de su valer y un poco descuidado y desdeñoso hacia la gente, porque tal se le antojaba el mejor diapasón para dar un sablazo y acoquinar un tanto al sableado.

—¿Qué te trae por aquí? Hace un siglo que no nos vemos. ¿Cómo sabías mi domicilio?

—Ángel Ríos me dijo que vivías con él y que estabas un poco maluco. Pues me dije: voy a visitar a ése...

—¿Qué te haces? ¿Trabajas?

—¡Pss!... Tengo un drama casi concluido. Tres actos. Me faltan algunas escenas del último. Ya he leído los dos primeros a la Roldán y Pérez de Toledo. Me invitaron un día a almorzar, y de sobremesa la lectura. Les gustó enormemente. Figúrate que cuando comencé a leer estaba la Roldán en un butacón, en una esquina de la pieza, y su marido en otra esquina. Yo iba leyendo, leyendo, metiéndome en situación hasta olvidarme de lo que me rodeaba. Concluyo de leer, vuelvo en mí, como quien dice, y me veo a la Roldán y Pérez de Toledo, uno a cada lado mío, echados sobre la mesa y bebiéndome materialmente con los ojos. Los había hipnotizado.

También Verónica sentía los primeros síntomas de la sugestión hipnótica.

—Si yo me atreviera... —balbuceó Verónica.

—Yo me atrevo por ti, Verónica, porque te he adivinado. Verónica desearía que vinieras a leerle lo que llevas del drama, y yo te suplico que la complazcas.

—Es el caso que tengo tanto que hacer...

—Hombre, dos horitas, mañana por ejemplo..., bien puedes dedicárselas. Te anuncio que no puedes hallar mejor crítico, y si tienes ojos en el alma, las observaciones de Verónica te serán de mucho provecho. —Alberto sabía que el drama de Teófilo y las circunstancias de su lectura eran pura patraña o cándida ilusión.

—Cállate tú, que eres un tío frescales —comentó Verónica, quien por desahogarse del respeto que Teófilo le imponía, sentíase arrastrada a tratar a Alberto con extrema llaneza—. No le haga usté caso; yo soy una tonta y no merezco que usté se moleste; pero si usté fuera tan amable...

—¿Cómo no lo va a ser siendo poeta?

—No veo la relación, querido Alberto...

—Hombre, amable es lo digno de ser amado. En ese sentido no creo que haya nada más amable que un poeta. ¿No piensas tú lo mismo, Verónica? Como que poco le falta ya a Verónica para enamorarse de ti.

—¡Calla, loco, calla! —rogó Verónica, en las últimas lindes de la turbación.

—Y dime, Teófilo, ¿en qué época histórica has emplazado el drama?

—En la Italia renacentista —respondió Teófilo muy aplomado.

—¿Y en qué ciudad?

—¿En qué ciudad? —Teófilo vaciló un momento—. En Milán.

—No me parece una ciudad la más típica del Renacimiento, pero... Ya ves, Renán, en su *Calibán,* coloca la acción también allí. ¿Y qué obras te han ayudado principalmente para darte el espíritu de la época, detalles episódicos y de fondo, etc., etc.?

—¿Qué obras? —Teófilo se amoscaba—. Pues varias obras: *La Divina Comedia,* el..., la..., varias obras. Cualquiera se acuerda.

—Di más bien que no te has ayudado de ninguna. Tú no conoces la historia; pero, como el otro, la presientes.

—Y aunque así fuese, ¿qué? Poeta y vate son lo mismo, y vate quiere decir adivino. Las cosas no son como son, sino como el vate quiere que sean o hayan sido. La Naturaleza y la vida obedecen a la ley que el vate les impone.

—Pero no el dinero, y eso que es cosa de la vida.

Teófilo hizo como que no había oído, y algo pálido continuó:

—Shakespeare está plagado de anacronismos. Ahora os ha dado a unos cuantos por machacarnos los oídos con la canturria de la cultura; cultura, cultura, ¡puaf!: una cosa que tienen o pueden tener todos los tontos y que es cuestión de posaderas.

—No te acalores, Teófilo. Puesto que has colocado la cuestión en sitio tan plebeyo, ajustándome a tu tono te pregunto: ¿Crees que te vendría mal un baño, aunque sea de asiento, de cultura? Permíteme por un momento que sea un poco pedante. Sabes, y si no lo sabías lo vas a saber ahora, que cuando el traidor Bellido Dolfos mata al rey Sancho y huye a guardarse dentro de los muros de Zamora, el Cid cabalga para darle alcance; pero no lo logra porque se le había olvidado calzarse las espuelas, y entonces maldice de los caballeros que no llevan siempre espuelas. Querido Teófilo, créeme que Pegaso es el rocín más rocín, tirando a asno, cuando el que lo cabalga no lleva acicate, y el acicate es la cultura.

—Me hallo muy a mi gusto siendo como soy. Cualquier cosa antes que dar en esas metafísicas y sandeces que ahora son uso entre algunos jóvenes.

—A lo primero te respondo que no te hallas muy a tu gusto, sino que, aunque te obstines en no declararlo, vives muy mal a gusto, no a causa de la falta de dinero, que a todos nos aqueja, sino contigo mismo. Y en cuanto a lo segundo, haces bien en no querer caer en el defecto contrario del que tú tienes. Unos, como tú, porque no tienen por carga espiritual sino su experiencia propia; otros, porque la carga es mazacote de libros e infatuación escolástica, sin ninguna experiencia personal de la vida; cuándo porque se ha ido a babor, cuándo a estribor, sois como barcos mal estibados, que al menor temporal zozobran.

—Pamplinas, Alberto.

—Dispensa que te haga una pregunta.

—A ver.

—¿De dónde eres?

—De Valladolid.

—¿Tienes parientes en algún pueblo de tierra de Campos u ocasión de irte a vivir allí?

—Sí; ¿por qué?

—¿Por qué? Porque viviendo de verdad en el campo harás buena poesía. Deja a Madrid, hombre. [244] ¿Qué haces aquí, como no sea corromperte y anularte? ¿No te dice nada el ejemplo de Enrique de Mesa, de Antonio Machado [245] y, sobre todo, de Unamuno, el mejor poeta que tenemos y uno de los más grandes que hemos tenido? [246]

—Será para ti, y Dios te conserve la oreja.

—Y a ti Dios te la otorgue, y algo más.

—Bueno, yo venía a hablarte de un asunto de importancia.

—Estoy a tu disposición.

—Es reservado.

---

[244] *L* ha suprimido desde aquí hasta: "Bueno, yo venía a hablarte de un asunto de importancia". Es muy curiosa esta supresión, que nada hacía necesaria, pero, evidentemente, han pasado los años —en medio quedó la guerra— y Ayala ya no quiere citar modelos poéticos. Pueden hacerse muchas hipótesis sobre los motivos que le impulsaron a actuar así.

[245] En vez de "Antonio Machado", *R* decía "Gabriel y Galán".

[246] En el ejemplar de la primera edición de la novela que se conserva en la Casa-Museo de Unamuno, en Salamanca, se ve cómo éste subrayó toda esta página. Le debió de halagar la estimación tan positiva de su poesía, tantas veces tachada de rudeza y falta de musicalidad. Además, debió de interesarle lo que dice Alberto (portavoz de Ayala): se vive muy mal a gusto no por falta de dinero sino por no estar en paz consigo mismo; en cuanto a la poesía contemporánea, unos pecan por falta de riqueza espiritual y otros por falta de cultura. La cercanía de estas ideas a las de Unamuno justifica su especial interés.

Alberto guió a Teófilo hasta el comedor.

—¿Qué es ello?

—Necesito que me prestes cincuenta duros. Es asunto de vida o muerte para mí.

—No los tengo.

—No me los quieres prestar. Te figuras que no te los he de devolver. En último término, si te parece mucha la cantidad, con treinta quizás pueda arreglarme.

—No tengo un céntimo, Teófilo.

—Es decir que si te pidiera una peseta para comer me la negarías. Y todo porque te he dicho lo de la oreja. [247]

—No seas niño, Teófilo. Supones que tengo dinero, y estoy como tú, si no peor. No tengo un céntimo, créaslo o no lo creas. Pídeme todo lo que tengo, si lo necesitas para empeñar, y te lo daré; pero no tengo un céntimo. ¿No me crees?

—Pero tendrás a quien pedirlo.

—A nadie.

—No sabes en qué caso estoy, Alberto. Me matas. —El acento de Teófilo se cortó, como si fuera a llorar.

—¿Tan apurado es?

—De vida o muerte, ya te he dicho.

—¿Puedo saberlo?

—¿Por qué no? Una mujer... —comenzó Teófilo, con voz desmayada y rota.

—¡Bah! Una cualquiera que pretende sacarte los cuartos.

—¡No digas insensateces! —Teófilo se encrespó—. Es mujer que no necesita de mi dinero. Estoy loco por ella, y ella parece que me quiere. A mí no me ha querido nunca nadie, nadie... ¿Crees que cuando he deseado la muerte en mis versos eran literaturas? Nadie, nadie... En cambio yo no he querido nunca mal a nadie, te lo juro, lo que se llama querer mal. Y tengo tesoros de ternura en mi corazón que no he podido derramar nunca; y ahora, ahora que llega el momento, ya ves..., he

---

[247] La supresión anterior arrastraba la de esta última frase, en *L*.

de hacer el ridículo. Y ¿qué amor hay que resista al ridículo? ¿No comprendes?

—Sí, comprendo, Teófilo. Aguarda un momento y discurramos con calma. No te acongojes, hombre —Alberto estaba un poco enternecido—. Una mujer decente, ¿eh?

Teófilo dudó un momento.

—Sí.

—No, no; di la verdad.

—Es... una *cocota*; pero es un ángel. Pero ¿no comprendes?

—Claro que comprendo. Tú, ¿qué piensas, sinceramente? ¿Que se ha enamorado de ti como poeta o como hombre?

—Como hombre —afirmó Teófilo—. Te repito que es un ángel. Habíamos concertado un viaje... Nos queremos como dos niños. No ha habido aún ninguna impureza en nuestro amor. —Y con una transición que a poco hace reír a Alberto:— Si pudieras darme una carta para tu camisero y tu sastre...

—Sí; te las escribo ahora mismo. Y en cuanto al dinero del viaje... No me atrevo a esperanzarte, porque, palabra de honor, [248] mis amigos, aquellos a quienes en confianza pudiera pedir dinero, están tan tronados como yo.

Teófilo estrechó efusivamente las manos de Alberto.

—Vamos al gabinete.

Alberto escribió las cartas. Después hablaron unos momentos. Se oyeron unos golpes en la puerta.

—Oye, Alberto, si es algún conocido pásalo a otra habitación. No tengo deseos de ver a nadie.

Quedaron a solas Verónica y Teófilo. Llegaban desde el comedor la voz de Alberto y de otra persona, y se podía seguir el curso de la conversación.

—¿Quién es? ¿Le conoce usted por la voz?

—Sí, es Antonio Tejero; Antón Tejero le dicen; ¿no has oído hablar de él?

---

[248] *L*: "mi palabra de honor".

Teófilo tuteó a Verónica, considerándola mujer de baja condición. La muchacha, atribuyéndolo a afectuosidad, [249] vióse colmada de tanto agradecimiento que no acertó a abrir los labios.

La voz de Alberto:

—Si no tiene usted mucha prisa deje usted [250] el gabán en el perchero.

La voz de Antón:

—Sí, lo voy a dejar, porque pesa de una manera horrible. Figúrese, ¿sabe usted lo que es esto?

La voz de Alberto:

—Parecen dos salchichones.

La voz de Antón:

—Pues son dos paquetes de cien pesetas en duros. Vengo de cobrar la nómina en la Universidad, y me han cargado, que quieras que no quieras, con doscientas pesetas en plata. Bueno; lo dejaremos en el perchero. Supongo que estará seguro, ¿eh?

La voz de Alberto:

—Naturalmente.

Doscientas pesetas... Teófilo hincó los codos en las piernas y hundió el rostro entre las manos. Las fuerzas se le huían. La lógica de la realidad exigía de Teófilo que hurtase las doscientas pesetas. Según su conciencia, un robo, dadas sus circunstancias, no era acción reprobable; antes bien, de arcana justicia trascendental, como si Dios en persona le brindase al alcance de la mano y en tan apretado trance aquel socorro de las doscientas pesetas, como compensación de mil amarguras y privaciones pretéritas. Era justo que se apropiase el dinero, pero no se determinaba en ello: le faltaba valor. "¡Qué asquerosamente cobarde soy! Yo tampoco tengo derecho a la vida", se dijo.

Verónica, entretanto, no apartaba de Teófilo los ojos. Lo escudriñaba, examinándolo de arriba abajo, y no se resolvía a decidir que fuese una persona tejida con la misma estofa burda del resto de los hombres. Hasta

---

[249] Otro contraste de perspectivas.
[250] Repetición de "usted", normal en el lenguaje coloquial.

la absoluta ausencia de ella en que Teófilo se mantenía, como si realmente la muchacha no existiese, era para Verónica muestra inequívoca de grandeza, digna de veneración. Verónica hubiera dado media vida porque Teófilo le otorgara el honor, que ella no merecía, de hablarle con simpatía y afecto. En suma, estaba tan absorta en el culto de Teófilo, que no paraba atención alguna en lo que hablaban los otros dos hombres en el comedor.

Por incógnitas razones, una palabra de Tejero vino a herir el oído de Teófilo y a sacarle de su distraimiento. Enderezó el torso, y, a pesar suyo, fue siguiendo el curso de la conversación entre Antón y Alberto.

La voz de Tejero:

—Sí, un mitin. Los jóvenes tenemos el deber moral de hacer política activa, Alberto; de pensar en los destinos de la patria. Toda otra labor es estéril si no se ataca lo primero al problema de la ética política. La última crisis ha sido bochornosamente anticonstitucional y avergüenza pertenecer a una nación que tales farsas consiente. Y luego, ¡qué Gabinete el nuevo! Las heces de la inmoralidad pública. Ese don Sabas Sicilia, un viejo cínico y corrupto, como todos saben, acusado de negocios impuros en connivencia con el erario del Estado... La podre de la podre. Y los demás, del mismo jaez. Quiero que celebremos un mitin los jóvenes. Usted tiene que hablar. Buscaremos algunos más; por supuesto, gente [251] sin tacha en la conducta. ¿No le parece bien que haya un orador para representar cada orden de actividad intelectual? Un novelista, por ejemplo; un poeta, un crítico..., etc., etc. Que vean que la juventud es antidinástica, limpia y peligrosa.

Teófilo pensó: "¿Cómo he podido ser tan miserable y flaquear ante la tentación de tan ruin delito? Una ratería... ¡Si mi madre pudiera adivinar!..." El corazón se le dilató, colmado de un vapor tibio y ascendente, carne ingrávida y efímera de una nueva quimera. "Un

---

[251] "Gente" es añadido de *P*.

joven español no tiene porvenir como no sea en la política". Y Teófilo imaginábase ya conduciendo, por la virtud de su elocuencia, vastas muchedumbres, con la misteriosa agilidad con que el viento conduce rebaños de nubes. Se acercó a la mesa, y en un trozo de papel escribió con lápiz:

"*Querido Alberto: He oído lo del mitin. Me parece una bella idea. Es hora de que la juventud tenga un gesto bello. ¿Queréis aceptarme como orador-poeta? Espero que sí. Me prepararé lo mejor que pueda. Avísame el día. Ocurre también que por razones privadas* (como no estaba seguro de la ortografía de *privado,* trazó a mitad de la palabra un tipo mixto entre *b* y *v*) *aborrezco al viejo cipote teñido: aludo a don Sabas Sicilia. Te dejo esta nota porque llevo mucha prisa y no puedo detenerme. Un abrazo.*

Teófilo."

Salió sin despedirse de Verónica. Llegó al vestíbulo; quedóse mirando un momento la sombra negra que el gabán de Tejero hacía; se apoderó, casi inconscientemente, de las doscientas pesetas; abrió con sigilo la puerta y la cerró sin mover ruido; huyó escaleras abajo, y cuando llegó al portal se preguntó: "¿Qué he hecho?" Giró sobre los talones y comenzó a subir las escaleras con propósito de restituir lo robado. Pero, ¿cómo iba a hacerlo sin que lo echaran de ver? Salió a la calle. Metió las manos en los bolsillos de la chaqueta y tropezó con los rollos de dinero, que le escaldaron los dedos. Anduvo a pique de arrojar lo robado por una boca de alcantarilla, pero se arrepintió al instante. "¡Qué estupidez!" Murmuró: "Soy un cobarde que no merece vivir". Comenzó a considerar lo que acontecería en casa de Alberto. Quizás habían descubierto ya el robo y dado necesariamente con el autor. Tendría que escaparse de Madrid y acaso de España. Era lo mejor; emigraría con Rosa a un país en donde ganarse la vida no fuera en detrimento de la dignidad.

¡Adiós, maldita España, para siempre! Se iría a América,[252] y con el primer dinero que ganase indemnizaría lo robado. Por lo pronto fue a casa del camisero, y después de presentar la carta de Alberto, apartó dos docenas de calcetines y varias corbatas, y encargó una docena de calzoncillos y docena y media de camisas. Después fue a casa del sastre; anduvo irresoluto gran tiempo ante las piezas de paño, sin saber por cuáles decidirse, y a la postre seleccionó tres trajes y un gabán. Tomóle el sastre las medidas y disponíase Teófilo a salir del establecimiento, cuando el sastre le detuvo.

—Usted perdone, señor Pajares; pero estamos tan escamados en fuerza de micos, que aquí tenemos por costumbre no hacer ropa, como no sea a un parroquiano antiguo, si no se paga por anticipado la mitad del importe de la factura.

—Pero el señor Díaz de Guzmán responde por mí.

—No, señor, no responde.

—¿Cómo que no? Él me ha dicho que sí.

—En efecto, en esta carta me dice que responde por usted. Pero esto no me basta. Puesto que el señor Díaz de Guzmán está dispuesto a responder de veras, dígale que me firme un pagaré por quinientas pesetas, que es el importe de su factura. A no ser que usted quiera, que se me figura que no querrá —el sastre sonrió de manera ofensiva—, hacerme el anticipo de doscientas cincuenta.

Teófilo se engrifó, herido en su altivez.

—No llevo conmigo doscientas cincuenta. ¿Le bastan a usted doscientas, por ahora?

—Perfectamente; no hago hincapié en las cincuenta.

El sastre no creía lo que veía, y esto era cuarenta contantes y sonantes duros en plata. Empleó veinte minutos en examinar uno por uno los duros, porque le había entrado la sospecha de que Teófilo era un monedero falso, y en cerciorándose de que todos poseían la

---

252 La misma salida que intentan, en su trágica situación, los protagonistas de *Luz de domingo*. Lo mismo planea Apolinar, pocas páginas después. El tema puede tener una raíz biográfica: el padre del escritor fue a trabajar a América.

apetecida legitimidad, como salidos de las arcas del fisco, sonrió graciosamente a Teófilo y dijo así:

—Usted perdone que los haya mirado tan despacio; he recibido tanto chasco... La ropa estará lista en ocho días.

—Tiene que ser en cinco, a más tardar.

—Haremos lo posible. Se me olvidaba decirle que, como de los escarmentados, y tal, y el gato escaldado, y tal, en este establecimiento tenemos por costumbre no entregar los encargos hasta tanto que no nos hayamos reintegrado del importe total, como no sea cuando se trata de algún parroquiano antiguo.

—Muy bien. Me parece que será la última ropa que me haga aquí. Buenas noches.

Teófilo salió de la sastrería con un temor más vago de que las por él mal adquiridas doscientas pesetas le iban a valer al sastre cien años de perdón. [253] Casi se alegraba, y sentía que la conciencia se le aligeraba, como si el espectáculo de la picardía ajena mermase la vergüenza de la suya propia. "Me está bien empleado", discurría. "Sin duda existe una justicia natural; pero esta justicia natural no es menos venal que la justicia social: dura para los hambrientos, untuosa para los hartos. Unos medran con latrocinios, sin duda porque son ladrones de ladrones, que roban en junto y sin esfuerzo lo que a los ladronzuelos les costó trabajo y remordimientos añascar; [254] otros, en cuanto les apunta la uña, viene la justicia a cercenarles la mano. Dios es tan cohechable como el mísero juez que un cacique [255] crea a su medida".

En estas consideraciones acertó a pasar frente a la *Maison Dorée*. Un grupo de amigos le saludó. Entre ellos se hallaba un pintor llamado Quijano. Teófilo le llamó aparte; había tenido una idea feliz.

[253] Alusión al refrán: "el que roba a un ladrón tiene cien años de perdón".

[254] *añascar* (familiar) = 'juntar o recoger poco a poco cosas menudas y de poco valor' (Academia, p. 97).

[255] El tema del cacique, de tanta importancia en la España contemporánea, lo lleva repetidas veces a sus novelas Pérez de Ayala. Sobre todo, aparece en *La pata de la raposa* y *Luz de domingo*.

—Tengo que pedirte un favor, Quijano.

—Por de contado.

—Tú tienes una casa en El Escorial, ¿verdad?

—Sí.

—¿Puedes prestármela unos días?

—¿Cómo prestártela?

—Cedérmela.

—Claro que sí.

—¿Hay muebles?

—Ya lo creo; los necesarios.

—Te advierto que es para ir con una mujer.

—Eso, allá tú. Te enviaré la llave.

—Yo vendré aquí mañana a recogerla.

Se despidieron. "Menos mal", pensó Teófilo. Y con aquel su ánimo tornadizo, que así se entenebrecía como se iluminaba, dio por sentado ahora que todo le iba a salir a pedir de boca. Sin embargo, sentía recóndita desazón o reconcomio que no llegaba a malestar definido, igual que a una persona a quien se le ha olvidado que le está doliendo [256] un callo. El dolor de callos de Teófilo estaba en la conciencia: era el primer callo, tierno aún y en formación.

A la hora de cenar no discutió con Santonja, por más que éste le azuzaba; ni realizó aquellas proezas deglutivas que a todos los huéspedes admiraban y a la patrona le metían el corazón en un puño. [257] Retiróse a su aposento, y allí, ante la vista de la carta de su madre, hecha pedazos, la desazón y reconcomio de antes se hicieron vergüenza y miedo. Pasó un gran rato dentro de la angosta estancia; pero haciéndosele insoportable la pesadumbre de sus cavilaciones, salió a la calle, y, así como, a lo que se dice, el criminal, por impulso irresistible, acostumbra volver varias veces al lugar del crimen, Teófilo fue a casa de Alberto, decidido a enterarse de lo que había pasado y afrontar sus consecuencias.

---

[256] *R*: "que le duele".
[257] Es importante recordar este pormenor para comprobar, luego, la evolución de Teófilo.

258

ANTÓN Tejero era un joven profesor de filosofía, con ciertas irradiaciones [259] de carácter político, y había arrastrado, a la zaga de su persona y doctrina incipiente, [260] mesnada [261] de ardorosos secuaces. Aunque sus obras completas filosóficas no pasaban todavía de un breve zurrón de simientes de ideas, [262] habíale bastado tan flojo bagaje para granjearse la admiración de muchos, la envidia de no pocos y el respeto de todos, sentimiento este último de mejor ley y más difícil de inspirar que la admiración. Filósofo al fin, en ocasiones, [263] era demasiadamente inclinado a las frases genéricas y deliciosamente vanas. Era también muy entusiasta, y, como toda persona entusiasta, carecía de la aptitud para emocionarse. De talentos literarios nada comunes, propendía a formular sus pensamientos en términos donosos, paradójicos y epigramáticos, por lo cual se le acusaba en ocasiones del defecto de oscuridad. Por ejemplo, había anticipado el remedio de los males que acosaban a España, con estas palabras: "España se salvará, alzándose a la dignidad de nación civilizada, el día que haya nueve españoles capaces de leer el Simposio o banquete platónico en su original griego". A esto, Luis Muro, el poeta cómico, había respondido en la sección "Grajeas" del diario *La Patria*:

> Dan gusto nueve al garguero
> en el festín de Platón;
> mas, diga el señor Tejero,
> ¿y el piri, coci o puchero
> del resto de la nación?

Sancho Panza, que no andaba mal de filosofía parda, y Juan Ruiz habían asomado en el tintero del poeta jocoso.

258   *R*: "IX".
259   *R*: "con ciertas manifestaciones tentaculares".
260   "Incipiente" no estaba en *R*.
261   *R*: "una pequeña mesnada".
262   *R*: "apenas si llegaban a dos docenas mal contadas de artícu-los".
263   "En ocasiones" es añadido de *P*.

La admirable pureza intelectual de Tejero trasparecía
en sus ojos, de asombrosa doncellez y pureza, sobre los
cuales las imágenes de la realidad resbalaban sin herir-
los. Contrastaba con la doncellez de los ojos una calvicie
prematura. La forma y tamaño del cráneo, entre teutó-
nicos y socráticos; la armazón del cuerpo, chata y
ancha; los pies, sin ser grandes, producían una ilusión
de aplomo mecánico, [264] de tal suerte que la figura parecía descansar sobre recia peana. Trataba a todo el mundo
con magistral benevolencia, y la risa con que a menudo irrigaba sus frases era cordial y traslúcida.

Hablaba ahora con Alberto, acerca de la última crisis
política, y le proponía celebrar un mitin de protesta.

—Tenemos que hacer muchas cosas, Alberto —decía,
y su corazón rezumaba caricioso óleo [265] de esperanza—.
Este mitin dará mucho que hablar. ¿Qué dice usted de
la idea del mitin?

—Hombre, la verdad, yo no sirvo para orador. De
seguro haré un triste papel.

—¡Qué disparate! Yo le aseguro que tiene usted grandes condiciones, y si no al tiempo.

—Aparte de las condiciones, es que lo considero tiempo perdido; me falta la ilusión, la vehemencia del que
se propone algo asequible. [266] Porque, ¿qué nos propo-
nemos nosotros?

—¿Qué? Muchas, muchas cosas; enormidades. Des-
pertar la conciencia del país; inculcar el sentimiento de
la responsabilidad política; purificar la ética política...

—Está muy bien; pero no veo la necesidad de un
mitin. Todo eso hay que hacerlo, pero en otras partes
y de manera más eficaz. ¡Discursos!... Ese pobre D'An-
nunzio, de quien se dicen tantas y tan necias perrerías,
me parece a mí que ha dado en el clavo cuando asegura
que la palabra oral, dirigida inmediatamente a la muchedumbre, no debe tener como fin sino la acción, y

---

[264] R: "los pies producían la ilusión de estar abiertos en un ángulo
mayor de noventa grados".
[265] Otra vez una imagen con óleo para expresar un sentimiento
positivo.
[266] Esta última parte de la frase es la esencial, para Ayala. Por eso,
una de sus palabras típicas es "hacedero".

ella a su vez ha de ser acción violenta. Sólo, añade, con
esta condición, un espíritu algo seguro de sí propio es
capaz, sin disminuirse, de comunicarse con la plebe por
medio de la virtud sensual de la voz y del gesto. En
cualquiera otro caso, concluye, la oratoria es un juego
de naturaleza histriónica. No perdamos el tiempo, querido Antón, en romanzas de tablado. ¿A qué esforzarnos
en dar a España una educación política que no necesita
aún, ni le sería de provecho? Lo que hace falta es una
educación estética que nadie se curó de darle hasta la
fecha. Mire por una vez siquiera, querido Antón, alrededor suyo y hacia atrás en nuestra literatura, y verá
una raza triste y ciega, que ni siquiera puede andar a
tientas, porque le falta el sentido del tacto. Labor y
empresa nobilísimas se nos ofrece, y es la de infundir en
este cuerpo acecinado [267] una sensibilidad; despertarle
los sentidos y dotarlo de aptitud para la simpatía hacia
el mundo externo. Hay un fenómeno rudimentario en
psicología, y es que cuando por cualesquiera circunstancias los sentidos nos han informado mal o a medias de
una cosa, creemos conocerla más profundamente y ha-
llarnos en vísperas de algún descubrimiento genial; porque aquel esfuerzo nebuloso que el intelecto hace por
desentrañar el sentido de los datos insuficientes, y la
desazón que en consecuencia sentimos, nos provocan
una a manera de misteriosa emoción, como si alguna
inteligencia trascendental obrase en aquellos momentos
a través de nosotros, otorgándonos un don divino de
presunta adivinación. Esto y no otra cosa es el misticismo: *el parto de los montes*. Somos una raza con los
sentidos romos, a través de los cuales la realidad apenas
si se filtra a intervalos y deformada, por donde la inteligencia está de continuo en aquel punto de esfuerzo
nebuloso y *desazón gustosa*, como decían los místicos,
como si Dios en persona estuviera para revelársele en
su interior morada. Todo español es un místico en este
sentido: un hombre en vísperas de la omnisciencia, ad-

---

[267]   *acecinado*: otra vez el adjetivo peyorativo a que es aficionado
Ayala.

quirida por vías infusas. El idioma que hemos de usar los escritores es un idioma elaborado, batido y ennoblecido por los místicos; [268] un idioma a propósito para expresar aquel *esfuerzo y desazón gustosos*, para expresar lo *inefable*; es decir, para decir que no se tiene nada que decir, y si acontece que se tiene algo que decir, cuesta Dios y ayuda dar con la forma sobria, exacta y sugestiva. Un pueblo que no tiene sentidos no puede tener imaginación; por eso, con sólo una ojeada a través de nuestras antologías líricas, se viene a dar en la cuenta de que imágenes y tropos, siempre los mismos, en nuestros poetas no nacen directamente de la contemplación de las cosas o confundidas con las emociones del cantor, sino que son prendas de vestir o botargas que ya existían de antemano y que el poeta toma al azar o después de precipitada elección, por que [269] sus ideas y sentimientos no salgan desnudos y en vergonzosa entequez; son, en resolución, como calzado de bazar, que cría callos, y así anda la poesía de encallecida y coja. Y para concluir, sin sentidos y sin imaginación, la simpatía falta; y sin pasar por la simpatía no se llega al amor; sin amor no puede haber comprensión moral, y sin comprensión moral no hay tolerancia. En España todos somos absolutistas.

Tejero sonreía, condescendiente:

—No le falta razón en muchas de las cosas que dice; pero son algo desordenadas, necesitan mayor objetividad. —A Tejero le enojaba el que su interlocutor discurriese con ímpetu. En tales casos, el reproche que acostumbraba hacer era la falta de objetividad, de cientificismo, como un aviador que definiera los pájaros: "Aficionados a la aviación". —Pss... No está mal. Sí; es necesario colocar bien el problema de la estética. En Alemania se preocupan mucho de estética. ¿De dónde hace usted arrancar la estética?

—He pensado bastante acerca de ello; pero no lo he ordenado aún, como usted dice. Para mí, el hecho

---

[268] Por eso Ayala emplea tantas expresiones de este origen, a pesar de la dura opinión que acaba de expresar sobre el misticismo.

[269] *L*: "porque". El corrector argentino corrige siempre este uso.

primario en la actividad estética, el hecho estético esencial es, yo diría, la confusión (fundirse con) o transfusión (fundirse en) de uno mismo en los demás, y aun en los seres inanimados, y aun en los fenómenos físicos, y aun en los más simples esquemas o figuras geométricas: vivir por entero en la medida de lo posible las emociones ajenas, y a los seres inanimados henchirlos y saturarlos de emoción, *personificarlos.*

—Hay sus más y sus menos; pero, en fin, ese es el concepto que domina hoy toda la especulación de la estética alemana, el *Einfühlung.* [270] Se ve que ha leído usted algo acerca de ello.

—No he leído nada.

—¿Que no? Pues, ¿quién se lo ha enseñado a usted?

—Hombre, la cosa es bastante clara por sí..., pero quien me lo ha hecho penetrar más cabalmente ha sido... una prostituta.

Tejero se puso serio:

—¡Cuándo se dejará usted de producirse en humorismo! [271]

Alberto se encogió de hombros.

—Se hace tarde y yo tengo que irme. Quedamos en que usted será uno de los oradores del mitin.

—Ya le he dicho lo que pienso; pero, en último término, si usted se empeña...

—Sí, sí, me empeño; y lo hará usted muy bien.

En esto entró Angelón. Alberto presentó a los dos hombres, que no se conocían, y Angelón, así que cambió las acostumbradas fórmulas corteses, se retiró, mirando de través a Tejero y Alberto, y por las trazas muy mal humorado. Volvió a los dos minutos con un papel, que entregó a Alberto: era la carta de Teófilo. Alberto la leyó en voz alta:

—¿Qué dice usted?

---

270 En Alemania, Pérez de Ayala debió de conocer la obra de Wilhelm Wörringer: *Abstraktion und Einfühlung* (Berlin, 1908). Recuérdese que el novelista fue a estudiar estética en Alemania en 1911.
271 *R*: "de hacer humorismo". La expresión que usa en *P* es más rebuscada: sólo le encuentro la justificación de que quiera satirizar a Ortega, que la pronuncia.

—Hombre, bien. Pajares dará la nota pintoresca. Ea, adiós, querido Alberto.

Salieron al vestíbulo. Alberto tomó el gabán de Tejero y le ayudó a vestírselo.

—Hay que centrarse, Alberto —aconsejó Tejero, en tanto realizaba una flexión de riñones, a fin de acertar con el agujero de la manga derecha.

—¿Centrarme? Diga usted que lo que necesito, como todos los españoles necesitan, es descentrarme. ¿Conoce usted aquellos versos de Walt Whitman: *I am an acme of things accomplished?*

Tejero respondió:

—No.

—"Soy, dice, la cima de todas las cosas realizadas y el compendio de cuantas se han de realizar... A cada paso que doy piso haces de siglos; y entre paso y paso, más nutridos haces... Allá lejos, en lo pretérito, entre la enorme primera Nada, ya estaba yo allí... Inmensas han sido las preparaciones para mí... Centurias y centurias condujeron mi cuna a través del tiempo, remando y remando como alegres marineros... [272] Todas las fuerzas han sido empleadas abundosamente para completarme y placerme, y heme aquí, en el centro del mundo, con mi alma robusta". [273] Estos versos debieran titularse: *Nací en la Mancha.*

—Es usted tremendo. —Tejero dio dos cariñosas palmaditas en el hombro de Alberto, y después de despedirse salió escaleras abajo y luego a la calle.

Sentía una rara impresión de levitación e ingravidez. Iba pensando: "Ello es un sentimiento espiritual, sin duda, pero tan neto y determinado que casi parece una sensación física". Las fuerzas expansivas de un entusiasmo sordo le acariciaban el espíritu, pero volvía insistentemente a requerirle la atención aquel sentimiento de ingravidez que era muy aplaciente e intenso. Se

---

272 *R:* "boteros".

273 Pérez de Ayala parafrasea a veces en su poesía a Walt Whitman. Por ejemplo, en los poemas "La última novia" y "Canción del hombre robusto". (Vid. Guillermo de Torre: *La difícil universalidad española,* Madrid, ed. Gredos, col. Campo Abierto, 1965, p. 173.)

acordó de San Ignacio de Loyola, el cual acostumbraba conocer si sus visiones y pensamientos venían de Dios o del diablo, según el estado consecutivo que determinasen: si le traían serenidad y sosiego, es que habían sido inspiradas por Dios; de lo contrario, su origen era satánico. Y también de Epicuro, que decía: "¿Cómo conoceréis si es natural una necesidad y habéis de satisfacerla, o es contra naturaleza y habéis de extirparla? Por la sensación recibida: si a la satisfacción de lo que se juzga necesidad se le sigue satisfacción, quiere decir que era necesidad conforme a naturaleza; si sufrimiento de un nuevo deseo, es porque no era necesidad natural". Y Tejero, sonriéndose, se preguntaba: "¿Qué divina inspiración, o qué acto meritorio, o qué necesidad natural he recibido, hecho o satisfecho sin haberme dado cuenta?" Hasta que al pasar por delante de un librero a quien debía una cuenta de libros dio con la causa de su ingravidad. "¡Caracoles! —exclamó a media voz, con la sangre helada—. Ya lo creo que era sensación física..." Recobróse en seguida, y pensó: "No me venían mal a mí; pero al que se las ha llevado de seguro le hacían mucha más falta. ¡Que le hagan buen provecho!" Y siguió adelante, con el mismo sentimiento de ligereza alada en el corazón, pero ahora más intenso y aplaciente aún.

274

D E las miradas de través que Angelón había dirigido así a Tejero como al propio Guzmán, y de su manera de vagar inquietamente con la cerviz algo inclinada, muy mal síntoma en él, Alberto había inferido que algo difícil de digerir tenía en el buche su gran y grande amigo. Apenas marchó Tejero, Guzmán acudió adonde Ríos estaba, por averiguar las razones de su irritación, bien que no fuera difícil de presumir que la escasez de dinero tenía la culpa de todo.

En el gabinete había, además de Angelón y Verónica, un mozo como de veinte a veinticinco años, de cara

274 R: "X".

muy abierta y maliciosa, ojos socarrones y un cauto sonreír como de burla. Vestía a lo menestral, tirando a lo señorito.

—Buenas noches —habló el mozo.

—Hola, Apolinar.

Que tal era su nombre, Apolinar Murillo, [275] de oficio encuadernador, nacido en la calle de Embajadores, madrileño castizo y doctor graduado, si los hay, en cuantos rentoys, [276] máculas, socaliñas y artificios tiene la picaresca de hogaño. Profesaba por Angelón Ríos la entusiasta asiduidad del jabato al jabalí colmilludo. Venía con frecuencia por casa de Angelón; éste le decía: "Dame acá la panoplia", y Apolinar le presentaba recado de escribir. Angelón escribía algunas cartas que eran otros tantos *sablazos* o peticiones de dinero, y Apolinar después las traspasaba de la diestra del esgrimidor al corazón de sus víctimas. Pero Apolinar tenía ya aspiraciones personales, y pareciéndole España país harto esquilmado y poco a propósito para lograr en él nada de sustancia, había rogado a su protector que viera de buscarle un pasaje para América, el cual Angelón obtuvo gratis, y no sólo esto, sino también un pase de ferrocarril de Madrid a Barcelona, en donde había de embarcar. Le faltaban ya muy pocos días para salir de España.

Aquella mañana había repartido Apolinar catorce cartas de Angelón; pero las víctimas eran víctimas acorazadas y no soltaron un céntimo. Volvió con tan desconsoladores informes a un café en donde Ríos le esperaba, y por la manera que éste tuvo de recibirle comprendió el mozo que su protector estaba con el agua al cuello.

---

[275] Otra vez la técnica habitual de parar el relato para dar los antecedentes del personaje que acaba de aparecer. (Ya no lo comentaré más.)

[276] *rentoys* = 'jactancia, desplante'. Lo usan Arniches y Díaz-Cañabate (Seco, p. 491). Lo registra la Academia en su tercera acepción, figurada y familiar (p. 1131). Según el *Diccionario Vox* (2.ª ed., Barcelona, 1953) y Manuel Seco (*Diccionario de dudas y dificultades de la lengua española*, 5.ª ed., Madrid, ed. Aguilar, 1967, p. 295) el plural correcto no es el que emplea aquí Pérez de Ayala sino "rentoyes".

—¿Puedes venir por la tarde, a eso de las cinco, a este mismo café?

—Natural.

—Tendrás que llevar otras dos o cuatro cartas. Estas son seguras.

Contra cálculos y deseos de Angelón, el resultado de las cartas de la tarde fue como el de las otras de la mañana, nulo. Retornaba al café Apolinar muy amurriado y diciéndose para su sayo: "¡Concho con don Ángel! Debe de estar pasando pero que las morás. Y él será lo que se quiera, pero pa los afeztos le va el nombre que lleva como las propias rosas. [277] Y ná, que a lo mejor, hoy, no ha catao entavía el piri".[278] Iba discurriendo a este tenor según se dirigía al café y aguzando el ingenio por hallar un medio con que acudir en ayuda de Angelón, y de esta suerte demostrarle agradecimiento por los favores recibidos, cuando acertó a pasar por delante de una pescadería. Sobre unos caballetes, a la entrada del tenducho, yacían diferentes peces y crustáceos, y en lo más conspicuo del tinglado hasta media docena de merluzas gigantescas.

La calle estaba oscura y despoblada en aquella sazón. Entre el pescadero y la puerta había un grupo de cocineras, de espaldas a la entrada. Apolinar agarró una merluza por la cola, tiró con tiento y se apoderó de ella; siguió calle adelante sin apresurarse, luego se perdió en las sombras de un callejón, buscó más tarde un puesto de periódicos y allí envolvió la merluza, y en llegando al café se detuvo en la puerta e hizo señas a Angelón que saliera.

—Pues ná, don Ángel, que las epístolas misivas [279] de la tarde han tenido las mismas vicisitudes que por la mañana. Ni esto. Pero que como me caía al paso, vo

<hr/>

[277] Como su maestro Galdós, Ayala fue siempre aficionado a los nombres significativos: Urbano, Felicita Quemada, Juan Guerra Madrigal, etc.

[278] *el piri*: poco antes ha aclarado, en los versos de Muro: "piri, coci o puchero".

[279] *epístolas misivas*: redichismo popular madrileño.

y me detengo en mi casa. Pues ná, [280] que mi madre, que le está a ustez muy agradecía por lo del pasaje y demás, pues le había comprao una merluza pa ustez. Yo le digo: "Madre, vaya un regalo. Ya pudo ocurrírsele a ustez comprar una caja de puros". Verdaz que como ustez no fuma. Es una nimiedaz.

—Gracias, Apolinar. Dale las gracias a tu madre —rezongó Angelón y echó a andar seguido del joven con la merluza, y así llegaron a casa.

Cuando entró al gabinete Alberto, el envoltorio de la merluza estaba sobre una mesa de peluche rojo.

—¿Qué es eso? —inquirió Alberto.

—¿A usted qué le importa? —dijo Angelón.

—Pero vamos a ver: ¿qué le ocurre a usted hoy?

—¿Qué le ha dicho usted a Verónica? Yo trabajando por usted, y usted entretanto...

—Pero... ¿qué he dicho?

—A ver si vais a reñir por una tontería —interrumpió Verónica—. Se refiere a lo de no tener dinero, que tú me has descubierto. No seas tonto, Ángel; si a mí me hace una gracia atroz...

—¡Bah! ¿Eso era todo? No sea usted niño —y volviéndose a mirar la merluza—. Pero, ¿qué es eso tan rezumante y maloliente?

—Una merluza que me regala la madre de Apolinar. Una merluza... ¿Qué hacemos con una merluza? —Angelón habló con visible malhumor.

—Comérnosla —acudió Verónica.

—O empeñarla —intervino Apolinar con zumba.

—¿Eh? —Angelón apretó las cejas, permaneció meditabundo unos instantes, y al cabo, soltó el trapo a reír, con enorme jocundidad—. Tú lo has dicho. A empeñarla. Una merluza no es un bien pignorable; pero, ¿para que me dio Dios labia y trastienda? ¡A empeñarla! ¿Cuánto pesará? —la sopesó—. Lo menos ocho kilos. ¿Cómo está el kilo de merluza, Verónica?

---

[280] Nótese la repetición de la muletilla, procedimiento literario que ya hemos comentado.

—Chico, no sé ahora. Solía costar de cinco a seis pesetas...

—Cinco por ocho, cuarenta. ¿Que nos dan la mitad del precio? Veinte pesetas. Sea como sea, en menos de veinte no la dejamos.

—¿Por qué no la vendéis en una pescadería? Es lo mejor —aconsejó Verónica.

—Quita tú allá —atajó Apolinar—. Lo primero, que ahora estarán cerradas.

—¡A empeñarla! —gritó Angelón, y se rió otra vez a carcajadas. Apolinar y Verónica le hacían el acompañamiento.

Antes de media hora estaban de vuelta Angelón y Apolinar. Traían diferentes comestibles fiambres, pan y vino; daban señales de mucho alborozo.

Sentáronse todos cuatro a la mesa, y entre comida Ríos refirió, entreverándolo con risotadas, el famoso lance de la pignoración y cómo había tenido una polémica con el prestamista acerca de los bienes fungibles y no fungibles y la naturaleza jurídica del préstamo con prenda. [281] En suma, que la merluza había dado de sí diez y seis pesetas. Verónica mostraba gran regocijo.

—Pues si te vas a América, Apolinar, con la esperanza de encontrar cosas extraordinarias, buena desilusión te espera, hijo —observó Angelón—. De seguro en América no se empeñan merluzas.

—¿Cuándo marchas? —preguntó Alberto.

—La salida del barco es p'al diez y ocho. Pero es el caso... —Apolinar sonrió apicaradamente—. Es el caso que ya va para dos años que una gachí, que es talmente una fototipia, [282] sin ezsageración, me tiene arrebatao y

---

[281]   Ayala cursó estudios de Derecho y eso se advierte varias veces en sus obras de juventud.

[282]   *fototipia*: "las fototipias eran unos cartoncitos policromados que acompañaban a las cajas de cerillas de 10 céntimos que eran las de lujo (...) Las fototipias se coleccionaban, se vendían y se trocaban como los sellos de Correos. En la Puerta del Sol se había constituido una lonja o bolsín de ellas (...) Algunas se vendían 'hasta a dos pesetas' (Alberto Insúa: *Memorias. Mi tiempo y yo*, Madrid, ed. Tesoro, 1952, p. 278). Cuando redacto estas notas, en octubre de 1971, una librería anticuaria madrileña anuncia un álbum de estas fototipias en varios miles de pesetas.

si cae o no cae, pero, ¡miau!, dice que no hay de qué, como no la conduzca al tálamo legítimo. Y yo, la verdá, marcharme sin conseguir el fruto de mi trabajo de dos años, me paece feo. Conque estamos en éstas y el tiempo corre y hay que despachar. Se llama la Concha y está sirviendo con una que la [283] dicen la Rosina. Y como digo, la niña se merece cualquiera cosa. Si ustedes la vieran...

—Yo la conozco, y digo, como tú, que se merece cualquiera cosa. No seas pazguato y aprovéchate antes de marchar —amonestó Ríos.

—¿No te da vergüenza decir esas cosas? —habló Verónica.

—¡Bah! —exclamó Angelón, enarcando las cejas en extremo—. Y ella, ¿sabe que te marchas?

—Vamos, ¿se lo iba yo a decir? Ni que fuera un pipi. [284] Ahora el subterfugio es convencerla de que va a haber enlace.

—Y serás capaz. ¡Qué asquerosos sois! —comentó Verónica enojada—. ¿Qué dices tú, Alberto?

Alberto se encogió de hombros.

Después de la comida se presentó otro visitante, Arsenio Bériz, un mancebo levantino, hijo de familia, que había venido a Madrid a concluir la carrera de Filosofía y Letras; pero habiendo caído en el Ateneo y hecho en él algunas amistades con escritores, se había contagiado del virus literario y concebido grandes ambiciones, de manera que, dejando para siempre los libros de texto, se pasaba la vida hojeando novelas y tomos de versos y ensayándose en el cultivo de todos los géneros literarios: crítica, novela, poesía, con gran despejo y desenvoltura. Vestía de luto e iba siempre acicalado con

283 *L*: "le dicen".
284 *un pipi* = 'tonto'. Lo usan Arniches, López-Silva, Casero, Valle-Inclán... (Vid. Seco, p. 467). Recuérdese lo que dice *La pata de la raposa*: "El gesto de reprobación irónica con que Meg recibió la palabra *pipi*, aprendida por Alberto en las noches orgiásticas de la vida libertina madrileña..." (p. 313 de mi edición crítica, Barcelona, ed. Labor. 1970). Se refiere, precisamente, a *Troteras y danzaderas*, escrita después pero que relata hechos anteriores al final de *La pata de la raposa*.

meticulosidad. La salud, mocedad y alegría que de continuo bañaban su rostro le hacían atrayente. Sus ojos, menudos y muy penetrativos, andaban siempre como volando sobre las cosas externas e inducían al recuerdo de esos livianos insectos que en ninguna parte se detienen y cuya forma de conocimiento es clavar el aguijoncillo por un segundo en todas partes. No tenía ideas en la cabeza, sino un enjambre de pequeñas sensaciones policromadas y zumbadoras, que transparecían en la expresión del rostro infundiéndole extraordinaria y simpática movilidad. No disimulaba que el motivo esencial de su conducta era el espíritu de lucro a la larga, y, en todo caso, la satisfacción de su propio interés. Constituía un espécimen típico del hombre del litoral mediterráneo, y en el trato de gentes adoptaba la norma semítica del igualitarismo. Tuteaba a cualquiera a poco de hablarle, y se conducía con gracioso desparpajo, aun ante personas muy respetables por la edad, la dignidad, el gobierno o el mérito, las cuales, por lo general, celebraban el desenfado del joven. A los pocos meses de estar en Madrid entraba y salía en escenarios, ministerios y redacciones como en su misma casa, y a los pocos minutos después que llegó al comedor de Angelón, hablaba con éste, Verónica y Apolinar como si fueran habituales camaradas suyos de holgorios, [285] y los había visto aquella noche por vez primera. Lo mismo hizo con Pilarcita, la hermana de Verónica, y su madre, que llegaron un cuarto de hora detrás de él.

Venía la vieja con firme resolución de pedir dinero a Angelón, y así la vieja como la niña traían las tripas en ayunas. Pilarcita se precipitó a arrebañar los despojos de comida que en la mesa quedaban, y bebió dos vasos de vino, el cual subió al instante a encenderle el rostro y alindárselo, y ya de suyo era muy lindo; pero estaba algo anémica a causa de la falta de alimentación

---

285 *holgorio* persiste en el Diccionario de la Academia (p. 715) como 'regocijo, fiesta, diversión bulliciosa', pero indica que "suele aspirarse la h". Se da otras veces en la novela, en esta misma forma.

y de la edad crítica por que [286] atravesaba, y su color era de ordinario triste y amarillento.

Bériz se aplicó al punto a requebrar a la muchacha y acercarse a ella cuanto podía, a lo cual correspondió Pilarcita con muchos dengues y fingidos desdenes y ojeadas fugitivas, por donde a las claras daba a entender que el joven le gustaba.

Aunque hostigada por el hambre, la vieja no sabía cómo arreglárselas para pedir dinero, y así tomó a Verónica de intermediaria, y en un descuido, teniéndola aparte, la conminó a que ella lo pidiese; Verónica, a su vez, endosó el encargo a Alberto, que se prestó a cumplirlo de buen grado.

—Después del gasto de la comida no me quedan sino siete pesetas —respondió Angelón.

—Pues déselas usted.

—Justo. ¿Y mañana?

—Mañana, Dios dirá; es su frase de usted.

—Tome usted cinco y déselas.

Alberto trasladó las cinco pesetas a la mano de Verónica y ésta a la de su madre. La vieja quería protestar de aquella mezquindad, o cuando menos, llevarse a Verónica:

—Hija, te vienes conmigo esta noche, con cualquier pretexto, y así, que entre en celos y suelte la mosca. [287] A lo mejor no le has dicho que estamos muy apuradas, porque, cuidao, tiés una asaúra que te cuelga, Veri. Nada, que hoy te vienes con nosotras.

—¡Quiá! Me paece a mí que usté está chalá, madre.

—¿A que te ha dao dinero a ti y te lo has gastao en trapos o en perfumes?

—No es por ahí, madre.

—Vaya, que no me cabe en la cabeza, un señorón como él.

Verónica se apartó de la vieja y fue a colocarse entre Bériz y Pilarcita, interrumpiéndoles la cháchara, porque

---

[286] L: "porque". Errata o error claro de la ed. argentina.
[287] *soltar la mosca* (figurado y familiar) = 'dar o gastar dinero a disgusto' (Academia, p. 898).

suponía que Alberto, aunque lo disimulase, sufría en aquella coyuntura resquemor de celos. [288]

Llamaron a la puerta, salió Angelón a abrir y a poco apareció de nuevo acompañado de Juan Halconete, cogiéndole del brazo. La figura, el aire, el rostro, orondo y rubicundo, de Halconete, tenían abacial prestancia. Saludó, inclinándose en los umbrales, con ruborosa y sonriente timidez, y luego avanzó hasta Alberto y se sentó al lado suyo.

—He encontrado a Tejero en la calle de Alcalá y me ha dicho que estaba usted algo enfermo. ¿Qué es ello?

—Nada, realmente.

—Me alegro. Conque un mitin, ¿eh? Este Tejero es hombre de grandes arranques. Nada menos que va a salvar a España. En verdad que me deja perplejo este joven... Por lo pronto, no se contenta con menos que con exterminarnos a todos los que somos conservadores.

—Usted no es conservador.

—Lo soy, y convencido. —En el rostro de Halconete había siempre singular combate entre la boca, demasiadamente [289] pequeña, y una sonrisa sutil que pugnaba, sin cejar, por abrirla y distenderla; y era esto de manera tan sugestiva y paradójica, que hacía pensar en esos chicuelos que conducen por la calle un gran perro atado con un cordel, y el perro tira de un lado, el chico de otro, y andan en continuo vaivén, a ver cuál arrastra al otro. Cuando el afán de reír vencía, muy de tarde en tarde, Halconete dejaba en libertad, repartida en varios tiempos o saltos, [290] una carcajada opaca.

—Usted no es conservador o se cansará muy pronto de serlo. Me explicaré. Yo creo que todas las cosas, así de la materia como del espíritu, en último análisis, quedan reducidas a tres términos o a tres dimensiones. De aquí viene, sin duda, la existencia de una trinidad en la mayor parte de las religiones y el suponer al

---

[288] Esa era también la actitud de Alberto con Rosina y sus amigos, en *Tinieblas en las cumbres.*
[289] *demasiadamente*: Ayala es aficionado al uso de este adverbio, poco frecuente. En esta misma novela lo emplea varias veces.
[290] *L*: "a saltos".

número tres dotado de virtudes místicas. La política es el arte de conducir a los hombres. Ahora bien; se puede creer: primero, que el hombre es fundamentalmente malo y no tiene remedio; segundo, que es fundamentalmente bueno, y los malos son los tiempos o las leyes; tercero, que no es lo uno ni lo otro, sino un fantoche, o por mejor decir, que es tonto. Según se adopten uno de estos tres postulados, se es en política: primero, conservador; segundo, liberal, y tercero, arribista, como ahora se dice. Claro que en España la grey política se compone casi exclusivamente de arribistas, o sea hombres que juzgan tontos a los demás y no piensan sino en medrar, como quiera que sea. También pienso que hay conservadores de buena fe, y a éstos la lógica les impone como único instrumento de gobierno el palo y tente tieso. No niego que haya uno que otro liberal; pero no se mezclan en la política activa, y así va la cosa pública. [291] Si del hombre en particular pasamos al universo, cuya expresión es el arte, se puede creer que el mundo es malo (vaya; que está mal arreglado, y uno mismo lo arreglaría en seguida, sólo con que todos los demás piensen y sientan como uno mismo); que el mundo es bueno (puesto que es como tiene que ser) [292] o que el mundo es tonto; es decir, tenemos el arte melodramático, el arte trágico y el arte humorístico. Pues yo digo, y perdóneme la franqueza, que usted no puede ser conservador sincero, como no puede ser un urdidor de arte melodramático, sino, en todo caso, un poco arribista en política y un mucho humorista en arte.

Halconete y Alberto estaban en un ángulo del comedor, alongados un trecho del resto de las personas, de manera que éstas no podían oír lo que ellos entre sí hablaban. Cuando Alberto dio fin a su disquisición, Ríos, Bériz y Apolinar corrían la mesa a una parte, dejando libre el centro de la pieza. Halconete parecía observar la maniobra con mucho interés.

---

[291] R: "y así va el partido".
[292] Los dos paréntesis son añadidos de P.

—¡Y ahora a bailar, niña! —jaleó Angelón, golpeando una botella con un cuchillo.

Apolinar se había sentado en una actitud inverosímil, con la rabadilla tangente al borde del asiento, y las posaderas avanzando en el aire, que no parecía tener base segura de sustentación, y aun hizo más, que fue levantar una pierna y apoyarla por el tobillo en la rodilla de la otra, enhiestar el torso cuanto pudo, derribar hacia atrás la cabeza, batir palmas y castañuelear con los dedos, y arrancarse a canturrear por lo jondo.

Pilarcita salió al centro de la estancia y comenzó a marcarse un tango que la madre comentaba con suspiros, enarcamientos de cejas y elevación extática de las pupilas.

—¡Qué niña! ¡Cómo pespuntea! —insinuaba la vieja, volviéndose a mirar a los concurrentes, como solicitando alguna prueba de aprobación, que todos otorgaron con prodigalidad, menos Verónica y Halconete, que era hombre muy callado y tímido. Pero, a pesar de su silencio y circunspección, Halconete era, de todos los allí reunidos, el que más refinada emoción recibía viendo bailar a Pilarcita.

Bériz mostrábase evidentemente encalabrinado por obra y gracia de la joven, y ésta, mareada de aclamaciones y jaleos, saltaba, reía y retozaba aquí y acullá, y al fin, volviendo al centro de la pieza, diose a girar y girar sobre las puntas de los pies, hasta que las faldas se desplegaron al aire a modo de hongo o paracaídas, de suerte que dejaban en descubierto los blancos pantaloncillos, y las piernas, calzadas de negro, sutilísimas, maravillosas.

Alberto observaba más a Halconete que a Pilarcita. Estaba Halconete con entrambas manos apoyadas sobre el puño del bastón; el aire de su persona era más abacial que nunca. Recordaba a aquellos pulidos abades de otro tiempo, doctos en Humanidades y meticulosos catadores de la vida y sus más recónditos placeres. Sus ojos, entre azules y violeta, eran, como el acanto de

Plinio, [293] dulces y casi fluidos, y se entornaban ahora para mirar a Pilarcita con gesto de suma voluptuosidad. Observando a Halconete, Alberto vino a caer en que había una cuarta postura frente a la vida, además de las que él había enumerado: se puede creer que el mundo es malo, o que es bueno, o que no es lo uno ni lo otro, sino tonto, y también se puede no preocuparse de cómo es, sino simplemente de que es, y por ser, gozarse en su existencia, sentirse vivir, decorar el presente con las más suaves fruiciones; o sea, contraer la obsesión del tiempo que corre. Esta cuarta postura engendra una estética y una ética peculiares, y lleva consigo el sentimiento, así de una gran ternura por lo huidero, fugitivo, frágil y momentáneo, como de una gran afición a aquello a que el tiempo no hace menoscabo, antes lo enaltece y mejora; en suma, el gusto de los amigos viejos, de los libros viejos, de los viejos vinos, tres cosas que ganan con los años, y de las adolescentes hermosas, lo más efímero de la tierra: gustos los cuatro que siempre han sido característicos del buen epicúreo.

—¡Estas cendolillas! —exclamó Halconete con acento algo agitado. (Cendolilla, mozuela de poco juicio.)

Nuevos golpes a la puerta y segunda aparición de Teófilo. Venía lívido.

—Qué sorpresa... Nunca pude imaginar que volvieras —dijo Alberto.

Teófilo lividecíó más aún; pensó: "Ya se ha descubierto". Y balbuceó:

—¿Por qué?

—Porque has estado aquí esta tarde...

Después de saludar a los presentes, llamó aparte a Alberto. Preguntó:

—¿Qué ha dicho Antón Tejero?

—¿De qué?

—No disimules, porque necesito saberlo cuanto antes.

---

[293] Comparación que parece un poco traída por los pelos, para mostrar cultura, si no es autoirónica.

—¡Ah, ya! ¿Del mitin? Pues muy bien. Leímos tu nota y Tejero dijo que venías que ni pintado para ocupar la casilla del orador-poeta. ¿Te ha picado también a ti la tarántula política?

Teófilo pensó: "Este no sabe nada, porque no es posible que sea tan zorramplín [294] y ladino". Habló en voz alta:

—Dime, ¿llegó Angelón antes de que se hubiera marchado Tejero?

—Sí; algún tiempo antes. ¿Por qué lo preguntas? ¿Por si se ha enterado de lo del mitin?

—Justo. —Y pensó: "Quizás haya cargado él con el mochuelo".

—Es tarde y yo me voy con Pilarcita —dijo la vieja, poniéndose en pie.

—Y yo les acompaño a ustedes hasta su casa —añadió Bériz.

Despidiéronse. Bériz, a tiempo que daba la mano a Halconete, insinuóle en voz bisbiseada este pronóstico:

—A la niña me la beneficio yo, si Dios quiere.

Poco después de la vieja, la niña y el mancebo levantino, Halconete se marchó también, y Apolinar. Más tarde salieron Angelón y Verónica a tomar el aire y quedaron a solas Teófilo y Alberto. Habló éste:

—Estoy fatigado, Teófilo. Voy a mi alcoba y me acostaré en unos minutos. No pienses que lo digo por que te vayas: es que no me siento nada bien.

—Tengo que irme yo también, en unos minutos, así que te haga una pregunta. —La pregunta de Teófilo concernía al sastre.

Alberto echó a andar hacia su alcoba; Teófilo le seguía.

En la mesa de noche había un retrato de mujer, reclinado en el muro, y más arriba un papel manuscrito, sujeto con alfileres.

—¿Es tu novia?

—Sí.

---

[294] *zorramplín* parece un derivado de "zorro" como "zorrastrón", con idéntico significado: 'pícaro, astuto'.

—Es bonita. ¿Qué dice este papel?

—Son unas palabras de Goethe, que, traducidas, dicen así: "Todos los días se debe, por lo menos, oír una pequeña canción, leer una buena poesía, ver un buen cuadro y, si fuera posible, decir algunas palabras razonables".

—Para no perder el día, claro está.

—Según Goethe.

Teófilo se recogió a recordar:

—Pues yo no he perdido el día. Todo eso hice y algo más.

—Yo no hice nada de eso.

Teófilo se acercó al papelillo:

—Pues aún hay más aquí: "Día sin haber reído, día perdido." —Teófilo hizo por recordar de nuevo.— Si ello fuera verdad, que no lo es, he perdido el día y aun semanas y meses...

—¿Qué era la pregunta que querías hacerme?

Teófilo refirió la aventura con el sastre, modificando, por supuesto, la cifra de pesetas, las cuales dijo haber recibido de un rico paisano suyo y admirador con quien por ventura había tropezado en la calle, y, por último, sus temores de que el pérfido alfayate se quedara con el santo y la limosna.

—No pases ninguna inquietud, Teófilo. Si mañana salgo, yo iré a verle y hablarle. Si no mañana, el primer día que salga. No te apures.

Retiróse Teófilo y Alberto se encontró, por fin, solo, cruzado de brazos, frente a un retrato inanimado y gris, triste trasunto de una juventud que allá en el Norte, entre neblina y silencio, se consumía sin fruto, como también la de él se iba consumiendo poco a poco.

> *The Indian dances to prepare himself*
> *for killing his enemy; but our dance is*
> *the very act of killing* Time, *a more in-*
> *veterate and formidable foe than any the*
> *Indian has to contend with; for, however*
> *completely and ingeniously killed, he is*
> *sure to rise again, "with twenty mortal*
> *murders on his crown", leading his army*
> *of blue devils, with ennui in the van and*
> *vapours in the rear.*
>
> PEACOCK

E N un rinconcito de los Italianos, Eduardo Travesedo y Alberto Díaz de Guzmán daban fin a la cena, deglutiendo con gran precipitación diversa clase de frutas.

—¡Ay! Se me ha colado un hueso de ciruela; mal pronóstico —dijo Travesedo, balanceando su benévola cabeza miope, de modo reprobador.

—¿Mal pronóstico?

—Para la temporada del Circo.

—Hombre, no veo concomitancia ninguna...

—Ni yo tampoco; pero estoy tan castigado que me voy haciendo supersticioso. ¿Ves si son negras mis barbas? Pues más negra es mi suerte. —Y aplicó la diestra mano, dúctil, inquieta y mórbida, a la parte inferior del rostro; adhirió después los separados dedos a la tiznada pelambre de la barba, de tal suerte, que parecían

---

295 *R*: "Parte III: Troteras y danzaderas".

cinco lenguas de lumbre lamiendo la enhollinada barriga de un pote; y a lo último la retiró con los dedos en piña, después de haber afilado el lóbrego ornamento capilar. Añadió:— Según todos los cálculos y racionales previsiones, una temporada de invierno en el Circo, con un programa ameno y escogido de variedades, debe ser un gran éxito de taquilla, ¿verdad? El programa, excelente, no se le puede pedir más; ya has visto los ensayos. Todos los números son debuts, y dos de ellos para repicar gordo: una princesa rusa, la Tamará, que es princesa de veras, no lo dudes, y luego, nada menos que la amante de un ministro de la Corona, y no hay golfo que no lo sepa a estas horas, aunque ella se haya puesto Antígona... ¡Vaya un nombrecito! Con todos estos antecedentes, lo lógico, lo racional, es que el Circo esté hoy de bote en bote, porque una función inaugural como la nuestra no se ve todos los días, me lo concederás. Bueno, allá veremos. Te repito, mi suerte es más negra que mis barbas.

—Te quejas un poco de vicio.

—Hombre, me rezuma la razón por todas partes. Cuidado si he tenido mala pata en esta vida... Y todo por hacer cálculos y previsiones racionales. En cuanto me he metido en un negocio, y he dicho: lo racional es esto, ¡cataplún!, ha sobrevenido lo irracional. No hay cosa que tanto embarace y estorbe en la vida como la inteligencia. Por lo que atañe al provecho, al lucro, en este mundo ser inteligente y ser tonto vienen a ser la misma cosa. ¿No ha sido Hegel quien dijo que el universo es un silogismo cristalizado? Sí, sí; una sandez empedernida más bien. Pero se hace tarde. En el Circo tomaremos café. —Travesedo batió palmas, pagó el gasto y salió del restorán acompañado de Alberto.

Llegaron al Circo en coche de punto, con tres cuartos de horas de anticipación.

—¿Hay gente? —preguntó Travesedo a uno de los porteros.

—No, señor. Es muy temprano todavía.

—¿Qué papeles son ésos?

—La lista de los que tienen entrada libre.

—¿Quién se la ha dado a usted?

—El maestro Soler.

Travesedo hojeó tres pliegos que el portero le había entregado y se los pasó a Alberto:

—Asómbrate. Todos esos que ahí ves tienen el Circo a su disposición sin pagar un cuarto.

Eran tres apretadas columnas de nombres, llenando seis páginas.

—No es posible. Con esto basta para atestar la sala —observó Alberto.

—Ahora dime si puede haber negocio de teatros en Madrid. Por supuesto, aquí voy a entrar yo con la podadera, porque ya es demasiado. Como al maestro Soler no le va ni le viene, mira qué trabajo le cuesta incluir en la lista a las redacciones en pleno, al Conservatorio de Música y Declamación, a la Escuela de Bellas Artes y al Hospicio provincial.

Travesedo pasó a la taquilla. Alberto le aguardó a la puerta.

—¿Qué te decía yo? —habló Travesedo, así que salió; y se mesaba las barbas—. ¿Sabes lo que ha entrado en taquilla? Cien pesetas y pico: dos palcos y una docena de butacas. Átame cabos; la nómina anda por las mil al día; luego, el alquiler, que es brutal; la luz, el servicio... Buen pelo voy a echar.

—Hombre, para venir al Circo no se toman las localidades de antemano, sino a la hora de la función. No tienes motivo para preocuparte aún.

—Quita allá, inocente. Si es mi sino tenebroso. Debía haber, desde hace tres días, torneos de boxeo delante de la taquilla por coger sitio. Y si no, ven acá, infeliz: ¿para cuándo se deja? Pues ahí es moco de pavo una princesa y la amante de un ministro, que hasta los gatos lo saben. Eso de haber retrasado la inauguración ocho días nos ha perjudicado.

Se encaminaron al escenario a través de un pasillo circular, cuyos muros estaban casi cubiertos con cartelones llamativos, representando payasos, acróbatas, perros, troteras y danzaderas. [296]

A la puerta del escenario, un grupo de hasta cinco tramoyistas fumaban y bebían cerveza. Oíase un orfeón de ladridos, y entre el alboroto del conjunto no era difícil desglosar la gama entera de la lírica perruna, desde la voz de bajo doctoral del terranova, hasta el plañido *sfogato* de la galga faldera, pasando por la elegante modulación abaritonada del *caniche,* o perro de aguas, y las nítidas notas de soprano del *fox-terrier.*

Cerca de la puerta del escenario arrancaba una escalera muy pina que conducía a la dirección. Era ésta una pieza angosta, empapelada y amueblada de nuevo, que olía a cola de carpintero y a barniz de alcohol. En las paredes, color verde dragón, destacaban aquí y acullá, desplegados en forma de abanico, golpes de fotografía [297] y postales de cupletistas y bailarinas, y uno que otro atleta, con sendas dedicatorias manuscritas al pie.

Apenas se habían sentado, Travesedo detrás de la mesa de despacho y Guzmán en una sillita, cuando repicaron con los nudillos a la puerta y una voz rajada y mate dijo:

—¿Si puó?

—Sí, preciosa; adelante —gritó Travesedo poniéndose en pie, con los ojos muy pajareros.

Alberto se levantó también, con la silla, recién barnizada, [298] pegada a los pantalones, la cual cayó a tierra en seguida, con sobrada sonoridad.

Entró en el aposento una dama elegante, que fue en derechura a la mesa de despacho, frente a Travesedo, y le acarició con mimo las barbas.

—¿Estás bene, carino? Siéntate, siéntate, angelotto. ¡Oh, qué bello, qué bello que estás! *Hugolino,* mío

---

[296] Aquí aparece, por primera vez en el texto, el título de la novela.
[297] *golpes de fotografía:* galicismo. Ayala emplea varias veces en la novela este tipo de construcción.
[298] "Recién barnizada" es una explicación añadida en *P.*

tesoro; besa a don Eduardo, que está tanto bello; dale
un bravo baciozzo. [299]

Veía Alberto a la mujer por la espalda; el traje, azul
oscuro, muy escurrido y pegado al cuerpo; el sombrero
en extremo chato, haldudo y tan aplastado sobre los
hombros que hacía sospechar que la dama fuese acé-
fala. La dama alargó entrambos brazos hacia la cara
de Travesedo, presentándole algo que Alberto no podía
ver y que Travesedo hubo de rechazar con brusco ma-
notazo, a tiempo que retiraba la cabeza y malhumorado decía:

—No seas marrana. ¡Al diablo con ese bicho as-
queroso!

Surgió entonces en el aire un a modo de enano co-
meta, flamígero y estridente, de luengo rabo, que vino
a caer en el pecho de Alberto, y de allí salió rebotado
con increíble viveza a un pequeño sofá, de cuyos muelles recibió energías para subir deslizándose por un muro
hasta cerca de la techumbre, y en aquel punto el co-
meta se hizo centella que comenzó a cruzar los ámbitos de la habitación en vertiginosos giros, aullando con
una voz alfeñicada y punzante. La dama perseguía a
la centella, riéndose y procurando imprimir a sus rau-
dos movimientos aquella gracia virginal de las zagalas
que se afanan en pos de una mariposa o de una quimera.

—¡*Hugolino*! ¡*Hugolino*! —suspiraba—. Viene a tua
mamina.

En una de éstas, *Hugolino* se plantó de un brinco en
el pingüe y túrgido seno de la dama, y como si estuviera abochornado de la pasada travesura, se esforzaba
en esconderse debajo de las pieles del boa. *Hugolino*
era un macaquillo brasileño, de imponderable pequeñez,
sedosas lanas doradas, enorme y peludo rabo y ojuelos
de infantil aflicción. Quejábase de continuo, con chilli-
do enteco y áspero. La dama besó a *Hugolino* repetidas
veces, y el macaco, con sus manecitas morenas sobre
las mejillas de la mujer, volvíase a mirar tan pronto a

---

[299] Para la imitación humorística del italiano, recuérdese que Ayala
acaba de estar en ese país.

Travesedo como a Guzmán, lleno de sobresalto. Después de haber besuqueado al mico, la dama se encaró con Travesedo, y soltó en retahila los más pintorescos, complicados, soeces y torpes insultos, con bilingüe promiscuidad y latina facundia, que al de las negras barbas y sino negro le sacudían de risa; y esta risa subió de punto cuando la dama, sin previa gradación retórica ni cosa que lo hiciera presumir, se inclinó sobre la mesa de despacho, depositó restallante beso sobre los rotundos carrillos de Travesedo, y dulcificando cuanto pudo la cascajosa agrura de su voz, melliza de la del macaco, exhaló estas palabras:

—¡Dame cincuenta lire de anticipo! ¡Qué eres carino, carino, bellino!

—¿Cincuenta liras? Estás fresca —respondió Travesedo, congestionado de risa.

La dama se volvió hacia Alberto, desolada. Sus ojos eran grandes, hondos, de un negror denso y suave; la tez, de un blanco clara de huevo, como vaciado fresco de escayola, y sobre ella, artificiales lunares, sin número y muy mal repartidos; la boca, de un rojo quirúrgico, repelente.

—¡Está un bestia, un mascalzone! 300 ¡Sí, sí! —murmuró, señalando con la mano izquierda a Travesedo.

—Pero, mujer, ¡si te has llevado ya más del sueldo de la primera semana en anticipos! ¿Qué más quieres? Si se os hiciera caso... buen pelo íbamos a echar.

—Pelo, pelo... —Y le asió de las barbas.— ¿Venticinque? No seas cattivo. Va, va; venticinque.

—Ni ventichincue ni ná... Además, no tengo las llaves de la caja.

—¡Tirano, bárbaro, leccatone! 301 —Por aliviar su aflicción extrajo a *Hugolino* de las sinuosas y tibias profundidades en donde se había colado y lo colmó de besos y lengüetaditas nuevamente.

—Pero, oye, ¿de qué te sirve ese novio que has pescado? Mira si tiene suerte —agregó Travesedo, dirigién-

300 *mascalzone* = 'sinvergüenza'.
301 *leccatone* = 'cobista'.

dose a Alberto—. No ha debutado aún y ya le ha salido un adlátere.

—¡Oh! Es un querubín. Niente de carino, niente. Má ché; tanto buono... Un angelo. A la puerta está. Paciente, pacientísimo como una pécora —habló la dama, haciendo cuantas mimosas muecas le consentía la dureza del estuco que llevaba sobre la piel.

Travesedo, al oír lo de pécora, soltóse a reír con fresco brío.

—Atiza. Buen piropo para el pobre muchacho.

Alberto intervino:

—Pécora es oveja.

Y aquí la risa de Travesedo se multiplicó.

—Estos italianos son los seres más ridículos del orbe...

—¿Por lo de pécora? Es que pécora es oveja también en castellano.

—Vamos, hombre... Lo que es pécora ya me lo sé yo. Bueno, señorita Pécora —dijo, hablando con la dama—; dile a la pécora macho que puede entrar. —Volviéndose hacia Alberto:— Es un chico muy fino, agregado en la legación de no sé cuál de esas republiquinas americanas.

Fue la dama a la puerta y entró el que Travesedo calificaba de pécora macho. Después entró Verónica, de abrigo largo y mantilla. El amante de la dueña de *Hugolino* era un joven fornido y aventajado de estatura, con jeta de indio bozal, terroso el color y una gran nube, con visos de ópalo, en el ojo derecho. Vestía con extraordinaria exageración a la moda de París, y el vestido daba indicios de embarazarle, como si lo llevase por primera vez y el mozo sintiera la nostalgia del dulce y expeditivo taparrabos. Parecía poco hecho a vivir entre gentes; rodaba la cabeza en torno, con sonrisas propiciatorias, como si suplicase benevolencia.

Verónica venía algo excitada:

—Chicos, estoy nerviosa. Me siento.

—Siéntese usted también —dijo Travesedo al joven bozal.

La dama del macaco se adelantó a hablar:

—Andamos al mío camerino. ¿Hay fuego en el camerino? Porque si no hay yo no me hago desnuda; y
Hugolino, el poverino que siente tanto el frío... ¿Las
fiori? [302]

—Luego te las llevarán.

Salieron la dama y su amigo. Verónica les fue siguiendo con los ojos, y en cuanto los perdió de vista
no pudo menos de manifestar su opinión:

—¡Cuidao que lleva basura encima de su alma! Pues,
¿y el gachó [303] que la sirve? Si tié unos labios que parecen talmente una pila pa cristianar... Se ve ca cosa.
¿Se ha hecho usté daño? —preguntó a Travesedo.

—Daño, ¿en dónde?

—Ahí, en la cara, a la derecha; junto a la nariz.

Travesedo se tentó con la mano, siguiendo las puntuales sugestiones topográficas de Verónica. Tenía en el
lugar indicado una gran mancha rojiza, que no era otra
cosa que la huella osculatoria de la dama del macaco.
Cuando dieron en ello todos celebraron el lance.

—Chiquillo —habló Verónica, volviéndose hacia Alberto—, en casa están que echan chiribitas. Sobre todo
Pilar y mi madre. Que si debuto porque soy una intri-
ganta y una golfa, y el caos, Alberto. No desean sino
que me den un zumbío en el debut, y me da el corazón que se van a salir con la suya. No puedo estar
quieta en un sitio. —Se puso en pie, llevando detrás de
sí la silla, adosada al abrigo. Volvióse sobresaltada y
la silla cayó con estrépito.— ¡Qué susto! Cualquiera
cosa me pone fuera de mí. Algo gordo me va a pasar...

—¿Y Angelón? —preguntó Travesedo.

—Luego vendrá.

Entraron Teófilo y el maestro Soler. Teófilo venía
trajeado de nuevo, pero sus botas, a pesar de la rever-
beración falaz que el limpiabotas recientemente les había

---

[302] Errata en *L:* "la fiori".
[303] *gachó* = 'hombre', masculino de "gachí" que ya comentamos.
Vid. Academia (p. 646), Seco (p. 378) y Clavería (p. 317).

otorgado, descubrían su estado ruinoso, y el sombrero, aun cuando Teófilo trataba de esconderlo, exhibía, rezumando de la cinta, abusiva exuberancia de superfluifluidades adiposas. [304] Es decir, que la fábrica de su elegancia era triste y caediza, sin cimientos ni remate. También el rostro tenía un no sé qué de aflicción, mal disimulado bajo la compostura afable. Traía una rosa en la mano.

—¿Hay gente, maestro? —inquirió Travesedo.

—Mucha gente.

—¡Bendito sea Dios!

—¿Lo ves? —dijo Alberto, acercándose a la puerta.

—¿No ha venido don Jovino? Tiene un cuajo... —habló Travesedo.

—Abajo está —respondió el músico— hablando con las Petunias.

—Y Antígona, ¿no ha venido aún? —respondió Teófilo.

—No sé —dijo Travesedo—. Ya debe ser [305] la hora de empezar...

—Muy cerca. Yo voy a la orquesta.

Salieron todos. Por los pasillos y las escaleras del escenario iban y venían, subían y bajaban, peregrinos ejemplares de todo linaje, edad, sexo y condición, ataviados de manera inusitada y policroma. El aire estaba espeso con aromas de tocador y efluvios zoológicos, y dentro de él temblaban derretidos cuchicheos, risas, voces y ladridos de canes.

Al pie de la escalera había una gran estufa, al rojo, que despedía un calor plutónico, y en torno de ella un corrillo de bailarinas, farsantes, titiriteros y el clown Spechio, la mayor parte en mallas o con sucintas galas escénicas, y sobre los hombros, chales, mantones, abrigos, batas. Dos metros alongados de este corrillo estaban las Petunias, dos jovencitas, la una delgaducha, alta y tiesa, la otra pequeñuela, acogolladita y muy dengosa,

---

[304] Típico ejemplo del estilo cultista que a veces emplea Ayala.
[305] Error por "debe de ser". La edición argentina no lo corrige.

vestidas todo de rojo, la falda hasta el gozne de la rodilla. Las acompañaba don Jovino, el empresario, conocido en el mundo de los holgorios madrileños por dos remoquetes: *el Obispo retirado* y *el Fraile motilón*. Teófilo y Alberto se acercaron a saludarle. Era don Jovino hombre obeso, como sus alias hacían presumir, y de muy altas miras, no porque sus ideales morales fueran elevados, sino por el extraño modo con que la cabeza encajaba en el torso, caída hacia la espalda y de manera que se veía forzado a mirar siempre al cielo o al cielo raso. [306]

La primera cosa de don Jovino que acaparaba la atención, y lo que después continuaba acaparándola, era el vientre, como acontece con algunos ídolos búdicos, y también, como con tales ídolos acontece, cráneo, brazos y piernas parecían desarticulados del corpachón, o estaban articulados malamente y en sitios inadecuados o absurdos. Aun viéndole en pie se creía verle en cuclillas: tal era la exigüidad de sus extremidades abdominales, plegadas, por otra parte, en actitud fetal. Y no sólo su facha, sino además su conducta, tenía la serenidad idiótica de los ídolos. Rara vez se molestaba en informarse de lo que alrededor suyo sucedía, ni se dignaba intervenir en las conversaciones o responder si se le preguntaba algo. Era rico, manirroto y mujeriego.

Cuando Teófilo y Alberto se apartaron de don Jovino, el poeta no pudo por menos de lamentarse, en voz alta, de lo mal repartidas que en este mundo andan las riquezas.

—Es irritante... Ya ves, ese buey... ¿Me quieres decir para qué le sirve a él el dinero? En cambio yo...

Fueron a sentarse en una de las últimas filas de butacas.

---

[306] Sin ninguna seguridad en la identificación, no me parece inútil recordar lo que dice Baroja en sus memorias: "Entre los homosexuales hay los que no se toman el trabajo de ocultar su anomalía y los que la ocultan cuidadosamente. Algunos no sólo no la ocultan sino que hacen gala de ella. De estos había hace años un empresario de teatro con un título de marqués, muy conocido en Madrid. Era un poco desagradable verle, grueso y con la barba blanca, lanzando miradas incendiarias a los soldados" (I, ed. citada, pp. 435-436).

La luz azulina de los arcos voltaicos, al mezclarse con la rojiza y dorada de las bombillas eléctricas, ponía en el ambiente huideros cambiantes, como de absintio, [307] y era un poco mareante. La sala estaba poblada de misterioso runruneo, como el que habita dentro de las grandes caracolas.

[308]

DESDE el día de la original declaración de amor a Rosina, el encuentro con don Sabas, el robo de las doscientas pesetas y la última carta de su madre, habían transcurrido quince días, que Teófilo calificaba así, mentalmente: "los más intensos de mi vida". A raíz de saberse amado por Rosina, había resuelto no desnaturalizar el delicado y gustoso carácter de sus relaciones platónicas hasta tanto que no pudiera hacerla suya, suya por entero y para siempre; pero ocurrió que, como menudease las visitas y no escaseasen besos, abrazos y otras encarecidas y ardorosas muestras de amor, cierta tarde, en que por fortuna llevaba ropa interior nueva, el frágil e inocente tinglado platónico estalló, disuelto en un vértigo ígneo, como una castaña en un brasero. [309] Después de haber hecho suya a Rosina, Teófilo quedó como atónito y el ánimo turbado por tan contrarios sentimientos y tan dulcísimas zozobras, que no sabía decir si había alcanzado la felicidad suma en la tierra o había entrado por los umbrales de la suprema desventura.

La experiencia amorosa de Teófilo se reducía a aventurillas mercenarias de ínfimo jaez, las cuales, no pocas veces, por la virtud lustral y metamorfoseante de la poesía, se habían purificado y convertido en intrigas cuya heroína era una princesa de manos abaciales,

---

[307] *absintio* = 'ajenjo' (Academia, p. 8).
[308] *R*: "II".
[309] *R*: "tinglado platónico desapareció, disuelto entre ígneos arrebatos y deleites, como pobre ermita que estuviera levantada sobre un volcán".

L combina las dos versiones: "tinglado platónico desapareció, disuelto en un vértigo ígneo, como pobre ermita que estuviera levantada sobre un volcán".

sabias en el arte de tañer el clavicordio. Rosina no era
princesa ni le hacía ninguna falta para ser una mujer
deleitable sobremanera: inteligente, bella, efusiva, tan
pronto arrebatada y devoradora, como lánguida y pueril, y en todo momento suave, suave, con una suavidad
aplaciente, sutil y enervante, que se metía hasta el
meollo del alma y la anestesiaba y adormecía como sobre mullido lecho de neblinosas ensoñaciones. Tarde se
le había revelado el amor a Teófilo; pero se le había
revelado al fin nimbado en gloria celestial, envuelto en
inmarcesible lumbre, tan viva, que lo mismo los ojos
del espíritu que los del cuerpo los tenía alelados y en
pasajera ceguedad. Todo su ser sufría la agridulce tiranía de una voluptuosidad que no le admitía hartura.
Y así, en lugar de hacer suya a Rosina por entero, sin
reservas y para siempre, él era quien se había entregado a la mujer de lleno, sin escatimarle nada y quizás
para toda la vida. [310] Cuando no estaba junto a ella se
iba a encerrar en la alcoba de la casa de huéspedes en
donde vivía. Unas veces se le infundía en el pecho un
júbilo doloroso, porque amenazaba no admitir freno y
era casi una comezón de locura. Otras veces su tristeza
era tan grande que deseaba llorar, y no era raro que
llorase. Pensó libertarse de aquella exuberancia emotiva componiendo versos, y en esta labor empleaba algunas horas.

Rosina hacía de él lo que le venía en gana. Sin esfuerzo ninguno le convenció de que lo conveniente y
lo sabroso era mantener ocultas sus relaciones.

—Mira, bobo, en rigor, para el caso es como si Sabas fuera el marido y tú el amante. El papel de marido
es ridículo; el de amante, honroso. Yo me explico que
Don Juan Tenorio anduviera siempre con la cabeza alta.
¿Habrá cosa mejor que saber lo que otros no saben e
ir pensando: "si estos infelices supieran..."? Quiero
decir que todos creen, pongo por caso, que yo soy la
amante de Sicilia, y ni sospechan que las cosas van

---

[310] Otro ejemplo de estudio de psicología amorosa en el hombre y
la mujer.

por otro camino, que no quiero sino a ti. ¡Qué satisfacción y qué risa por dentro cuando andes entre todos esos desdichados que no saben de la misa la media! Yo te juro que no creo que haya nada tan dulce como guardar un secreto. Sólo los tontos y las tontas venden los secretos. Y esos estúpidos impíos que hablan de la confesión y del arma que es en manos de los curas... Están apañados. Yo, cura, en seguida iba a revelar lo que se me contara. Pero no comprenden, no comprenden; y Dios me perdone si he dicho o pensado algo irrespetuoso contra la religión. —Se santiguaba, porque era supersticiosa.

Teófilo se avenía a todo lo que Rosina deseaba y se dejaba llevar, sin curiosidad por saber adónde, antes con un obscuro temor de pensar en ello. Sugestionado por Rosina, admitió en seguida, como el más refinado, astuto y fuerte placer mantener recónditos sus amores, de tal manera que nadie lo echase de ver ni por asomo. Aunque muy por lo turbio, presentía que no había de tardar en recibir dinero de su amante, mejor dicho, de don Sabas a través de Rosina, y también por lo turbio se justificaba de antemano con la fuerza de la pasión, que al igual del fuego, todo lo limpia y acrisola.

Su estado económico era cada vez más angustioso, complicándose con las primeras deudas contraídas de mala fe, angosto portillo por donde se sale al campo abierto del bandolerismo habitual e hipócrita. El día de la inauguración del circo, su patrona le había requerido para que pagase por anticipado la mensualidad, como de costumbre, so pena de que ella le plantase en la calle y no le abriese la puerta a la noche. No tenía, al recibir el *ultimatum* de la patrona, arriba de dos pesetas en el bolsillo, con las cuales se lustró las botas y compró una rosa roja para ofrecérsela a Rosina.

Allí, al lado de Alberto, en una de las últimas filas de butacas, se le planteaba perentoriamente el problema de dónde había de pasar la noche. Rosina le había admitido ya varias noches en su compañía. "Pero, ¿y si esta noche no me dice nada, como parece lo probable, con la emoción y distracción del *début*?", pensaba Teófilo.

—Alberto —bisbiseó Teófilo—, tengo que pedirte un gran favor.

—Si está en mi mano...

—No tengo dónde dormir esta noche. ¿No hay en casa de Angelón alguna cama...? Un diván, un sofá, cualquier cosa; por una noche...

—Sin duda. Por esta y aun varias, no pases cuidado. La cuestión es para lo porvenir.

—Lo porvenir no me apura. Tengo gran esperanza de que todo me va a salir bien. Mañana es el mitin, ¿verdad?

—Sí, mañana.

—¿Hablas tú?

—Se empeña Tejero.

—Yo no puedo, no puedo. Os suplico que me perdonéis. Si supieras cómo estoy...

—¿Dura el lío amoroso aún?

—Flaca memoria tienes. Te he dicho, la primera vez que te hablé de esto, que era toda mi vida.

—¿Quién es la dama?

—Perdona, pero no se puede saber; es asunto de honor.

—¿Y el viaje a El Escorial?

—No hemos podido realizarlo.

—¡Vaya por Dios!

—Si vieras cuánto siento no poder tomar parte en el mitin... Odio a aquel infecto anciano —murmuró Teófilo, señalando con ademán teatral el palco en donde estaba don Sabas Sicilia con sus dos hijos, Pascualito y Angelín. Y después, como se diera cuenta que Alberto le miraba de un modo significativo, preguntó azorado:— ¿Por qué me miras así?

—Por nada; es decir, porque Pascualito es uno de tus muñidores, de los que más te han alabado y te anda poniendo siempre por las nubes, y ahora sales con que odias al padre. ¿Por qué?

—Es un sentimiento moral, político pudiera decirse. ¿Por qué te sonríes con ese aire de burla? Vosotros, los mestizos de literatos y filósofos, se os figura que nadie sabe nada de nada. Quiero decir que es un movimiento desinteresado, de repugnancia al ver que los destinos de la nación puedan estar en manos de semejante viejo.

—¡Bah! Es un bravo viejo anacreóntico, según tu fraseología.

En escena había un baturro dándole con gran arremango al guitarrillo. Una baturra, que estaba en pie al lado de él, cantó:

> ¿Cuándo nos veremos, maño,
> como los pies del Señor,
> uno encimica del otro
> y un clavico entre los dos? [311]

El público celebró la donosura con grandes carcajadas.

—¡Qué asco! —susurró Teófilo, y paseó sus ojos por la muchedumbre, con una contracción en el rostro, como de aquel que sufre bascas [312]—. Mira alrededor tuyo, Alberto; sáciate con el espectáculo de un gran concurso de humanidad. ¡Qué idiota! Digo que yo soy el idiota. ¿Pues no te he hablado hace un momento de mítines y discursos y otras ridiculeces semejantes? La salud del pueblo... El pueblo... ¿Qué es el pueblo? Observa aquí el pueblo, si puedes, sin que se te revuelvan las tripas. Observa qué vientres, qué caras, qué cabezas, y eso que habría que verlas por dentro...

—Chss. —Se oyó en la sala, y algunas se volvieron a mirar a Teófilo y Alberto. El poeta hizo rostro muy osado a los mirones y refunfuñó:

---

[311] Comenta la jota Camilo José Cela en el tomo II de su *Diccionario secreto* (Madrid, ed. Alfaguara, 1971, p. 335, voz "clavo") y cita un ejemplo muy parecido de Lezama Lima (en *Paradiso*, 2.ª ed., Buenos Aires, eds. de la Flor, 1968, p. 251):

> "A vernos, mañito, maño,
> como en la cruz del amor,
> uno encimita del otro
> y un clavón entre los dos".

[312] Alberto adopta idéntica actitud, en ocasión parecida, en *La pata de la raposa* (ed. citada, p. 123).

—¿Qué? ¿Qué ocurre? —continuó hablando con Alberto, ahora en voz muy tenue.— ¿Para qué vive esta gente?

—¿Para qué vives tú? —le atajó Alberto.

—Quiero decir, ¿qué pretexto verdad tienen para vivir?

—¿Qué pretexto verdad tienes tú?

—Yo soy un artista, un poeta.

—Doy por sentado que lo eres, y en este caso tú no eres sino el pretexto de ellos, de esa gente; tú no vives por y para ti, sino por y para esa gente.

—No lo veo claro.

—Sí, ya sé que Nietzsche ha dicho: "Un pueblo o una raza es la disipación de energía que la Naturaleza se permite para crear seis grandes hombres y para destruirlos en seguida." ¿No es eso lo que tú querías decir?

—Exactamente.

—Pues yo digo al revés: "Esos seis grandes hombres son la disipación de energía que de vez en cuando la Naturaleza se permite para que los pueblos y las razas vivan; esto es, para que tengan conciencia clara de que viven." Y si no, suprime de un golpe la masa gris y neutra de la Humanidad, esa que no tiene pretexto para vivir, como tú dices, y déjame sólo los grandes hombres, seis o seis docenas, artistas y sabios. ¿Quieres decirme qué pretexto tienen en este caso el Arte y la Ciencia? ¿Quieres decirme qué pretexto tendría el manubrio de un organillo sin el escondido tinglado de martillejos, clavijas, y cuerdas? Ya sabes que en los presidios ingleses tienen un linaje especial de tortura y dicen que es lo más horrible que se puede imaginar: consiste en meter un manubrio en un agujero de la pared, y obligan [313] al penado a que le dé vueltas, horas y más horas; y esto de hacer algo a sabiendas de que no se hace nada parece ser que vuelve locos o imbéciles a los presidiarios. El Arte por el Arte, tal como tú lo entiendes, es una imbecilidad semejante.

—No me convences.

[313] L: "obligar". No sé si lo de P era variante estilística o errata.

En esto vinieron a sentarse delante de Teófilo y Alberto dos hombres: el uno rollizo, como de cuarenta y cinco años, muy jacarandoso, de ojos insinuantes y lánguidos y una sonrisa melosa y satisfecha; el otro, joven, recio y hermoso.

—¿Quién es ese pollo que ha entrado con don Bernabé Barajas? Me parece conocer la cara... —dijo Alberto.

Teófilo examinó a los recién llegados. Don Bernabé saludaba, agitando la mano, a Angelín, el hijo de don Sabas.

—No sé —repuso Teófilo—. Cualquier sinvergüencilla que el cochino don Bernabé haya pescado y estará en vías de hacerle actor.

Don Bernabé susurraba algo muy melifluo, a juzgar por la turgencia sonriente de sus mejillas, al oído del joven, el cual se inclinaba de aquella parte y medio se volvía por oír mejor. En este punto, Alberto le reconoció. Adelantóse a tocarle en el hombro, con movimiento nacido de la sorpresa, y le llamó:

—¡Fernando!

—¡Don Alberto!... —respondió el joven, enrojeciendo de pronto.

Don Bernabé flexionó sobre la cintura y se escorzó hasta ver quién era el que así había aturdido a su joven amigo.

—¡Ah! ¿Es usted, grande hombre? ¿Y conocía usted a Fernandito?

—Ya lo creo.

Algunas personas impusieron silencio chicheando.

—¿Quién es? —preguntó Teófilo.

—Un titiritero. Como yo he sido payaso una temporadilla y anduve en una compañía de saltimbanquis...

—Vaya, hombre. En serio.

—En serio. Este era el hércules de la pandilla. Sólo sé que se llama Fernando y que tiene una fuerza brutal, aunque no lo parece. [314]

[314] *L* añade aquí, como nota a pie de página, la referencia a *La pata de la raposa*. En ella, en efecto, y más aún en *Tinieblas en las cumbres*, aparecía anteriormente Fernando.

Teófilo, sin creerle, miraba a Alberto enojadamente. Terminó la primera parte del espectáculo, compuesta de números de mogollón.

—Ea, adiós —habló Teófilo, poniéndose en pie.

—¿Adónde vas?

—Pss... No sé. Quizás arriba, a los cuartos, a saludar a las muchachas.

—Voy contigo.

Teófilo palideció un tanto, lo cual no pasó inadvertido para Alberto, quien añadió:

—O si no, mejor me quedo aquí abajo. Ahí veo a Monte, a Bobadilla, a Honduras... Voy a hablar con ellos.

315

TEÓFILO tomó el rumbo del escenario, procurando evitar encuentros con gente conocida; pero entrar en el pasillo y colgársele Angelón Ríos del brazo fue todo a un tiempo.

—¿Al cuarto de Rosina? Yo también voy allá —dijo a voces Angelón—. ¿Cómo va la cosa? ¿Bien? Me alegro.

—Si me dejara usted hablar. Lo que yo quiero decirle es que se equivoca de medio a medio al hacer hipótesis acerca de esa señorita en relación conmigo. —Teófilo se puso muy grave.

—¿Qué? ¿Qué usted le hace el amor y ella no le hace caso aún? Bah, no se apure... Todo llega en este mundo. ¡Eh, tú, golfo! —gritó Angelón.

Apolinar Murillo se le acercó.

—Vaya un modo de escurrirse, que parece que no quieres que te vean.

—Usted perdone, don Ángel, es que no le había visto; por éstas.

Angelón le agarró con la mano que tenía libre. Luego, picarescamente, continuó diciendo:

—No se te ve el pelo, niño. ¿Qué? ¿Y de aquéllo?

—¿De aquéllo?...

315 *R:* "III".

—¿Te vas a hacer el lila? [316]

—Como no me diga usted más...

—Vaya, niño. De lo de Conchita.

Apolinar sonrió con maligna petulancia.

—Te comprendo. Cayó, ¿eh? Y ¿qué tal?

Apolinar hizo racimo de los dedos, se besó las yemas, sorbió el aire, puso en blanco los ojos y alentó con voz desvaída:

—¡Azúcar!

—Te creo. En fin, gracias.

—¿Gracias de qué?

—Parece que hoy estás con la bola desalquilada. ¿De qué? Pues, ¿de qué va a ser? De habernos abierto el camino a los demás; mira tú éste. Yo no quiero cargos de conciencia. ¿Cuándo te vas?

—Anda, pues si estoy por quedarme... —Y sonrió aviesamente.

—¿Eh? —inquirió Angelón, muy alarmado.

—Era coba. En seguida me quedo yo. Pal gato.

—¿Y ella?

—Pues tan creída que va a haber tálamo nupcial con bendición del párroco.

—¿De manera que no se ha olido que te vas?

—Anda mal de pituitaria.

—¿Y cuándo te vas?

—Mañana mismo.

—Bien, niño. Y te ibas a ir sin despedirte de mí...

—¿Quién le ha dicho a usté eso? Pues bueno fuera...

Llegaron a la puerta de la dirección, que estaba abierta. Dentro de la estancia oíanse grandes y descompasadas voces, y entre ellas violentos golpes de risa. La vociferante era la condesa Beniamina, la poseedora del macaco brasileño. En su acostumbrada jerga bilingüe, pero con mayor frenesí que la vez primera, aullaba así:

—Aquestas no son fiori... Fiori..., fiori. Questo e pura m... Son fiori de chimeterro. [317] ¡Ma che! Yo non

---

[316] *lila* = 'tonto, fatuo', de uso familiar (Academia, p. 805), muy frecuente en literatura costumbrista madrileña (vid. Seco, p. 411).
[317] L: "chimíterro".

tiro tale fiori al público. Yo non mi sporco con aquestas fiori, e con aquestos sporcacioni que sois vosotros.

Cuando la dama, por ventura, se reparaba un minuto en el silencio para interrumpir con nuevas energías, oíase la carcajada de Travesedo.

—Ma tu, che sei piu grosso che un rinoceronte, tu frate motilone, no dices niente. ¿Para qué quieres el danaro? Il tuo danaro io me lo meto cui, cui. —En este punto se oyó algo que pudo ser palmada o azote.

Angelón y Teófilo entraron en la dirección. Apolinar corrió al encuentro de Conchita, que a lo largo de angosto pasadizo, flanqueado de cuartos de artistas, venía por averiguar a qué obedeciese aquel alboroto. Otros danzantes asomaban la cabeza, a medio embadurnar, por las puertas, y hacían preguntas o aventuraban algún donaire en un lenguaje babilónico y bárbaro, amasijo de todos los idiomas conocidos. Luego, cubriéndose malamente con batines y kimonos, salían hacia la dirección, se amontonaban en abigarrados pelotones y chanceaban en fraternal greguería, como si la caterva de castas humanas, escindida por maldición divina en la torre de Babel, retornase a la amiganza y unidad primeras por medio del culto a la vida en su forma más rudimentaria y placentera, como es la exaltación de la energía física y amor del juego y de la danza. [318]

Escuchaba Travesedo los denuestos de la Beniamina con irreprimible hilaridad, y don Jovino, las pupilas proyectadas sobre el cielo raso y en impasible quietud de fetiche, parecía no oírlos, porque los dioses, falsos o verdaderos, rara vez prestan oídos a los clamores de los mortales. [319] El amigo de la dama del macaco, aun cuando sabía que los sucios dicterios de ésta y sus truculentas palabrotas eran proferidos con ánimo sencillo y sin otro propósito que el de hacer reír, sentíase en extremo conturbado al ver los muchos curiosos que afluían. Por fortuna, cuando los mirones comenzaban

---

[318] Esta es (entre otras) la razón del interés de Pérez de Ayala por este ambiente.

[319] La broma oculta un fondo antirreligioso indudable, propio de las ideas juveniles del novelista.

a apiñarse en la puerta, la condesa Beniamina cerró su alocución con un epílogo, como de costumbre, osculatorio, y esta vez doble, que también *el Obispo retirado* hubo de recibir la gracia de un beso en sus orondos mofletes. Estaba la condesa Beniamina en un traje casi edénico, con una camisilla no muy larga y en extremo traslúcida y unas babuchas de cuero rojo; con todo, no era mucho lo que mostraba de la piel, que casi toda la llevaba encubierta bajo un enjambre de lunares postizos, infernalmente negros. Rompió por entre la gente que había en los pasillos (seguida del caballero bozal), con airoso vaivén de caderas, que resultaba de una comicidad aguda por la fase sumaria del indumento de la condesa. Los que por allí estaban celebraron su desenvoltura, requebrándola y jaleándola, y el clown Spechio, su compatriota, la obsequió bonitamente con una sonora palmada en lo más mollar y tentador de su persona, que no parecía sino que lo estaba pidiendo.

Entre aquel solícito concurso de diligentes abejas que habían abandonado su celdilla por libar en la flor de la curiosidad, había una jamona traviesa y riente, cuyo traje no era más complicado que el de la condesa. Estaba en mallas y parecía un pollo pelado: tan considerable era su caparazón y abdomen y tan enjutas las zancas.

—Concho, ¿tú por aquí? —dijo Angelón al bípedo implume.

—Ya ves, cada vez subiendo. Rediós, esta es la vida.

El nombre de esta clueca pelada era Hortensia Iñigo. Había dicho *cada vez subiendo* con ironía, porque en su ya larga carrera artística había recorrido todos los géneros teatrales, bajando siempre. Había comenzado de segunda dama en una conocida compañía dramática, de donde había pasado a una compañía cómica, de aquí a una de zarzuela, y, por último, había caído en el género ínfimo. [320] Era conocida por su avilantez y desparpajo, y también porque de ella se murmuraba que

---

[320] La enumeración tiene cierto interés para conocer la valoración usual de los distintos géneros teatrales.

había tenido siete abortos voluntarios. Su enemistad con Monte-Valdés era pública y proverbial, y databa, a lo que se decía, del estreno de una comedia de aquél, en la cual había un personaje que era una dama cortesana o entretenida, y como el director pretendiera encomendar el papel a Hortensia, Monte-Valdés se opuso, exclamando con grandes voces austeras, que de todos fuesen oídas, que su personaje *lo era mucho, pero nunca tanto* como la Iñigo, y que no podía consentir que aquella mujer achabacanase la comedia. Ello es que cuando por acaso se encontraban Monte-Valdés y la Iñigo, trabábanse a contender al punto, asaeteándose con pullas y embozados vituperios y agravios; pero como el ingenio y dicacidad del literato eran sobremanera despiertos y sutiles, la dama salía siempre malparada y corrida, por donde llegó a aborrecer a su antagonista y no veía la hora de vengarse, como quiera que fuese.

—¿Por qué no? —añadió Ríos—. Para mí, pasar del género chico a las variedades me parece un ascenso.

—También tienes razón. Allí, aunque no muy chinchorrero, porque se ha reducido a su mínima expresión, todavía conservan el emplasto de la hipocresía. Mientras que aquí, ¡pichú, Angelón, pichú! [321]— Y elevó en el aire una de sus entecas zancas. —Ven a mi cuarto y te daré una copa de anís del mono. [322]

—No bebo.

—¿Qué importa? Ven y charlaremos un momento.

Angelón acompañó a Hortensia a su cuarto. Danzantes y titiriteros se habían acogido a sus madrigueras. Sólo quedaban en el pasillo Conchita y Apolinar, cuchicheando en un extremo de él, y en el otro, a la puerta de la dirección, Teófilo, con una rosa en la mano y el corazón en la garganta. Encaminóse el poeta hacia el cuarto de Rosina, y en estando cerca de la puerta llamó a Conchita.

---

[321] *pichú*: usa también la expresión ("¡pichú, Canela!") Pérez Lugín en *La casa de la Troya* (1915, p. 212).
[322] *L*: "anís del Mono". Es una marca bien conocida.

—¿Qué se le ocurre a usted, don Teófilo?

—¿Hay mucha gente?

—Bastante gente; pero sobre todos, flores..., así.

—¿Quiénes están?

—¿Qué sé yo? Señoritos de la Peña, periodistas, el hijo de don Sabas.

—Pues no entro. Toma esta rosa, Conchita; la colocas con disimulo, y cuando esa gente se haya ido le dices que es mía. Yo vendré durante la segunda parte; ¿qué te parece?

—Muy bien. Pa entonces estará sola.

Aun cuando Teófilo estaba harto ebrio con sus propias emociones, no pudo por menos de advertir algo raro y nuevo en Conchita. Era como si del pecho al rostro se le rebasase la alegría con superabundancia inquietante.

—¿De manera que ése es tu novio? —preguntó Teófilo, señalando con los ojos a Apolinar.

—Sí, señor; ¿le gusta a usté?

—Sí.

—También a mí. —Y Conchita rió de manera excesiva.

—Hasta luego, Conchita.

—Hasta luego, señor Pajares.

Teófilo se apartó pensando: "pobre muchacha". Y se acordó de sus finos cabos, aquella vez que la había visto inclinándose a socorrer a *Sesostris,* y de sus piernas gentiles y nerviosas, cuando Angelón la traía a caballo sobre los lomos.

Teófilo descendió a los pasillos en donde el público se espaciaba en espera de la segunda parte. Lo primero con que se tropezó fue con un grupo de paseantes; en el centro, el famoso torero Antonio Palacios, *Toñito,* y en torno de él sus admiradores y devotos, los cuales solicitaban con la mirada la envidia de los demás hombres y tenían pintada en la expresión del rostro esa petulancia servil e inocente del perro que conduce en la boca el bastón del dueño. *Toñito* tenía la cara aniñada y la sonrisa sin doblez de los hombres que han

nacido con una vocación y han confiado siempre en
su destino. Tanto como el arrojo y maestría en la lid
con reses bravas, su sonrisa le había hecho célebre:
sonrisa que conservaba en los lances más azarientos y
ante los toros más temerosos y difíciles.

Teófilo pasó por delante del grupo del torero y su
cohorte y fue a sumarse a otro, compuesto de gentes
de pluma, profesionales y aficionados, entre los cuales
se hallaba Alberto. Debatíanse asuntos de toros.

—No sé cómo no os da vergüenza perder el tiempo
hablando de chulerías —habló Teófilo, agresivamente.

—Pero, hombre —replicó Honduras, un hombre des-
lavazado, rubicundo, rollizo y muy alto, noble por la
cuna y novelista perverso por inclinación—, ¿no has
dicho muchas veces en verso que adoras las manolas y
todas las cosas goyescas?

—¿Qué tiene que ver? Y tú, ¿qué entiendes de eso?
Te figuras que por haber escrito cuatro paparruchas
imitadas de Lorrain y La Rachilde ya puedes mezclarte
en cosas de arte... No, hijo, todavía no.

—¡Ay, no te sofoques! —replicó Honduras, riéndose
y culebreando con la cintura. Luego, haciendo alarde de
desenfado y cinismo, añadió en tono equívoco: —Si yo
también me perezco por los manolos... La cuestión es
que Alberto sostiene que *Toñito* es el primer torero del
día, y yo replico que el torero que más emoción da es
el *Espartajo*. Aquella palidez morena... y, sobre todo,
la erección que tiene al torear... Hay que verle armarse,
cuando se echa la escopeta a la cara...

Algunos celebraron con risotadas las peregrinas razones de Honduras.

—¡Qué sinvergüenza eres! —concluyó Teófilo.

—Realmente —intervino Alberto—, Teófilo tiene razón. Va a ser cosa de dejar de hablar de toros y de ir
a los toros, porque parece que de día en día el criterio
de Honduras y su punto de vista van ganando más
partidarios. Adiós, señores; voy a saludar a un amigo.
—Y se apartó saliendo al encuentro de Alfonso del
Mármol, que paseaba solo, con elegante pereza, las

manos a la espalda, la cabeza erguida y un cigarro descomunal entre los dientes. Se estrecharon la mano con efusión.

—¿Cuándo ha venido usted? —preguntó Alberto.

—Ayer por la mañana llegué.

—¿Qué ocurre en Pilares?

—Nada de particular. Lo de siempre. Que hay quien le espera a usted minuto por minuto, y usted entretanto... De ésta queda usted como un cochero. Ya sé que vive usted con Angelón. Trabajará usted mucho, ¿verdad?

—Alfonso del Mármol, moralista: es lo que me quedaba por ver. ¿Cuánto dinero ha perdido usted en las treinta y seis horas que lleva en Madrid?

—¿Cómo sabe usted?

—Pues es difícil de adivinar. ¿Ha venido usted una sola vez a Madrid que no fuera a dejarse la piel o a echar otra nueva?

—Pchs... Pero, ¿cómo sabe usted que anoche me he dejado media pelleja? Pocas veces se me ha dado tan mal como ayer noche... ¡Qué barajas!

—¿Cuánto, en suma?

—¿A usted qué le importa? —Mármol no se reía nunca como no fuera interiormente. Ahora, ciertas convulsiones arbitrarias del cigarro puro daban claras señales de que el fumador se reía entre pecho y espalda—. Setenta mil pesetas.

—¿De veras?

Mármol, siempre flemático e impasible, asintió con la cabeza.

Estaban cerca de un corrillo formado por pintores y escritores, de los cuales los más conspicuos eran Monte-Valdés y Bobadilla, el autor dramático.

—Aquel es Bobadilla, ¿eh? —interrogó Mármol, apuntando con el cigarro descomunal al dramaturgo—. Lo digo por los retratos del *Nuevo Mundo*.

—Él es. Y el otro, el cojo, Monte-Valdés.

—Le conozco.

—¿Personalmente?

—Lo conocía. Estudiábamos juntos en la Universidad de Santelmo: él, para abogado; yo, para médico.

—¿Y no se han vuelto a ver desde entonces?

—No.

Alberto se acercó con Mármol al corrillo, y preguntó a Monte-Valdés:

—¿Conoce usted a este caballero?

—¡Pues no lo he de conocer! Mármol.

Se saludaron.

—No ha variado usted nada, salvo...

—Sí, salvo la pierna. Tampoco usted ha variado nada... Digo... Me acuerdo que era usted un terrible jugador; el de más agallas de cuantos he conocido.

—No ha variado nada —comentó Alberto.

—Y recuerdo también la traílla de cuarenta perros que usted tenía, y no sé cuántos caballos. Pues, ¿y aquella célebre contienda que usted mantuvo con Trelles, el guatemalteco?— Monte-Valdés volvióse hacia los circunstantes, a explicar la contienda: —Era un día plomizo y de cierzo. El señor y el otro contendiente estuvieron por espacio de doce horas dándose de puñadas. El campo de la lucha era lo más empinado de una loma que llaman de Santa Genoveva. Toda la Universidad, haciendo alrededor un gran círculo, presenciaba el desaforado combate.

Los presentes daban con los ojos muestras de asombro, si bien presumían que la fantasía de Monte-Valdés había colaborado con la historia y engrandecido el hecho. Mármol, con su acostumbrada rigidez, echaba humo por las narices y entornaba los párpados, como si nada de aquello fuese con él. Reanudóse la charla, interrumpida con la llegada de Mármol y Guzmán. El tema era la política. Arsenio Bériz, el joven levantino, defendía con mucha vehemencia las más radicales ideas y procedimientos de gobierno. Monte-Valdés reprobaba los arrebatos del mozo, sacudiendo la cabeza y con ella las barbas, y enarcando las cejas. Él era jaimista.

—¿Y es cierto que van a celebrar ustedes un mitin mañana? —preguntó Monte-Valdés a Alberto.

—Sí, señor.

—Tejero, ¿hablará?

—El mitin es cosa de él.

—Gran talento tiene ese Tejero. Si el mitin es para condenar la putrefacción e idiotez del nuevo Gabinete, me parece muy bien. Señores, hay que ver ese don Sabas Sicilia, que no sé cómo no lo han colgado ya de una pata y cabeza abajo en un farol de la Puerta del Sol, por ladrón. —Monte-Valdés agitaba los brazos enardecido. —Ahora, si es para hacer propaganda republicana... Vamos, que no acierto a explicarme cómo están ustedes tan obcecados...

Bobadilla, el autor dramático, hombre mínimo de estatura y eminente de agudeza e ingenio, pulquérrimo en el vestir, y cuyo cráneo (al menos, por fuera) [323] era un trasunto, acaso afectado, del de Mefistófeles, injerto en el de Shakespeare, se atusaba los alongados bigotes, muy atento a cuanto se decía, pero sin intervenir en el coloquio. Las manos de Bobadilla tenían extraña expresión: dijérase que en ellas radicaba el misterio de su arte o de su profesión. [324] Eran unas manos pequeñuelas, cautas, meticulosas, elegantes, activas y, en cierto modo, tristes, desde las cuales se dijera que colgaban, por medio de sutilísimos e invisibles hilos, gentiles marionetas, como si los dedos conocieran los incógnitos movimientos de una convencional tragicomedia humana. [325]

—Ya, ya —decía Bériz con abierta prosodia levantina—. Miren que el don Sabas ha de ser viejo.

—Pues aún pollea, aún pollea —glosó Bobadilla maliciosamente y con voz muy suave, sin dejar de atusarse el bigote. De todas sus palabras y obras lo característico era la finura y suavidad, cualidades éstas tan regulares y acabadas en él que hacían presumir el resorte inhibitorio de [326] un pesimismo disimulado y

323 La frase entre paréntesis es un añadido de *P*.
324 "o de su profesión" es un añadido de *P*.
325 *R*: "de la tragicomedia humana".
326 *R*: "la existencia de..."

profundo, como esas puertas con muelles escondidos, que nunca se cierran de golpe.

Sonaron los timbres llamando a la segunda parte. Guzmán, Bériz y Mármol fueron por un lado hacia el fondo del patio de butacas; el resto, por otro, hacia los asientos de orquesta.

Apenas se habían sentado, cuando Pascualito Sicilia se acercó a Alberto y le habló de cosas indiferentes.

—¿Quién es aquel chimpancé de cría que está en aquel palco con la chimpancé matrona y el chimpancé paterfamilias? —preguntó Pascualito.

—Me parece conocer la cara; pero no sé.

Mármol respondió:

—Aquel chimpancé de cría es Angelines Tomelloso, y tiene la friolera de dos millones de pesetas en cada pierna, si no tiene más.

—Sí, sí, ahora recuerdo. Es paisana nuestra —habló Alberto.

—¡Caracoles! —epilogaron a un tiempo mismo Bériz y Pascual Sicilia.

Cuando el hijo del ministro se hubo retirado, Mármol observó, en voz alta, pero como si hablase consigo mismo:

—Cuidado que está apetitosa Rosina; más guapa que nunca. Y pensar que ese viejo...

—Calla, pues no había caído en la cuenta. —Guzmán se dio una palmada en la frente. —Pues si es usted quien la ha lanzado... En rigor, lo que ella ahora es, a usted se lo debe. [327] ¿Ha ido a visitarla?

—De su cuarto venía cuando nos encontramos.

—¿Y le ha recibido a usted bien?

—Es muy cariñosa. Se me figura...

—Qué, ¿quiere usted acotarla de nuevo?

—Yo no digo nada.

—Ella es todo lo fea que pueda ser una criatura humana, ché —acudió Bériz.

—¿Quién? —investigó Alberto.

---

[327] Alusión a hechos narrados en *La pata de la raposa*.

—Esa señorita de Tomelloso. Parece un sapo; pero mira tú, ché, [328] que es una tontería de millones. —Bériz no apartaba los ojos de la niña de Tomelloso, una jovencita como de diez y ocho años, minúscula y un si es no es contrahecha, la piel amarillo-terroso, los ojos rojizos y blandos.

—Pero, ¿no me has dicho que tienes novia en tu pueblo?

—Sí; la hija de un abaniquero. Total, mucho aire, ché. Pero aquí está la auténtica y dulce pasta mineral catalana, que es la chipén.

—Vete a tu pueblo, Arsenio; vete a tu pueblo. Aún es hora para ti. Aquí terminarás por corromperte física, moral y artísticamente. Cuando te acuerdes, quizás sea tarde. Ya has saboreado una dedada de vicio e insensatez, y eso nunca está mal en la primera juventud, porque te dará el claroscuro de la vida. Tú eres un raro ejemplar de español que tiene sus cinco sentidos muy sagaces y despiertos. Cuida de no malograrte. Y si, como dices, amas el arte, huye de Madrid de prisa, vete a tu pueblo, Arsenio; vete a tu pueblo.

—Buena homilía. Vaya, que el diablo, harto de carne, se mete a predicador. —Y Bériz se reía aturdidamente. De pronto se quedó pensativo, y murmuró como herido por súbito descubrimiento: —Puede que tengas razón. Ya hablaremos, ché.

329

A s í que los pasillos se descongestionaron de público y se oyó la orquesta preludiando la segunda parte del espectáculo, Teófilo, con agitado corazón y desmayadas piernas, se encaminó al cuarto de Rosina. Muy cerca de la entrada estaba Apolinar fumando un pitillo, apoyado en la pared. Teófilo repicó con los nudillos en la puerta. Salió a abrir Conchita:

—Es don Teófilo.

---

[328] Bériz también tiene su muletilla, típicamente levantina.
[329] R: "IV".

—Entra, criatura —gritó desde dentro Rosina. Y al ver aparecer al poeta—. ¡Ya me tenías intranquila! ¿Por qué no has venido antes?

—Por la gente. —Teófilo iba a sentarse en un pequeño diván.

—Eso es; te sientas sin haberme dado un beso. Me parece muy bien.

—Perdona, nenita. No quería molestarte. —Se acercó a la mujer y le besó con ternura la frente.

—A eso llamas tú molestarme. —Rosina hizo un mimoso mohín, que Teófilo lo sintió en los pulsos de las muñecas a modo de dulce desmayo y flojera, como si se estuviese desangrando mansamente.

La doncella concluía de peinar a Rosina, quien estaba sentada frente al espejo, arrebujada en un ropón de liviana seda color tabaco.

—Parece que estamos en los jardines del sultán Haz el Primete y Abultadín, ¿verdad, don Teófilo? —Habló Conchita, paseando los ojos a la redonda sobre los ramos y canastillas de flores que atestaban el pequeño aposento, y se echó a reír con aquella alegría copiosa y borboteante de que estaba saturada, aquella noche más que nunca.

—Pero, ¿qué te ocurre hoy, niña? —preguntó Rosina con alguna severidad.

—¿A mí? Como no sea el debut, que me tiene fuera de quicio.

—¿Qué debut?

—A ver cuál va a ser... El de usté. —El rostro de Conchita enrojeció.

—No te apures, criatura. Te puedes ir, si quieres, con tu Apolinar a ver la función, que yo ya no te necesito. Hoy será Teófilo mi doncella, él me ayudará a vestir. Digo... ¿Qué te parece, Teófilo?

—Admirablemente. Seré tu azafata, reina. [330] —Teófilo sonreía con beatitud.

---

[330] "Seré tu azafata, reina" es añadido de *P*.

Conchita se echó una mantilla sobre la cabeza, tomó su escarcela de mano, de largos cordones, y se dirigió con mucha prisa hacia la puerta.

—Un minuto, Conchita, que esto no me lo puede arreglar Teófilo. Este *chichi*. —Y señalaba un dorado tirabuzón sobre la nuca.

Conchita, tal como estaba y sin abandonar el bolsillo de mano, fue a dar los últimos toques al peinado de Rosina.

—Ya está bien. ¡Jesús, qué golpe me has dado con el bolsillo! ¿Qué llevas dentro?

—Un duro en calderilla. —Y la doncella se evadió ágil y riente.

Rosina vino a sentarse en las piernas de Teófilo y se reclinó sobre él, procurando no estropear el tocado. Estaba un poco meditabunda.

—Ya ves, Teófilo, lo que va de mujer a mujer. Ya te he contado lo de Conchita, ¿eh?

—No, pero lo presumo.

—Ya va para ocho días. Pues nada, que una noche no apareció por casa. ¡Qué susto! Creímos que le había ocurrido alguna desgracia. Por fin, a la mañana siguiente, aquí me tienes a la niña llorando como una Magdalena. Pero, ¿qué? El llanto le duró dos minutos. En una palabra: que había pasado la noche con el novio. Habías de verla. Loca de felicidad. Aseguran que se van a casar, y yo lo creo, porque el chico, por lo que he visto las veces que fue por casa, parece un muchacho formal. Pero, a lo que iba. Dicen que la mujer ha nacido para eso, para ser mujer, y que no lo es ni se puede decir que viva hasta que no tiene algo que ver con un hombre, y que por eso en este caso todas las mujeres están tan tontas, contentas y orgullosas. Ya, ya... Por lo que toca a Conchita, así parece: está chiflada y llega a ponerme nerviosa. Pero habías de verme a mí cuando ocurrió lo mío... Creí morir, sí, Teófilo; quise matarme. Ya sabes: el padre de Rosa Fernanda.

—¿Quién fue?

—Ya te lo he dicho. ¡No me atormentes!

—No; nunca has querido decírmelo. Me has contado cosas inverosímiles.

—Pues es la verdad. Un hombre como caído del cielo. Quiero decir que apareció y desapareció como por encanto. —Comenzó a llorar, y entre lágrimas suspiraba. —¡Quizás aquello haya sido lo mejor!

—¿Qué, qué es "aquello"? —interrogó Teófilo, asiéndola afanosamente.

—Aquello... —bisbiseó con turbiedad en la mirada—. Aquello, ¿qué ha de ser, sino que desapareció para siempre?

—Rosa, yo no puedo más, no puedo más. Esto no puede seguir así —dijo Teófilo con ardimiento.

—No te comprendo.

—Ni yo me comprendo a mí mismo. He hablado sin saber lo que decía. No sé lo que pienso, lo que quiero, lo que digo, lo que hago. ¿No ves que te adoro?

—Y yo, ¿no te adoro también?

—No sé.

—¿No sabes?

—Yo no sé nada, Rosina. —Y le mordisqueó la boca.

—No seas loco, que tengo que salir a escena. —Se puso en pie. —Ahora me vas a ayudar a vestir, ¿quieres?

—Sí, nenita; cromo bonito. —Y estos loores alfeñicados adquirían ridícula incongruencia [331] en su boca.

Rosina se despojó del ropón y quedó en pantalones. Teófilo se precipitó a besarle el busto, de carne aurialba, como si estuviera embebida en luz mate.

—¡No, no y no! —Rosina pataleaba con gracioso enfado. —Sea usted formal. Buena me pondrían las amigas si supieran que permito tales confianzas a mi doncella...

Teófilo se creyó obligado a reír el donaire, y todo lo que hizo fue componer una mueca lóbrega y desolada.

---

331 *R* y *L*: "ridícula estridencia". Me parece más acertado lo de *P.*

—¿Te gustan estas medias? Son de la casa Gastineau. —Y se inclinaba a mirarse las piernas, embutidas en unas medias de un rojo opaco.

Teófilo se embebeció contemplando las piernas de su amada, pulidas, de dulce carne acompañadas, perezosas, y de una pura línea curva que el músculo no torcía bruscamente ni quebrada: piernas más hechas para yacer y destacar sobre sedas oscuras que para caminar escondidas entre ropajes. Teófilo se arrodilló a besar las piernas de Rosina.

—Vas a conseguir enfadarme, Teófilo.

—No es mi culpa, ¡si eres tan linda!

—Calla. ¿No oyes?

Se detuvieron un punto con el oído en tensión. Desde el escenario subían los ecos de aclamaciones furiosas, luego las últimas adormecidas olas de la música lejana.

—Un garrotín —dijo Rosina—. Hijo, menudo éxito. ¿Quién será?

—Quizás la Iñigo.

—No; ésa va en la última parte, con la princesa y conmigo. Somos los números de fuerza. De modo que éste es un éxito con que no se contaba.

—Mayor será el tuyo.

—Pss. ¿Creerás que no me importa?

Rosina descolgó el vestido con que había de salir a escena y se lo metió por la cabeza.

—Abróchame, Teófilo.

En concluyendo de abrocharla Teófilo, Rosina levantó los brazos y giró delante del espejo, examinándose. Era el vestido largo, de sociedad: una túnica-camisa estrecha, hendida por los costados, de muselina de seda gris, puesta sobre un fondo rojo cereza y sostenida por un cinturón de acero en la base de los senos.

—Quiero romper con esa moda ridícula de las cupletistas españolas, tomada de las francesas. Los trajes cortos ya apestan, chico. ¿Te gusta éste? Y esta rosa preciosa que me has regalado y yo beso, aquí. —Se la colocó en el pecho.

Por toda respuesta, Teófilo estrechó a Rosina entre sus brazos. Llegaban de la escena el runrún y estruendo de nuevas aclamaciones y aplausos; pero no las oyeron esta vez Teófilo ni Rosina, que se habían abandonado a un desvanecimiento de ternura. Cuando recuperó en parte sus fuerzas, la mujer, con húmedos ojos y voz blanda, habló:

—Teófilo, mi dueño; no sé lo que hoy me pasa. Nunca he vivido en paz, querido; pero nunca he sentido que no vivo en paz tan desconsoladamente como hoy.

—Serénate. Rosina, nena mía. Acaso estás nerviosa.

—¿Por salir a escena, quieres decir?

—Sin duda.

—Parece mentira que me conozcas tan mal. ¿Qué me importa a mí eso? Es una cosa muy honda, mucho más honda... Es que siempre he buscado algo que me satisficiese y no he dado con ello. Tu cariño le anda muy cerca, pero aún falta algo. No sé. Quizás es porque estoy rodeada de ficciones, hipocresías, bajezas, y no logro habituarme. ¡Maldito dinero! ¿Por qué no tienes dinero? Yo quisiera vivir sola y retirada contigo y mi niña; contigo, que me has querido como nadie me ha querido. Es necesario, es necesario, es necesario que yo sea de un solo hombre, que viva en paz. —Estrujaba con sus manos el rostro de Teófilo y hablaba ceñida a él, entreponiendo beso y palabra, palabra y beso. —Ese drama..., ¿por qué no lo escribes si te ha de dar tanto dinero? No nos falta sino dinero. Si eres un hombre y es verdad que me quieres, busca dinero, róbalo aunque sea, Teófilo.

El poeta respondió arrebatadamente:

—Lo tendré, lo tendremos. Si es preciso lo robaré.

—Ruido de gente que viene. Ha debido de terminar la segunda parte.

—Entonces te dejo.

—Quédate.

—No, no. Es mejor que me vaya.

Se despidieron con un beso muy largo.

EN las escaleras del escenario, Teófilo tropezó con un
golpe de gente enardecida y entusiasta, cuyo corifeo
era Angelón. Conducían triunfalmente a Verónica.

—¿Qué le ha parecido a usted el éxito? —preguntó
Angelón a Teófilo.

—¿Cuál?

—¿No ha estado usted en la sala? —interrogó Verónica.

—No.

El rostro de Verónica se entristeció. El cortejo triun-
fal siguió escalera arriba y el poeta descendió al pasillo. Iba aturdido por el entusiasmo que las últimas
palabras de Rosina le habían infundido. Nunca había
sentido dentro de sí tan confiado ímpetu para embestir
el futuro. Mas, de repente, acordóse de que Rosina no
le había invitado a pasar la noche en su compañía, y
el ímpetu se trocó al instante en desmadejamiento cordial y amargura. Echó a andar por los pasillos, ajenado
del mundo externo, hasta que Alberto le detuvo, agarrándole de un brazo. Numerosa reunión de artistas y
escritores comentaban en el tono más alto de fervor
las danzas de Verónica. Monte-Valdés señalábase particularmente por la elocuencia de su panegírico. Para
Monte-Valdés no existía sino un sentido estético: el
de la vista. De sí mismo acostumbraba decir: "No
tengo oído; la música de ese teutón que llaman Wagner
me parece una broma pesada. Sin embargo, me enva-
nezco de sentir la emoción de la armonía, el acento y
el ritmo mejor que los músicos profesionales, y he
llegado a ello a través de la pintura. No conozco sentencia más aguda y veraz que aquella de Simónides, el
Voltaire griego, en la cual se declara: *La pintura
es poesía muda; la poesía es pintura elocuente.* Y decir
poesía y armonía es una cosa misma". Y así era en
verdad. Gran prosista y poeta, había conseguido maravillosas sonoridades en el párrafo y la estrofa, ensam-
lando los vocablos según su color. Quijote, no sólo

en la traza corporal, sino también en el espíritu de su arte, manipulaba el lenguaje descubriendo haces de palabras como ejércitos de señores magníficamente arreados, allí donde los demás no veían otra cosa que rebaños de borregos iguales, a medias desvanecidos detrás de una polvareda; porque para él cada palabra tenía su corazón, su abolengo pragmático y su armorial.

—La danza —decía ahora Monte-Valdés— es pintura, poesía y música, mezcladas estrechamente, personificadas y dotadas, no de existencia ideal, como ocurre en las manifestaciones singulares de cada una de ellas, sino de vida orgánica. La danza es el arte primario y maternal por excelencia.

—Sí —asintió Alberto—. Cuando el hombre no ha alcanzado aún para sus emociones el alto don de la expresión consciente, las traduce en la danza; mejor dicho, se entrega a la danza, como si estuviera poseído por un ser invisible. Por eso la danza es un arte eminentemente místico y español. [333] El misticismo es el baile de San Vito del espíritu. La danza es el misticismo de la carne.

—Que la danza sea un arte religioso me parece cierto. Que España sea la tierra del misticismo y de la danza también; pero...

—No hay sino parar atención en el número de palabras que existen en nuestro idioma para expresar el arrobo, éxtasis, transporte, embebecimiento, pasmo, trance, deliquio, [334] y cien otros estados místicos, y la muchedumbre de bailes que hemos inventado: fandango, garrotín, bolero, cachucha, zapateado, vito, olé, panaderos, qué sé yo.

—Sí —corroboró don Alberto Monte-Valdés—: en esas dos formas de actividad nuestra experiencia nacional ha enriquecido el léxico de manera asombrosa. Pero

---

[333] Alberto da aquí formulación general a lo que decía antes el narrador, a propósito del baile de Verónica: el baile como expresión emocional, preconsciente. Por eso le gusta tanto a Monte-Valdés, de acuerdo con la idea de arte que va a expresar a continuación.
[334] "Pasmo, trance, deliquio" son añadidos de P.

hemos inventado mayor número aún de vocablos para designar otro acto que, si no es precisamente místico, pudiera tener alguna concomitancia con ciertas formas de misticismo.

—¿Cuál? —preguntó Alcázar, un pintor andaluz, elegante, cenceño, oliváceo, de pergeño algo árabe y algo florentino.

—La turca, la mona, la mica, la talanquera, la cogorza, etc., etc. Vayan recordando los infinitos nombres con que hemos bautizado la embriaguez. Pero a lo que iba, amigo Guzmán, es que no me parece exacto lo de que el alto don de la expresión consciente, como usted ha dicho o dado a entender, sea la característica del arte más alto y puro. Creo, por el contrario, que el arte no es sino emoción, y por lo tanto, que su expresión tiene mucho de instintiva y espontánea; de manera, que la mucha luz consciente, en ocasiones, estorba a la forma artística y anula su plasticidad y relieve. En rigor, me parece que no hay belleza sino en el recuerdo, y aquilatamos si una obra de arte es buena o no lo es según se nos presenta inmediatamente como un vago recuerdo personal, y en este caso es buena obra de arte, o como noticia, todo lo veraz que se quiera, de una cosa que no conocíamos, y entonces, para mí, se trata de una obra despreciable. Las buenas obras de arte se nos infunden de tal suerte en el espíritu, que al punto las asimilamos y las sentimos como un recuerdo que no logramos emplazar en el tiempo, algo así como las historias y palabras que hemos oído durante una convalecencia. Los versos de Garcilaso tienen siempre una emoción de recuerdo. Los de Góngora, nunca. En puridad, no existe belleza sino en lo efímero, porque lo efímero se transforma al instante en recuerdo, y de esta suerte se hace permanente. Por eso la danza, que es el arte más efímero, quizás sea el arte más bello.

—Según eso —atajó Bériz—, será más bella una quintilla de Camprodón, escrita en un papel de fumar, que un terceto del Dante, miniado en un pergamino.

Monte-Valdés, con fiero desdén, como si el mozo levantino no existiera sobre el haz de la tierra, volvióse a preguntar a Alberto:

—¿Qué dice usted?

—Que me parece bien lo que usted dice en sustancia, y también que es perfectamente compatible con lo que yo había dicho, o por mejor decir, con lo que yo pienso.

—En suma —intervino Teófilo, que tenía estragado el pecho por la amargura y sentía necesidad de desahogarse de algún modo—, quedamos en que España es el país de la danza, y que la historia de España es toda ella una danza del vientre... vacío.

—Ché, y eso que, como reza el refrán, de la panza sale la danza —dijo el levantino.

Monte-Valdés contempló a los interruptores con larqueza compasiva, como a gente que no comprende, y agregó:

—Hay, en efecto, en los instintos del pueblo bajo español un no sé qué de divino y danzante, un no sé qué de claro instinto [335] de la medida y la gracia. Y ''go divino al mismo tiempo que danzante, porque ya los griegos añadían al nombre de sus dioses el apelativo danzante o saltante. Plinio, el joven; Petronio Apiano, Estrabón, Marcial y Juvenal, cantaron el elogio de las célebres bailarinas gaditanas. Y un canónigo del siglo XVII, llamado Salazar, asegura que las danzas andaluzas que en su tiempo se bailaban eran las mismas de la antigüedad. —Monte-Valdés gustaba mucho de aderezar la conversación con citas pintorescas, de las cuales tenía un bien surtido arsenal. [336]

—Y esta chica, Verónica, ¿qué le parece a usted?

—Simplemente maravillosa; lo dúctil del cuerpo, lo estilizado y gentil de brazos, manos y dedos, y su cara, qué sugestiva y cambiante, qué profunda la angustia que

---

335 *L* añade dos adjetivos: "un no sé qué de claro instinto, vital y estético, de la medida y la gracia".
336 Pero párrafos semejantes a estos los encontramos al comienzo de *Tinieblas en las cumbres*, novela en la que no aparecía Monte Valdés.

a veces revelaba, qué matinal el alborozo otras veces,
qué exquisita la euritmia plástica siempre. Dentro de
ella se adivina un ímpetu caudal de fuerzas superabun-
dantes. Como ha dicho Platón: "El hombre ha recibido
de los dioses, junto con el sentimiento del placer y del
dolor, el del ritmo y la armonía". Si esa muchacha da
con un guía o maestro de sensibilidad artística, llegará
a ser una bailarina famosa.

—¿Quiere usted conocerla?
—Con mucho gusto.

Subieron todos a felicitar a Verónica, a excepción
de Teófilo, que permaneció a solas y cabizbajo, paseando a lo largo de los pasillos.

337

VERÓNICA se sobrecogió al ver entrar por la puerta
de su cuarto aquel torrente de hombres desconocidos;
pero la presencia de Alberto le dio ánimos. A las
alabanzas y encomios respondía riéndose sin tasa, con
su transparente risa muchachil, y andaba de un sitio
a otro sin pararse un punto, desasosegada de los nervios.

—Pues ná, señores; que he pasao un canguelo [338] que
ya, ya... Ha sido una tontería de este chalado —señalando a Alberto—, que se empeñó en que había de
bailar. Luego, me pesó tanto haber dicho que sí. Pero
si lo gracioso es que no sé bailar: bailo lo que buenamente me sale.

Alcázar y Alba, entrambos afamados pintores, solicitaron hacerle sendos retratos al óleo.

—¿Retratos míos?... ¿Y en color? Quiten allá... Si
parezco una aceitunilla. Pero si ustedes se empeñan...
El que pinta como las rosas es éste, es mu habilidoso.
—Por Guzmán.

Travesedo se asomó a la puerta y llamó a Alberto.
—¿Qué te ocurre? —preguntó Guzmán, ya en el pasillo.

337 *R*: "VI".
338 *canguelo* = 'miedo' (Academia, p. 244; Seco, p. 315). Wagner
(RFE, XXV) lo incluye entre los gitanismos.

—Que tengo miedo que se nos agüe la fiesta. Y cuidado que va saliendo bien todo. ¿Has visto que éxito el de esa *neña*? Ahora, con que se monte en las nubes y quiera subir el contrato...

—No creo.

—Por esta vez, y es la primera, me va a salir bien un negocio. No te figures que ganaré gran cosa. Jovino me paga cincuenta duros al mes; luego, el veinticinco por ciento de las utilidades. A esto renuncio de buena gana, y me conformo con que lo comido vaya por lo servido. La cuestión es que los cincuenta duros tiren hasta la próxima primavera. Pero, ese Jovino... En mi vida he visto hombre como él. ¿Crees tú que se le importa un pitoche el negocio del Circo? Ni esto. Sólo piensa en jugarse el dinero en casinos y chirlatas. Pero yo quería hablarte del conflicto. Ya sabes que la Iñigo y Monte-Valdés no se pueden ver. Es una mujer escandalosa de veras y no de boquilla, como la pobre italiana, y le tiene al cojo unas ganas... Pues nada, que se ha enterado de que está aquí en los cuartos, y Angelón, que ha estado hablando con ella, ha venido a decirme que lo va a esperar y tirarle de las barbas, y qué sé yo. Figúrate.

—No hagas caso. No hará nada, porque le tiene mucho miedo.

—¿Esa, miedo?

—Sí, hombre.

—No me tranquilizas.

—¿Y qué quieres que yo haga?

—Que con cualquier pretexto te lo lleves abajo.

—Ni que fuera un niño.

—Por Dios te lo pido. Mira que si se me tuerce el espectáculo ahora, en la tercera parte, que es la de sensación... Hay una ansiedad enorme por ver a Rosina; me lo ha dicho Mármol; por cierto, que ha venido de Pilares; ¿lo sabías?

—Sí, ya le he visto.

—El ministro ha comprado media entrada general y le van a hacer una ovación a Rosina... Después la

princesa Tamará. Creo que se presenta casi en pelota...
Si salimos hoy con bien, se asegura la temporada. Por
lo que más quieras, llévate a Monte-Valdés abajo.

—Haré lo que pueda.

Cuando Alberto entró de nuevo en el cuarto de Verónica, Monte-Valdés peroraba elocuentemente acerca
del baile, y la bailarina le oía embelesada. La elocuencia del literato era tan prieta y fluente, que Alberto
no encontraba coyuntura por donde meterse a cortarla
y luego precipitar la despedida.

Sonaron los timbres para la tercera parte. Monte-
Valdés continuaba perorando, y el resto de la reunión
seguía con interés su amena charla. Después de pasado
un tiempo, y cuando se oían los ecos de la orquesta,
Alberto consideró que no había peligro ya y se levantó.

—Señores, hace un momento que ha comenzado la
tercera parte. ¿Les parece que nos vayamos?

—¿Es posible? Yo no he oído los timbres. Pues sí,
la orquesta está tocando. Vámonos. Dicen que esa Antígona es una mujer hermosísima —dijo Monte-Valdés.
Se levantaron todos.

—¿Se marcha usté ya? —dijo Verónica a Monte-
Valdés—. A mí que me gusta tanto oírle... Deje usté
que se vayan estos señores y quédese usté conmigo.

—Mujer, no seas egoísta —amonestó Alberto.

—O si no —Verónica comenzó a dar saltitos—, si a
estos señores no les parece mal, puede usté venir conmigo al escenario y sigue usté hablando, y al mismo
tiempo, entre bastidores, lo ve usté todo.

—Eso es imposible, Verónica —atajó Alberto.

—¿Por qué? Tú también te vienes con nosotros. Si
es muy divertido estar entre bastidores. A estos señores
no les digo nada porque no sé si consentirán tanta
gente.

Verónica condujo a Monte-Valdés y Alberto a la se-
gunda caja del escenario, precisamente donde estaba la
Iñigo aguardando la salida, de un momento a otro.
Monte-Valdés, con ampuloso desdén, fingió ignorar la

presencia de su enemiga, la cual comenzó a agitarse nerviosa, a lanzar miradas aviesas al escritor y a sonreírse malignamente. Alberto estaba tranquilo, porque en sitio y ocasión tales no era verosímil una conflagración. Llególe a la Iñigo el turno para salir a escena. La música atacó un pasodoble jacarandoso. La cupletista, que lucía capa y montera de torero, encendió un pitillo, se ciñó la capa a las caderas y al vientre, sobradamente abultado, e hizo un breve, obsceno y raudo cadereo, como tanteando sus facultades; propedéutica o introducción del arte coreográfico, semejante al del cantador que carraspea y se escamonda el gañote antes de salir por peteneras. La Iñigo dio dos pasos hacia la escena, y ya en el borde de los bastidores, escorzó el torso en actitud desgarrada y hostil, miró de través y de arriba abajo al escritor, vomitóle en el rostro un agravio indecoroso y huyó a presentarse ante el público, moviendo desordenadamente el trasero según andaba. Monte-Valdés, con perfecta naturalidad, salió también a escena en pos de la Iñigo, y cuando la tuvo cerca, sustentándose sobre la pierna de palo por un milagro de equilibrio, le aplicó con la pierna íntegra tan desaforado puntapié en las asentaderas que la mujer dio de bruces sobre las tablas. Hubo unos minutos de estupor general y de silencio hondo. A seguida estalló el escándalo con caracteres pavorosos, y la confusión de baladros, bramidos, pataleos, imprecaciones, carcajadas, ir y venir y correr de gente amenazaba dar al traste con el circo. Por encima del estruendo general nadaba la exasperada voz de Monte-Valdés.

—¡Cómo yo tengo tanto pudor para las broncas!...

Calmóse la marejada antes de lo que fuera de esperar, y el público, muy regocijado después de aquel número fuera de programa, exigía ahora la continuación del espectáculo. Por fortuna, la princesa Tamará estaba dispuesta y en su punto, y salió a bailar unas danzas orientales, después que un criado anunció al respetable que a la señorita Iñigo le era imposible continuar su trabajo, por haberle acometido inopinadamente una ligera indisposición.

La indisposición consistía en un turbulento patatús. Entre seis hombres la habían llevado pataleando y echando espuma por la boca al cuarto de la dirección.

Algunos amigos de Monte-Valdés y algunos que no lo eran, entre ellos el comisario de Policía, habían acudido al escenario. De los primeros en subir fue don Bernabé Barajas, acompañado de su agraciado amigo, al cual no perdía de vista un momento, por temor a que se le extraviase. Iba don Bernabé de aquí acullá, escudriñando los orígenes del conflicto con femenina curiosidad, por ver en qué paraba el jaleo, cuando, en una de éstas, echó de menos al joven amigo, y entonces, perdiendo todo interés por el resto de las cosas humanas, se consagró a recuperar a su compañero.

—¿Han visto ustedes a Fernandito? —inquiría por todas partes con desolado lamento.

Pero nadie le hacía caso: Fernando había subido las escaleras que conducen a los cuartos de las artistas y husmeaba en busca de alguna mujer bonita a quien requebrar. A la puerta de la dirección había un remolino de curiosos; el resto del pasillo estaba solitario. Veíase una puertecilla abierta y sobre el cuadrado de luz destacaba, al sesgo, gallarda figura de mujer.

Era Rosina, que aguardaba a Conchita con nuevas de lo sucedido.

Fernando se acercó a la mujer con disimulo y como si paseara, por verla más de cerca. "Debe de ser una gachí de órdago", pensaba, e iba aproximándose al desgaire. No podía distinguirle bien el rostro, porque estaba entre dos luces encontradas; pero observó con sorpresa que se llevaba entrambas manos al corazón, que se inclinaba en uno de los quicios, que se enderezaba nuevamente, y oyó que decía con voz desfalleciente:

—¡Fernando!

Fernando salvó de un salto los tres metros que le separaban de la mujer, la cual, en teniéndole cerca de sí, le tomó de la mano y le hizo entrar en la estancia, entornando después la puerta.

—¡Fernando! —suspiró de nuevo la mujer. Estaba mortalmente pálida—. ¿No me conoces ya?

El mozo se había contagiado de la palidez y emoción de su incógnita compañera. Sentía la angustia dolorosa de un recuerdo, del cual estaba por entero saturado y con cuya expresión no acertaba. Era como si le estuvieran revolviendo las entrañas y arrancando aquello que estaba más hondo y lejano para ponerlo en la superficie y a la luz, como se rebusca el único dinero en lo hondo de un bolsillo agujereado. [339] De pronto abrazó a la mujer con varonil reciedumbre, y rugió más que dijo:

—¡Rosina!

Rosina, estrujada sobre el poderoso tórax de Fernando y sin poder respirar, en parte por la presión del hombre y en parte por el arrebato confuso que la atormentaba el pecho, elevando los ojos, como si con ellos bebiese los de él, [340] alentó con delgado soplo y acento entre tierno y orgulloso:

—Tenemos una hija: Rosa Fernanda.

De pronto sacudióse por desasirse de Fernando, y dijo atropelladamente:

—¿Cuándo nos vemos? Hay que arreglarlo todo en seguida. Ya no te separas de mí. Vete inmediatamente a la esquina de la calle del Barquillo y Alcalá. Pasaré yo en dos minutos y te meterás en mi coche. En seguida, en seguida. Vete ya, que alguien llega.

Besáronse y Fernando partió. Rosina no tuvo fuerzas para sustentarse en pie y cayó desmadejada sobre el pequeño diván. Conchita se alarmó al entrar.

—¿Qué le ocurre a usté?

—Nada, Conchita. Dame el abrigo. Me siento muy mal y voy a casa.

—¿Y el debut?

---

[339] Al lirismo profundo que quiere darle Pérez de Ayala a la escena del reencuentro de los dos amantes corresponde un ritmo muy lento.
[340] "Tic" narrativo de Pérez de Ayala para las escenas de amor.

—¿No te digo que estoy muy mal? Acompáñame hasta el coche, nada más que hasta el coche; después ya no te necesito. Puedes pasar la noche con Apolinar, si quieres. Dile a Travesedo que me he puesto muy mala, muy mala y que no puedo cantar.

A favor del desorden y aturdimiento que aún duraban, a consecuencia del incidente movido por Monte-Valdés, Rosina y su doncella pudieron salir del teatro, por una puerta excusada, sin que nadie parase mientes en ello. Conchita iba pensando: "Nuevo lío. Y ahora es gordo. ¡Qué asco de vida esta! ¡Dios nos ampare, Dios nos ampare! ¡Virgen de la Paloma!" Le entró un arrechucho de ternura, y antes de que Rosina subiera al coche, se abalanzó a besarla, llorando.

—Si supieras, Conchita— Ea, adiós.

—Adiós, señorita, adiós, adiós, adiós. —Con desesperación y llanto copioso, como para siempre.

Conchita volvió a la dirección, en donde la Iñigo, rodeada de gentes solícitas que le daban masajes precordiales en el desnudo seno, comenzaba a recobrar el sentido. Travesedo y Alberto observaban la operación. Conchita refirió a Travesedo lo que ocurría. Alberto vio que el rostro de Travesedo, ebúrneo y linfático de ordinario, se congestionaba y que sus ojos se inyectaban de sangre.

—¿Qué te ocurre? —preguntó solícito.

—Nada, Bertuco; [341] una friolera. Que Rosina se ha ido a su casa, muy enferma de un mal que le dio de repente. Y ahora, ¿quién se lo dice al público, después del escandalazo de Monte-Valdés? ¿No te lo decía yo? Mi sino es más negro que mis barbas. —Y se las mesó con ensañamiento.

La omisión del número Antígona acarreó tan airada protesta, que la Policía hubo de intervenir y obligar a la Empresa a devolver el importe de los billetes, con lo cual la desesperación de Travesedo llegó a términos que anduvo a punto de pelarse las barbas, y si no lo

---

[341] *Bertuco*: es el diminutivo con que conocían a Alberto sus amigos. Aparece especialmente en *A.M.D.G.*

consiguió fue porque las tenía tan arraigadas como su mala suerte.

Y aún faltaba el rabo por desollar. Y fue, que cuando Travesedo subía a la dirección, curvado bajo la pesadumbre de su infortunio, descendía la condesa Beniamina, somera pero lindamente ataviada con un casaquín, no más abajo de medio muslo ni más arriba de medio seno; aquellas flores funerarias que tanto enojo le habían producido, cogidas en un brazado; el mico sobre un hombro y una sonrisa seráfica en los labios. Su número debía ser el último: número de gran espectáculo. Consistía en un globo luminoso en cuya barquilla iba la condesa, cantando y arrojando flores, y que a través de los ámbitos del teatro, apagadas las luces, avanzaba y hacía extrañas evoluciones por medio de ingenioso artificio.

—¿Adónde vas? —inquirió Travesedo ásperamente.

—¿Adónde? Al palco escénico.

—Pues mejor te vas a otra parte. —Travesedo añadió una frase poco gentil.

—¿Cosa?

—Lo que has oído. Que se terminó la función.

—¿Y el pallone? —(Globo). [342]

—¿El pallone? —Esta vez añadió otra frase que fue menos gentil aún.

Cuando después de media hora Travesedo salía del malhadado circo, su lóbrego sino se había complicado con otro sino sangriento, porque desde la raíz de las barbas hasta muy cerca de los ojos le labraba las mejillas una red de purpurinos arañazos, obra de la inofensiva condesa; aquella que, al decir del propio Travesedo, era escandalosa sólo de boquilla.

[343]

A s í que Fernando llegó a la esquina de las calles de Alcalá y Barquillo, un coche se detuvo junto a la acera. Abrióse la puertecilla. El mozo entró en el ca-

---

[342]   La traducción, entre paréntesis, es añadido de *P*.
[343]   *R*: "VII".

rruaje. Rosina dio las señas de su casa. El cochero guió a través de la calle de Alcalá, luego a lo largo de la del Turco, hasta la del Prado. Rosina y Fernando no se habían dicho aún una palabra. La mujer, asomándose por una ventanilla, gritó al cochero: "A la Castellana". Subió el vidrio y se dejó caer sobre el hombro de Fernando.

—Me siento mal.

Fernando la acariciaba con lento manoseo y no sabía qué decir.

—Ya no soy nada para ti —murmuró muy arisca, irguiéndose—. Mejor dicho, nunca he sido nada para ti. La mujer de una noche: una de tantas. ¿Con cuántas has hecho lo que conmigo, yendo de pueblo en pueblo? Si hasta me asombra que te acordases del santo de mi nombre. Lo mejor es que hagamos por no volver a vernos. Bájate del coche y adiós. —Su voz era árida y conminatoria.

Fernando la [344] agarró con bárbara violencia, la levantó en vilo y la sentó de golpe sobre sus piernas.

—Cállate y no digas estupideces —masculló, casi triturándola con el abrazo, de lo cual recibía la mujer una alegría dolorosa.

Rosina apoyó la cabeza sobre el hombro derecho de Fernando y le adhirió determinadamente los labios en la coyuntura del cuello y la mandíbula, como si quisiera succionarle la sangre. Sentía en sus encías el recio batido de la yugular y le embestía un ansia furiosa de morder.

Después de largo silencio, Rosina bisbiseó:

—Vamos a casa.

—No puede ser.

—¿No puede ser? ¿No puede ser? ¿Has dicho que no puede ser?

—No puede ser.

Rosina intentó despegarse de Fernando. Fernando la retuvo, apresándola con brutal ahínco.

---

[344] L: "le".

—Suéltame, suéltame o te escupo. ¿No ves que me das asco?

Fernando la dejó en libertad. Rosina fue a sentarse en el asiento. La luz de un farol público, entrándose por la ventanilla con movimiento de guadaña, segó por un instante las sombras del coche. Rosina pudo ver que Fernando tenía la cabeza caída sobre el pecho.

—Tienes una querida. ¡Niégalo! Una querida rica que te sostiene. ¡Niégalo! Eres un chulo, eso, un chulo. No hay más que verte. ¡Niégalo!... ¿Vamos a casa?

—No puede ser.

—Claro. Si la otra lo sabe, adiós pitanza y trajes de señorito, y la vida holgona. ¡Ten al menos el valor de confesar! ¿Tienes una querida?

Fernando no respondió.

—Di sí o no.

—No.

—¿No?

—No.

—Pues vamos a casa.

—No puede ser.

—¡Qué canalla! ¡Qué bandido! ¡Qué embustero!... Y qué cobarde, que lo oyes todo sin rechistar. ¿Cómo era posible que a la vuelta de unos años te encontrase hecho un señorito, si no es a fuerza de indecencias?

—¿Y cómo te encuentro yo?

Rosina, con voz estrangulada por la ira, bramó:

—Pero, ¿te atreves? ...

—¡Perdón! —Y su acento estaba empañado—. ¡Tenme lástima!

Rosina no pudo oír la última frase de Fernando; se había llevado las manos al pecho, y al tropezar con la rosa de Teófilo, ajada y medio deshecha por otro hombre, sintió su conciencia traspasada de remordimiento. Vio que la conducta de Fernando para con ella era la misma de ella para con Teófilo. Teófilo la quería para sí, por entero; pero ella no se atrevía a renunciar a los beneficios que de don Sabas recibía. Fernando tampoco se resolvía a despreciar las dádivas de aquella desconocida amante. Rosina era supersticiosa. Pensó: "Castigo de Dios. Me lo he merecido. El que a hierro mata, a hierro muere". Y la imagen de Teófilo se agigantó en su recuerdo.

Rosina oprimió el llamador del coche. El cochero detuvo los caballos.

—Haz el favor de bajar.

—¿Me echas?

—Haz el favor de bajar.

—Has sido como un sueño. Para mí siempre has sido un sueño... —Se detuvo, esperando que Rosina dijera nuevamente: "Vamos a casa". Pero Rosina permaneció en silencio—. Mi corazón —habló a tiempo que echaba pie al estribo— ha estado siempre lleno de sueños. Un sueño, la primera vez que te vi. La segunda vez, una pesadilla. —Y cerró de golpe la portezuela, como si quisiera despertarse a la realidad.

Y entonces fue Rosina la que se quedó como soñando. Poco después abrió la ventanilla, asomó por ella todo el torso y gritó como loca:

—¡Fernando! ¡Fernando!

—¿Adónde vamos, señorita? —preguntó el cochero.

—A casa.

Rosina se retrepó en el respaldar del asiento y murmuró en voz baja: "Pero, ¿no estoy de veras soñando?".

345

SALIERON juntos del circo Angelón, Teófilo y Alberto, con Verónica. Alberto le tenía ya dicho a Angelón que Teófilo, no sabiendo dónde dormir aquella noche, solicitaba de él hospitalidad, a lo cual Angelón había accedido de buen grado. Subían por la calle del Caballero de Gracia, comentanto festivamente los varios sucesos trágicos y bufos de la jornada.

345 R: "VIII".

—Neña, tú has sido la heroína. Ya puedes estar contenta —dijo Angelón, que llevaba a Verónica del brazo—. ¿Cómo te sientes?

—Muy cansada.

—Entonces cenaremos en el Liceo Artístico, y así te repones.

—A la otra puerta. Lo que es yo me voy ahorita a la cama.

—Estás loca. No sabes la diversión que se nos prepara en el Liceo con *el Obispo retirado.*

—Chico, pa mí, como si me dijeras que, no ya el obispo, el Papa en persona, va a bailar un zapateao en camisón.

—Mejor que eso, neñina.

—¿Qué es ello? —preguntó Teófilo.

—¿Conoce usted a Mármol?

—Alberto me lo ha presentado.

—El jugador más fresco. No hay nada que le haga perder su impasibilidad. Me ha dicho que va esta noche al Liceo, porque ha sabido que don Jovino, *el Obispo retirado,* tu empresario, neña...

—Ya, ya me he enterado...

—Digo que *el Fraile motilón,* que tiene más dinero que pesa, y que se lo juega con tanta frescura como Mármol, va al Liceo todas las noches. De manera que vamos a presenciar la lucha más descomunal e interesante que han visto los siglos.

—Pues memorias a la familia del *Obispo.* Estoy muerta, Angelón, y necesito dormir.

—Hijita, yo no voy a casa todavía: que te acompañe Alberto.

—Yo también me voy a dormir, si usted me lo consiente —habló tímidamente Teófilo.

—Usted se viene conmigo, porque nadie sabe en dónde está la ropa blanca y no se puede hacer la cama hasta que yo vuelva.

—Eso no importa. Duermo vestido.

—¡No faltaba más! Usté se viene conmigo. ¿No ha estado usted aún en el Liceo?

—Todavía no.

—La golferancia [346] en pleno de Madrid cae por allí todas las noches.

—Sin embargo, estoy cansado. Si usted no lo tomase a mal, yo me iría a dormir.

—Ya lo creo que lo tomo a mal.

—No sea usted impertinente —intervino Alberto—. Deje usted a la gente dormir cuando tiene sueño. Por otra parte, ese desafío no será tan formidable como usted supone, porque yo he estado hablando con Alfonso del Mármol y sé que no se jugará arriba de tres mil duros, por la sencilla razón que es todo lo que le queda en el bolsillo después de la paliza que ayer le han dado en el Casino.

—¿Está usted seguro?

—Y tan seguro.

—De todas maneras, a Pajares no le importa acostarse dos horas más tarde o más temprano. Los poetas modernistas son noctámbulos. —Abandonó Angelón el brazo de Verónica y aseguró el de Teófilo. —Bueno, adiós Verónica. Usted, Alberto, [347] ¿vuelve también después de dejar en casa a Verónica?

—No, yo voy a dormir, que me he de levantar mañana temprano. ¿No recuerda usted que mañana es el día del mitin? Y no me parece que sea la mejor preparición espiritual un garito. Verdad que Cristo andaba siempre entre publicanos y prostitutas, pero...

---

346 L: "golfería". Golferancia es indudable derivación expresiva de "golfo", probablemente a través de "golfería". Zamora Vicente recuerda que, en 1908, "golfemia" podía ser recogido como sustantivo usual en Madrid (La realidad esperpéntica, Madrid, ed. Gredos, Biblioteca Románica Hispánica, 1969, p. 28).
Baroja nos informa con detalle: "De 1890 a la guerra mundial de 1914, el repertorio de frases madrileñas cambió. Se inventó la palabra golfo, que tuvo un éxito verdaderamente extraordinario. Con el lugar común de la Prensa, se diría que esta palabra venía a llenar un hueco. Después, con la imaginación verbal y meridional, se hicieron muchas palabras a base de ella, y se habló de golfería, de golferancia, de golfante, etc." (Memorias I, ed. citada, p. 462; el subrayado es mío).
347 "Alberto" es añadido de P, para aclarar a quién se dirige la frase.

—Mítines... ¡Qué gansada! Cuándo sentará usted la cabeza... [348] —manifestó Angelón en tono afectuoso.

Las dos parejas se separaron.

Apenas Angelón y Teófilo habían traspuesto la mampara de bayeta verde del garito, cuando don Bernabé Barajas acudió hacia ellos, con abiertos brazos, acongojadas pupilas y temblequeante abdomen.

—¿No han visto ustedes a Fernandito?

Angelón no sabía quién fuese Fernandito, aunque lo presumía, y acudió al punto a responder:

—Ahora mismo nos hemos cruzado con él.

—¿En dónde?

—En la calle de Carretas. Iba con *la Dientes*.

—¿Con esa piculina [349] desorejada?

—Con la misma. Hacia la Central.

—¡Desdichado! —gimió don Bernabé, y tomando el sombrero de la percha huyó desolado.

Las varias estancias y gabinetes del Liceo Artístico tenían aspecto sórdido, de gusto depravado. Las paredes estaban revestidas con papel descolorido, estampado de floripondios como coles; de trecho en trecho, un pegote de papel diferente, o un rectángulo donde el papel conservaba su color original por haberle defendido de la corrosión de la luz un cuadro que allí había estado colgado en otro tiempo. También había en los muros uno que otro espejo, saldo de un café o casino quebrado, con espigas y amapolas pintadas al óleo en una esquina, y el mercurio de la luna amortiguado y ensombrecido por unos a manera de vapores de incierta amarillez. Teófilo esquivaba mirarse en tales espejos, porque de primera intención, y habiéndose contemplado sin querer, había advertido que derretían la materialidad de los cuerpos en ellos retratados y les daban vagorosa turbiedad de fantasmas.

---

[348]   Otro caso irónico de perspectivismo.

[349]   *piculina* = 'prostituta'. Es eufemismo que suele ser usado por mujeres (cf. Carandell: "Vocabulario madrileño-castellano", en *Vivir en Madrid*, Barcelona, 1967). Aparece en boca de una mujer en Cela (*San Camilo*, p. 295): "¿No serán dos piculinas y la alcahueta?"

Recortándose duramente sobre aquel fondo precario, bullían las figuras; las femeninas, todas ellas damas cortesanas o entretenidas, vestidas, como criadas de casa grande en Carnaval, con heterogénea y recargada mescolanza de atavíos señoriles ya usados, envueltas en una atmósfera de hedores que ofendía el olfato: que el olfato repugna la mucha fragancia, así como los ojos se duelen de la mucha luz. Estas damas, la mayor parte feas y gordas, que eran la espuma de la prostitución madrileña, satisfacían su añeja y exacerbada hambre de lujo hartándose de él en tanta medida que hacían pensar en las orgías deglutivas de los salvajes de Nueva Zelandia cuando dan por ventura, y después de largas privaciones, con una ballena putrefacta, que devoran en delirio, sin saciarse nunca, hasta reventar.

Las figuras masculinas eran muy varias: junto con el hombre correcto y de buena sangre, personaje episódico y de paso, víctima por lo regular de las malas artes de la tafurería, [350] podían verse el señorito achulado, el chulo aseñoritado, el comiquillo epiceno y el chulo sin bastardear, con todos los caracteres específicos de la casta.

Había por dondequiera mesas octogonales para *poker,* y en torno de ellas aquellas damas tan suntuariamente vestidas regateaban a gritos una peseta y aun menos, como cocineras que ajustan un pollo en el mercado.

Angelón guió a Teófilo hasta la sala de juego. Estaba la gente acomodándose en derredor del gran violón verde, en cuyo centro, junto al tazón de níquel para las cartas jugadas, había cuatro paquetes deshechos de barajas francesas. Entre los concurrentes estaban Alfonso del Mármol y don Jovino, *el Obispo retirado.* Iba a comenzar la partida. Un criado con galones subastaba la baraja.

—Talla para el *baccará,* señores —canturreó el mozo con sonsonete sacristanesco.

—Mil pesetas —dijo Mármol entre dientes.

---

[350] *L* corrige el arcaísmo: "tahurería".

—Dos mil —añadió don Jovino con los ojos clavados en el cielo raso, como si postulase la intervención divina.

—Dos mil —hizo eco el mozo—. Dos mil, una... Dos mil, dos...

—Tres mil —atajó Mármol—. Tomó el largo cigarro con dos dedos y comenzó a darle vueltas entre los labios para alisar la capa; luego lo contempló, vio que estaba bien, se lo llevó a la boca, y las manos a la espalda. Parecía que estaba a solas en su casa, aburriéndose.

—Cuatro mil —se apresuró a decir *el Obispo retirado,* como si hubiera recibido una intuición celestial.

—Cuatro mil, señores. Cuatro mil, una... Cuatro mil, dos... Cuatro mil...

Mármol retiró una mano de debajo de la chaqueta, que en él era actitud habitual cuando estaba en pie o paseaba llevar las manos enlazadas sobre los riñones y debajo de la chaqueta. Alargó el brazo hacia el mozo, con no menos solemnidad que Josué hacia el sol; le ordenó tácitamente que se detuviera, sacudió la ceniza del cigarro con el dedo meñique, y dijo con aire de indiferencia:

—Cinco mil.

—Cinco mil, señores. Cinco mil, una... Cinco mil, dos... Cinco mil..., tres. —El mozo dio con los nudillos sobre el violón y declaró al mismo tiempo: —Don Alfonso del Mármol, talla.

—Banco —agregó al punto *el Obispo retirado.*

—Bueno, yo no entiendo una palabra de todos estos ritos —murmuró Teófilo al oído de Angelón.

—Pues es más fácil que hacer un soneto, aunque el soneto sea modernista. [351] El que más alto puja, ese talla. Banco quiere decir que don Jovino juega todo

---

[351] Es bien sabido que el modernismo complica la métrica del soneto, introduciendo nuevos versos y ritmos. "En el Modernismo prevalece en lo fundamental el tipo clásico [de soneto]. No obstante, junto a él hay un gran número de tipos irregulares en la disposición de las rimas y el número de versos" (Rudolf Baehr: *Manual de versificación española,* Madrid, ed. Gredos, Biblioteca Románica Hispánica, 1969, p. 398).

lo que se talla, contra el banquero, al primer pase, mano a mano; de manera que a los otros no les toca sino mirar. ¿Que gana Mármol? Ya tiene diez mil pesetas en lugar de cinco mil. ¿Que las cartas favorecen al *motilón*? Pues Mármol se queda sin las cinco mil del ala, y a otra cosa, es decir, a otra baraja, a no ser que reponga la banca.

—¡Es curioso! —exclamó Teófilo, que era ya víctima de la capciosidad del juego.

—¿Curioso? No veo la curiosidad... —murmuró Angelón, con desdén hacia la inexperiencia del poeta.

Teófilo se había interesado al punto en aquel raro combate, y con el corazón se había puesto del lado de uno de los combatientes, del lado de Mármol, cuyo éxito consideraba como cosa propia; a don Jovino, sin razón, le aborrecía como a un adversario con el cual tuviera antiguos y enconados motivos de resentimiento. Aplicábase a seguir las peripecias del juego, conteniendo la respiración y con el pulso agitado. Don Jovino ganó el banco. Alfonso del Mármol colocó otras cinco mil pesetas sobre la mesa y continuó tallando. La baraja se deslizó con alternativas y altibajos, al fin de los cuales Teófilo, que no perdía de vista las manos de Mármol, estaba seguro que su aliado mental había ganado unas seis mil pesetas. "Ahora tiene diez y seis mil pesetas", pensó. Durante esta baraja Fernando había llegado a la mesa de juego y jugado algunos duros, con gran circunspección y ensimismamiento. La partida estaba muy animada. Corría en abundancia el dinero. Pero las posturas más considerables eran siempre las del *Fraile motilón,* de suerte que se mantenía en todo momento un antagonismo personal entre él y el banquero.

—¿Y será cierto lo que ha dicho Alberto? —inquirió Teófilo, muy hostigado de la curiosidad.

—¿Qué es lo que ha dicho Alberto?

—Que Mármol no tiene más que quince mil pesetas en el bolsillo.

—Cuando él lo ha dicho. Son muy amigos, y Mármol no le iba a decir una mentira.

—¿Está casado?

—Y con ocho hijos.

—Tan joven... Y se juega así el dinero... Debe ser [352] muy rico.

—No sé. Él siempre se juega el dinero por lo grande.

Subastaron la segunda baraja, que Mármol volvió a rematar en cinco mil pesetas, y don Jovino a hacerle banco, que esta vez ganó Mármol. Al final de esta baraja, según los cálculos de Teófilo, que eran muy concienzudos, Mármol había llegado a las veintidós mil pesetas. En la baraja siguiente, que también remató Mármol, la suma total adquirió un valor de treinta y dos a treinta y cinco mil, que en estas alturas el cómputo exacto era muy difícil; pero Teófilo sabía que no era menos de lo uno ni más de lo otro.

En la subasta de la baraja inmediata las hostilidades se avivaron por parte del *Obispo*. Subían uno y otro y nunca se daban por satisfechos. Al llegar a las treinta y tres mil, Mármol se abstuvo de pujar y quedó la baraja por cuenta de don Jovino. "Es que no tenemos más [353] de treinta y dos mil. Mi cálculo era correcto", pensó Teófilo. Se sentía tan en la pelleja de Mármol, que sus pensamientos se enunciaban espontáneamente en la primera persona del plural; así: "Diez millones que tuviéramos, diez millones que hubiéramos tallado, si ese cerdo cebado se obstinara en seguirnos a los alcances. Pero no podemos pasar de las treinta y dos mil." El corazón de Teófilo comenzó a apretarse al pasar Mármol desde el sitial del banquero al democrático escaño de *punto*; la buena suerte de Mármol se anubló de tal manera, que en muy pocos pases perdió treinta mil pesetas; lo que no perdió fue el gesto cansado y tedioso de hombre que está a solas aburriéndose.

---

[352] *R* y *L*: "debe de ser". Es errata de *P*.
[353] *R*: "no hay más". *P* expresa mejor la participación personal de Teófilo.

—¡Nos ha reventado ese puerco! —eyaculó [354] Teófilo, malhumorado, sin poder contenerse.

—¿El qué? —interrogó Angelón.

—Nada. Digo que *el Obispo* le ha ganado a Mármol todo lo que tenía. Sólo le quedan dos mil pesetas.

—Bastante es para desquitarse. Tiene una suerte loca.

—Por mucha que tenga. ¿Qué se puede hacer con dos mil pesetas?

—¿Qué dice usted? ¿Usted sabe lo que son dos mil pesetas?

El rostro de Teófilo se empurpuró. Hubo de colocarse por un momento en su propio presente histórico; pero se desplazó, a seguida que oyó decir a don Jovino:

—Hay una continuación.

—¿Qué quiere decir eso? —preguntó Teófilo.

—Que no talla ya más. Otro, si quiere, puede continuar tallando la misma baraja.

—Sí, sí; a buena hora. Después que esa bestia se lo ha llevado todo.

—Yo la continúo —tartajeó Mármol, con el cigarro entre los dientes, y en el mismo tono con que le hubiera pedido una cerilla al mozo. Se levantó parsimonioso y fue a sentarse en el sitial del banquero. Dio dos chupadas sonoras al cigarro; estaba apagado. [355] Extrajo del bolsillo una cerillera de oro y se las arregló de suerte que hubo de encender seis o siete antes de que ardiese una, y entonces chupó con ahinco hasta esfumarse detrás de una nube de humo. Cuando reapareció se le vio que estaba sacándose los puños con aire sosegado y poniendo los brazos en arco, como si ensayase un paso de garrotín. El resto de los jugadores, comidos de impaciencia y de angustia, le asaeteaban con los ojos. Le hubieran dado de golpes; pero no se atrevían a hablar por no descubrir su desazón.

Don Jovino estaba visiblemente nervioso y pálido de cólera. Con la mano, pequeñuela y canónica, arañaba la mesa.

<hr>

[354] Otra vez el uso amplio de este verbo, que ya comentamos.

[355] *L*: "al cigarro que estaba apagado". No me parece que el cambio mejore nada.

—¡Qué hombre admirable! —bisbiseó Teófilo en elogio de Mármol.

En efecto, Mármol era un genio en las artes aleatorias. Sabía que la fascinación del juego está en que bajo su acción se desvanece el sentido del tiempo, y de aquí nacen sus consecuencias, así placenteras como funestas, porque sin el sentido del tiempo no cabe noción del trabajo, y sin ésta no existe el concepto del valor, por donde en torno de una mesa de juego se congrega una humanidad que momentáneamente se exime de la maldición paradisíaca, y goza, por lo tanto, de aquellos dos edénicos atributos que, siendo humanos, eran casi divinos: no tener miedo a la velocidad del tiempo [356] ni conocer qué cosa sea trabajo. La mayor parte de los jugadores pierden, con la conciencia del tiempo, la fruición del juego, y aquí venía Mármol a despertarles de su letargo e inculcarles, quieras que no quieras, la sensación del tiempo, y, por corolario, una emoción contradictoria e intensísima.

En tanto duraban las maniobras de Mármol, Teófilo había estado informándose, por medio de Angelón, de ciertos pormenores atañederos al juego.

—Es decir, que si ahora le sale el pase en contra se tiene que pegar un tiro...

—Eso no, porque se apresurarían a pegárselo antes de que él se molestase; en buena parte estamos. Lo que ocurre es que no puede ser verdad eso que nos ha contado Alberto. No puede ser; se necesitaría estar loco.

—¿Que no puede ser? Puede ser y es —afirmó Teófilo con entonación infalible.

—Pues yo no lo creo.

En aquel punto Mármol recorrió con los ojos la superficie del violón. El dinero apostado andaba por las cuatro mil pesetas. Teófilo lo contó mentalmente, tranquilizándose. "Creí que era más. Puede que le quede otro tanto a él", se dijo, abandonando el plural, porque el trance era harto difícil para asumir su respon-

[356] *R*: "miedo a la muerte".

Un rato en el Circo de Price, por Fresno

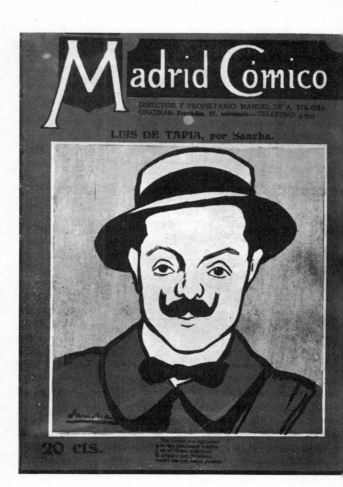

Luis de Tapia, por Sancha

sabilidad. Al llegar con la mirada al dinero de don
Jovino, los ojos de Mármol se reposaron, dijérase que
a lo burlón. Don Jovino, con ademán vehemente, puso
dos mil pesetas más sobre las dos mil que ya tenía
apostadas.

—Banca abierta —musitó Mármol.

—¿Qué? —exclamó don Jovino.

Mármol se abstuvo de contestar, como si nada hubiera ocurrido, en lo cual demostró gran perspicacia,
porque antes de poder decir jota [357] ya le habían [358]
adelantado dos o tres jugadores, los cuales, volviéndose
hacia don Jovino, hablaron al tiempo mismo: "Que
banca abierta." Don Jovino colocó cuatro mil pesetas
más. Mármol comenzó a repartir las cartas lentamente.
Teófilo volvió las espaldas a la mesa.

—No quiero verlo— rezongó, con los pulmones en
suspenso.

Había un maravilloso silencio, que se prolongaba, se
prolongaba... Teófilo oyó la cauta, elegante voz de
Mármol diciendo *nueve*. Giró sobre los talones, inflamado de júbilo. Nueve era la mejor carta.

—¡Qué suerte! —exclamó Angelón, ligeramente contrariado.

Un *croupier* apilaba con la raqueta el dinero dise-
minado por paños; otro lo recogía con el *sable*. Mármol, en medio de los dos, no se dignaba dar la menor
muestra de interés hacia la recolección. Toda la baraja
resultó a favor de Mármol, y como don Jovino había
olvidado su sangre fría, las pérdidas de éste y ganancias de aquél fueron tales, que los talentos aritméticos
de Teófilo se hicieron un embrollo y no atinaron a
calcularlas.

A partir de este momento la lucha perdió todo interés. El *Fraile motilón* era derrotado de continuo, ya
de banquero, ya de punto y, a la sombra de Mármol,
el resto de los jugadores se ensañaba en él, extrayén-
dole el dinero a chorros. A medida que perdía, don
Jovino recobraba la serenidad.

---

[357] *R*: "decir nada".
[358] *R* y *L*: "ya se le habían". Debe de ser errata de *P*.

Ya avanzada la noche sobrevino en la sala de juego don Bernabé Barajas, el cual, así que vió a Fernando, corrió a su vera, jadeante y con aliento entrecortado.

—¿Dónde te has metido? ¡Ay! ¡Qué susto me has dado!

Los presentes rieron de manera inequívoca y contemplaban, así a don Bernabé como a Fernando, con ánimo respectivamente burlón y despectivo. En un abrir y cerrar de ojos Fernando se había puesto en pie, lívido sobremanera, y girando sobre la cintura aplicó una enorme y restallante bofetada sobre el turgente rostro de su dulce amigo. Algunos se precipitaron a sujetarlo.

—No es necesario —dijo Fernando muy sereno, apartándose de la mesa.

—Pero, Fernandito, hijo, ¿qué te he hecho yo? —se lamentó el buen señor, algo sorprendido.

—Es que todo el mundo se figura..., y yo ya estoy harto.

—Pero, ¿qué es lo que se figura, criatura?

—Diga usted aquí, delante de toda esa gente, si ha conseguido usted algo de mí.

—¡Ay, qué cosas tienes! Yo, ¿qué iba a conseguir?

—Diga usted la verdad.

—Yo soy un caballero.

Prodújose una gran carcajada, que enardeció más al ya enardecido mozo.

—¡Diga usted la verdad, se lo suplico!

En esto llegó el presidente del círculo, un matón con ribetes de escritor, o viceversa, y acercándose a Fernando sentenció con engolada austeridad:

—En este círculo no se toleran escándalos, y menos de tal índole. Haga usted el favor de marcharse.

—No sin que antes quede en claro que yo soy tan decente como el que más.

—Haga usted el favor de marcharse —e iba a asirle de un brazo.

—Cuidado con tocarme ni al pelo de la ropa. Yo hice mal en abofetear a don Bernabé, lo confieso; pero si lo hice fue porque me pareció ver que todos estos señores se figuran algo que no es verdad, y perdí la cabeza. Yo no me voy sin que don Bernabé conteste a lo que le he preguntado.

—Don Bernabé puede contestar o dejar de hacerlo, según le salga de la voluntad. Pero usted no puede continuar aquí.

Mármol, que hasta aquel momento había permanecido como ausente de todo, se puso en pie, se acercó al presidente, acariciándose la barbilla color de trigo, y muy fríamente declaró:

—Tiene razón el muchacho y no sé por qué regla de tres ha de marcharse [359] si no le da la gana. Por lo demás —añadió, mirando a Fernando—, si en un principio alguien se ha figurado algo, creo que luego han cambiado todos de parecer. Las apariencias suelen engañar —concluyó, contemplando con ojos entornadizos y de lástima al presidente.

—Claro que las apariencias suelen engañar —corroboró don Bernabé—. Yo soy un caballero.

Nuevas risas.

—Muchas gracias —dijo Fernando, sacudiendo virilmente la mano de Alfonso del Mármol—. Y buenas noches la compañía.

Y el mozo salió de la sala con firme compás de pies.

—Vámonos nosotros también —rogó Teófilo a Angelón poco después que el desconocido e iracundo joven se hubo marchado—. Estoy rendido.

—Vámonos, si usted lo desea.

Según andaban camino de casa, Teófilo sentía en el alma un malestar oscuro y de fondo, y en la conciencia impresiones confusas y pronósticos de ideas. Amenazábanle las silenciosas moles de la ciudad durmiente, como si fueran a derrumbarse sobre él de un momento a otro, disgregadas por un agente de diabólica actividad corrosiva.

---

359 *L*: "ha de marchar".

Las rameras de encrucijada intentaban socaliñarlos, brindándoles con torpes requiebros placeres complejos y módicos.

Teófilo sentía dos obsesiones que para él eran normas madres de la vida: la del dinero y la del amor. Según su peculiar manera de concebir la sociedad, ésta se asentaba en dos pilares: el sentido conservador, del cual nace el principio de propiedad, y el instinto de reproducción, de perpetuación, turbio subsuelo en donde arraiga el amor, libre o constituido en familia. Ahora, Teófilo se preguntaba: "Estos dos principios de la sociedad, ¿son constructivos o son destructores?" Movíale a formular este interrogante el haber visto al desnudo el instinto de propiedad y el amoroso: el primero, en el juego; el segundo, en la prostitución.

—¿En qué pensaba usted? —habló Angelón.

—En nada —respondió en seco Teófilo.

—He tenido mala pata. Siete duros, que era todo lo que me podía jugar, me los liquidaron en un periquete. Si aguardo a las barajas últimas del *Obispo* me pongo las botas. Ya ve usted aquel mozalbete, el de las bofetadas a don Bernabé: en dos barajas se cargó unos miles de pesetas, que yo viera. La Fortuna, mujer al fin, sonríe a los sinvergüenzas y vuelve la espalda a los hombres honrados.

360

TEÓFILO pasó la noche en claro. Meditaba las últimas palabras de Rosina: "Si no tienes dinero, róbalo", y las muestras de amor que ésta le había hecho. El recuerdo era tan agudo y gustoso, que la respiración se le entorpecía, combatida por apasionadas olas de entusiasmo, y sollozaba, estrujando las ropas del lecho con dedos engarabitados. ¡Pobre Rosina! ¿No fuera mejor que Rosina no le hubiera amado nunca? ¿Cómo iba él a pagarle aquel su acendrado y rendido amor? Robar dinero... ¿En dónde? Ya lo había robado, si no para ella, por ella. Se preguntaba en serio: "¿Por qué no acudirá el diablo en estos tiempos cuando se le llama, como lo hacía en la Edad Media, para venderle el alma?"

A las siete de la mañana cayó dormido. Alberto entró al mediodía en su alcoba, pero le dejó dormir. Despertó a las tres de la tarde. En la casa había alguna comida, que Verónica condimentó para Teófilo. Así que concluyó de comer salió a la calle. "¡Qué hombre!", había dicho Verónica. "Parece que vive entre nubes. Tal como yo me lo había imaginado al leer sus versos. Ni una palabra se dignó decirnos". Y Alberto había respondido: "Es que está enamorado". Lo cual entristeció a Verónica.

Teófilo se dirigió a casa de Rosina, como tenía por costumbre. Le salió a abrir la cocinera y le hizo pasar a la salita del piano, en donde estaban don Sabas y el marinero ciego. El marinero profería palabras turbias, entre las cuales se derretía un a manera de llanto recio, ronco; pero los ojos los tenía enjutos, inmóviles. Teófilo fue a dar la mano al marinero, sospechando de pronto que Rosina estaba enferma de algún cuidado.

—¿Qué ocurre? —preguntó anheloso.

—¡Ay, señor poeta! —sollozó el ciego, con esa voz varonil quebrada, que enternece aun a los corazones más enteros.

—¿Está enferma de gravedad?

El ciego se desató en llanto y en un chorro de palabras sin sentido, siempre con los ojos enjutos. Habló don Sabas:

—Por fortuna, no. Se ha marchado... con la niña..., no sabemos adónde. —Separaba las palabras para pronunciarlas con firmeza, porque pretendía aparecer sereno y no lo estaba. Miró a Teófilo, por ver el efecto que en él hacía la noticia. Teófilo palideció un poco; por lo demás, no se le descubrió señal alguna de congoja, sorpresa o desesperación.

—Entendámonos —agregó Teófilo—. ¿No puede ocurrir que haya salido con la niña y les haya ocurrido algún accidente?

—No; porque en esta carta que me ha dejado escrita declara que huye con el hombre a quien ama, y nos pide perdón a su padre y a mí.

En este punto, Teófilo no pudo reprimir una sonrisa. Estaba seguro de que Rosina había huido para irse a vivir con él; quizás a aquellas horas andaba buscándole. Acaso habría ido a la casa de huéspedes, porque ella no sabía que la patrona le hubiera despedido. ¡Oh, dulce y apasionada Rosina!

—Creía yo —prosiguió el ministro, antes de concluir de leer la carta— que se había marchado con usted. Pero en la carta, hacia el final, dice que ha vuelto a dar, milagrosamente, con el padre de Rosa Fernanda y que es una cosa fatal. De todas suertes, no veo la necesidad de huir, ni comprendo cómo Rosina, tan bondadosa y de buen sentido, ha dado tan gran disgusto a este pobre viejo, dejándole en la calle, como quien dice.

El dolor de don Sabas era, a pesar suyo, tan sincero, que en un punto destruía el artificio de sus adobos y cosméticos, dejando al descubierto una ancianidad herida, dolorosa y claudicante.

El marinero continuaba llorando a su modo. Teófilo sentía los sesos azotados por un ramalazo de locura.

—¡No puede ser! ¡No puede ser! ¡Yo digo que no puede ser! Si sabré yo que no puede ser... ¡Monstruoso! ¡Monstruoso! ¡Monstruoso! —gritaba Teófilo, recorriendo de punta a cabo la estancia.

—Serénese usted, señor Pajares.

—¡Absurdo, absurdo! Si lo sabré yo... A ver, que lo diga Conchita. ¡Conchita! ¿Dónde está Conchita?

—Conchita... ¿Pero no sabe usted? —Teófilo se detuvo frente a don Sabas, sin escuchar—. ¿No ha leído usted los periódicos de esta mañana? Conchita ha asesinado ayer noche a su seductor y luego se ha suicidado. Vivió una hora, lo necesario para declarar ante el juez. —Aquí la voz de don Sabas temblaba. —Una desgracia nunca viene sola. —Don Sabas evitaba mirar al ciego, que había sacado un pequeño crucifijo del seno y lo besaba con desvarío.

Hubo un largo silencio; al cabo del cual, como si en aquel punto don Sabas hubiera terminado de hablar, Teófilo, con ojos desmesurados y voz sombría, interrogó:

—Pero, ¿Conchita...?

—¡Pobre Conchita! —balbució [361] don Sabas.

El ciego continuaba llorando con los ojos secos.

> *Carpe diem quam minime credula postero.*
>
> HORACIO

¿QUÉ le han hecho a esa niña? ¿Por qué llora esa niña? ¡Milagritos, rica, ven acá! —rugió Travesedo, desplegando convulso la servilleta sobre los muslos. Luego afianzó las gafas. Estaba sentado a la cabecera de una mesa redonda dispuesta para la comida, con un mantel agujereado cubierto de manchones cárdenos, uno de ellos dilatadísimo, y de redondeles, a trozos, de coloraciones diferentes, como mapa geológico que atestiguase los sucesivos estadios genesíacos de la hospederil semana culinaria. En torno de la mesa, el resto de los huéspedes aguardaba el advenimiento de la sopa. Eran éstos don Alberto (Alberto Díaz de Guzmán); don Alfredo, de apellido Mayer, conocido dentro de la casa por el *teutón,* al cual, en la historia geológica inscrita en los manteles, correspondía el período diluviano, que no había semana que no derramase el vino, y para vergüenza le colocaban delante el manchón cárdeno, testimonio de su ignominia; el señor del Alfil, a quien se le llamaba por el apellido para evitar confusiones,

---

[362] Pérez de Ayala lo escribe siempre así y no como sería más correcto: "Trismegisto".
[363] *R:* "Parte IV: Hermes Trimegisto y Santa Teresa".
[364] *R:* "I".

porque su nombre era Alberto; Macías, a secas, sin
añadido honorífico, no se sabe por qué, cómico a la
disposición de las empresas, así como el señor del Alfil,
y, por último, don Teófilo (Teófilo Pajares).

El comedor, pobremente atalajado, tenía un balcón
abierto de par en par sobre un gran patio de vecindad,
en cuyas paredes, recién encaladas, el sol resplandecía.
Era prima tarde; un día voluptuoso de primavera. En-
trábanse por el balcón ráfagas de brisa, y en ellas
diluido el sol templadamente. La ropa blanca que de
unos cordeles pendía de lado a lado del patio, danzaba
en el aire, con movimiento elástico y gracioso de apacibles banderas. Era, en suma, uno de esos días madrileños de ambiente enjuto y ardiente, demasiado puro
para respirar, de suerte que provoca una grata emoción
de angustia en el pecho: esos días de tan acendrada vitalidad y belleza que al huirse dejan a la zaga los más
tristes crepúsculos. No había olor de flores ni sugestiones de renacimiento vegetal, que es por donde la primavera se muestra más deleitablemente; pero una criada cantaba una cancioncilla del género chico, y con
ser depravada la música y la voz nada melodiosa, dijérase que acariciaban así el sentido del oído como el
del olfato, y que estaban saturadas una y otra de evo-
caciones rústicas, de claro rumor de agua y de bos-
que. [365]

Oíase también, como contraste doloroso, el llanto de
un niño.

—¡Que me traigan esa niña! —volvió a aullar Travesedo, elevando los brazos.

Entró Antonia, la patrona, en el comedor, conduciendo de la mano y casi a rastras a una niña como de
seis años, la cual lloraba como lloran los niños, con
tanta intensidad que parecía que el alma, licuefacién-
dose, [366] se le derramaba por los ojos. Así que Trave-

---

[365] Ayala alaba también estas musiquillas madrileñas que vienen de
la calle en uno de los fragmentos de novela que he encontrado y publico
como apéndice en mi libro *La novela intelectual de Ramón Pérez de
Ayala.*
[366] *L* corrige la palabra rebuscada: "liquidándose".

sedo la tomó en brazos, la niña se tranquilizó. La sentaron en una silla alta que al efecto estaba apercibida entre Travesedo y Alberto, y, por más que preguntaron, no consiguieron conocer la causa de la llantina. Eran todos los que vivían en aquella casa hombres mayores de treinta años, todos solteros. Trataban a Milagritos, que era feúcha y enfermiza, con una ternura casi religiosa. El único que acreditaba absoluta insensibilidad a este respecto era Macías.

—No puedo oír llorar a un niño —declaró Travesedo, pasando su mórbida mano sobre la melenilla de Milagritos, de un rubio grisáceo.

—Ni nadie —corroboró Macías, mojando una sopa en vino—. El llanto del niño y el canto del canario son las dos latas mayores del Universo. Le vuelven loco a cualquiera. Comprendo a Herodes.

—¡Qué bruto! —exclamó Alfil, un hombre desmesurado, rubio maíz y de ojos incoloros, que comía con el gabán puesto.

Travesedo miró con asombro a Macías; luego a Alberto, con alacridad, y soltóse a reír. A Travesedo, la estulticia y brutalidad ajenas, en lugar de indignarle le inducían a desordenados extremos de alegría. [367]

—¿Has oído?

—Ya, ya —respondió Alberto, con gesto de lástima.

—Usted llegará muy lejos, Macías; usted será un gran hombre, sobre todo en escena, por la insensibilidad. [368] Acuérdese de que yo se lo digo —afirmó Travesedo. Puso los codos sobre la mesa y continuó con entonación disquisitoria—: Esto del llanto de los niños es una sensación puramente española.

—Claro —entró a decir el teutón—; yo, en Alemania, nunca he oído a los niños llorar.

—Tiene razón Alfredín —Travesedo llamaba siempre así al alemán—. A mí me ocurrió una cosa semejante;

[367] Nótese la unión, en un personaje simpático, de pesimismo y humorismo.

[368] Defiende Travesedo la tesis de la "paradoja del comediante", bien estudiada en Ayala por León Livingstone: "The Theme of the *Paradoxe sur le comédien* in the novels of Pérez de Ayala", en *Hispanic Review*, Philadelphia, vol. XXII, n.° 3, julio 1954, pp. 208-224.

quiero decir que el primer año que estuve en Alemania
olvidé que los niños lloran. [369] Y si vieran ustedes, cuando volví a dar en ello, qué malestar tan grande me
entró. Venía a pasar las vacaciones a España, en tercera, y, aun así y todo, el dinero me llegaba ras con
ras. En la frontera tomé un tren mixto; de esos tre-
nes... En fin, un tren mixto español. Durante el día,
todos los viajeros bebían como bárbaros y vociferaban
como energúmenos. Al caer de la tarde el tren se había
convertido en tren de mercancías, porque los hombres
eran fardos, no personas. En cada estación, esas pobres
estaciones castellanas en despoblado, el tren, que parecía un convoy funeral, se paraba veinte minutos. ¡Qué
silencio! No era noche aún. Entre la tierra y el cielo
flotaba una capa de polvo. Veíanse tres, cuatro álamos,
de raro en raro, o un hombre montado en un pollino,
sobre la línea del horizonte, que producían la ilusión
óptica de ser gigantescos. Luego he tenido ocasión de
observar muchas veces, y en diferentes órdenes de cosas, el mismo fenómeno; en España un pollino visto
contra luz y en el horizonte, se agiganta sobremanera.
Pues, a lo que iba: en una estación, Palanquinos, nunca se me olvidará, después de una parada eterna y en
medio de un silencio abrumador, oigo llorar a un niño...
Vamos, renuncio a expresar lo que en aquellos momentos sentí.

—Ja, ja, ja —Macías produjo una carcajada teatral—. Eso quiere decir que en Alemania los niños no
lloran.

—Por lo menos yo nunca les oí llorar, sino reír y
cantar. —Extrajo el reloj del bolsillo y, en mirándolo,
se desató en grandes exclamaciones: —Pero, ¡Antonia,
mujer!... Las dos y cuarto y aún no ha traído la
sopa... Esto es un escándalo. Esta casa es un pandemonium.

Oyóse la voz de Antonia, respondiendo:

—Cállese, condenado, que no hace más que gruñir.

[369] Pérez de Ayala escribe esta novela en Alemania.

Travesedo se levantó, salió y volvió al punto trayendo él mismo la sopera. Detrás venía Antonia; su sonrisa era triste e indulgente.

—¿Dónde está Amparito? —inquirió Alfil.

—Yo qué sé; quizás en el cuarto de Lolita.

—¡Qué escándalo! Pero, mujer, ¿le parece a usted bien eso? ¿No es un abuso, una locura, y sobre todo un caso de imprudencia temeraria? —sermoneó Travesedo—. ¿Le parece a usted bien que una niña como Amparito, que ha tenido la suerte increíble de pillar un novio decente, nada menos que un ingeniero, y que está para casarse de un día a otro, frecuente la sociedad de una prostituta, de la cual no puede aprender nada bueno?

El teutón y Alfil asegundaron las amonestaciones de Travesedo.

—No me muelan el alma. Lolita es una infeliz.

—Sí que lo es —admitió Travesedo.

—Y en cuanto a Amparito, ella sabrá lo que le conviene. —Por acaso, Antonia echó la vista sobre la mesa y vio que el pan había desaparecido. —¡Condenados! Pero, ¿se han comido todo el pan? Jesús, Jesús, qué ruina. Si no hay dinero que baste para darles de comer. Si no es posible; ocho francesillas... De seguro fue el señor Alfil.

—Como ha tardado usted tanto en traer la sopa... —respondió Alfil muy ruboroso. Llevaba cinco meses en la casa y aún no había podido pagar ni un céntimo: todo el invierno sin contrata. No se despojaba del gabán porque los pantalones estaban rotos por la culera y le descubrían las carnes. Continuó: —Hablando, hablando, querida Antonia, sin que uno se dé cuenta, se va engullendo el pan. —Y por disimular su turbación, con digno continente hacía y deshacía el nudo de la flotante chalina azul cobalto.

—Está en lo cierto Albertón —dictaminó Travesedo, que se arrogaba dentro de la casa funciones de tribunal en última instancia. Solía poner en aumentativo o diminutivo los nombres, según la estructura física de las personas y el afecto que a ellas le unía. —En esta casa todo va manga por hombro. Miren qué mantel: si quita las ganas de comer...

—¡Qué más quisiera yo! Y, sobre todo, ¿quién tiene la culpa sino ustedes, que son unos marranos? —decía Antonia, en un tono más de observación crítica que de reproche, y al mismo tiempo repartía la sopa.

—Ya le he dicho mil veces que no quiero que usted sirva. ¿Para qué está Amparito? ¡Amparito!...

"Don Eduardo..." Oyóse una voz lejana, inocente y mimosa. Travesedo añadió:

—Venga usted ahora mismo, so holgazana.

—Basta, Antonia; no eche usted más sopa.

—¿Es que no le gusta a usted, don Teófilo?

—Es que no tengo gana. [370]

—Nunca tiene ganas, y eso no puede ser. Hay que hacer un esfuerzo, querido Pajares —impuso Travesedo.

—Si no puedo, Eduardo —murmuró Teófilo, con doliente sonrisa.

En esto llegó corriendo Amparito, hija natural, como Milagritos, de Antonia, cada cual de padre diferente. Era Amparito una muchacha de diez y ocho años, en extremo agraciada, aun cuando la nariz propendiese a pico de loro; apenas púber, por las trazas de su desarrollo, y tan candorosa que cautivaba. Acaso su mayor encanto era la voz, una voz blanca, de terciopelo.

—¡Puaf! ¿No se le cae a usted la cara de vergüenza? Consentir que su madre lo haga todo, todo, que la pobre no sé cómo puede con tanto, y usted, en el ínterin, holgazaneando, ¿y cómo? Que no vuelva yo a saber que entra usted en el cuarto de Lolita. —La reprimenda de Travesedo tenía un aire afable de contrahecha severidad paternal.

—Pero, don Eduardo..., es que ella me llamó. —Amparito inclinó la cabeza, ruborosa.

Todos contemplaban a Amparito con expresión de solicitud protectora, menos Macías, que solía mirarla

---

[370] Nótese el cambio de Teófilo, que antes espantaba a su patrona por sus proezas deglutivas.

como miran los hombres lúbricos a las doncellas ter-
necicas. Amparito estaba para casarse con un joven
ingeniero de muy buena familia. Los huéspedes de la
casa tenían puesta el alma en que tan singular fortuna
no se malograse y el divino candor de la niña llegase
al matrimonio sin ningún menoscabo, empresa muy
delicada, si se tiene en cuenta que en la casa siempre
se alojaba alguna prostituta de alto o mediano copete,
de la cual Antonia obtenía los mayores subsidios y casi
los únicos con que mantener su negocio, porque los
otros huéspedes, o no pagaban o pagaban mal y con
intermitencias. Por el bien parecer no se consentía que
la dama cortesana se holgase en la casa con sus even-
tuales amantes, y así se alojaba en calidad de señorita
particular. Sobre Amparito, los huéspedes ejercían estrecha vigilancia. Así que la perdían de vista: "¿Dónde
está Amparito?" Si había acaso salido: "¿Adónde ha
ido? ¿Está usted loca, mujer, para dejarle salir sola?"
Y un día que había dado un paseo en coche con Lolita,
a la noche hubo en la casa un disgusto serio, a tal
punto que Antonia se encrespó y dijo que en sus particulares asuntos nadie tenía que meterse, a lo cual
Travesedo replicó determinadamente: "Cuando la madre es irresponsable, nosotros, en representación de la
justicia y obrando por dictados de la conciencia, nos
encargamos de la curatela de la hija".

—¿Es que tienes a menos, niña, servir a la mesa
porque te vas a casar con un señorito? Pues yo que
conozco a tu novio desde que éramos así —en efecto,
habían sido compañeros en el Instituto—, y que le
conozco bien, te digo que lo que él prefiere es que seas
mujer de tu casa, sencilla y trabajadora. Y a propósito:
¿has tenido carta de él?

—Sí, señor.

—¿Cuándo viene?

—Dice que está ahora muy ocupado; pero para la
semana entrante vendrá uno o dos días.

—Dime, Amparito, ¿cómo está hoy el San Antonio de Lolita? —preguntó Alfil, ingurgitando la última cucharada de sopa.

—Cabeza abajo, en la rinconera.

—¡Vaya por Dios! —exclamó consternado Travesedo—. Hoy andaremos escasos de principio y de postre.

Lolita era una mujer muy piadosa. No se sabe por dónde, había dado en la creencia de que San Antonio de Padua es el patrono de las rameras. En opinión de Lolita, aquel santo no suplía en el cielo a otro menester que el de velar por las prostitutas y favorecer a aquellas que fuesen sus devotas, otorgándoles gran número de amantes, y éstos buenos pagadores. Por propiciar y atraerse la protección de este simpático santo, Lolita tenía en una rinconera una imagen de él, en cartón piedra, con un niño Jesús de quita y pon, que encajaba en el brazo del bienaventurado por medio de una espiga metálica a manera de punta de París, la cual entraba dentro del traserito del divino infante. Delante de la imagen había unas flores rojas de trapo. Si acontecía que un día no se presentaba ningún amante, Lolita se enojaba con San Antonio, y en lugar de rezarle y besarle como tenía por costumbre, en actitud ofendida se acercaba a él y le quitaba las flores, murmurando: "Para que aprendas". Si sobre el primero sucedíase el segundo día de vacío, el enojo de Lolita crecía de punto, y entonces arrebataba el niño Jesús de los brazos del santo: "Te has meresío esto y mucho má, porque ere un sinvergüensa", decía, mientras verificaba el despojo. Al tercer día de privaciones amorosas ponía al santo cabeza abajo, en la misma rinconera. Al cuarto, lo trasladaba a un rincón de la alcoba, cabeza abajo siempre. Al quinto, lo golpeaba, lo llamaba *cabronaso* y otras palabras malsonantes, y lo metía en el cubo del lavabo. Cuando Lolita llegaba a tan sacrílegos extremos, el resto de los huéspedes, sin duda por contener la cólera divina y desagraviar a San Antonio, solía incurrir en ásperas abstinencias.

Presentóse Lolita en el comedor con una bata sucia, la pelambrera aborrascada, en hopos y greñas. Traía en la mano un paquete de barajas. Era una cuitada, muy afectuosa y no menos fea, de una simplicidad y falta de seso increíbles. Llamaba a todos de don, si bien todos la tuteaban. Tenía la piel de un moreno terroso y ajado, la boca risible por lo pequeña, los ojos negros y lindos, la nariz como el mango de un formón. Saludó a todos con mucha efusión y comenzó a quejarse de su mala pata. La culpa la tenía un jorobado que había visto en la Elipa, hacía cuatro noches. Sin preocuparse por la comida, comenzó a echar las cartas.

—Corte usté, don Alfredo.

—¡Uf! Supersticiones, me dan susto —respondió el teutón, sacudiendo la mano en el aire.

—Yo cortaré, Lolita. ¿Sirvo yo? —intervino Macías.

—Tres montonsitos, así. A vé. —Colocó sobre la mesa la sota de bastos.

—Zorras a principio de cazadero, mal agüero —sentenció Alfil, que andaba rebañando el pan de los demás, a favor del interés que tenían puesto en las manipulaciones de Lolita.

Lolita había torcido el morro al ver la sota de bastos.

—¡Jesú, Jesús! Si é la mala pata. Esta sota quié desí mujé o viuda morena, ardiente, imperiosa, poniendo trabas a todo. —Y sacó ahora el siete de espadas. Tan pronto como lo vio se llevó las manos a las greñas, aborrascándolas más de lo que estaban.

—Algo gordo —habló Alberto.

—¿Gordo? ¡Uy! No lo sabe usté bien. Este siete quié desir preñés. Vamos, que no pué sé y que no pué sé. —Esta vez salió el caballo de espadas. Lolita arrojó colérica las cartas y comenzó a lloriquear.

—¡Ea, Lolita! No hagas caso de esas tonterías —aconsejó Travesedo.

—¡Ay, don Eduardo de mi arma! ¡Ay, si usté supiera!...

—¿Qué es, criatura?

—Joven de malas costumbres, mal sujeto, traidó; ataque a la vuerta de una esquina.

—¿Todo eso decía aquella carta?

—Toíto eso y mucho más. Es er jorobao, es er jorobao que me anda persiguiendo. Yo no sargo hoy de casa, no sargo hoy de casa.

—¿Por qué, inocente? No seas imbécil —dijo Alfil, que era el de mejor apetito de todos.

—¿Cómo quié usté que sarga hoy a la caye? Pero, ¿no ha visto usté, como la lús, que las cartas me han salío ataque a la vuerta de una esquina y sujeto traidó?

—No seas niña. ¿Qué saben las cartas? De seguro hoy tienes mucha suerte, con el día que hace, que convida al amor —añadió Alfil.

—Que no sargo, señor Alfil, que no sargo a que me asesinen.

—¡Qué ignorancia! —exclamó Alfil, enarcando las cejas.

Amparito presentó a Lolita un plato de sopa.

—No quiero sopa. Oiga usté, Antonia, no voy a comé na má que una fransesiya con manteca. Me la pone usté al horno y que esté bien rehogá.

—¿Una francesilla? —habló Antonia, con sonrisa triste y cansada—. Como no se la saquemos al señor Alfil del papo...

—Pero, ¿es que no hay pan?

—A ver —añadió Antonia—. ¿Cuántos días hace que usted no paga?

Lolita pagaba al día por varias razones: primero, porque era tan de mano abierta, que el dinero se le iba sin saber cómo y era imposible hacerle pagar grandes cantidades de una vez; segundo, porque su aparato intelectual era refractario a las operaciones aritméticas y no sabía contar sino por los dedos de una sola mano, de suerte que cuando las cuentas subían no había modo de hacérselas entender, y ella presumía que se aprovechaban de su ignorancia cobrándole más de lo justo. Con la planchadora tenía siempre grandes altercados y disputas. Se había olvidado de los años que tenía, aun cuando, guiándose por la fecha más importante en su vida (la pérdida de la doncellez), que había acaecido a los quince, calculaba ella que su edad se aproximaba a los diecinueve, si bien lo probable era que andaba lindando por los treinta. Dada esta incapacidad nativa para las matemáticas, pagaba cada día dos duros a Antonia, y cuentas claras, con los cuales la patrona, con esa virtud evangélica de las patronas españolas, que para sí quisieran los ministros de Hacienda, hacía milagrosas multiplicaciones en el mercado.

—Vamos, no seas remilgada y come lo que haya.

Lolita, que era muy dócil y bondadosa, se resignó. En este punto Travesedo inició un tema de conversación a que era muy aficionado: cuestiones financieras. El talento que Dios había negado a Lolita se lo había concedido en gran medida a Travesedo. Hacía de memoria los más intrincados cálculos. Su cabeza era un archivo de vastos y miríficos proyectos económicos. Tenía proyectos para todo: un presupuesto del Estado, un Banco hipotecario, un ferrocarril eléctrico en el puerto de los Pinares, [371] casas para obreros, colonización económica en el Norte de África. Había escrito sinnúmero de memorias, perfectamente concienzudas, en donde se demostraba la suma de beneficios sociales que los proyectos acarrearían y el lucro pingüe que el capital en ellos invertido había de obtener necesariamente. Lo curioso es que tales proyectos eran, por lo general, muy razonables y serios; pero el autor no conseguía que nadie le prestase atención. Por lo cual tenía que dedicarse a negocios sucedáneos y mezquinos, que le fracasaban siempre, como aquel del circo, iniciado bajo excelentes auspicios y apuntillado por orden de la autoridad, la misma noche de ponerse en marcha.

A los postres se presentó Verónica. Era visitante asidua de la casa y todos la veían con buenos ojos. A

---

[371] La subida al puerto de Pinares (Pajares), en un ferrocarril no eléctrico, es el hilo conductor de *Tinieblas en las cumbres*, la primera novela de Pérez de Ayala.

partir de aquella noche de su gran éxito había abandonado la carrera azarosa del vicio mercenario para hacer vida humilde y honesta. La habían contratado en un teatro de variedades, con diez duros por noche, y era la bailarina predilecta del público. Con su sueldo ayudaba a vivir a la familia y ahorraba para lo porvenir. Había conseguido que contratasen a su hermana Pilarcita, la cual era por entonces de conducta tan relajada como Verónica lo había sido en otro tiempo. Toda la existencia de Verónica se reducía a ir de su casa al teatro, del teatro a casa, y algunas veces a casa de Antonia, a pasar la tarde. Deseaba irse a vivir con la Antonia, pero nunca se atrevió a manifestarlo. Nadie se explicaba este cambio de Verónica, y menos que nadie Angelón, quien dio en la manía de enamoricarse de Verónica cuando ésta dio en la manía de ser honrada. La perseguía de continuo, intentaba conmoverla con escenas dramáticas y de desesperación, y, en suma, le hacía pasar muy malos ratos, porque la mujer le tenía lástima. [372] A pesar del entusiasmo del público por ella, que aumentaba con los días, y de la popularidad que había adquirido, Verónica conservaba su muchachil sencillez.

—El público está mochales —acostumbraba decir—. Porque, vamos, que me digan a mí que si bailo así y asao, como los gipcios y las bañaderas... Si yo no he sabido nunca bailar... Bailo lo que me sale, y acabao.

Algunos artistas, literatos y pintores habían pretendido cultivar su amistad, pero se habían cansado pronto; porque, como ellos decían: "Baila como un ángel; pero es una mala bestia y no se puede hablar de nada con ella".

Existían vehementes indicios de que Travesedo gustaba mucho de Verónica. La muchacha, que lo había echado de ver, trataba al hombre de las barbas lóbregas con un bien mesurado compás de afecto, equidistante del amor y del desdén.

---

372 *L* dulcifica: "le tenía afecto".

—Siéntate aquí, neñina —habló Travesedo con ojos bailarines, poniéndose en pie y ofreciendo una silla a Verónica—. Nunca vienes por aquí.

—Anda, pues si he estao na más que dos veces en esta semana.

—Sería cuando no estábamos nosotros en casa.

—Sería. Y ustedes tampoco van nunca por el teatro.

—Neñina, desde aquella fementida noche del circo no puedo entrar en un teatro. Me da una cosa aquí, ¿sabes?, como si me revolviesen las tripas con un garabato.

—¿Trabaja usted mucho, don Teófilo?

—Sí. ¿Por qué lo dices?

—Porque tiene usted mala cara.

—Pues no suelo trabajar con la cara —dijo Teófilo secamente.

—Usté perdone si le he molestao —suplicó Verónica con humildad.

—Cuánto siento, neñina, no poder quedarme contigo. Pero precisamente a las tres y media tengo una cita, y ya son las tres; de manera que perdóname y adiós.

—Adiós, señor Travesedo.

—Cada día estás más guapa. ¿No tienes novio aún, neñina?

—Novio... ¡Bah! A mí quién me va a querer.

—Cualquiera que no sea idiota.

Travesedo, Alberto y Teófilo salieron juntos. En las mismas escaleras Travesedo reanudó su palique económico.

—Voy a ver si convenzo a Jovino —decía—, y eso que después de lo del circo y el otro negocio de los mármoles está muy reacio en acceder. No es que él dude de la bondad de mi proyecto; es que yo, como sabes, soy muy pesimista, y con razón, y él se ha contagiado ya de mi pesimismo. Pero este negocio de ahora es de los que no tienen riesgo ninguno. Comenzará a producir así que se implante. Cierto que se necesitan cinco millones de pesetas, por lo menos, para empezar; pero figúrate si entre Jovino y sus amigos

no pueden reunir el capital en media hora... Ahora
bien, préstame atención.

Y Travesedo comenzó a exponer el negocio: un negocio en grande. Tratábase de la explotación de unas
minas de cobre en Asturias, cuya opción, por un año,
para la venta le habían dado los dueños de las minas a
Travesedo. Éste exponía por lo menudo los datos: cu-
bicación de las minas, gastos de explotación por tonelada, gastos de acarreo por tonelada y kilómetro, fletes,
precio del cobre en todos los mercados del mundo y
así sucesivamente. Habían llegado a la puerta de un
estanquillo. Travesedo se detuvo y continuó hablando:

—¿Te has fijado bien en los números? Resulta, por
lo tanto, una ganancia anual segura de dos millones
de pesetas; es decir, que el capital rendirá un cuarenta
por ciento de utilidades. Como yo tengo la opción, he
de ganarme en la venta de las minas por poco doscientas mil pesetas. Ahora, mis proposiciones, son: un veinticinco por ciento de las utilidades y la dirección de las
minas. ¿Qué te parece?

Hizo una transición:

—Cómprame un cigarro de quince céntimos, que no
tengo dinero. ¡Ah! Y un timbre móvil de diez.

Cuando Alberto salió con el cigarro y el sello, Travesedo prosiguió:

—Si hacemos el negocio te vienes conmigo a las
minas. Ya verás qué bien nos arreglamos allí. Aquello
es precioso y nadie te molestará para escribir tus libros.
También tú, Pajares, si quieres, puedes venir con nosotros. Ya verás como por aquellas montañas la inspiración acude sin que se la llame. Vosotros, ¿adónde
vais?

—¿Adónde vas, Teófilo? Yo, al Ateneo.

—¿Con esta tarde? —exclamó asombrado Travesedo.

—Cierto. ¡Qué tarde! Da gusto vivir. Días como el
de hoy no se ven sino en Madrid. Hoy se comprende
que la holganza es la única ocupación digna del hombre, y que la pereza, según dijo Pascal, es algo que
nos hace recordar que somos dioses venidos a menos.

sin embargo, voy al Ateneo a oír la conferencia de Mazorral.

—Ya no me acordaba. Yo también iré. Tengo mucho interés en oírle. ¿Qué tal habla? —indagó Travesedo.

—No sé.

—De seguro no lo hará tan bien como Tejero. ¿Te acuerdas de aquel mitin? ¡Qué presencia, qué aplomo, qué fuerza! Me parece que le estoy viendo junto a las candilejas, al sesgo y adelantando el hombro izquierdo hacia el público. Parecía un hondero, y cada sentencia una pedrada. Ya ves si iban bien dirigidas, que derribó a don Sabas Sicilia del ministerio... ¿A qué hora es la conferencia?

—A las cuatro.

—Pues iré. Y eso que desconfío de Mazorral. Es un pedante...

Travesedo se despidió de Teófilo y Alberto.

73

—¿Quieres que vayamos a dar una vuelta por el Prado, al sol, antes de meternos en esa catacumba del Ateneo? —rogó Teófilo.

—Sí, hombre. Hoy se apetece derretirse en el sol, no pensar, volatilizarse, ser una cosa gaseosa y tibia.

—No pensar... Derretirse... Hoy y siempre.

—¿Te vas a poner trágico?

—Yo... ¿para qué? —Teófilo hizo una mueca grotesco-trágica que movió a risa a su compañero. —Sí, hombre, ríete. No sé si compadecerte o envidiarte; no comprendes nada del sentimiento.

—¿Quién te lo ha dicho? Pudiera ser que lo comprendiese, y algunas cosas más. Por ejemplo: entre bastidores los efectismos teatrales quedan destruidos.

—¡Bah! Resulta que yo estoy haciendo el papel del hombre cansado de la vida.

—No es eso; aparte de que hay actores que entran en situación con toda su alma y lloran de veras, pero el público se ríe de ellos, porque les falta la expresión emotiva. [374]

—Y a mí me falta, ¿eh? ¿Qué le voy a hacer yo?

—Tampoco es eso. Lo que yo te quería decir al hablarte de que entre bastidores se matan los efectísmos teatrales es que todos los sentimientos, por tristes que sean, llevan en sí su medicina.

—Caramba, qué expeditivo estás. A ver.

—Todo consiste en meterse entre los bastidores de uno mismo, introspeccionarse, convertirse de actor en espectador [375] y mirar del revés la liviandad y burda estofa de todos esos bastidores, bambalinas y tramoya del sentimiento humano.

—Eso es, y aun suponiendo que uno pueda desdoblarse en dos partes tan fácilmente como tú dices, el ver con la una la liviandad y burda estofa de la otra es un espectáculo consolador, ¿verdad?

—A la larga, sí.

—¿Qué llamas tú a la larga? Porque yo ya va para seis meses que intento una cosa semejante, y como si no. Lo que ocurre es que cuando la gangrena está dentro no hay morfina que valga. Si fuera tan fácil inyectar filosofía como cacodilato de sosa... Pensarás que me hago el interesante, pero es que tú no sabes... —Teófilo creía mantener el secreto de sus congojas pero eran varios los que conocían su origen, entre ellos Alberto.

Continuaron paseando en silencio. Alberto introdujo las manos en los bolsillos de la chaqueta y se encontró con un papel que resultó ser una carta cerrada. Había recibido tantas cartas tristes en su vida, que cada nuevo sobre que a sus manos llegaba le infundía terror. Solía guardar las cartas sin abrirlas, y después de algún tiempo las leía o las quemaba, según el humor. Contempló esta carta, rugosa y sucia ya; era letra conocida, pero no podía decir de quién. Estuvo dándole vueltas entre

---

[374] Otra vez el tema de la "paradoja del comediante".
[375] Frase clave, que repite lo dicho en *La pata de la raposa*.

Benito Pérez Galdós

Su prosa, limpia y serena,
modelada con cincel,
le hizo ceñirse el laurel
en el libro y en la escena.
    Aunque es muy blanco su pelo,
aún tiene la sangre moza,
que la pluma de "El Abuelo"
hizo también "Zaragoza".

Benito Pérez Galdós, por Izquierdo Durán

NUESTRA GALERIA

Aquí está la *Fornarina*. Es decir, está en la Comedia, causando las delicias del público, aunque se ha dejado fuera la pimienta, que es lo que gusta. Sus admiradores la han ofrecido un banquete. ¡Ya no son los concejales sólo quienes reciben estos homenajes!

La *Fornarina*, por Gedeon

las manos. dudando si leerla o arrojarla por una boca
de alcantarilla. Por fin la abrió.

—Hombre, de Bériz.

—¿El qué?

—Esta carta.

—¿Qué es de él?

—No sé aún. Ahora veremos. —Leyó: —"Querido
Guzmán: Dirá usted y los amigachos de Madrid (no
es que le llame amigacho. Ya sabe que siempre le he
tenido gran afecto y consideración): ¿qué será de aquel
sinvergüencilla de Bériz? Y la verdad es que yo fui
un sinvergüencilla en vísperas de pasar a mayores,
como yo comprendo que se hubiera verificado si me
quedo en Madrid. Pero... ¿se acuerda usted de una
célebre noche en el circo, ¡qué nochecita aquélla, che!,
y lo que usted me dijo: "Vete a tu pueblo, Arsenio,
vete a tu pueblo", ni más ni menos que como Hamlet
aconsejaba a Ofelia que se fuese a un convento? Y
ahora caigo en la cuenta que nos tratábamos de tú.
En Madrid se pierden las distancias: todos somos
unos... golfos, y no lo digo por usted, o por ti, que
ya no me acordaba. Luego, cuando uno se aparta de
ese guirigay, vuelven a establecerse las jerarquías. A lo
mío. Aquel consejo me estaba siempre sonando dentro
de la cabeza, y un buen día (esto es un galicismo, ché;
pero, ¿qué importa?), me dije: si no es hoy no es
nunca. Y sin decirme oxte ni moxte, lié las maletas, y
Arsenio volvió a su pueblo a casarse con su novia;
pero, sobre todo..., a hacer gran arte. ¡Una tontería de
quimeras y ambiciones! Pero a medida que el eco
de Madrid se iba apagando dentro de mí, y aquellas
famosas jerarquías restableciéndose, me empezó a nacer
el sentido común. ¿Gran arte yo? Vaya, que no es por
ahí. Comprendí que son contados los que pueden per-
mitirse ese lujo, y que Dios no me llamaba por ese
camino, sino por el del honesto matrimonio burgués, y
hacer hijos y más hijos, sanos, robustos y alborotadores
como yo, y como yo, un poquitín, nada más que un
poquitín, sinvergüencillas. Pues nada, que la semana que

viene me caso, así, a los veintidós años, y el mes que viene me tendrás despachando abanicos para enviar con viento fresco al mundo entero. No te doy parte de mi boda con la perspectiva de un regalo. No lo admitiría; aparte de que ya sé que la literatura se parece a los abanicos en que da aire, pero se diferencia en que no da dinero además. Iré de viaje de novios a Francia, pero embarcado. No paso por Madrid así me aspen. Soy feliz y espero que te alegrarás de saberlo. Si tienes un minuto libre y quieres enviarme un epitalamio, y mejor, si quieres escribirme una carta, te lo agradeceré. ¿Cómo van tus cosas? ¿Y aquella Pilarcita? No sé si te dije que cayó antes de mi huida, y la verdad es que estaba bien, diantre. Un abrazo, *Arsenio*".

—¡Qué suerte de muchacho! Si yo hubiera hecho lo mismo no hace más de seis meses, cierto día que recibí una carta de mi madre... —murmuró Teófilo, y su voz era un hacinamiento de sombras.

—Tu caso no es el mismo. Tú tienes ya un nombre y, por lo tanto, un deber adscrito a ese nombre.

—Sin embargo, recuerdo que también a mí me aconsejaste en una ocasión...

—Cierto; porque creí que lo que te apuraba era la situación económica. Pero ahora... tienes ese destinillo que te dio don Sabas, en su testamento ministerial; la Roldán te va a estrenar un drama y será un éxito.

—Pero tú dices que es muy malo.

—Por eso será gran éxito.

—Entonces, ¿cuál es mi deber?

—Hacerlos buenos.

—¿Y si entonces no gustan y me muero de hambre?

—No importa.

—Tienes razón. Nada hay que importe, nada hay que importe.

Paseaban a lo largo del Botánico, acercándose a una de sus fuentes. Teófilo sintió, captándole las potencias, la reviviscencia del pasado, como si aún gravitase sobre su costado la dulce pesadumbre de Rosina en aquella

mañana de otoño, cuando se habían detenido ante la
alborozada hoguera cuyo canto se abrazaba al runrún
del agua, y él había dicho: "Lo más hermoso del
mundo es la mujer, porque participa de la naturaleza
del agua y de la del fuego". La abundancia de emoción
le forzó ahora a hablar.

—¿Querrás creer que desde que el ciego se marchó
a Asturias me falta algo? Estos últimos veinte días me
han parecido veinte siglos. Los ratos que con él pasaba
todas las tardes eran para mí divinos. Yo, que no he
visto nunca el mar, lo he sentido al través de las palabras de aquel hombre. Mi drama a él se lo debo. Yo
había imaginado siempre el mar como algo monstruoso
y rugiente. Pero el ciego me hizo sentir el encanto del
mar, que es de naturaleza femenina, captante, fascina-
dora, suave, suave... Los enamorados del mar parecen
enamorados de una mujer, y parece que todos los que
han vivido cerca del mar se enamoran. Es una mujer
y una mala mujer. El ciego decía: "Yo siempre tuve
miedo al mar, mucho miedo; pero no puedo vivir sin
él. Vivo aquí porque estoy ciego, y ya, para el caso,
lo mismo da estar en una parte que en otra, porque lo
llevo dentro de mí". A veces, cuando habían regado
las calles asfaltadas, el ciego decía: "Huele un *poquiñín*
a mar". Él decía un poquiñín. Y cuando pasábamos
cerca de una de esas señoras elegantes que llevan un
perfume sin perfume, una cosa que huele a mañana,
¿me entiendes?, entonces el ciego decía: "Huele a
mar". ¡Cosa más rara! Yo creía, o me figuraba, que
el ruido del mar era un ruido enorme, y así, un día,
estando en los andenes del paseo de coches, le dije:
"¿Es éste el ruido del mar?" Él se enfadó, y contestó:
"El mar no hace ruido, el mar tiene voz. Este es un
ruido que se coge con las manos". Y en cierta ocasión,
estando sentados en Recoletos, pasó junto a nosotros
un niño que arrastraba sobre la arena, a golpes, un
cajoncito de madera. Dijo el ciego: "Esa es la voz
del mar. Son las últimas olas pequeñinas de la playa".
Yo no caía al principio en la cuenta, porque apenas

si se oía el ruido del cajoncito. Y como yo me asom-
brase, el ciego añadió: "Siempre es esto, pero en
grande".

Hubo una pausa.

—¿Qué sabes de Rosina? —preguntó Alberto sin subrayar las palabras.

—Pss. Lo que todo el mundo sabe. Lo que dicen los
periódicos. Que es una estrella de los *music-halls* y que
hace furor en París —respondió Teófilo, afectando excesiva indiferencia.

—Eso ya lo sabía yo. El padre, ¿no te decía más?

—Lo que te he contado. Al principio, don Sabas, a
pesar de la fama de avaro que tiene, mantenía al ciego
y lo mantenía bien. Luego la hija comenzó a mandarle
dinero. A lo último le ordenó que se fuera a Asturias,
adonde llevaría también a la pequeña Rosa Fernanda.

—Y Rosina, ¿no te ha escrito nunca?

—¡Escribirme!... —exclamó Teófilo con amargura.
Recobróse en seguida y añadió—: ¿A qué santo me
iba a escribir? He hablado con ella media docena de
palabras en toda mi vida.

—¿Y aquel otro amigacho tuyo? ¿No se llamaba
Santonja?

—Hace días que no le veo. Me entristecía demasiado.
¡Pobre Santonja! También a ése le debo el haber
comprendido hondamente algunas cosas; por ejemplo,
que en la vida lo de más monta es ser sano, fuerte,
robusto. Me parece haberte dicho que Santonja está
desviado de la espina dorsal; es un ser monstruoso e
infeliz. Si a esto añades que siente por la vida y por
el amor de las mujeres un verdadero frenesí, como
cosas que le están vedadas, te darás cuenta de sus
sufrimientos. Con todo, es un hombre extraordinariamente dulce y bondadoso. Yo me explico muchas veces
que la mayoría de los españoles maldigan de sus padres. De pequeños nos enseñan la doctrina y a temer
a Dios, y a este pobre cuerpo mortal, a este guiñapo
mortal, que lo parta un rayo. A los veinticinco años
somos viejos y la menor contrariedad nos aniquila.

Somos hombres sin niñez y sin juventud, espectros de hombres. ¿No has observado, cuando hay un gran público de españoles, la extrema delgadez de la mayoría? Se dirá que es porque comemos poco y mal. En parte es verdad; pero, sobre todo, es porque no se han cuidado de hacernos hombres cuando éramos niños.

—Ya es cosa vieja. La delgadez es el ideal estético de la belleza masculina en España. Recuerdo que la lozana andaluza no encuentra mejor cosa que decir en elogio de un mancebo sino "¡qué pierna tan seca y enxuta!" [376]

—Nuestros padres nos han condenado desde niños a ser desgraciados. Y no hablemos de los que nacen contrahechos, como ese Santonja. ¿Hay derecho a dejar vivir a un ser que nace deforme? No, no y no. ¿No hubo un filósofo griego que aconsejaba matar a las criaturas enfermizas o monstruosas?

—Sí; Platón.

—Dirán que era un bárbaro. Los bárbaros son los que permiten que vivan.

Caminaban en silencio. Acercábanse al Ateneo.

—Es curioso —observó Teófilo, como hablando consigo mismo—. Me he pasado unos cuantos años con la pretensión de ser un gran poeta y consagrado exclusivamente a la poesía, y en todo ese tiempo produje, sobre poco más o menos, dos docenas de versos al año. Descubro un día que el arte es un engaño ridículo, que es una cosa inútil y hueca, o bien una guasa, un juego, como lo son todas las cosas de la vida, y en seis meses mal contados produzco más que en los varios años anteriores y mejor, aunque tú digas lo contrario.

—No digo yo tal.

—Porque, en efecto, Alberto, ¿para qué molestarse por nada? Todo es inútil, todo es inútil.

Subían las escaleras del Ateneo. Cierta expresión del rostro de Teófilo, que en otro tiempo era circunstancial, se había constituido en habitual, desde hacía seis

---

[376] La cita es del mamotreto III (*La lozana andaluza*, edición de Bruno Damiani, col. Clásicos Castalia, Madrid, 1969, p. 40).

meses. Era un gesto pueril y simpático, y podía traducirse así: "Yo os perdono que seáis como sois. Perdonadme que sea como soy, porque la verdad es que yo
no tengo la culpa".

377

No es menor la disensión de los filósofos
en las escuelas que de las ondas en el mar.
LA CELESTINA [378]

PASANDO del aire azul y asoleado a los lóbregos pasillos del Ateneo, esclarecidos en pleno día con luz
artificial, Teófilo no pudo por menos de exclamar:

—Da grima sumirse en este antro, con un sol como
el que hoy hace. ¡Qué indecente obscuridad!

Acercóseles Luis Muro a tiempo para oír la exclamación:

—Señor —acudió Muro en seguida—, que estamos
en el país de los viceversas. ¿No es el Ateneo el foco
más radiante de la intelectualidad española? Pues, según nuestra lógica, ha de estar a obscuras o iluminado
con luz artificial. En último término, ¿qué importa
todo? La cuestión es pasar el rato. Toros, política y
mujeres, esta es nuestra santísima trinidad. Ahora que
parece que para los toros se requiere virilidad, para la
política entusiasmo y para el amor el incentivo de
la juventud, y aquí viene nuestra afición a lo paradó-
jico: los toreros son estetas, los políticos *viejos cho-
chos,* y las prostitutas, viceversa de los políticos, como
dijo Cánovas. Pero, en último término, la cuestión es
pasar el rato. —Hablaba en un tono sarcástico, de
agrura y desesperanza. Muro era afamado por sus versos satíricos, versos nerviosos y garbosos, de picante
venustidad en la forma y austero contenido ideal, como
maja del Avapiés [379] que estuviera encinta de un hidalgo

---

377 *R*: "III".
378 Segundo párrafo del Prólogo (p. 66 de la ed. de A. Cardona de
Gibert, Barcelona, ed. Bruguera, 1967).
379 *Avapiés* es la forma antigua para denominar el barrio popular
madrileño, hoy Lavapiés. Así lo nombra, por ejemplo, Galdós: "Se-

manchego. Muro había nacido en el propio Madrid, y su traza corporal lo declaraba paladinamente. Aun cuando propendía a inclinar el torso hacia adelante, había en las líneas maestras de su cuerpo, y lo mismo en las de su arte, esa aspiración a ponerse de vez en cuando en jarras que se observa en las figuras de Goya; esto es, la aptitud para la braveza. Hablaba con quevedesco conceptismo y dicacidad, y componía retruécanos sin cuento. Su charla y sus versos eran de ordinario tonificantes, como una ducha. Comenzaron a pasear a lo largo del pasillo de retratos, Muro, Teófilo y Alberto. Llevaba Muro la conversación, haciendo chascar de continuo ese látigo simbólico que se supone siempre en manos de la sátira, falaz instrumento que suena a beso y levanta ronchas. El pasillo estaba colmado de un ir y venir de gente bien trajeada, de aspecto indulgente y fatuo, por donde se entendía que eran políticos profesionales. Poblaba el aire ese vasto moscardoneo compacto, cuya correspondencia dentro de las sensaciones visuales es el gris cenizoso; rumor mantenido maravillosamente en el mismo tono siempre; ruido sordo, impersonal y yerto, no nacido de las diferentes pasiones e ideas individuales, antes movido por una causa exterior a manera de viento entre abedules. Este es el rumor específico de los pasillos del Congreso. Quien una vez lo haya oído y comparado con el rumor que anima un gran concurso humano, en un mitin o en un espectáculo público, por ejemplo, habrá echado de ver que es éste un murmurio orgánico, caliente, en tanto aquél es simplemente un ruido.

Afluían por momentos nuevas gentes a oír la palabra de Raniero Mazorral, entre ellos Travesedo, que buscó con la mirada a Alberto y, en cuanto dio con él, lo llamó aparte.

---

guidillas para cantar las muy leales y arrogantes mozas del Barquillo, Maravillas y Avapiés, el día de la proclamación de nuestro muy amado Rey" (*Napoleón en Chamartín*, en *Obras Completas*, I, Madrid, ed. Aguilar, 1945, p. 378).

—No me digas nada —se adelantó a decir Guzmán, observando la satisfacción que Travesedo traía pintada en el semblante—; el negocio va a las mil maravillas.

—Eres un lince, Bertuco. ¡Oh, la inteligencia! Con la inteligencia se va a todas partes y no hay cosa que se esconda ante su mirada sagaz. Tú, que eres inteligente, de primeras has adivinado que el negocio va a las mil maravillas; pero ocurre que te has equivocado de medio a medio. No hay negocio.

—¿Y eso?

—Jovino me ha dicho en seco y para siempre que no puede ayudarme ni quiere buscar quien me ayude a explotar las minas. De manera que punto en boca.

—¿Y por eso venías tan contento?

—Por eso, ya ves. Precisamente cuando os dejé iba yo pensando a este tenor: "Supongamos que encuentro de repente el capital que necesito. Mañana mismo he de ponerme en camino para las minas, y venga trabajar y más trabajar, ¿para qué? Para ganar dinero. Dinero, ¿para qué? Luego, aquel clima del Norte: lluvias, orvallos, nieblas... Y aquí, este sol..." Cuando me acerqué a Jovino iba temblando, sí, temblando, pero de miedo que él me dijese que todo se iba a arreglar. Se frustró todo, pues, ¡viva la Pepa! He tenido una de las mayores alegrías de mi vida. Además, chico, las responsabilidades consiguientes al manejo de tan gran capital ajeno... Hubiera sido terrible. Pero, sobre todo, ¿me quieres decir qué utilidad tienen los esfuerzos del hombre? ¿Podemos hacer salir el sol cuando está nublado? ¿Podemos prolongar la juventud? ¿Podemos dar largas a la muerte como se las damos al sastre o al zapatero? Pues entonces...

—Entonces ¿a qué vienes a oír una conferencia política?

—Porque padezco de esa enfermedad hedionda del pensar; porque, aun cuando me esfuerce en conseguirlo, no puedo dejar de ser una persona inteligente. El borracho sabe que la bebida le mata y bebe. Ea, adentro, a pasar este mal trago.

Sonaba el último repique del timbre llamando a la conferencia. Los que aún estaban en los pasillos se precipitaban a entrar, apurando la colilla del cigarro o del cigarrillo, que dejaban a la puerta, en la cornisa del zócalo, como los árabes sus babuchas antes de penetrar en la mezquita. Ya dentro observábase la singular fecundidad de arbitrios que muchos caballeros desarrollaban por colocar el sombrero de copa de manera que no sufriera deterioro o menoscabo en su lustre, y en resolviendo tan peliagudo problema adoptaban una postura estudiada, de acuerdo con la consideración social que imaginaban gozar. Casi todas las posturas afectadas se reducían a una: la del que, juzgándose a sí propio hombre célebre, se considera objeto de la curiosidad universal por dondequiera que vaya, y procura hacer ver que su modestia padece con tan asiduos homenajes. Esta era la actitud de los personajes políticos, ministros, ex ministros y presuntos ministros, que de ellos había gran copia en el salón. Parecían los tales, a juzgar por el gesto que ponían, mujeres púdicas a quienes con violencia desnudasen en público. Los toreros y las prostitutas saben llevar el halo de la popularidad con más decoro y mejor aire que los políticos.

Había gran curiosidad por oír a Raniero Mazorral. Era éste un periodista profesional, con vocación de estadista y de filósofo,[380] que había pasado varios años en el Extranjero, esbozando desde allí diversos diagnósticos acerca de España y sus dolencias. Volvía ahora a la metrópoli (a lo que él[381] presumía) con el remedio de aquellas dolencias.

La mesa presidencial estaba vacía. Detrás de ella, en el fondo de una gran hornacina roja, rematada en un dosel, había una puertecilla que se abrió y cerró en un abrir y cerrar de ojos; pero cuando se cerró ya había dejado fuera un hombre. Fue una aparición un tanto milagrosa y un tanto cómica, como la de esos

380 R: "un periodista, con puntas y collares de pensador".
381 R: "a lo que se presumía". La modificación de P subraya el despego irónico con que Ayala contempla a Maeztu.

muñecos de sorpresa que saltan fuera de una caja al
abrirse la tapa. Quedó, pues, en el proscenio Raniero
Mazorral. [382] Fue saludado con grandes aplausos, a los
cuales respondió él inclinándose con mucha dignidad.
Era corpulento, bien construido, guapo. Vestía con sobria elegancia britana y estaba un poco pálido. Sentóse
detrás de la mesa, tomó una cuartilla en la mano y
comenzó a leer con voz temblorosa, virilmente bella. El
encanto de aquella voz se apoderó muy presto del público. Era una voz de altura, cilíndrica y melodiosa, algo
gutural, [383] como el agua que cae de una gárgola. [384]
Mazorral decía que España no había entrado aún en
la comunidad de las naciones civilizadas; que civiliza-
ción era sinónimo de cultura, de objetividad científica,
y tanto valía decir cultura y ciencia como Europa, por
donde si España pretendía salvarse debía incorporarse
a la cultura, europeizarse, y para lograrlo, Mazorral
aconsejaba, con amplios ademanes apostólicos, dos virtudes: bondad y trabajo. "¡Sed buenos, trabajad!"
—clamaba con voz estrangulada y angustiosa. Sus ojos
tenían la facultad de extraviarse a capricho, de suerte
que la pupila, gris azulada, parecía diluirse por la cór-
nea, como los ojos de un vidente en el trance. Fervorosos aplausos interrumpían la lectura con frecuencia.
Las ideas no eran nuevas para el público; las mismas
quejas de Raniero Mazorral, aunque con diferentes palabras, habían sonado en oídos españoles desde hacía
siglos; los remedios que el orador ofrecía eran vagos y
de dudosa eficacia. Todo ello era una canción vieja,
y, sin embargo, dijérase que se oía por vez primera; y
es porque por vez primera se había infiltrado en la canción vieja lo patético de ciertas modulaciones, que le
daban emoción estética.

---

382   La expresión de *R* era más dura: "Aquel muñeco humano era
Raniero Mazorral".
383   "Algo gutural" es añadido de *P*.
384   Baroja dice de Maeztu: "tiene usted aspecto para aparecer en
una tribuna, la voz es un poco campanuda para una reunión íntima,
pero estará bien en una asamblea" (*Memorias I*, ed. citada, p. 94).

De este suerte discurría Guzmán, que estaba sentado junto a Tejero. Miró de reojo al joven filósofo, con su grande y apacible cabeza socrática, prematuramente calva, la desnuda doncellez de sus ojos, e imperturbable aplomo de figura con recia peana. Tejero era quien había infundido emoción estética y comunicativa a aquella vieja lamentación española, que ahora hacía eco en el cráneo y en la voz [385] de Mazorral. Las ideas y emociones de esta conferencia eran, en gran parte, [386] obra de Tejero, a las cuales daba virtualidad [387] escénica Mazorral, hombre apto para las exhibiciones histriónicas, porque sabía entrar en situación, esto es, apasionarse por las ideas y darles virtualidad ardiente. Explícitamente lo reconoció así el propio Mazorral desde la tribuna, proclamando a Tejero jefe e inspirador de la juventud culta, gran español, a cuyo celo y diligencia el *problema España* debía su enunciación exacta y metódica, y ángel exterminador de la política arcaica, aludiendo con esto último a que Tejero, con un simple discurso en un mitin, había derribado del ministerio a don Sabas Sicilia, el cual ocurrió que se encontraba entre los oyentes y hubo de recibir en tal punto muchas miradas de través.

Al terminar la conferencia, el público aclamó a Mazorral. Cuando la gente salió a los pasillos, calzándose nuevamente a la puerta las babuchas de la maledicencia social, apercibióse el que más y el que menos a arrancar túrdigas de pellejo al conferenciante.

Díaz de Guzmán se encontró par a par de don Sabas Sicilia cuando abandonaban entrambos el salón.

—¿Qué hay, Guzmancito? ¿Qué se hace? Ya sabe usted que siempre se le estima.

Don Sabas Sicilia, en los últimos tiempos, había simplificado grandemente la práctica de las artes cosméticas. Ya no se teñía las barbas: ahora eran de un blanco sucio y más crecidas que antes. No usaba mixturas ni

---

[385] "Y en la voz" es añadido de *P*.
[386] "En gran parte" es añadido de *P*.
[387] *L*: "virtuosidad". Evita así repetir la misma palabra en una frase.

linimentos para encubrir las arrugas, atirantando la
piel, y atusar los mezquinos pelos del cogote. De viejo
verde se había convertido, a la vuelta de unos meses,
en anciano, y en consecuencia, ascendido no poco en
nobleza corporal. [388] Mas para ser por entero noble y
venerable, le estorbaban dos cosas: el trasunto caprino
del perfil y aquella sonrisa sarcástica del hombre que
está en el secreto, un secreto que, por las señales que
antaño de él trascendían, debía de ser humorístico y
era al presente palmariamente triste y agrio. La deco-
loración de las barbas de don Sabas había coincidido
con el decaimiento y fracaso de todas sus ilusiones. Sus
dos hijos, Pascualito y Angelín, a quienes había edu-
cado de una manera filosófica, según decía él, y para
hombres perfectos, guiándoles desde la niñez según los
dictados de la razón humana, defendiéndolos contra el
ataque embozado de los prejuicios religiosos e incul-
cándoles el culto a la vida como supremo ideal, le habían salido dos hombres frustrados. Angelín, ni siquiera
hombre. Durante el último invierno don Sabas se había
visto obligado a librar varias veces a su hijo de las
garras judiciales, después que le [389] habían sorprendido
en aventuras escandalosas. [390] Pero lo peor para don
Sabas era lo de Pascualito, el predilecto de su corazón.
Lo de Angelín lo reputaba doloroso infortunio; lo de
Pascualito era una bajeza. Ello consistía en que el pri-
mogénito había entablado relaciones amorosas, y estaba ya para casarse, con una infeliz criatura canija, fea
y nada inteligente, de la cual no gustaba ni poco ni
mucho, como lo patentizaba el hecho de andar, en
vísperas de boda, holgándose en público con otras mujeres alegres, e iba al matrimonio con grosero impudor,
por apoderarse de los muchos millones que la niña, hija
única, atesoraba. Para don Sabas la virtud era el buen
tono o elegancia del espíritu, así como el talento era
la elegancia de la inteligencia; no otra cosa. Cuando

---

[388] L: "su nobleza corporal".
[389] Errata en L: "les".
[390] R: "en aventuras de sodomítico libertinaje".

se informó, con todas las circunstancias, de aquel matrimonio que Pascualito quería contraer, don Sabas se resistía a creerlo. Sostuvo una larga conversación con su hijo, al cabo de la cual averiguó, con flagrante evidencia, que Pascualito no tenía elegancia moral ninguna. Y como el padre le declarase que el hecho que iba a consumar no sólo era una acción soez, fea y de mal gusto, sino también un crimen contra la sociedad y la especie, el hijo rechazó tales imputaciones con gran descaro y firmeza, justificando su conducta con sentencias y máximas que desde niño había oído de labios de su padre. Don Sabas no había querido oponerse a la boda, porque Pascualito era ya mayor de edad y nada se remediaba con la oposición, que hubiera sido subrayar la vergüenza y oprobio de su hijo. No lograba entender cómo aquellos saludables principios encaminados hacia la felicidad y el sumo bien, que desde que eran niños había procurado infundir en el corazón de sus hijos, andando el tiempo pudieran sufrir tanta mudanza y servir de alcahuetes a las más ruines flaquezas. Él se había esforzado en enseñar a Pascualito a ser un hombre digno, y Pascualito cimentaba su indignidad precisamente en las enseñanzas paternales. Con ser muy graves los disgustos familiares, lo que en puridad había destrozado a don Sabas era la pérdida de Rosina.

—¿No ha venido Pascual a la conferencia? —preguntó Guzmán a don Sabas, por preguntar algo.

—No sé. Anda tan atareado estos días...

—¿Con la boda?

—Sí, creo que sí.

—¿Cuándo se casa?

—No lo sé exactamente. Entonces, ¿qué le ha parecido a usted la conferencia, querido Guzmán?

—Muy bien, ¿y a usted?

—A mí me ha divertido mucho. No recuerdo qué político inglés decía que la vida sería tolerable sin sus diversiones. Sin lo que de ordinario se entiende por diversiones, claro está. Yo digo que la vida sería

inaguantable si todos los hombres fuesen razonables.
¿Hay nada más tedioso que una conversación razonable,
que un libro razonable o un discurso razonable? Para
mí, decir que estas cosas son razonables y decir que no
había ninguna necesidad de haberlas hecho, puesto que
son razonables, es la misma cosa. Se dice que aquello
que diferencia al hombre del resto del Universo es la
razón. ¿De dónde han sacado semejante desatino? Lo
que le [391] diferencia es la sinrazón. En la naturaleza todo
es razonable, no hay sorpresas, todo es aburrido; pero
salta este animalejo en dos pies que llaman hombre, y
con él aparece la sinrazón, lo absurdo, lo arbitrario, la
sorpresa, lo cómico, lo solazante y ameno. Si un hombre discurriera con la exactitud mecánica de la naturaleza, de manera que sus palabras tuviesen la coherencia
fatal de los fenómenos naturales, ¿habría nada más
aburrido? No, no; lo bueno es lo inesperado del desatino, lo insólito de la sandez, lo imprevisto del disparate. Por eso me ha divertido tanto la conferencia de
Mazorral. Bondad y trabajo; aconsejar bondad y trabajo... Vamos, que no se le ocurre al que asó la manteca. Aconsejar "sed buenos" es lo mismo que aconsejar "sed albinos" o "sed velludos". Digo mal —rectificó
don Sabas, acercándose a calentar las manos en un
calorífero—, es lo mismo que aconsejar "sed inteligentes". Todos somos más o menos inteligentes, porque el
pensamiento es una secreción del cerebro, como la bondad es, por decirlo así, una secreción del corazón. Pudiéramos comparar el corazón humano a las vacas. Las
hay de diferentes razas; todas dan leche; pero hay
razas que dan mucha más. Es un hecho que vaca muy
lechera o poco lechera, la vaca da más leche cuando
está mejor alimentada. De la propia suerte el hombre
harto propende a la bondad, así como el famélico a
la malignidad; tan es así, que yo a veces dudo si la
residencia de los afectos es el corazón o el vientre. [392]

---

391 Errata en *L*: "la".
392 Tiene mucho sabor de época el tono positivista de estos razona-
mientos. (En Baroja, por ejemplo, se encuentran muchas frases semejantes.)

También hay procedimientos artificiosos para aumentar la secreción de la leche y de la bondad. Para lo primero se acostumbra dar sal a las vacas; pero en este caso la leche es agüedinosa y sin sustancia. Como ejemplo de lo segundo podemos poner el del partido conservador concediendo al pueblo cierta mesurada dosis de ilusoria libertad; pero los frutos que con ello consiguen son engañosos y efímeros. Ahora bien; la vaca, cuando está en los últimos meses de preñez, no da leche. Aplicado al hombre quiere decir que en aquello que atañe a la obra propia, a la ambición personal, al egoísmo, el corazón se seca. Así ha sido, así es y así será, porque la naturaleza lo ha querido. Y si no, háblele usted mal a Mazorral de uno de sus artículos o dígale que su conferencia ha sido una *batata,* como se dice en esta casa, y a ver en qué paran sus ampulosas predicaciones morales. Puede suceder que no se ofenda, lo cual querría decir que además de tener el corazón seco los sesos le echan humo, o sea, que es también vanidoso. Pues, ¿y lo otro? Trabajad... Es como decir "respirad". Decir vida y decir trabajo es una cosa misma. De una manera u otra el hombre trabaja siempre. ¿Conoce usted algo más trabajoso que seducir a una mujer que no gusta poco ni mucho de su cortejador? Pues son infinitos los que se toman ese trabajo. ¿Por qué? Porque ven un fin como remate del esfuerzo, una satisfacción como premio de muchos sinsabores. Aconsejar a las colectividades trabajo es cosa necia. Lo que se debe hacer es sugerirles un ideal asequible y halagüeño, hacia el cual converja, a pesar suyo, la actividad, y con esto se coloca naturalmente a los hombres en potencia próxima de ser bondadosos. El ideal es el mejor estimulante de la alta cultura. Un pueblo sin ideal es un pueblo perezoso, y perezoso no quiere decir que no trabaja, sino que trabaja sin perseverancia, método o disciplina y por cosas inanes o de poco momento. Pero el ideal no se construye sino con la imaginación. El pueblo español no tiene imaginación aún. ¿Ha visto usted cosa más mazorral, yerma

y antiestética que el cerebro de este señor Mazorral? [393]
La imaginación, me parece a mí, es la forma plástica
de la inteligencia y del sentimiento. Tiene su mecánica,
sus leyes, su realidad, realidad más alta que la misma
realidad externa. En esto se diferencia de la quimera,
que es una aspiración confusa, caótica, mística. España
ha sido un pueblo de quimeras: nunca ha sabido lo
que ha querido. Nuestros conquistadores iban a descubrir mundos y a rebañar oro sin plan ni propósito, y
cuando lo conseguían, no sabiendo qué hacerse de él,
con la espada escribían *nihil* en el mar, daban toda su
fortuna al clero y se iban a morir a un convento. En
último término tenían razón. [394] Y ahora viene lo más
curioso, aquello de que el joven Tejero me derribó con
un discurso... —don Sabas sonrió amargamente—. De
eso a decir que el propio señor Tejero obligó con otro
discurso a Carlos de Gante a retirarse a Yuste, no va
nada. Carlos V, aun cuando no era español, es el ar-
quetipo de los políticos españoles. Declarémoslo con
toda franqueza; entre españoles existe con maravillosa
abundancia el tipo del político a quien se le da una
higa por el bien público. No somos servidores del pueblo con las responsabilidades anejas a una magistratura, sino trepadores de alturas. Un español no va a
la política por vocación, sino por ambición. Queremos
conseguir lo más para saber que nada hay que merezca
la pena de conseguirlo y por el gusto de renunciarlo.
No nos damos por satisfechos hasta que desde una
gran altura no hemos visto muy pequeñitos a nuestros
semejantes. Los españoles a los cuarenta años estamos
cansados de todo. Ya hacía quince años que yo no era
ministro, y le juro a usted que la última vez entré a
regañadientes y no veía el momento de tirar la cartera.
Porque, querido Guzmán, en el fondo de todo esto que
decimos acerca del carácter español, ¿no habrá el reconocimiento implícito de que es el carácter más pro-

---

[393] Nótese la repetición, que garantiza que el nombre es significativo
y no casual.
[394] El perspectivismo escéptico de don Sabas le hace ver la razón
de lo mismo que él está atacando.

fundamente sabio y moral, el que mejor se ha dado cuenta del sentido de la vida, esto es, el que más la desprecia? ¿Qué dice usted?

—Digo que discurre usted con asombrosa incoherencia.

—Vamos a ver, vamos a ver, ¿por qué? —inquirió benévolamente don Sabas.

—¿No comenzó usted asegurando que las palabras de una persona que discurriese con absoluta coherencia sería la cosa más tediosa del mundo? Pues si ello es verdad, como todo lo que usted dice a mí me parece extraordinariamente ameno, la consecuencia es clara.

—No está mal. Es un elogio de doble filo; pero me agrada, porque prefiero amenizar la vida de los que me oyen a machacarles los oídos con monsergas solemnes. De todas suertes he hablado demasiado y temo haberle aburrido.

—No, de ninguna manera.

—Bien; no ha sido demasiado, pero ha sido bastante. Le dejo y voy a sumarme a aquel corrillo de graves padres de la patria, sesudos homes.

Guzmán se acercó a una numerosa tertulia de ateneístas, que se había congregado al extremo del pasillo. Estaban unos sentados en mecedoras, otros en un diván; algunos se mantenían en pie. Uno, en una mecedora, tenía un gato sobre las piernas. Habló así:

—Mazorral ha olvidado que el genio tutelar del Ateneo es el gato, y que la filosofía del gato vale más que todas las filosofías. Ella nos enseña a ser perezosos, voluptuosos y elegantes. [395] Vamos a ver —dirigiéndose al gato—, ¿por qué no te has presentado en la tribuna, y subiéndote a la mesa del conferenciante, le has dado un mentís solemne a sus paparruchas? Sí, sí, comprendo; es que desprecias estas minucias. Sí, hay cosas que no merecen ser tomadas en cuenta.

—Señores —insinuó un individuo flaco, alto y mal trajeado, encarnación austera de la ecuanimidad—,

---

[395] La misma filosofía le atribuye Alberto a su gato *Calígula*, en un poema de *La pata de la raposa* (ed. citada, pp. 77-78).

procuremos ser justos. Se pueden poner en tela de juicio
las ideas de la conferencia, que a mí me han parecido
bien, entre paréntesis; pero lo que no se puede dudar
es que ha sido una conferencia bellísima, literariamente,
que nos ha forzado a aplaudir, sugestionados muchas
veces.

—Pues eso es precisamente lo que decimos —replicó
uno de los del diván, de cara aplastada y obtusa—.
Que ha sido una conferencia llena de latiguillos y recursos de mala fe. Le deslumbran a uno, le hacen
aplaudir sin que sepa lo que hace, muchas veces porque no digan; pero viene luego la reflexión, y entonces
se echa de ver que todo aquello era bambolla.

—¡Es un farsante! —falló una criatura enjuta y vehemente, que hacía claudicar su mecedora con descomunal balanceo.

—Para mí los farsantes son dignos de toda admiración —declaró uno de los que estaban en pie. Era un
hombre menudo, con cuerpo de monaguillo y cabeza
de sacristán. Llevaba un sombrero desaforado que amenazaba hundírsele hasta la mandíbula, y hacía el efecto
de un sombrero de hombre sobre un cráneo de niño—.
Para ser farsante se necesita, como condición *sine qua
non,* ser inteligente. Nos entenderíamos mejor si a la
farsa la llamásemos *pose,* y a eso otro que caracteriza
a Mazorral y a muchos animales inferiores, *mimetismo.*
La simulación es una forma zoológica del instinto de
conservación, que lo mismo existe entre los ortópteros
que entre los periodistas. La *phyllia* y la *callima,* por
ejemplo, son dos mariposas tan parecidas a una hoja,
que cuando se posan en un árbol y se adhieren a una
hoja de él, no se las puede diferenciar. Lo mismo hay
periodistas tontos que se consustantivan con la hoja de
un periódico, y, aun cuando no sirven para nada, allí
se están años y más años, como si la vida misma del
periódico dependiera de ellos. El *mimetismo* es una
actividad irracional, instintiva, despreciable. Nada hay
más fácil que simular talento. Por el contrario, la farsa
es una cualidad específica de las grandes inteligencias,

y en cierto modo puede considerarse como una de las más altas creaciones artísticas. Por eso se acostumbra a llamar *pose*. Recuérdese a Beaudelaire, d'Aurevilly...

Sus palabras hacían también el efecto de palabras de hombre en labios de niño. De frase a frase dejaba grandes silencios, por avivar la expectación de los que le oían. Viéndole se pensaba en un camarero que antes de descorchar una botella bailase la danza del vientre.

—¡Bah! *Mimetismo* o *pose* o farandulería, ¿qué más da? —observó un ser indolente que estaba sobre el diván, sentado a la turca con los ojos vueltos hacia el cielo raso—. El caso es que Mazorral no ha dicho nada nuevo. Todo eso se viene escribiendo en España desde hace siglos: ahí está el libro de Halconete, que lo puede atestiguar. Y, sobre todo, si se trata de dar formas nuevas a quejas antiguas, la forma no es de Mazorral, sino de Tejero. La conferencia es un plagio de los artículos de Tejero.

—¿No dicen ustedes nada de lo más grotesco de todo? ¡Formidable! —clamó un mancebito imberbe, rechoncho, de faz seráfica—. "Nosotros, los jóvenes... Porque los jóvenes haremos... A los de la nueva generación nos incumbe..." —Peroraba en tono campanudo, contrahaciendo la voz abaritonada y vibrante de Mazorral—. Cualquiera diría al oírle que acaba de salir de las aulas universitarias y que está en los albores primaverales de su vida, cuando todos sabemos que pasa de los cuarenta y cinco. ¡Formidable! Son de esas cosas que hay que verlas para creerlas. Pues, ¡oído al parche! Él dice que se está preparando para ser el mejor dramaturgo de España; pero que no escribirá su primer drama hasta dentro de quince años, porque todavía no está maduro. [396] Será un drama póstumo.

---

[396] Maeztu escribió muchos comentarios sobre dramaturgos nacionales y extranjeros. A los 19 años leyó dramas —y novelas— en una fábrica de tabacos de La Habana (D. Gamallo Fierros: "Hacia un Maeztu total", en *Cuadernos Hispanoamericanos*, n.º 33-34, Madrid, sept.-oct. 1952, pp. 296-298). Recuérdese este otro testimonio: "Maeztu ha podido ser diputado y no lo ha sido; funcionario bien retribuido, y no lo es; escribir libros, y no los ha escrito; *triunfar en el teatro, y no ha hechos dramas*; vivir bien, y vive al día" (*Alma Española*, Madrid, 24 de enero de 1904; el subrayado es mío).

Por lo pronto ya tiene su ideal estético, que es el
Japón, pasando por Grecia y arrancando de Alemania;
la Humanidad, según parece, recorrerá esta gran tra-
yectoria, y él, Mazorral, es el Hannón de este nuevo
periplo. ¡Formidable!

—Señores —volvió a hablar con suave acento el
hombre flaco, alto y mal trajeado—, procuremos ser
justos. Los españoles tenemos una fea tendencia al in-
dividualismo anárquico. Si Tejero ha encontrado la
nueva forma de una queja antigua, no es razón para
que Mazorral, estando conforme con las ideas de Tejero, las propague por cuantos medios tiene a mano: la
Prensa, la conferencia, el mitin, etc., etc. El problema
será tan antiguo como ustedes quieran; lógicamente,
es tan antiguo como el mal; pero porque sea antiguo,
¿hemos de dejarlo de la mano? En el libro de Halconete se estudian las diferentes maneras que tuvo de
plantearse el problema, cronológicamente. Se trata de
un mal crónico, y, sin embargo, nunca se ha sentido
tan en lo íntimo y con tanta perentoriedad la conciencia de este mal. ¿Por qué? ¿Acaso porque estamos
ahora peor que nunca? Nadie se atreverá a decirlo. Sin
duda, es porque ahora se ha planteado el mismo problema con mayor acierto que otras veces. Costa, es
verdad, parece ser el primero que lo planteó en sus
términos precisos, y que los que han venido detrás de
él no han añadido nada. Pero a Costa, con ser Costa,
no se le hizo caso. En cambio, ahora todos sentimos
la inquietud de ese problema. Hablaremos bien o mal
de quienes nos han inquietado; pero la inquietud existe.
Nos preocupamos. ¿Por qué será?

Travesedo se había acercado a Alberto en tanto hablaba el hombre flaco y mal vestido. Cuando concluyó
éste de hablar, dijo por lo bajo Travesedo:

—Me voy a la calle; ¿vienes?

Teófilo, que también estaba en el grupo, abroquelado,
como de ordinario, en melancólico mutismo, al ver que
sus dos amigos se marchaban, salió con ellos.

397

Había anochecido.

Los tres amigos subieron por la calle del Prado, hacia la plaza de Santa Ana.

—¡Caracho, con la conferencia de Mazorral!... —exclamó Travesedo, que estaba pereciéndose por dar gusto a la sin hueso.

—Por la Virgen santa... —rogó Teófilo—. ¿Vais a hablar todavía de la conferencia?

—Vaya, no te enfades, Teofilín. Procuraremos ser breves. Déjanos poner algunas cosas en claro. —Y se dirigió a Alberto—: ¿Me quieres decir ahora para qué sirve la inteligencia?... Ya ves, todos esos rapaces del Ateneo, que parecen listos todos ellos y ninguno se entiende. Todos discurren con tino y se figura uno que tiene razón el último que habla, hasta que viene otro a decir todo lo contrario, y también tiene razón. Y es que la vida no es cosa de discurrir mejor o peor.

—Conforme en todo contigo —comentó Teófilo.

—La inteligencia, en último término, es una cosa mecánica. Jevons, un filósofo inglés, inventó una *máquina lógica,* un aparato que funcionaba tan bien como el cerebro humano. El proceso lógico ha sido formulado por un matemático, Boole, en una simple ecuación de segundo grado. *La crítica de la razón pura,* que no parece sino que es un descubrimiento de ayer, a juzgar por el pote que algunos se dan cubriéndose con ella las vergüenzas, como un salvaje con un taparrabos, y cuando yo era mocete, ya va para tiempo, asistí dos años seguidos a las lecciones que daba Salmerón [398] acerca de *La crítica de la razón pura*; digo que, para el caso, este libro es como la máquina de Jevons o la ecuación de Boole. Pensar que con *la crítica de la razón pura* se discurre mejor que sin ella, es absurdo. La

[397] R: "IV".
[398] Nicolás Salmerón nació en Alhama la Seca (Almería) en 1838 murió en Pau (Francia) en 1908. Famoso político y filósofo, desempeñó hasta su muerte la Cátedra de Metafísica en la Universidad Central. Fue elegido Presidente de la República en 1873. En la última década del xix y primera del xx representó a Barcelona en el Congreso. Fue uno de los principales discípulos de Sanz del Río.

salud del cuerpo depende, no del hecho que la pepsina
es lo que digiere, sino de que digiera alimentos ade-
cuados. ¿No te parece? Pero aquí viene lo curioso,
como dijo Hermoso —el hombre flaco y mal vestido—:
"Hablaremos bien o mal de quienes nos han inquietado; pero la inquietud existe. Nos preocupamos. ¿Por
qué será?" ¿Qué dices tú?

—Me serviré de un ejemplo: Un hombre está enfermo de un mal disimulado y hondo. Su vida continúa
aparentemente como de ordinario; pero él adivina que
algo grave está ocurriendo en lo misterioso de su organismo. Comunica sus inquietudes a los amigos, y los
amigos, que le ven sano por las trazas, no se lo toman
en cuenta. Consulta con un médico, y por él se informa
de que en efecto está enfermo, y de cuidado. Vuelve
a sus amigos con la triste nueva, y éstos responden:
"Ese médico es un animal". El enfermo se enfurece, y
los amigos se ríen. ¿Por qué? Porque el mal no le ha
salido aún a la cara; pudiéramos decir, porque el mal
no ha adquirido aún forma estética, patética, emoción
comunicativa. En cambio, un niño enfermo produce
siempre una impresión triste y enternecedora, porque
el niño no tiene vida psíquica, y a la menor perturba-
ción orgánica se amustia como una flor. Al punto se
echa de ver que un niño está enfermo. No es lo mismo
con los hombres, porque lo complejo de su vida psíquica, preocupaciones, afectos, pasiones, etc., provocan a
veces cierto enardecimiento, cierta saludable apariencia
engañosa, que disimula el mal hasta tanto que éste no
ha alcanzado el período agudo. Para mí, este ejemplo
explica las diferentes vicisitudes que el problema España ha sufrido. Están primero los que han sugerido
la posibilidad de que España tuviera las entrañas enfermas; pero en España las cosas iban, sobre poco
más o menos, como siempre; no se les hizo caso. Vino
un diagnóstico de gente facultativa: había enfermedad
y grave; pero las cosas iban como siempre. Los médicos son unos animales, se dijo. Viene entonces la
etapa del hombre que grita y se enfurece: Costa. En

el fondo se rieron de él. Era preciso que España se convirtiera en un niño triste y decaído para que los hombres ligeros comenzaran a pensar: "Este niño debe de estar enfermo". Llegó para España el momento de cumplirse aquella profecía de Hesíodo: "Para entonces esa raza de hombres dotados de palabra encanecerá casi desde su nacimiento". Las últimas generaciones han envejecido antes de salir del vientre materno. Ves hombres que no han llegado a los treinta años y parecen ancianos. Aseguran que haber nacido español y haber nacido maldito es la misma cosa. ¿No se les ha de hacer caso? Pero aun así y todo, a pesar de la emoción comunicativa, que es la forma nueva de la antigua queja, el pecho español es tan yermo y empedernido, la sensibilidad española ha estado siempre tan embotada, que creo que tampoco se les hubiera hecho caso, a no ser porque algunos escritores de los últimos tiempos [399] han iniciado la empresa de otorgar sentidos a esta raza española, que nunca los había tenido.

—En resumen, que para ti el problema está en dotar de una sensibilidad a la casta española, y esto sólo lo puede hacer el arte. Pero, ¿y si fuera imposible? ¿O si, una vez conseguido, vuelve a perderse y embotarse aquella sensibilidad?

—Nada hay imposible, y una vez logrado nada se pierde. Millares de siglos necesitó la vida terráquea para acertar a ponerse en dos pies; pero en cuanto dio en el quid, aquel esfuerzo de millares de siglos se vence en dos años y aun en diez meses, que hay niños que antes de los diez meses ya andan.

Iban por la calle de Atocha, cara a los arcos de la Plaza Mayor. Tropezaban con nutridos golpes de gente, en los cuales reinaba vivo rumor, braceos y enarcamientos de cejas, por donde se podía inferir que se trataba de algún suceso extraordinario, acaecido recientemente. Los tres amigos alcanzaron a oír palabras

---

[399] Alusión muy clara —a mi modo de ver— a los miembros de la llamada generación del 98.

sueltas: suicidio, dos tiros, agentes, carreras, monu
mento de Morral, y luego, bombas.

—¿Habrán tirado alguna bomba? Vamos a enterar
nos.

Travesedo se inmiscuyó en uno de los grupos y pre
guntó.

Un anarquista había tirado una bomba al pie de
monumento erigido en memoria de las víctimas de
Morral, y cuando los agentes le iban a los alcances, se
había suicidado. Nadie conocía circunstancias más pun
tuales, sino que el anarquista no había podido hui
porque era cojo, y que su cadáver estaba en la casa
de socorro de la Plaza Mayor.

Los tres amigos penetraron en la plaza y se acercaron
hacia la casa de socorro, por recoger más detalles. A
la puerta de la casa de socorro se agolpaban centenares
de curiosos. "El gobernador", se oyó murmurar. Dos
agentes abrieron un pasillo entre la gente y un caballero
enchisterado y augusto penetró en la casa de socorro
Aprovechando la entrada del gobernador, los tres ami
gos se insinuaron a través del concurso, hasta colocarse
en primera fila. Cuatro guardias rechazaban a empe
llones a los curiosos, procurando hacer un espacio libre
delante de la puerta. De vez en cuando aparecía un
practicante, echaba una ojeada sobre la muchedumbre
y volvía a entrar. Uno de éstos resultó ser amigo de
Travesedo.

—¡Eh, Céspedes! —gritó Travesedo.

—Hombre, don Eduardo. ¿Usted ha visto?

—¿Podemos entrar?

—Ya lo creo. Pasen, pasen ustedes...

Los tres amigos entraron en la sala de operaciones
Sobre una mesa niquelada y agujereada yacía el anar
quista, cubierto el cuerpo con una frazada color ber
mellón. Un hombre le afeitaba el bigote. Céspedes dijo
que no había muerto aún ni lo habían identificado
Médicos, practicantes, periodistas y autoridades se api
ñaban en torno de la mesa de níquel. Las manipulacio
nes del barbero impedían descubrir por entero la cara

del moribundo. De pronto, Teófilo cayó en tierra desmayado. Acudieron a levantarlo; le dieron a oler éter, y con esto recobró el sentido.

—¡Vámonos, vámonos de aquí! —suplicó.

Apoyándose en Travesedo y Guzmán salió de la casa de socorro.

—Vamos a la taberna de al lado. Tomarás una copa de cazalla, que te sentará muy bien —ordenó Travesedo.

En la taberna, Teófilo apenas si podía llevar la copa a la boca; tal le temblaba la mano. Su rostro estaba lívido.

—Estos poetas... —dijo Travesedo, chascando la lengua después de trasegar una copa de aguardiente—. Eres más pusilámine que un conejo de Indias.

—Vamos a la calle a que me dé el aire —habló Teófilo, poniéndose trabajosamente en pie.

Cuando se hubieron alongado de la gente, Teófilo bisbiseó:

—Era Santonja.

—¿Qué dices ahí? —inquirió Travesedo.

—Santonja, mi amigo Santonja.

—¿Quién? ¿El anarquista?

—Sí.

—Pues, hombre, vamos corriendo a decirlo. ¿No habéis oído que no le habían identificado aún? Bueno, yo iré, porque a ti maldita la gracia que te hará volver allí. ¡Ah! El nombre...

—Homobono.

—¡Recristo! Pues si ese es Homobono, venga Dios y lo vea. ¿Vais a casa? Yo iré en dos minutos. Adiós.

Cuando Guzmán y Teófilo quedaron solos, el último comenzó a murmurar en voz reconcentrada, como si pensase en alta voz:

—Nunca lo hubiera creído. Y ahora que lo veo, me parece que hizo bien. ¡Pobre Santonja, pobre Santonja! ¡Y se contentó con un homenaje platónico, una bomba a un monumento!... —De pronto rompió a hablar con mucho fuego, enderezando miradas coléricas a su amigo—. Habláis mal de los tertulines de café, de la charlatanería y politiquería españolas. Pues yo que he asistido muchos años a esas tertulias, os digo que vosotros, los que os la dais de intelectuales, con vuestro énfasis, vuestras conferencias, vuestro redentorismo, no decís ni hacéis cosas más ni menos razonables o profundas que las que se dicen y hacen en los cafés. ¡Insensatos, insensatos! Queremos hacer pueblo y no sabemos hacernos hombres. Da por supuesto que España es la nación más fuerte y más culta. ¿Hubiera por ello sido Santonja más feliz o más infeliz? ¿Lo sería yo? Lo que yo quiero ser es un hombre, ¿oyes?, un hombre. ¿No ves que lloro? Y es de rabia...

400

EN el gabinete de Lolita. Estaba atalajada la pieza con muebles de la propiedad particular de esta dama, y en ella se descubría a seguida el grado de educación y buen gusto de la dueña. El yute, el peluche, la purpurina, los madroños, el pino so capa de nogal y otros varios elementos de la decoración doméstica al estilo catalán, exaltaban, en opinión de Lolita, aquel oscuro gabinete de casa de huéspedes a la categoría de una *loggia medicea*. Colgada oblicuamente de la pared había una guitarra, con escenas andaluzas pintadas alrededor de la negra boca urbicular. Otro dechado del arte pictórico era un cuadrito de subasta, al óleo, coronando la chimenea. Lolita pretendía hacer creer a sus visitantes que lo había pintado ella.

—Pero, ¿sabes pintar?

—¡Jesú! Dende que era chiquitiya me dieron lersiones de pintura; pero ya lo he abandonao.

No era raro que el visitante, por halagar a la autora, se acercase a contemplar el cuadrito, y entonces, con alguna sorpresa, echaba de ver que la obra estaba firmada en rojo por un R. Llagostera.

—¿Cómo te apellidas, Lolita?

—¿Yo? Montoya.

400   *R*: "V".

—¿Y por qué has puesto aquí Llagostera?

Acercábase también Lolita, que no sabía leer, y después de examinar aquellas pinceladitas rojas, sin sentido para ella, explicaba:

—Son floresiya. ¿Y tú las llamas yagosteras? ¡Jesú, qué término! Si son amapolas, so primo.

Había por el suelo hasta cuatro grandes sombrereras de cartón blanco, con la tapa caída a un lado, y eran como cestos de Pomona o cornucopias de la abundancia, a juzgar por la profusión eruptiva de flores y frutos artificiales, [401] de toda sazón y latitud, que rebasaba de los bordes.

Se encontraban en el aposento Verónica, Amparito, Lolita, y San Antonio de Padua, haciendo un paso gimnástico que se suele llamar *el pino* (cabeza abajo), [402] sobre la rinconera. Las tres mujeres estaban sentadas en torno a un velador con piedra de mármol; sobre el velador, varias cuartillas y un lápiz. Amparito tenía un libro abierto en las manos.

—Escucha con atensión, Verónica, porque esto tiene mucha importansia. Vamo, lee, niña.

Amparito leyó:

—Habiendo logrado Mr. Sonnini... —Amparito leyó *eme-erre*.

—Pero chiquiya, tú no sabe leé.

—Aquí dice eme erre: eme mayúscula, erre.

—¿Qué es lo que dise? ¿Lo uno u lo otro? Vamo, anda pa lante, que ahora viene lo bueno.

—Habiendo *eme-erre* Sonnini —prosiguió Amparito— logrado abrir un paso hasta el aposento interior de una de las reales tumbas del Monte Líbico, cerca de Tebas, encontró en él un sarcófago en que se hallaba una momia de extraordinaria belleza y en excelente estado de conservación; examinándola prolijamente descubrió, pegado al pecho izquierdo, con un género de goma particular, un rollo largo de papiro, el cual,

[401] "Artificiales" es aclaración añadida en *P*.
[402] La aclaración entre paréntesis es añadido de *P*. La alusión gimnástica me parece muy propia de la época y del esnobismo del Ayala juvenil.

habiéndole desdoblado, excitó mucho su curiosidad a causa de los jeroglíficos que en él se veían maravillosamente pintados.

—¿Te has enterao? —preguntó Lolita a Verónica—. Ese royo de la momia es ni má ni meno que un papé que verás ar final del libro. Es un oráculo, y er te dise toas las cosiyas que quiás sabé: de amoríos, de dinero, de to, y siempre la chipén. Esto es mejó entavía que las cartas. Bueno, niña; ahora lee por donde hay una crus con lapis colorao. Y tú, Verónica, te están mu seria, que esto es como un reso.

Amparito leyó:

—Pastoral de Balapsis, por mandado de Hermes Trimegisto, a los sacerdotes del gran templo. ¡Sacerdotes de los Tébanos! ¡Siervos del gran templo de Hecatómpolis! ¡Vosotros que en la ciudad sagrada de Dióspolis habéis consagrado la vida al servicio del rey de los dioses y de los hombres! ¡Hermes, fiel intérprete de la voluntad de Osiris, salud y paz os envía!

—¿No desía yo que era como un reso? Y no te creas que es cosa der mengue. Eso ya se verá dempués. Ahora busca la pregunta que quiés hasé. Ahí están toas en er papé amariyo.

Verónica, un poco sobrecogida con tan misteriosos preámbulos, fue leyendo en un gran pliego de papel apergaminado la lista de preguntas.

—¿Tengo que decir la pregunta que haga?

—Naturalmente, chiquiya.

—Pues ésta: "¿Me corresponde y aprecia la persona a quien yo amo?" —Quiso dar a entender, sonriendo, que no concedía gran importancia al oráculo; pero no acertó a sonreír y se ruborizó.

—Pero so gorfa —exclamó Lolita alborozada sobremanera—, ¿Entavía estamos con esas niñerías der corazón?

—Si es por preguntar...

—Yo también quiero preguntar luego —insinuó Amparito, tímidamente.

—Tú ya sabes que te quiere, niña. Lee ahora lo que hay que hasé.

—Cuando cualquier hombre o mujer vaya a haceros, ¡oh, sacerdotes! —leyó Amparito—, alguna pregunta, haced que se presenten las ofrendas y se efectúen los sacrificios al mismo tiempo que los siervos del templo eleven a lo alto las invocaciones en cánticos armoniosos. Restablecido el silencio, el adivino encargará al extranjero que vino a consultar el oráculo que con una caña mojada en la sangre del sacrificio marque, dentro de un círculo formado con los doce signos del Zodíaco, cinco hileras de rayas, derechas o inclinadas, al modo de éstas...

—Yo te diré; esto se hase así, a burto. —Y Lolita comenzó a trazar palotes en una cuartilla, sin mirar al papel.

—Pero eso es imposible.

—Muy fásil.

—Digo lo de la sangre y aquellos signos del no sé cuántos.

—Eso no es de obligación. Lee más abajo, niña.

—El traductor —leyó Amparito— cree de su deber advertir aquí que él sabe por experiencia que pueden dispensarse las más de estas ceremonias. En las consultas que se hagan al oráculo pueden omitirse el círculo y signos del Zodíaco, y en lugar de una caña mojada en sangre, él y sus amigos han usado constantemente, y siempre con buen éxito, una pluma con tinta común y otras veces un lápiz o un carbón. Los dones, sacrificios e invocaciones también son cosa superflua en tierra de cristianos; pero, en su lugar, es de absoluta necesidad que el consultante crea en Dios a puño cerrado y venere sus inescrutables vías.

—¿Lo ves? Tú crees en Dios, pa chasco. [403]

—Sí que no...

—Pues ahora hases las rayitas.

---

[403] Ayala no deja de subrayar la unión de religiosidad y superstición.

Verónica obedeció a cuanto se le indicaba. Amparito, que había ya comprendido cabalmente la manipulación del oráculo, hacía de pitonisa.

—Sagitario; non, tres pares, non —bisbiseó Amparito—. La respuesta dice: "Medita bien si el objeto de tu cariño merece tu amor".

—¿Me quiés desí —interrogó Lolita, enchipada, como con un éxito personal suyo—, si no le deja a una aturuyá?

—¿Se puede hacer por dos veces la misma pregunta? —inquirió Verónica.

—Y dos mil.

Verónica trazó por segunda vez cinco filas de palotes.

—Llaves, non, cuatro pares —sentenció Amparito—. La respuesta dice: "Una correspondencia de cariño es ahora dudosa; pero la perseverancia y atención te asegurarán el triunfo".

—Esto debe ser cosa de brujería, porque no se explica que responda tan acorde —declaró Verónica con ojos resplandecientes.

—Pues aun falta una cosa mu güena, pero que mu güena. Niña, busca ar finá der libro. Ahí te prenostican lo que vas a sé por er día y er mes en que has nasío.

—Yo nací el cinco de septiembre.

—Septiembre, Amparito. Busca er signo.

—Virgo —leyó Amparito con voz candorosa.

El rostro de Verónica se encendió. Lolita, entre risotadas que no podía retener, comentó:

—También es gracioso.

—La mujer nacida por este tiempo —leyó Amparito— será muy honrada, sincera, franca, muy aseada en su persona y de deseos ardientes, modesta en su conversación, afecta a los placeres matrimoniales y fiel a su marido; será también muy buena madre y muy mujer de su casa.

—No te quejará de tu suerte, condená. Pues si vieras la mía. Lee, Amparito, que la mía está en el escorpión. ¡Lagarto, lagarto!

—La mujer nacida por este tiempo —leyó Amparito— será temeraria, imperiosa, intrigante y artificiosa; de genio voluble y desagradable, y amiga de empinar el codo.

—¡Qué calurnias! —suspiró Lolita, santiguándose y mirando con ternura al San Antonio, cabeza abajo.

—En la vida —continuó Amparito—, todos sus planes se malograrán casi siempre por su misma locura y mala conducta en el amor; accederá a sus placeres solamente con miras particulares, y será inconsecuente y desleal. No dice más.

—¿Y te paece poco? Me ha puesto como un renegrido trapo.

—Ahora voy a ver la mía, si ustedes me lo permiten —habló Amparito.

—Vamo a vé, vamo a vé la donseyita de la casa.

—Yo nací el veintinueve de noviembre, de manera que... Sagitario —decidió Amparito después de consultar el libro—. ¡Ay, no sé qué me da; no me atrevo!

—Anda, niña, y no seas desaboría.

Amparito comenzó a leer con voz rasa, como si leyese por rutina y sin desentrañar el sentido de la lectura. Entró en esto Travesedo y se detuvo a escuchar. Lolita y Verónica estaban tan absortas y embebecidas que no echaron de ver la llegada de Travesedo. Leía Amparito:

—En el amor será constante; pero querrá gobernar a su marido, de quien exigirá un estricto cumplimiento de los deberes nupciales, a cuyos deleites será demasiado inclinada; amará a sus hijos, pero será descuidada con ellos; será también afectuosa con su marido mientras que éste siga haciendo a Venus los debidos sacrificios...

Travesedo no se pudo contener más tiempo. Penetró con paso decidido y continente amenazador, arrebató el libro de las manos de Amparito, lo hizo pedazos y miró luego a Lolita con expresión tan iracunda que la mujer quedó como petrificada por el espanto. Las otras

318 RAMÓN PÉREZ DE AYALA

dos tampoco daban pie ni mano. Travesedo rompió a vociferar:

—¡Largo de aquí inmediatamente, Amparo! Largo de aquí si no quieres que te eche a azotes, mala cabeza. —Amparito salió temblando. Travesedo se encaró con Lolita—. Y tú, sinvergüenza, idiota, ¿no comprendes que estás corrompiendo a esa niña? Esto se ha concluido; hoy mismo coges tus trastos y te vas con viento fresco, hoy mismo. Yo no quiero cargos de conciencia.

Soltóse Lolita a llorar con extremada amargura. Entrecruzó las manos en actitud orante, hipaba, volvía los ojos inocentes y cuitados tan pronto hacia el San Antonio acrobático como hacia Travesedo, y decía entrecortadamente:

—¡Ay, virgensita de mi arma, San Antonio!... ¡Si yo no he tenío la curpa..., que ha sío eya misma... por ver su sino der Sodiaco!

La aflicción de Lolita y sus peregrinas lamentaciones determinaron en Travesedo una sensación epicena de ternura y de hilaridad. Verónica intercedió, asumiendo la responsabilidad de lo acaecido. Travesedo atenazó suave y paternalmente con los nudillos el desaforado apéndice nasal de Lolita, e hizo por mitigar su desconsuelo con palabras blandas:

—Ea, sosiégate, feúcha, que la cosa no vale la pena. Fue un arrebato mío y no he querido disgustarte. Pero, ¿no comprendes, mujer, que Amparito es una niña y no debe enterarse de ciertas cosas? Verdad que tú eres tan niña como ella. La culpa la tiene doña Verónica.

—Sí que la tengo, lo confieso; pero, ¿qué le vamos a hacer ya?

—Si es que he estado gritando, llamándoos, un cuarto de hora seguido —añadió Travesedo—. Y como si os hubiera tragado la tierra. Ya pasa de la una y la casa por barrer. Antonia no está en casa; la comida, por supuesto, no estará dispuesta. Esto es un pandemonium. Vamos a ver Lolita, ¿no te da vergüenza no haberte lavado ni peinado aún? Hay que verte, hija. No sé cómo le gustas a nadie.

Lolita estaba desgreñada, sucia, tripona, porque los senos, de considerable tamaño, sin el soporte del corsé, le bajaban hasta la cintura, simulando un bandullo. Vestí una bata de franela roja que parecía hecha con bayeta de fregar suelos.

—¿Tú comes hoy con nosotros, Verónica? Digo, si hay qué comer.

—No, yo me voy a casita. Ya estarán por allí todos alborotaos.

—Que no. Yo ordeno y mando que te quedes a comer con nosotros de lo que haya.

—Pues si usted lo ordena, no hay sino cerrar el pico.

—Andando al comedor. Y tú, Lolita, lávate por lo menos las manos.

Quedóse Lolita a lavarse las manos y salieron juntos Travesedo y Verónica. En el pasillo dijo Travesedo:

—Y pensar que esa pobre mujer es una de las cocotas de fuste en Madrid y no falta quien le pague bien...

—No sea usté malo. Lolita es muy mona.

—Sí, monísima; se pudiera decir que perfecta, porque lo excesivamente pequeño de la boca se corrige con lo excesivamente largo de la nariz. [404]

A poco estaban todos los huéspedes reunidos en el comedor. Verónica se sentó a la derecha de Travesedo. La voluminosa Blanca, la cocinera, servía la comida, porque Amparito no se atrevió a presentarse. Travesedo, junto con el decanato de la hospedería, disfrutaba anejamente de la presidencia en la mesa y de la facultad de dirigir y enderezar según su gusto la conversación. Casi todo se lo hablaba él. Aquel día inició el palique haciendo consideraciones acerca del atentado anarquista del día anterior y describiendo con puntuales y repulsivas circunstancias el cuadro que en compañía de Teófilo y Alberto había tenido ocasión de presenciar en la casa de socorro.

---

[404] Pérez de Ayala era aficionado a este tipo de ponderaciones irónicas que aplicó también, por ejemplo, a un importante general español.

—Por lo que más quieras —rogó Teófilo—, no hables de eso.

—Claro —añadió Verónica—. Cualquiera come oyendo esas cosas.

—Por eso lo hago, precisamente —explicó Travesedo—. De este modo no echaremos de ver la escasez de vituallas, si la hay, como presumo.

—¿No has salido ayer de casa, Lolita? —investigó [405] Alfil, bizqueando un poco a causa de la emoción.

—¿Salir yo dempué der pronóstico de las cartas? ¿Y por qué lo afeitaban, don Eduardo?

—¿A quién?

—Ar tío ese anarquista.

—No sé decírtelo.

A la hora del cocido presentóse Antonia. Venía de la calle, sonriendo, con gesto de cansancio. Travesedo, haciendo ostentación de sus prerrogativas fiscales, se arrancó con innumerables preguntas y advertencias, todo ello con aire reprobador y monitorio. Antonia, como obedeciendo a la necesidad de exonerarse de sus sentimientos e impresiones más que de responder al discurso de Travesedo, comenzó a hablar:

—¡Señor, qué mundo éste! ¡Pobre neñina! Me parece que va a ser muy desgraciada.

—Bien —interrumpió Travesedo— se ve que ha pasado usted la mañana en casa de Tomelloso. Pero, mujer, ¿qué se le ha perdido a usted en aquella casa?

—Déjame en paz el alma, roncón. [406] ¿Podré olvidar que les he estado sirviendo diez años, y que yo estaba sirviendo en la casa cuando nació Angelines? —Se despojaba con lentitud de la mantilla, quitando los alfileres, que iba colocando entre los labios.

—Saque usted esos alfileres de la boca... —conminó Travesedo—. Me pone usted nervioso. Hay dos cosas que no puedo llevar con paciencia: que se metan en la boca alfileres, o el cuchillo para comer, como lo hace Macías, que se lo mete hasta la campanilla.

<hr />

405 L: "investiga". Parece errata.
406 *roncón* quizás es de la familia de *roncero* = 'regañón' (Academia, p. 1156).

—En esto no estamos conformes —objetó el cómico—. Brochero, el célebre actor, hombre de sociedad como todos saben, y mi primer director escénico, cuando teníamos que comer en escena nos ordenaba hacerlo en esa forma, porque las gentes del buen mundo comen de esa manera.

—¡Pobre Angelines! —repitió Antonia.

—En resumen: ¿pobre, por qué?

—¿Por qué? Porque ese tal Pascualito del diaño [407] se me figura que la quiere tanto como a mí. ¡Que se me figura!... Basta tener ojos en la cara. Lo que va ese pillo es por el dinero. Pues el señor, la señora y la señorita, en Babia. Están locos con la tal boda.

—¿Quién es? —curioseó Lolita—. ¿Sisilia? ¡Qué punto tan grasioso!...

Retirábase Antonia; se volvió desde la puerta:

—¡Ah, se me olvidaba! El cartero me dio en la escalera esta carta para usted, don Teófilo —y alargó un sobre al poeta.

La letra era desconocida, y el sello, de Alemania. Teófilo sostenía la carta en la mano y la miraba sin resolverse a abrirla. En un instante se le agolparon en el cerebro mil absurdas presunciones e hipótesis. Palideció. Todos le miraban con curiosidad, señaladamente Verónica. Rasgó el sobre. Dentro de él venía una tarjeta postal. Lo primero que saltó ante sus ojos fue la firma: Rosina. De pálido se volvió lívido. Decía la postal: *No te pido perdón, porque sé que no merezco que me perdones. ¡Tengo tantas ganas de que nos veamos y hablemos! Quizás entonces comprenderás y me excusarás. Yo no puedo olvidar el cariño que me tenías, y me hago la ilusión de que, a pesar de todo, me lo conservas. El caso es que como he tenido tanta suerte y ya estoy hecha* [408] *una "estrella", el empresario del teatro del Príncipe, en Madrid, quiso contratarme. ¿Voy? Todo depende de que tú me lo ordenes. Contesta a la lista de Correos núm. 1.315, Berlín, ROSINA.*

[407] *diaño* = 'diablo' (asturianismo).
[408] L: "y estoy hecha".

Teófilo, aunque colmado de estupor y desconcierto, sonrió a pesar suyo. Su estado de ánimo, que durante seis meses había sido de apacible infortunio y triste resignación, se convirtió de pronto en felicidad congojosa. Su pobre corazón volvió a representársele a la manera de los perros vagabundos, para quienes el aire está poblado de botas y garrotes incógnitos. Como en aquella sazón sonase la campanilla de la puerta, Teófilo pensó: "La bota que se materializa". Salió a abrir la voluminosa Blanca y volvió en seguida diciendo:

—Dos caballeros que preguntan por usted, don Teófilo.

Levantóse el poeta con expresión de hombre que se somete heroicamente a los designios de la adversidad y produjo el asombro de cuantos le escuchaban, exclamando:

—La bota que se materializa, [409] señores —elevó los ojos a lo alto y murmuró: —*Fiat voluntas tua.*

Los dos caballeros tenían el empaque aflamencado de dos tahures de oficio. Llevaban gruesos anillos en los dedos, fumaban excelentes cigarros habanos, vestían con sobrado aliño, eran regordetes y mostraban en el rostro la rubicundez de las digestiones copiosas. [410]

—¿Es usted Teófilo Pajares? —preguntó uno, atusándose los bigotes, erectos e imponentes.

—Servidor de usted.

—Está usted detenido.

—¿Se puede saber por qué?

—Eso ya lo sabrá usted a su tiempo. Ahora, ¿quiere usted indicarnos cuál es su habitación?

—¿A qué santo les voy a indicar cuál es mi habitación?

—Tenemos que incautarnos de sus papeles.

—Bueno; sea lo que ustedes dispongan.

Los guió hasta su habitación. Los dos caballeros policíacos se iban guardando cuantos papeles hallaron a mano.

---

[409] *L*: "La bota se materializa".
[410] *L*: "digestiones prolijas".

—¿Me consienten que me despida de mis amigos? —solicitó Teófilo.

—Las buenas formas no están reñidas con los tristes deberes de nuestro cargo —declaró uno de los caballeros, que lucía una corbata color amarillo tortilla.

—¡Alberto, Eduardo! —gritó Teófilo desde la puerta de su alcoba, y cuando los amigos acudieron añadió: —Me llevan preso.

Travesedo y Guzmán, después de oír a Teófilo, y viendo con cuánta diligencia los dos policías se apoderaban de toda la obra poética en ciernes de Teófilo, no sabían si condolerse o reírse.

—¿Es que existe ya, y desde cuándo, un procedimiento criminal para perseguir los delitos literarios? —preguntó Travesedo.

—¡Delitos literarios!... Mecachis en diez con la literatura —rezongó uno de los policías, dejando de leer una balada con envío, perpetrada por Teófilo, y aplicándose a contemplar con suspicacia las barbas lóbregas de Travesedo y su jeta, a primera vista nada tranquilizadora—. Si al tirar bombas lo llama usted literatura, no sé qué será la realidad...

—¡Carape! —eyaculó [411] Travesedo, iluminándosele el rostro, a pesar de la lobreguez de las barbas, con la luz del discernimiento—. A que resulta que por tu amistad con ese pobre Santonja te complican en el atentado de ayer.

—Usted lo ha dicho —aseveró el de la corbata amarillo tortilla—. En casa del anarquista se han hallado muchas citas de este señor, concebidas en términos misteriosos.

—Pero si este señor —explicó Travesedo— es incapaz de matar una mosca.

Uno de los policías, que estaba inclinado sobre el baúl de Teófilo, arrojando fuera de él, en rebujos, el mísero ajuar del poeta, volvióse a decir:

---

[411] Otra vez la palabra que comentamos. (Ya no lo haremos más.)

—Tampoco Napoleón era capaz de matar una mosca, pero mataba hombres como si fueran moscas: ocho millones mató, según las estadísticas más recientes.

Guzmán y Travesedo no podían disimular su inquietud. Preveían complicaciones graves.

Al despedirse, Teófilo dijo:

—No os disgustéis. El corazón me dice que es lo mejor que podía ocurrirme, y mi corazón nunca me engaña.

Y tosió lamentablemente. Luego abrazó a sus dos amigos.

412

D O Ñ A Juana Trallero, viuda de Pajares, o doña Juanita, como la solían llamar sus pupilos, recibió de sopetón la noticia de haber sido preso Teófilo. Servía esta señora el desayuno a un empleadillo de Hacienda, huésped flamante y madruguero por razón de sus menesteres burocráticos, el cual, a tiempo que desayunaba, tenía por costumbre ponerse momentáneamente en contacto con el universo mundo a través de los telegramas de la Prensa matutinal, cuando Mondragón, que éste era el nombre del huésped, exclamó:

—¡Qué burrada!

—¿Cuál es la burrada? —preguntó doña Juanita.

—Una bomba en Madrid y su hijo de usted preso.

—Usted no se ha despabilado aún, señor Mondragón. Aristótiles [413] dijo que un buey voló; unos dicen que sí, yo digo que no. Y si usted lo ha dicho por donaire, sepa que tales donaires no son de mi gusto. Mi hijo es mi hijo, y está muy alto para que nadie le toque.

—No hay donaire, doña Juanita, sino la pura verdad.

Y Mondragón leyó el telegrama. Doña Juanita no se inmutó.

—Eso es una infamia, una calumnia, una intriga —afirmó menospreciando gradualmente el alcance del

412 R: "VI".
413 L suprime la equivocación: "Aristóteles". Quizá el corrector argentino creyó que se trataba de una errata.

suceso—, un lío tramado por los muchos envidiosos que Teófilo tiene.

Aquel mismo día doña Juanita arregló un hatillo de ropa, y, dejando la casa de huéspedes bajo la tutela de una amiga de confianza, salió en tercera para Madrid, muy resuelta en su arranque, decidida a presentarse, si fuera preciso, al ministro de Gracia y Justicia y llamarle imbécil, y segura de poner en libertad a Teófilo a la vuelta de contadas horas. Llegó a casa de Antonia a las ocho de la mañana. Hubo de sacudir varias veces la campanilla, porque eran los moradores gente nada diligente, si se exceptúa el teutón, el cual estaba precisamente en aquellos momentos tomando su habitual ducha mañanera en la cocina.

Este germano, industrioso y sutil, como es fama que son todos ellos, [414] había suplido a la carencia de cuarto de baño con el albañal de fregar los platos. Los compañeros le habían ofrecido el *tub* [415] de que ellos se servían, pero el teutón lo había rechazado. Prefería subir sobre la cubeta del albañal, y allí se encuclillaba y soltaba el chorro sobre los pingües lomos. El día que la voluminosa Blanca descubrió por ventura tan pulcra ingeniosidad y la puso en conocimiento del resto de los huéspedes, estuvo a punto de decretarse en la casa una pena aflictiva de azotes para el aseado teutón. Se solucionó el conflicto con la promesa del delincuente de no reincidir. Pero lo cierto es que cuando todos dormían a pierna suelta, el teutón iba, día por día, a convertir el albañal en cuna de deleites hidráulicos. Aquel día, como la campanilla alborotase con harto estruendo, el germano, temeroso de que alguno se despertase y le sorprendiese, salió a abrir tal como estaba, y estaba como su madre le había parido, pero un poco más talludo y formado.

---

[414] Recuérdese que Ayala escribe esta novela en Alemania. Para sus sentimientos con respecto a este país véase su libro *Hermann encadenado* y mi trabajo "Pérez de Ayala, germanófobo. (Un prólogo ignorado)", incluido como apéndice en mi libro *La novela intelectual de Ramón Pérez de Ayala*, ya citado.

[415] *tub*: barreño ancho de bordes poco elevados.

Doña Juanita, al ver aquel hombrazo ante sí, en carnes vivas, se santiguó y lanzó un grito de aflicción.

—¡Joasús! —Esta era una exclamación muy frecuente en labios del teutón. —Ustet se ha equivocado.

—Sí señor; he debido de equivocarme. Usted perdone —tartamudeó doña Juanita, apartando con horror los ojos de aquella desnudez lechosa. [416]

Oyéronse pasos. El teutón salió huido a refugiarse en su alcoba y doña Juanita quedó boquiabierta, pensando: "De cualquier cosa será capaz mi hijo si ha vivido en esta maldita casa".

Travesedo venía por el pasillo rezongando palabras malsonantes y votos carreteriles.

—¿Qué se le ocurre a usted, señora? —preguntó Travesedo, suavizándose al ver una vieja enlutada, con manto.

—¿Es esta la casa de una señora Antonia?...

—Sí, señora.

—Yo soy la madre de Teófilo.

Travesedo se deshizo en cumplimientos, hizo pasar a la anciana a un gabinetito, le pidió mil perdones por el raro recibimiento que le habían hecho —y eso que Travesedo no sabía aún el lance del teutón—, despertó a las mujeres, las acució porque preparasen de prisa un desayuno y se esforzó con cuanta sutilidad supo en quitar importancia a la prisión de Teófilo, si bien él no las tenía todas consigo.

—¡Ay, qué susto me he llevado, señor...!

—Travesedo.

—Señor Travesedo. Creí que me había equivocado.

—Sí, la cosa es absurda. ¿Y cómo lo supo usted?

—¿Cómo? Viéndole.

—En algún periódico.

—En la misma puerta. Digo ahora, cuando salió a abrirme aquel hombre desnudo.

—¡Ave María Purísima! —exclamó Travesedo—. De seguro el teutón.

—Eso no sabré decirlo.

[416] R: "lechosa y tersa".

—Es un huésped de la casa. Le decimos teutón porque es alemán.

—¿Y son protestantes por aquellas tierras?

—Sí, señora.

—Entonces se explica. [417]

—Tiene usted que dispensarle. Es un aturdido, y él
no podía figurarse...

—Mire usted que se necesita rejo... En puros cueros,
señor...

—Travesedo.

Doña Juanita se quedó a vivir en la casa y comenzaron los desvelos de Travesedo por hacerle grata la
vida a la vieja. Lo primero que se le ocurrió fue evitar
que la madre de Teófilo entrase en sospechas acerca
de la condición social de Lolita. La hicieron pasar por
una señorita bien acomodada y huérfana, a lo cual la
prostituta se prestó de muy buen talante. Travesedo le
dio prolijas instrucciones, inculcándoselas con amena-
zas; que no dijera terminachos feos a la mesa, que
se peinase y lavase antes de comer, que al venir de
madrugada lo hiciera calladamente, y que si acaso volvía cuando la señora estuviera levantada dijese que
venía de misa. A todo acudió el previsor Travesedo,
conminándola con la expulsión al más leve desliz.

Era doña Juanita una mujer septuagenaria (a Teófilo
lo había tenido, como fruto unigénito y serondo, a los
treinta y cinco años), de aventajada estatura, no menos
flaca que su hijo y más aguileña que él, en extremo
arrugada, los ojos vivos, el pelo entrecano, calva por
detrás de las orejas. Conservábase con el vigor de la
primera juventud, ágil y activa, que no podía ver a
nadie trabajar sin que ella echase una mano. Parlan-
china en bastante grado, pero muy pintoresca y limpia
de dicción. Abierta y nada asustadiza, el primer día
que llegó, durante la comida había ganado ya el corazón de todos. Como ella presumía, lo de Teófilo se
acabó con bien en pocas horas, gracias, sobre todo, a la

---

[417] Otra ironía, propia del Ayala juvenil, sobre las creencias habituales en la religiosidad popular española.

influencia de don Sabas Sicilia. Y como el presunto anarquista había augurado cuando le llevaban preso, la breve reclusión fue lo mejor que le pudo haber sucedido. Le sirvió, señaladamente, para que su nombre rodase por los periódicos con una emoción nueva; para darle pretexto a que escribiese en la prensa un comunicado, que le salió muy hidalgo y noble de tono; para atraerse la simpatía de los radicales, por la naturaleza del delito que se le imputaba, y de los conservadores por haberse probado su inocencia, y, por último, para que la Roldán y Pérez de Toledo se apresuraran a ensayarle su drama *A cielo abierto* y a ver de estrenarle [418] cuanto antes, aprovechando la popularidad fortuita del autor.

Así que se vio en libertad, como si la compañía de su madre le enojara o cohibiera, la indujo a que retornase a Valladolid; pero doña Juanita se negó, porque quería presenciar el estreno del drama. Trataba a su madre con despego, tras del cual, a veces, asomaba cierta hostilidad latente. La vieja hubo de condolerse con Travesedo, quien procuró consolarla como buenamente pudo.

—Señora, esas son las contras de tener un hijo que es un gran hombre. Los artistas son reconcentrados, caprichosos, incomprensibles. Parece que no se interesan por nadie; pero no hay que fiar en las apariencias. Artista y hombre de sentimientos ardientes es todo uno. Un artista tiene siempre el pudor de sus afectos. Adoran, y se morirían antes de declararlo, como no sea por medio de la obra artística.

—Sí; debe de ser eso que usted dice, pero me hace sufrir.

Travesedo tomó por su cuenta a solas a Teófilo y le dijo:

—Eres un animal de bellota. Tienes a tu madre, que es una santa, dolida y triste por el modo con que la tratas. Debía darte vergüenza. Eres un salvaje, y tu orgullo es ridículo.

---

[418] *R:* "y a estrenarlo". *L:* "y a ver de estrenarle".

Teófilo respondió adusto:

—¡Orgullo!... En ocasiones te pagas de perspicaz; pero te pasas de rosca. ¿Crees que debemos reconocimiento a nuestras madres por habernos parido? No sé tú. Lo que es yo...

—Eres un idiota. Me río yo de tus versos...

Verónica le fue muy simpática a doña Juanita desde el punto en que se conocieron. Pero cuando la vieja supo que era bailarina, y muy del agrado del público, torció el morro y frunció las cejas. Quiso verla bailar una noche, y después de haberla visto, en la primera ocasión formuló así su juicio:

—Hija mía, yo digo siempre lo que pienso, con franqueza. La he visto a usted bailar anteanoche y, la verdad, aquellos movimientos de vientre no me parecen cosa decente. Como me inspira usted cariño, me da lástima de usted, porque adivino que acabará mal.

Verónica respondió que era el único modo decoroso que tenía de ganarse la vida.

—Si usted le llama a eso decoroso... [419]

En vano acudieron los presentes a defender la licitud y honestidad de las danzas de Verónica; doña Juanita se obstinaba en que todo ejercicio en el cual el vientre toma demasiada parte, y esta la más principal, no puede ser lícito ni honesto. Teófilo intervino con entonación agresiva:

—¿Y si yo le dijera a usted, madre, que en nuestras catedrales se bailaban danzas como esas y peores en la Edad Media?

—No puede ser. ¡Piñones!...

—Usted, ¿qué sabe de eso?

—Sé lo que la razón natural dizta, y en cosas de conciencia que no me vengan con Aristótiles [420] ni los sabios de Grecia.

Doña Juanita quiso aprovechar su estancia en la corte para verlo todo. Lolita se había ofrecido para

---

[419] Otro perspectivismo irónico sobre la estimación social de la moral.

[420] L sí mantiene aquí "Aristótiles", lo que es incongruente con la corrección anterior.

acompañarla, pero Travesedo se opuso. Esta misión se
le encomendó a Amparito, que era muy aficionada a
callejear. En Valladolid, doña Juanita estaba siempre
reclusa en casa, encadenada por los negocios hospe-
deriles y no salía nunca, como no fuese los domingos
de matinada, a misa. No había estado nunca en un
cinematógrafo. Cuando en Madrid lo vio por primera
vez quedó hechizada y confusa.

—¡Ay, Dios! —ante una cinta que reproducía las
maniobras de un escuadrón de lanceros—. ¡Piñones!
Pero, ¿cómo puede caber tanta gente en ese escenario
tan pequeñico?

Ni ella se entendía ni Amparito podía comprender lo
que la vieja quería decir.

—Esto debe de ser cosa de ensalmo y brujería. No
estoy muy tranquila, Amparito, y creo que se debe
consultar con el confesor.

—Quite usté allá, si es muy sencillo. Como las lin-
ternas mágicas de los chicos.

—Eres muy niña e inocente y no te das cuenta de
las asechanzas que el diablo tiende por dondequiera.
Este Madrid es una Babilonia corrompida. ¿Adónde
irás a vivir no bien te cases?

—Creo que a Cuenca.

—Me alegro. En cualquiera parte mejor que en Madrid, tortolica inocente. Porque, ¿qué hay en Madrid
que valga la pena? Dirán que el aquel del señorío y
de la nobleza rancia. Con nobles no te has de mezclar,
y si por el señorío es, te digo, como persona vieja y
experimentada, que el de los pueblos es señorío más
verdadero que este de Madrid, en donde si te paras
discurrir echarás de ver que todo se va en bambolla.
Si no, atiende a lo que más de cerca te toca: quiero
decir, esa pobre doña Lolita. Está por la primera vez,
hijica, que tropiezo con una señorita que no sabe leer.
¿Cuándo se ha visto eso en Valladolid? Y de aseo no
hablemos. Habrás observado, como yo, que peca de
harto desidiosa. De piedad tengo para mí que anda
tal cual. Verdad que tiene en su habitación un San

Antonio y otras imágenes religiosas, y que cierto día
muy de mañanita venía ya de la iglesia; pero no se
me ha ocultado que el último domingo no fue a misa.
¡Qué desarreglo de costumbres! Veo que te ríes de
mí, picarilla. Palabras de viejo no mueven oídos demasiadamente mozos.

Antes del estreno de Teófilo, doña Juanita tuvo ocasión de presenciar otro, en el teatro Español. Alberto
le procuró tres delanteras de anfiteatro para la vieja,
Amparito y Verónica, la cual, merced a unas mejoras
que a la sazón hacían en el teatrito en donde estaba
contratada, disfrutaba de unos días de descanso. Representábase una tragedia titulada *Hermiona,* escrita
por don Sixto Díaz Torcaz, el viejo patriarca de la
literatura castellana, más cumplido que en años, con
serlo mucho, en obras, y no menos lozano de corazón
que eminente en edad y virtudes. Su nombre inspiraba
una veneración sin cisma; pero su genio aventajaba
aún a su fama, y detrás de ella quedaba oculto, como
acontece cuando se está en la raíz de una cordillera,
que un oteruelo, por lo cercano, esconde, a manera de
verde cancel, el enorme y meditativo consejo de los
ancianos montes, de sienes canas. Hacía cosa de tres
años que don Sixto, como por lo común, con acento
entre religioso y familiar se le llamaba, se había adscrito a la política militante y a la causa de la República. Asegurábase antes del estreno que *Hermiona,*
bajo su nombre musical y alado, como vestido de viento
y armonía, disimulaba otra música más agria y provo-
cativa: un chinchín de charanga callejera, [421] a propósito para turbar el seso de la plebe y empujarla al
frenesí. Dicho más claro: murmurábase que *Hermiona*
era una insignia de motín o incitación revolucionaria
antes que obra de arte. Habíanse anunciado disturbios
de orden público. El teatro estaba lleno de coribantes
republicanos y de policía secreta. Aunque los ánimos
vibraban al rojo flamígero y los corazones llevaban

---

[421] Nótese el efecto de armonía imitativa que produce la frase. Lo
comenta Reinink (*obra citada,* p. 103).

puesto el gorro frigio, el aspecto del teatro era sobre
manera caliginoso y funeral, como sucede en todo gra
ayuntamiento de hombres solos, trajeados a la moder
na, pues no se veían en las butacas otros seres feme
ninos que la señora de Rinconete, la de Coterilla
unas pocas más, hembras pertenecientes al *demos,* cuyo
esposos, ciudadanos concienzudos, las habían conducid
al estreno por realizar rotunda afirmación de valor c:
vico. Después del primer acto, aquel gran concurso d
almas levantiscas y demoledoras no podían ocultar c
desencanto sufrido, como si las únicas víctimas de l
tragedia fuesen ellas. Habían acudido al teatro refoc:
lándose por anticipado con la esperanza de armar un
marimorena y de regalarse con la bazofia suculenta d
unas cuantas peroraciones hervorosas y humeantes, pc
el estilo de las que se usan en los mítines populache:
cos. Pero la tragedia no era olla podrida, en dond
cada quisque pudiera meter a su talante la cuchara d
palo, sino verdadera tragedia, de gran austeridad de fo:
ma, y el fondo saturado de una pesadumbre a mod
de gravitación de lo eternamente humano y doloros(
gravitación que los ciudadanos Rinconete y Coteril
calificaban entre dientes de *lata.* [422]

Hubo, al terminar la representación, grandes aclama
ciones, aplausos, vivas y plácemes para el viejo mae:
tro, cuyo nombre, al fin y al cabo, estaba muy pc
encima del juicio circunstancial formulado con ocasió
de una simple obra. Pero el público salió defraudad(
rezongando compasivamente y con luctuosos enarc:
mientos de cejas que don Sixto perdía con la edad l
batuta.

Estaban al pie de la escalera, esperando a las tr(
mujeres, Travesedo, Teófilo y Alberto.

—¡Buen chasco nos hemos llevado! —suspiró Tra
vesedo, consternado—. Creí que íbamos a tener una
nuevas vísperas sicilianas, y muertes, asolamientos
fieros males, y todo se ha resuelto en una prolija ti:
tura de opio. Porque convendrás conmigo en que (

---

[422] Otro caso de contraste de perspectivas.

testamento de una vieja beata es poco pretexto para cuatro interminables actos.

—Tu reparo, querido Eduardo —intervino Alberto— es semejante al de aquel alemán que, después de haber leído *Otelo,* no se le ocurrió otra observación sino decir: "Este Otelo es un estúpido. Vaya, que mover tanto lío por una cosa tan sencilla como es perder, un pañuelo..." Tales son los despropósitos que he oído decir en los entreactos, aun a sujetos que reputo sensibles e inteligentes, que casi me aventuro a asegurar que hoy no ha habido en el teatro más de dos personas que hayan entendido la tragedia.

—¿Quién es la otra? —preguntó Travesedo, con ironía afectuosa.

—Primero, ¿quién es la una? —atajó Teófilo.

—¿Quién ha de ser, bobo? Él mismo —aseguró Travesedo—. ¿Quién es la otra, pues?

—Verónica.

En esto aparecieron en lo alto del tramo inferior de la escalera doña Juanita, Verónica y Amparito. Verónica, dirigiéndose a Alberto exclusivamente, rompió a hablar:

—Vengo como loca, chiquillo. ¿Te acuerdas de aquella tarde que me leíste un drama que estaba escrito en franchute o en latín? Pues lo mismito lo he sentido hoy. Nada, que había momentos en que creí volverme loca, porque es aquello que si te pones en su caso, cada uno de los personajes es bueno y tiene razón que le sale por la punta de la coronilla. ¡Y que una no pueda arreglarlo a gusto de todos!... Por supuesto, que una cosa es que todos tengan razón en su fuero interno, y otra cosa que siendo como es, porque no puede ser de otra manera, resulta que la doña Paca hace mucho mal a los otros, y por esto me alegro que Hermiona, con muchísimos... piñones, [423] como dice doña Juanita, le haya dado la puntilla a la maldita vieja.

---

[423] Queda aquí claro el valor eufemístico de la exclamación de doña Juanita.

Salieron todos a la calle. Verónica continuó hablan
do:

—¡He pensado tantas veces en aquel drama!... S
me ha ocurrido que si Yago (para que veas si se m
quedó dentro hasta los nombres) asistiera por casuali
dad un día al teatro y viera representar el drama, ;
desde fuera se viese a sí mismo, no volvía a hacer l
que hizo, ¿qué te parece? Bueno, ¿canso? Pues, qué
dense ustedes con Dios.

Caminaban delante las tres mujeres, detrás los tre
hombres. Hicieron rumbo a una chocolatería.

—Ya nos ha dado doña Verónica una lección d
estética —murmuró Teófilo, con sarcasmo.

—Me parece que sí, Teófilo —replicó Guzmán—
Aquella catarsis o purificación y limpieza de toda su
perfluidad espiritual que el espectador de una tragedi;
sufre, según Aristóteles...

—Que no te oiga mi madre, porque ella tiene e
monopolio de Aristótiles.

—Digo que aquella catarsis no es más, si bien s
mira, que acto preparatorio del corazón para recibi
dignamente el advenimiento de dos grandes virtudes
de las dos más grandes virtudes, y estoy por decir qu
las únicas.

—Son, a saber.

—La tolerancia y la justicia.

—Veamos cómo.

—Estas dos virtudes no se sienten; por lo tanto, n
se transmiten, a no ser que el creador de la obra ar
tística posea de consuno espíritu lírico y espíritu dra
mático, los cuales, fundidos, forman el espíritu trá
gico. [424] El espíritu lírico equivale a la capacidad d
subjetivación, esto es, a vivir por cuenta propia y po
entero, con ciego abandono de uno mismo y dadivos
plenitud, todas y cada una de las vidas ajenas. En l;
mayor o menor medida que se posea este don, se e
más o menos tolerante. La suma posesión sería la sum;

[424] Comienza aquí otro de los textos importantes en que Ayala e
plica su concepto de lo trágico.

tolerancia. Dios solamente lo posee en tal grado, que
en él viven todas las criaturas. El espíritu dramático,
por el contrario, es la capacidad de impersonalidad, o
sea la mutilación de toda inclinación, simpatía o preferencia por un ser o una idea enfrente de otros, sino
que se les ha de dejar uncidos a la propia ley de su
desarrollo, que ellos, con fuerte independencia, cho-
quen, luchen, conflagren, de manera que no bien se
ha solucionado el conflicto, se vea por modo patente
cuáles eran los seres e ideas útiles para los más y cuáles
los nocivos. El campo de acción del espíritu lírico es
el hombre; el del espíritu dramático es la Humanidad.
Y de la resolución de estos dos espíritus, que parecen
antitéticos, surge la tragedia. Cuando el autor dramático inventa personajes amables y personajes odiosos, y
conforme a este artificio inicial urde una acción, el
resultado es un melodrama. Por supuesto, el melodrama
existe también en la novela, en la filosofía, en la política, hasta en la pintura y en la música, en todo lo
que sea vida arbitrariamente simulada por el hombre;
pero nunca existe en la vida real. En España somos
absolutistas; la palabra tolerancia es un vocablo huero,
y apenas si muy recientemente ha comenzado a florecer
el espíritu lírico.

—Eres el más terrible tejedor de sofismas. No conozco nadie que te aventaje, como no sea don Sabas
—declaró Teófilo, cuyo drama estaba construido a base
de personajes simpáticos y personajes antipáticos, porque se le figuraba, y no sin razón, que éste era el
único camino del éxito económico y literario.

—No compares.

—Pero a mí no me gusta discutir empleando voces
y conceptos de humo —añadió Teófilo, sacando las
manos de los bolsillos del pantalón y accionando con
vehemencia—. Yo pongo siempre el caso concreto, el
ejemplo palpitante, de carne y sangre, de dolor y de
lágrimas. Helo aquí. Un poeta se enamora con todas
sus potencias y sentidos de una mujer que finge corresponderle con no menos ardor. Toda la vida pasada,

presente y futura de este hombre se resume y encarna
en aquella mujer. Pues de la noche a la mañana, la
mujer le abandona. El poeta, como se supone, no es
un hombre recio, forzudo, musculoso, brutal, pues sería
absurdo concebir que una persona dotada de extrema
sensibilidad y a quien la más leve palpitación del mundo externo conturba, exalta o deprime, sea un bravo
y perfecto ejemplar de la raza humana en lo que se
refiere a la parte material. No, todo lo contrario; yo
doy por sentado, para los efectos de mi tesis, que este
hombre es todo espíritu, nada más que espíritu. Y la
mujer, inopinadamente, huye de él en compañía de un
titiritero, de un hombre todo materia, torpeza e instinto. Este es un drama, si hay dramas en el mundo. Ahora
bien; este poeta, no por vanagloria o amor al arte,
porque después de haber visto arruinada su vida se le
da un comino por la vanagloria y por el arte, sino por
necesidad desbordante del alma, porque el arte viene
a ser una liberación, se pone a escribir su drama.
Según tú, ha de presentar los tipos de mujer pérfida
y del titiritero brutal de tal suerte que todas las mujeres y todos los hombres piensen: "Yo hubiera hecho
lo mismo en el caso de ellos".

—Exactamente.

—Y al poeta, al que debía simbolizar lo más noble
y elevado en la vida, que lo parta un rayo. ¡Estaría
bueno!... —exclamó Teófilo, sonriendo aceradamente—.
Pues yo creo, por el contrario, que el arte es caracteri-
zación, síntesis, y que los buenos, a través de la obra
de arte, aparecen mejores, y los malos aparecen peores.

—Supón por un momento que esa mujer pérfida
tiene tanto talento literario como el poeta y que se le
ocurre escribir el mismo drama. Sería un drama diferente, ¿verdad?

—Claro está.

—Y, sin embargo, es el mismo drama.

—Otro sofisma. Es como si colocas a veinte pintores
alrededor de un modelo. Todos piensan lo mismo y

cada cuadro es diferente, porque han sido diferentes los puntos de vista.

—No, porque el pintor se limita a pintar lo que ve y como lo ve. Otra cosa sería si el que pinta la figura de espaldas, por completarla, añadiera la misma figura de frente, imaginada o en caricatura. [425] Para mí es evidente que todo autor dramático que merezca tal nombre, antes de ponerse a escribir una obra debe hacerse esta consideración: "Supongamos que mis personajes asisten como espectadores a la representación de la obra en la cual intervienen; ¿pondrían en conciencia su firma al pie de los respectivos papeles, como los testigos de un proceso de buena fe al pie de sus atestados?" Todo lo demás no es arte dramático, sino superchería, bambolla, bombas fecales, inmoralidad y estupidez.

—Siempre quedaría el drama poético —apuntó Teófilo, sin disimular cierta expresión de enojo y desdén.

—Cuando dije bombas fecales, querido Teófilo, aludía al drama poético a que tú te refieres. Y ahora vamos a tomar chocolate.

426

EL día del estreno de *A cielo abierto,* a las cuatro de la tarde, una dama elegante llegó a casa de Antonia. Doña Juanita, que aquel día andaba con los nervios en alta tensión y no podía estarse quieta en parte alguna, tan pronto como oyó la campanilla salió a abrir. Grande fue su sorpresa en oyendo que aquella dama preguntaba por su hijo.

—Está en el teatro, señora. Como hoy es el estreno... ¿Usted sabía?

—Sí, señora. Ya tengo mi localidad para esta noche.

—Cuánto le agradezco... Pero pase usted.

—Un momento solamente. ¿Puedo escribir cuatro letras?

[425] L añade: "como los cubistas". Me parece muy interesante este complemento: quizás, en 1913, en Alemania, Ayala había visto ya algo de pintura contemporánea y lo recordó al escribir esta frase. En 1942, en Argentina, añade la referencia exacta.
[426] R: "VII".

—Sí, señora. Pase usted. Mejor será que pase usted al cuarto de don Alberto, porque mi hijo, con estos jaleos de los ensayos, no para en casa y no tendrá papel, ni pluma, ni nada.

—Pero Teófilo, ¿es hijo de usted?

—Sí, señora. —Doña Juanita comenzó a enternecerse.

—¡Qué suerte tener tal hijo!...

—¡Bendito sea Dios! —Doña Juanita se enterneció más.

La dama parecía enternecerse también.

—¿Y cómo está? —inquirió la dama.

—Pues verá usted. Cuando yo vine de Valladolid, con el achaque de aquella infamia de la bomba, ya estará usted enterada —la dama asintió con la cabeza—, le encontré muy desmejoradico, muy desmejoradico; pero sobre todo, reconcentrado y huraño de todo punto. Mucho me hizo sufrir, porque yo, señora, no acertaba a dar con el hito de su malhumor, que las más de las veces lo pagaba conmigo. Hasta que don Alberto, ¿conoce usted a don Alberto Díaz de Guzmán? —la dama asintió nuevamente—. Digo que este señor me confesó con mucho misterio que a mi Teófilo le había hecho mucho mal una mujerzuela de esas, una perdida, de la cual se había enamorado, y ella se fue con un bergante o golfo, como por aquí le dicen. ¿Ve usted qué desgracia, señora? Bien dicen los libros santos, que la mala mujer es como el estiércol que anda por los caminos. Peor que eso, señora, peor que eso.

—¿Y sigue Teófilo siempre tan huraño..., tan...? —La voz de la dama temblaba un poco.

Doña Juanita entendió repentinamente que aquella dama era la mujer de quien se había enamorado Teófilo.

—¿Tan enamorado quiere usted decir? —los ojos de doña Juanita echaban chispas.

—No, señora. He querido decir tan malhumorado, tan triste...

—¡Bendito sea Dios! Ya se curó del todo y no piensa en aquella vil ramera —doña Juanita empleaba a veces términos retóricos muy enfáticos— si no es para maldecirla o, por mejor decir, para reírse de ella. Si usted es amiga de Teófilo y se interesa por él, como parece, se alegrará cuando sepa que allá para mediados del estío se casará con su prima Lucrecia —doña Juanita urdía todas aquellas falsedades, lisonjeándose con la idea de que la dama había de salir furiosa y ofendida, para no acordarse más de Teófilo.

—Sí, señora; me alegro mucho que sea feliz, y a usted le doy la enhorabuena. —La perspicacia de doña Juanita quedó perpleja y no acertó a discernir si el tono con que la dama dijo estas frases era de quebranto o de sincera efusión. Temblábale la voz de raro modo. Prosiguió la dama: —Ahora, si usted me lo permite, voy a escribir cuatro letras para su hijo.

Sentóse la dama a la mesa, permaneció unos momentos con la pluma en alto, poseída de meditabunda incertidumbre, y a la postre trazó brevísima esquela que metió en un sobre, y después de engomarlo se lo entregó a la anciana sin haber escrito dirección ninguna.

No bien hubo quedado a solas doña Juanita se sintió embestida por muy justificados y verosímiles presentimientos. La dama era seguro que aludiría en el billete a la presunta boda, y aun diría cómo había recibido la noticia, por donde Teófilo había de recibir grande contrariedad de aquel engaño e intromisión impertinente de su madre, y quizás su enfado se tradujese en palabras poco respetuosas, coléricas y hasta crueles. No vaciló mucho tiempo doña Juanita. Abrió el sobre y leyó la carta, la cual rezaba así: *Tu madre me dice que te casas.* (¡Qué víbora ponzoñosa!, exclamó doña Juanita en voz alta.) *Lo mejor es que no nos volvamos a ver. Quiero resignarme y renunciar a tu amor. No sé si podré. Tu amor había sido en mi vida una cosa tan rara y preciosa... Si quieres verme como amigo, vivo en el hotel Alcázar. Creo en Dios y acepto lo*

que sucede, como un castigo que me tengo bien ga-
nado.—Rosina.

—Cree en Dios... ¡Qué blasfemia! Estas corrompi-
das mujeres no respetan nada —exclamó de nuevo doña
Juanita. Rasgó la carta. Era un deber de conciencia
destruir el cínico papelucho. Pero anticipándose a cualquiera eventualidad, con la mejor intención, quiso cu-
rarse en salud por si Teófilo llegaba a saber que habían
dejado una carta para él y venía pidiendo la fementida
carta. Doña Juanita determinó adelantarse a decir a su
hijo, tan pronto como éste volviera, que una mujer
había venido a visitarle, y no encontrándole en casa
había dejado escrito un billete, el cual estaba sobre la
mesa de despacho del señor Guzmán; luego echaría
la culpa del extravío a Milagritos. No iba a ser Teófilo
tan suspicaz que presumiese nada malo de su propia
madre. Con esto doña Juanita pareció sosegarse. Se
sentó en una butaca e insensiblemente comenzó a dar
cabezadas, dormitando. De pronto creyó oír un murmurio en sus orejas, que le avivó el seso y le hizo
abrir los ojos con sobresalto. Decía claramente el murmurio: "Creo en Dios y acepto lo que sucede como
un castigo que me tengo bien ganado". ¿Por qué no
había de creer en Dios aquella mala mujer? Doña
Juanita pensó: "Mala mujer, pero no tan mala como
yo soy, sin ningún temor de Dios y ciega a su alta
justicia. Mejor mujer es que yo soy, pues ella me enseña la resignación y el acatamiento a lo que no es
sino castigo de nuestros desvaríos. ¡Dios! ¡Dios! Este
desamor, y aun yo dijera odio, que Teófilo me tiene,
¿qué es sino justa sanción de mis pecados para con
él? Hijo mío de mi alma, hijo mío de mi alma, ¡cómo
me haces sufrir!" La tribulación de doña Juanita se
deshizo en lágrimas. Le acometió la necesidad de orar,
y fue al cuarto de Lolita a postrarse ante San Antonio y
el Niño Dios. Maravillóse de no hallar al santo en su
lugar acostumbrado. Giró la vista en torno, y viéndolo
todo sucio, revuelto, patas arriba, con aquella su infantil volubilidad, obra de sus muchos años, dejando

de lado por un momento sus congojas, murmuró entre dientes:

—¡Qué cabeza! ¡Qué criatura! ¡Qué desorden! ¡Qué leonera! Media tarde y hay que ver esta habitación. ¡Piñones!...

Sus hábitos de hacendosidad le indujeron a poner algún arreglo en el menaje de Lolita. En el velador del centro parecíanse peines, cacharros, potes de afeites y unturas y ovillos de pelos. Doña Juanita tomó con el pulgar y el índice, a manera de pinzas, como quien coge un bicho sucio, aquellos despojos de la cabellera de Lolita, hablando a media voz:

—Bueno; esto es ya guarrería. Se le iba a caer el cetro por tirar esta pelambre en el cubo.

Cuál no sería su estupor y espanto al ver al bendito Santo Antonio flotando, panza abajo, en las turbias aguas de aquel miserable recipiente.

—¡Dios me ampare! ¡Qué sacrilegio! —suspiró la vieja, santiguándose. Pero se tranquilizó muy presto atribuyendo la fechoría a Milagritos. Extrajo al santo del cubo, lo enjutó y reintegró a la rinconera; pero no pudo devolverle el Niño Dios, al cual no pudo encontrar por más vueltas que dio. Luego salió en busca de la niña, a fin de echarle una reprimenda y amonestarla para lo sucesivo. Milagritos estaba sentada en el suelo, detrás de los hierros de un balcón, mirando la gente que pasaba por la calle. Los ojos de la niña, color miosotis, cernidos por largas pestañas y circundados de grandes ojeras de violeta, volvíanse a mirar a las personas con amarga e inmóvil intensidad. Era una niña que no reía nunca y hablaba raras veces. Negó haber hecho tomar un baño a San Antonio, y por mucho que doña Juanita le instó a que fuese buena niña, sincera, y confesase su delito, la niña no se dignó responder una palabra más. En vista de esto doña Juanita cedió en sus ardores pesquisitorios, y no teniendo cosa mejor que hacer se sentó también a contemplar lo que pasaba en la calle. Doña Juanita estaba muy nerviosa y la niña no apartaba los ojos de ella.

—¿Qué le pasa a usted, doña Juanita?

—Miren el arrapiezo, qué fisgona.

—¿Qué le pasa a usted, doña Juanita, que no se puede estar quieta?

Sin saber por qué, doña Juanita se sentía al lado de Milagritos más acompañada que no con las personas mayores.

—Pues estoy nerviosa, doña Marisabidilla.

—¿Por qué está usted nerviosa?

—No quiere saber poco la señorita Renacuajo. Pues estoy nerviosa porque esta noche voy al teatro, y hasta que no llegue la hora, pues estoy nerviosa —doña Juanita no acertaba con expresiones tan claras como ella quisiera.

—¿Y por eso está usted nerviosa? —Milagritos se levantó, se marchó y volvió a poco con un reloj de sobremesa en las manos. Era una criatura precoz. En el corto tiempo que había asistido a la escuela, de la cual hubo de salir por delicada de salud, había aprendido a contar y a leer. —¿Cuántas horas faltan? —preguntó.

—¿Qué hora es?

—Las cinco.

—Pues faltan cuatro horas.

Milagritos abrió la tapa del reloj y con el dedo puso las manecillas en las nueve. Dijo con firmeza, mirando de hito en hito a doña Juanita:

—Ya puede usted ir al teatro.

Doña Juanita se quedó aturrullada, como idiota. Balbució:

—Hija mía...

—Ya puede usted ir al teatro —repitió Milagritos, sin despegar los ojos del rostro de doña Juanita y presentando el reloj como prueba incontrovertible de que era hora de ir al teatro.

—Hija mía, el reloj marca el tiempo, pero no es el tiempo. El tiempo es cosa de Dios; mejor dicho, no es cosa de Dios, porque Dios es eterno. No sé cómo explicarme.

—Si usted no quiere ir al teatro, usted se lo pierde —dijo Milagritos con gesto de desdén. Sentóse en tierra y volvióse a mirar a un hombre, mutilado de entrambas piernas a la altura de medio muslo, que avanzaba sobre los muñones por el medio de la calle, tañendo con singular denuedo un cornetín de pistón.

La vieja y la niña permanecieron sentadas y en silencio hasta después de anochecido.

Aquella noche Teófilo no vino a cenar. Después de la cena todos los moradores de la casa, a excepción de Blanca y Milagritos, fueron al teatro de los Infantes a presenciar el estreno de *A cielo abierto*. Ocuparon un palco segundo. Díaz de Guzmán estaba en butacas. En la sala, de tonos claros, luminosa y decorada con lujo, veíanse muchas damas ricamente vestidas y no pocos caballeros con frac y *smoking*.

Levantóse el telón. La escena representaba unas Cortes de Amor, en Provenza. Surgió del público un inequívoco susurro de admiración. En efecto, el cuadro era deslumbrante y grato a los ojos, como tapiz de Oriente. En el fondo del escenario, acomodada en trono de púrpura con guirnaldas floridas, veíase a la Roldán, prestanciosa y patricia, la cabeza erguida con grácil continente de majestad, el rostro ovalado en dulce proporción; los ojos arábigos, profundos, sedeños; al aire la pulcra y halagüeña sonrisa, de un blanco de arroz. Incorporaba en el drama la princesa Liliana de Rousillon. Hacían cortejo a la princesa, al pie del trono, dos filas de hermosas señoras o azafatas, [427] con túnicas de joyante seda, las cuales, como las damas se rebullesen una que otra vez, movían manso ruido de foresta [428] o de agua entre guijas. Alongados respetuoso trecho del trono, teníanse en pie un golpe de caballeros y galanes, guerreros, juglares, poetas y hasta media docenita de bufones; quiénes con calzas estiradas a la florentina, quiénes con breves dalmáticas a usanza de París; de ellos con esclavinas y capuces, aquí con armaduras y

---

[427] Teófilo ha empleado antes la misma palabra, que debía de parecerle antigua y poética, para expresar su ayuda a Rosina.

[428] *L* corrige: "floresta".

cotas de malla, acullá con la botarga histriónica. En suma, que de aquel pintoresco y lindo concurso no podía por menos de manar poesía a borbollones. Así se lo olió el público, apercibiéndose a fruir del lírico festín.

Un rey de armas, o cosa así, destácase del grupo de hombres, y, prosternándose, declamó:

> Que el hada Felicidad
> derrame, noble Princesa,
> su dorada cornucopia,
> de bienes y rosas llena,
> sobre tus hombros gentiles,
> sobre tu gentil cabeza.
> Muchedumbre de galanes
> por tu amor riñen contienda
> de rimada pleitesía
> a uso de la Gaya Ciencia,
> y tus antojos atisban
> antes que los labios muevas,
> como el espía que escucha
> con el oído en la tierra.

Este romancillo inicial produjo muy buena impresión. La metáfora de la cornucopia, [429] que la mayoría de la audiencia entendió que aludía a cierto linaje de espejos antiguos, y la del escucha, con el oído pegado a tierra, agradaron por su originalidad.

A continuación, feroces guerreros y cortesanos galanes comenzaron a *reñir contienda,* como había dicho el rey de armas, por un beso en la mano de Liliana. Adelantábanse uno a uno a esgrimir sus armas, las cuales si herían era muy dulcemente, pues las tales armas consistían en baladas, tensiones, rondeles y otras diferentes especies de ataques y escaramuzas poéticas. Los metros eran muy variados y sonoros, en extremo musicales, [430] como con acierto observaron algunos crí-

---

429 Ayala ha incurrido antes en el mismo vicio que censura, usando la manida metáfora de la cornucopia.
430 Nótense las alusiones a diferentes caracteres de la poesía modernista: estrofas imitadas de las antiguas, variedad de metros y bús-

ticos, y de acentos tan bien repartidos, que convidaban a bailar un zapateado, por lo rotundo y enérgico del compás o sonsonete que tenían. "Estos son versos, y cualquiera puede sentir que son versos", pensaban los entusiastas. Un guerrero, que *aunque rudo y áspero como la crin del león de los desiertos,* aspiraba, como bobo, [431] a *ungir su braveza* con aquel minúsculo homenaje osculatorio en la mano de Liliana, salió a recitar una canción que, por la reciedumbre de los versos, remedaba con mucha propiedad el fragor y estruendo de las armas al entrechocarse o un armario lleno de cachivaches que cae al suelo. [432] Y no contento con recabar para sí el osculatorio goce, comenzó a echar pestes en alejandrinos contra los afeminados cortesanos, *parásitos de la mesa de los magnates y polilla de las damas,* que de esta suerte los calificó el terrible guerrero, y en particular contra los poetas, *que fuerzan el corazón de las bellas con versos falaces e insidiosos,* no de otra suerte que *el ladrón abre en la noche las puertas con ganzúa.* Esta imagen fue muy encomiada. Pero nunca el bárbaro guerrero hubiera hecho tal, porque salió de estampía Raymond de Ventadour, un trovador, a quien Liliana, según era fácil observar, miraba con ojos zaragateros, [433] y en un rato de inspiración vertida *en las ánforas helénicas de los endecasílabos y en los pebeteros muslímicos de los eptasílabos* [434] (insólitas calificaciones, disculpables en cuanto licencias poéticas) encareció el divino papel de la poesía en el mundo, y cómo la voz de los poetas era la voz del mismo Dios puesta en palabras bien casadas que suenen la una con la otra, y abominó de la guerra y de todo ejercicio corporal, prediciendo, como vate que era,

---

queda de la musicalidad. Lo mismo *R* que *P* y *L* dicen "tensiones", no "tensones".

[431] *L:* "como lobo". Esto es más realista pero menos irónico: ¿cuál es la errata?

[432] *R:* "que cae en tierra".

[433] *zaragateros:* nótese cómo la elección de un adjetivo adecuado hace despeñarse en las simas de lo ridículo todo el fragmento.

[434] Un caso más de la ignorancia histórica de Teófilo.

que allá con el rodar de las edades las letras triunfarían
de las armas y la vida de los hombres llegaría a ser en
aquel lejano cabo de los tiempos tan apacible, rítmica
y tersa como un rondel de oro. En este punto sonó la
primera ovación en la sala. Tras de lo elevado vino lo
burlesco o satírico, y fue que Raymond de Ventadour
improvisó un apólogo, en el cual establecía un parangón entre el pavo real o pájaro de Juno, con los cien
ojos de Argos en la cola, y el mocoso pavo común, o
pavo de Navidad. Era el primero, para los efectos de
la sátira, el poeta; el segundo, el guerrero, y más
genéricamente, el hombre bruto y vulgar. El apólogo
tenía un estribillo que decían a coro los seis bufones;
esta industria agradó mucho al público. En vista de lo
cual, la hermosa Liliana dio su mano a besar a Raymond de Ventadour, por donde el resto de los muchos
galanes postergados recibieron dolorosa llaga en su
amor propio y salieron mascullando palabras encona-
das; pero más que todos el terrible guerrero, quien
con extraña voz, que del público pudiera ser oída y
no de aquellos que se hallaban más cerca de él en el
escenario, juró para sus crines de león que se había
de vengar, y con esto se inició el conflicto dramático.
En un periquete quedaron solos Liliana y Raymond; di-
jéronse mutuamente que se amaban hasta no más; pero
Liliana, mujer al fin, mostrábase un poco displicente y
recelosilla. Preguntóle el trovador a qué venían aquellas
bobadas, si bien él empleó otros términos más galanos
y melifluos, y Liliana respondió que no estaba muy
segura aún del amor de su Ventadour, y que le exigía
una prueba concluyente. No una, mil pruebas estaba
dispuesto a darle el apasionado Raymond, y así rogó
a su dama que cuanto antes echase por aquella boca
lo que quisiera mandar. Entonces Liliana, muy zala-
mera y con la mayor naturalidad del mundo, dijo que
se trataba de una cosa muy sencilla, o sea darse un
paseíto a pie hasta Tierra Santa, besar el santo sepulcro de Nuestro Señor Jesucristo y luego volver a recoger el premio. El premio, ¡qué premio!, consistía en

holgarse cuanto le viniera en gana con la hermosa
señora de Rousillon. Cierto que Liliana estaba casada;
pero, aparte de que el señor de Rousillon era un viejo
imposible (Teófilo quiso pintar a don Sabas), en la
Provenza de aquellos tiempos es cosa sabida que se
hacía abstracción completa de los sagrados derechos
del marido. De aquí que las señoras que se encontraban en el teatro calificaran de poético sobremanera el
medio ambiente que el autor había elegido para su
drama. Oír el simpático Raymond el deseo de su amada y ponerse en camino para Palestina fue todo a un
tiempo. Viósele perderse a lo largo de un jardín que
detrás de un rompimiento, en lo más profundo del
escenario, había, y Liliana, melancólicamente reclinada
en una columna de mármol, le seguía con los ojos. Fue
una escena muda enternecedora. Algunas señoras de-
rramaban lágrimas considerando el acerbo trance en
que la princesa se encontraba, con un marido viejo y
un amante que va de paseo, a pie, camino de Tierra
Santa, y ansiaban con toda su alma que la princesa
volviese de su resolución y, llamando hacia sí a Raymond, comenzaran a holgarse cuanto antes, puesto que
él se lo tenía bien merecido y, además, en este mundo el fandango que se pierde no se vuelve nunca a
bailar. Pero Liliana permaneció muda e inmóvil hasta
que Raymond desapareció, y en aquel punto, con voz
sobrehumana, melodiosa y nocturna, porque más que
voz parecía la suya un retazo del aterciopelado azul
de una noche serena que se hubiera transmutado en
sonido, se puso a plañir una balada. El público experimentó un escalofrío de emoción. La primera estrofa
de la balada tenía el consonante en *ia*:

> Tras de tu airón yo me iría,
> tras tu canto-hechicería
> que trueca la noche en día,
> y la sombra en armonía,
> y el desierto en lozanía
> de rosas de Alejandría.
> Tras de tu airón yo me iría,

trovador del alma mía,
cisne del ala bravía..., etc., etc.

y nunca se concluía. Este agudo artificio poético, semejante, salvando diferencias de naturaleza, al del clown
que se despoja sucesivamente de innumerables chalecos,
o al del prestidigitador que extrae del buche kilómetros
y kilómetros de multicolores cintas, si bien sería más
exacto compararlo a una concha que encerrase un
racimo de perlas unánimes, o a un armiño que tuviese
tantas pellejas superpuestas como capas tiene una ce-
bolla; este sorprendente artificio, decimos, deleitó por
extremo al público. El deleite, a cada nuevo *ía* se
acrecentaba, hasta trocarse en verdadera angustia, aunque sabrosa, que obligaba a los espectadores a ir levantándose paulatinamente de los asientos, a golpes de
consonante, y después del último verso volviéronse a
sentar de sopetón, divinamente conturbados y desfa-
llecidos, como mujer ardiente que ha sido gozada muchas veces en corto tiempo.

La segunda estrofa aconsonantaba en *on,* y era la
misma canción:

Me iría tras de tu airón,
tras tu canto-anunciación,
que encinta la creación,
con luz viva de ilusión..., etc., etc.

La tercera estrofa tenía el consonante en *aba,* y nunca se acababa; esto es, parecía no acabarse nunca,
como sus hermanas mellizas. Pero se acabó, y con ella
el acto. La ovación fue inenarrable. El público requirió
la presencia del autor en el escenario, y, en viéndole
aparecer, los aplausos se acercaron al frenesí.

La gente salía a los pasillos tiritando de entusiasmo.

—¡Qué poeta! ¡Qué bárbaro! —se oía de un lado
a otro.

Algunos traían pegado aún al oído el triquitraque de
la última balada, y sin poderse reprimir arrancaban a
manotear y declamar: *Tras de tu airón yo me iría,*

remedando, en la medida de sus respectivas facultades, la bella voz y aterciopeladas inflexiones de la Roldán.

Pero nunca faltan seres malévolos y descontentadizos. Uno de éstos, don Alberto del Monte-Valdés, a grandes voces, como de costumbre, declaraba sin empacho que la obra era un adefesio y que aquella ya famosa balada *de los ías, ones y abas* hacía pensar en un borrico dando vueltas a una noria. Un caballero entrecano y barrigudo que andaba por allí cerca fumando un cigarro con la anilla puesta se acercó en actitud hostil a Monte-Valdés, y dijo:

—Eso hay que probarlo—. Sus ojos estaban anublados aún por el éxtasis pimpleo. [435]

—En primer lugar, este acto que hemos visto no tiene ningún carácter provenzal; defecto imperdonable, sobre todo si se tiene en cuenta que con sólo leer el libro de Nostradamus acerca de los poetas provenzales se adquieren cuantos datos se pueden apetecer para reconstruir la época.

—Paso porque Paternoster o Nostradamus no sea un camelo y que la obra no tenga ambiente, que para mí lo tiene y grande —como si el ambiente fuera a la obra artística lo que la nariz al rostro humano—. ¿Qué me dice usted con eso? —habló el caballero barrigudo.

—En segundo lugar —continuó Monte-Valdés sin conceder atención al interpelante y enarcando mucho las cejas—, el conflicto dramático es absurdo, según los usos y la sensibilidad de aquella edad, que pudiera llamarse la edad del cuerno. El código del amor, compuesto por numerosa corte de damas y caballeros, código del cual nos da noticia André el capellán, estipula en su trigésimoprimero y último artículo que nada impide que una mujer sea amada por dos hombres y un hombre por dos mujeres, *unam feminam nihil...*

—Camelos, no —atajó el caballero barrigudo.

—Es absurdo, repito, y ridículo suponer que un caballero provenzal jure vengarse de un poeta porque

---

[435] *pimpleo*, cultismo, del latín "pimpleus" = 'perteneciente o relativo a las musas' (Academia, p. 1026).

éste haya sido preferido en el amor de una dama. Contiendas de este linaje nunca las hubo en Provenza. En tercer lugar, todas las metáforas e imágenes de la obra son lugares comunes retóricos, palabras sin contenido ni valor plástico, como *la crin del león, cisne del ala bravía,* cuando me consta que Pajares no ha visto en su vida un león, ni el paralítico del Retiro, ni un cisne, porque en el Pisuerga ni en el Esgueva hay cisnes, sino palominos, como Góngora asegura. [436]

—Todo lo que usted dice son apreciaciones críticas más o menos respetables. Pero lo que yo le preguntaba a usted era que nos hiciese notar los desatinos de la obra.

—En falange. Por lo pronto, aquel grotesco parangón entre el pavo real y el pavo común. La obra se supone que acontece por los siglos XII o XIII. Pues bien, el pavo común nos ha venido de América, de tierras de Nueva España, las cuales fueron descubiertas, como todos saben, el año de gracia de 1518, y en cuya conquista tomó parte un antepasado mío. Es decir, que un poetal provenzal versifica sobre el pavo común nada menos que tres siglos antes de ser conocida en Europa esta suculenta gallinácea.

—¿Y eso lo sabe usted acaso —interrogó el caballero barrigudo, con sorna— directamente por su antepasado?

—Lo sé como lo sabe cualquiera que no sea mestizo de cretino e idiota. La primera mención que se hace del pavo común está en el libro de Oviedo, *Sumario natural de la historia de las Indias,* y él lo llama pavogallo, y explica las diferencias que lo separan del pavo real o pavón. Además, en todos los libros clásicos se le llama pavigallo: es cosa archisabida. [437]

---

436 Son frecuentes las bromas de Góngora sobre los ríos. Acerca del Pisuerga y Esgueva pueden verse, por ejemplo, los sonetos satíricos n.º XXI ("Jura Pisuerga a fe de caballero...") y XXIII ("Oh qué malquisto con Esgueva quedo..."). Los dos en el folio 25 de la edición facsímil hecha por Dámaso Alonso de las *Obras en verso del Homero español que recogió Juan López de Vicuña,* Madrid, Consejo Superior de Investigaciones Científicas, 1963.

437 "El pavo es oriundo de América y los españoles le dieron este nombre asimilándole al que hoy llamamos pavo real, *Pavo cristatus,* al

Como siempre que Monte-Valdés hacía una cita pintoresca, los oyentes se quedaban en la duda de si las
inventaba él mismo según la discusión lo requiriese:
con tanto gracejo y oportunidad las enjaretaba.

—Aunque así sea, señor; en toda obra poética hay
siempre convencionalismos lícitos que ni dan ni quitan
al mérito de la obra —y el caballero barrigudo se apartó del corrillo que presidía Monte-Valdés.

La decoración del segundo acto representaba la cubierta de un buque de vela. Raymond vuelve por mar
a Marsella, porque el viaje de regreso no era obliga-
torio a pie; así se lo había dicho Liliana antes de la
partida. No ocurre nada a bordo, sino que cuándo un
marinero, cuándo el piloto, ahora el contramaestre,
luego Raymond tienen algo que decirle al mar. Raymond se lamenta de la pereza de los vientos: él quisiera que inflase las velas *con tanta violencia como la
pasión le hinche a él el pecho*. Los marineros refieren

---

que podemos conservar también el nombre de pavón que le dan algunos de nuestros clásicos. Como muy documentalmente resume Cabrera
(en la conocida *Historia Natural*, vol. I, p. 325, editada por Gallach),
la primera especie americana conocida por los españoles fue el pavo
ocelado, *Melleagris ocellata*, de América Central, del que según Gó-
mara adquirió varios individuos a los indígenas Pedro Alonso Niño.
Colón en su viaje de 1502 halló la especie común, *Melleagris gallo-
pavo*, en la isla Guanaja. En cuanto a los otros pavos que cita Oviedo
son, seguramente, Crácidos del género tipo *Crax*, o del *Penelope*, probablemente *Penelope cristata* L" (nota 41 de Enrique Álvarez López
a su edición de Gonzalo Fernández de Oviedo: *De la natural historia
de las Indias*, Madrid, ed. Summa, 1942, pp. 210-211).
Fernández de Oviedo dedica a los pavos el capítulo XXVI de este
libro (ed. citada, pp. 117-118): "Otros mayores y mejores de sabor
y más hermosos se han hallado en la Nueva España, de los cuales han
pasado muchos a las islas y a Castilla, y se crían domésticamente en
poder de los cristianos: de aquestos las hembras son feas y los machos
hermosos, y muy a menudo hacen la rueda, aunque no tienen tan gran
cola ni tan hermosa como los de España, pero en todo lo al de su plu-
maje son muy hermosos (...) La carne de estos pavos es muy buena,
y sin comparación mejor y más tierna que la de los pavos de España"
(ed. citada, p. 118).
También alude a los pavos en su *Historia General y Natural de las
Indias*: "Hanse traído [a la isla Española] algunos pavos de los de
Castilla, pero no se hacen ni multiplican bien como en España" (ed.
de Juan Pérez de Tudela, vol. II, Madrid, B.A.E., ed. Atlas, 1969, p. 71).
Como se ve, la erudición de Monte-Valdés es aquí mucho más sólida
de lo que era en otras ocasiones.

historias de piratas. Y como en hablando del rey de
Roma, luego asoma, un vigía grita: *¡Buque a la vista!*
Y el público se cala al instante que es un buque pirata.
Como por arte de encantamiento el buque misterioso
se les viene encima a los cristianos. *Es una fusta o
pequeña embarcación, famélica loba de los mares. Son
piratas,* ruge el piloto. La fusta se acerca. Los cristianos
carecen de armas. Sensación. Abordaje. Raymond, aunque poeta, lucha bravamente. En balde. Los piratas
apresan la embarcación cristiana. Aparece el caíd pirata, y resulta no ser otro que aquel caballero del primer
acto, rudo como la crin del león, el cual había renegado de la fe de Cristo y salido a correr aventura
domeñando los mares. Esta aparición era un poco dura
de pelar, pero, como decía con sumo tino el caballero
barrigudo, hay en los dramas en verso convencionalismos lícitos en cuanto a la acción, una vez que se ha
aceptado y digerido una sarta de *ías,* una retahíla de
ones y un celemín de *abas.* Pero faltaba aún el rabo
por desollar. Y fue que Liliana en persona surge de
la embarcación pirata. ¿Estaba acaso cautiva? Cautiva
en las redes de amor de Lotario, que este era el nombre
del antiguo caballero y ahora pirata. Liliana dice con
todo desparpajo que el mundo es de los fuertes, y que
por encima de la ley de Cristo, que es una ley para
esclavos, está la ley eterna, la ley natural. [438] Raymond
castiga ejemplarmente estas bachillerías arrojando a la
cabeza de la ingrata y de Lotario unos cuantos endecasílabos de punta. Segunda ovación, tan calurosa como
la del primer acto. El público convenía en que el segundo final era un tanto efectista, pero, se añadía, el
teatro es siempre efectismo.

En el entreacto Guzmán subió al saloncillo a dar su
parabién a Teófilo. Esperaba encontrarle radiante de
alegría, esponjado con esa saturación plenaria, jovial y

---

[438] Quizás hay aquí una alusión irónica (doblemente irónica: a la
teoría y a los que creen refutarla con tópicos) a la idea nietzscheana del
superhombre. No comenta este párrafo Gonzalo Sobejano en su muy
completo estudio *Nietzsche en España* (Madrid, ed. Gredos, Biblioteca
Románica Hispánica, 1967).

un poco insolente que da de sí el orgullo satisfecho. Teófilo parecía estar contento, pero no en proporción con el triunfo que había obtenido. Atestaba el saloncillo nutrido contingente de escritores y aficionados a las letras, los cuales oprimían la mano del poeta con simulada efusión y cordialidad, desmentidas por involuntaria tristeza de los ojos. Cuatro o cinco poetas imberbes daban señales de entregarse al entusiasmo sinceramente, sin la bastardía de ningún otro sentimiento deprimente e inconfesable. Pero parando un poco la atención en ellos, se echaba de ver que su entusiasmo participaba en mayor grado de la vanidad que de la admiración desinteresada. Pertenecían a la misma escuela poética, o como se la quiera llamar, de Teófilo, y el éxito del drama era para ellos empeño del amor propio.

Poco a poco los admiradores se fueron marchando, porque no tenían nada que decir espontáneamente en elogio del drama y, aunque muy por lo nebuloso, sentíanse mal a gusto y como rebajados en la vecindad del poeta triunfante. Quedaron tan sólo, sentados en divanes que corrían en torno del saloncillo, los más amigos de Pérez de Toledo, primer actor y empresario de la compañía. Presidía éste la reunión, en pie y dando la espalda a una chimenea sin lumbre, vestido de trovador, con el cráneo muy erecto, astuta expresión de afabilidad burlesca, y la cínica nariz respingada, como venteando un leve husmillo de cosa ridícula que flotaba en el aire. Era un hombre de gran finura, a quien estorbaba para ser insuperable actor, aparte de cierta deficiencia de facultades, el ser casi siempre superior a los autores y obras que representaba, de manera que no podía tomar en serio los unos ni las otras, si bien lo disimulaba con arte sobremanera sutil. Complicaba el trato social con mil fórmulas y agasajos de exagerada cortesanía, y, al propio tiempo, su sarcástica cabeza de Diógenes revelaba estar en el gran secreto filosófico de que el mundo de las ficciones no muere allí donde se acaba el tablado histriónico. Era muy hábil en el manejo de la ironía, o como se dice en el lenguaje vernacular, tomaba el pelo a la gente sin que la gente se enterara.

Un crítico, que tenía una fama y unas orejas detestables (una y otras de asinidad definitiva), habló así:

—Estamos en unos tiempos de claudicaciones, transacciones y corruptelas vergonzosas.

—Vamos a ver, don José, que sepamos por qué son estos tiempos tan claudicantes y transitorios —dijo Pérez de Toledo.

—¿Le parece a usted, Alfonso? ¿No se ha enterado que mañana debuta en el teatro del Príncipe, un teatro serio, esa cupletista llamada Antígona? Es una claudicación vergonzosa. Si levantara la cabeza Calderón, o Lope, o Tirso...

—Esa tal Antígona es tan rica hembra que sería muy capaz de conseguirlo. Ya ve usted con don Sabas... —comentó un joven periodista, induciendo al concurso a reírse, con gran sorpresa del crítico, quien preguntó:

—Conseguir, ¿qué?

—Lo que se proponga, don José.

—Estamos en la edad de la sicalipsis, está visto —concluyó el crítico.

Generalizóse la conversación acerca de Rosina; casi todos tenían algún dato o noticia que comunicar, y así se vino a saber que Rosina era una de las más fulgentes estrellas del género ínfimo, mimada y disputada por el público europeo; que el empresario del teatro del Príncipe le pagaba setecientas pesetas diarias por cantar tres cuplés; que estaba aquella noche presenciando el estreno y aplaudía con vehemencia; que don Sabas, ¡habráse visto descoco!, no se había recatado en ir a visitarla a su palco, y, a lo que se decía, procuraba reanudar ciertas viejas relaciones; pero Antígona no aceptaba el envite del caduco político, pues era de clavo pasado que había repelido pretendientes y proposiciones fabulosos, hasta de príncipes rusos, porque, al parecer, tenía un apaño (*está metidísima, está enchuladísima,* fueron dos de las expresiones empleadas para definir este punto) con un hombre verdaderamente interesante. Al llegar aquí, la conversación recayó sobre el hombre interesante. Había sido hércules de feria, muy guapo; luego, cómico en una compañía de poco pelo.

—Alto ahí —cortó don Bernabé Barajas, que estaba presente—. La compañía no era de poco pelo. Yo fui empresario. Íbamos a hacer una turné por los pueblos de la provincia de Teruel. Por cierto que Fernando (éste es su nombre) mostraba felices disposiciones para el arte. De manera que lo que ahora es a mí me lo debe, que yo le enseñé los principios esenciales del arte escénico.

—¿Y es tan guapo como dicen, don Bernabé? —inquirió Pérez de Toledo.

—Eso, ¡guapísimo! No me extraña que esa golfa esté pirrada por él —respondió don Bernabé, con no poca exaltación estética.

Prosiguió la información colectiva. En París, Fernando había comenzado a cultivar un género nuevo de arte, que quizás fuese el arte del porvenir: un arte mestizo de arte escénico y de acrobatismo, para el cual se requieren condiciones excepcionales; en suma, que se había hecho actor cinematográfico, peliculero, y el famoso Dick Sterling, cuyas muecas, desplantes, brincos y fortaleza reía y admiraba el mundo entero, no era otro que el amante de Rosina.

Después de esto se entabló una discusión acerca de si el cinematógrafo es arte o no. Los pareceres se dividían. Unos aseguraban que en corto plazo absorbería el teatro. Otros sostenían que eran dos cosas diferentes, sin concomitancia ninguna. Un dramaturgo catalán, de luenga guedeja entrecana, expuso que a él el cinematógrafo le parecía más dramático que la representación oral, y que podía asegurarse no ser bueno un drama que, despojado de gárrulos parlamentos y reducido a sus simples elementos de acción cinematográfica, no conmoviese al público. [439] Sonaron en esto

[439] Ideas semejantes a ésta las expondrá en libro, muchos años después, Jacinto Grau. ¿Se puede referir a él Pérez de Ayala? Poseo un

los timbres para el tercer acto de *A cielo abierto*, y
corrieron todos a ocupar sus localidades, dejando a
Teófilo con una sombra funesta diluida sobre el semblante.

La decoración del tercer acto era la misma del acto
segundo. Los piratas habían abandonado la fusta para
adueñarse de aquella otra embarcación, más holgada
y marinera. Lotario demuestra con creces lo que todos
habían sospechado de él, esto es, que era un salvaje
sanguinario y vengativo. Hace dar tormento a Raymond, el cual lo sufre con maravillosa entereza, ex-
peliendo toda suerte de metros y rimas en lugar de
lamentos. Los piratas se sienten sobrecogidos ante la
grandeza moral del trovador, y la carcoma del remordimiento comienza a roer los livianos sesos de la hermosa renegada. Ésta siente su ánimo combatido por
dos encontrados sentimientos. Ya no sabe si ama a
Lotario o si ama a Raymond, y en la duda se dirige
a las murmuradoras ondas pidiéndoles que la den [440]
la clave del enigma. El público experimenta gran ansiedad, y se pregunta: ¿cuál triunfará al fin? Las
cosas se complican. Los piratas presumen que una
religión que infunde tan recio valor en el pecho de
sus creyentes debe ser la verdadera religión. La gracia
les está haciendo sus primeros toques delicadísimos.

Hay entre ellos un torvo renegado que no logra hallar
paz para su conciencia, el cual, por hacer obra meri-
toria a los ojos de Cristo, induce a sedición a la marinería. El horizonte está preñado de luctuosos presagios.
Estallan las primeras chispas de la sedición. Lotario
se mesa las barbas y vomita alejandrinos truculentos.
Raymond apacigua a los levantiscos, hace una invoca-
ción al mar, comparándolo con la turbulencia amarga
de su propio corazón y con la infinitud de Dios; dice

---

ejemplar de la novela dedicado "A Jacinto Grau, con la vieja amistad
de Ayala". Es posible también que aluda a Adriá Gual, tan interesado
por el cine que fundó una productora en Barcelona. O quizás, simplemente, crea este personaje para arremeter, una vez más, contra el
teatro conversacional de Benavente.
440 *L*: "le den".

que perdona a Liliana, y a Lotario le ruega que la haga feliz; pone una pausa, y sin decir oste ni moste se arroja al mar. Este trágico final fue premiado con una nueva ovación.

El drama tuvo un epílogo. La escena simulaba el claustro de un convento de monjas. Tañidos de campanas, dulces gangosidades litúrgicas, etc., etc. Liliana ha profesado con el nombre de Sor Resignación. Sale al claustro. Se siente enferma y a punto de morir. Informa al público de que Lotario era un bruto que le dio muy malos tratos y la abandonó por una agarena de tez lustrosa y ojos diabólicos. Asegura que en el fondo de su alma nunca amó sino a Raymond. Sor Resignación va cogiendo rosas y luego arrojándolas en los arroyuelos del jardín; se queda pensativa viendo aquellos *cadáveres de rosas en féretros de espuma*. De la propia suerte, su alma huye camino de la eternidad. La voz se le apaga, y expira, en verso, lentamente, entre el tañido de la campana y la canturria nasal de las otras monjas. Bello epílogo. En el público se veían muchos ojos empañados por las lágrimas.

Cuando terminó el drama, Travesedo dijo a doña Juanita:

—Ya estará usted contenta, señora.

Doña Juanita se echó a llorar.

—Sí, sí, comprendo. La cosa no es para menos.

Doña Juanita balbució:

—Los días más solemnes de mi vida han sido el de hoy y el día en que Teófilo hizo su primera comunión. —Doña Juanita temblaba extraordinariamente.

El teutón, que tenía un alma susceptible de inopinados y fatales ímpetus románticos, abrazó a la vieja. Estaba enternecido y repetía que Teófilo era un Schiller.

Travesedo condujo a casa a la madre de Teófilo en un coche de punto. Ya en casa, como doña Juanita temblaba más de lo regular, Travesedo la aconsejó que tomara tila y se metiera en la cama.

—¿Meterme yo en la cama hoy sin haber besado a mi hijo? No piense usted locuras.

—Es que lo más probable, señora, será que los amigos le entretengan hasta las mil y quinientas.

—Aunque le entretuvieran mil y quinientos años. Yo no me acuesto.

Antonia preparó tila para doña Juanita, y ésta, después de ingerir la poción, fue a encerrarse en el cuarto de Teófilo, y sentóse junto a un balconcito, a esperar. Apagó la luz. Estaba acongojada. Lloraba con frecuencia, se retorcía las manos y murmuraba: hijo de mis entrañas. Así transcurrieron varias horas. Oyóse angustioso llanto de mujer. Doña Juanita se puso en pie, con sobresalto; abrió los ojos y tendió el oído. En el marco del balcón, por detrás de los tejados fronteros, levantábase un vaho lechoso y húmedo que iba deslustrando la luz de las estrellas. Amanecía. La anciana escuchó. Era Lolita quien lloraba, con infinito desconsuelo y requiriendo a gritos a Antonia. Acudió diligente doña Juanita en socorro de Lolita. Llamó en la puerta de la habitación, y preguntó:

—¿Qué le ocurre, señorita Lola? ¿Puedo entrar?

—Sí, sí; adelante, doña Juanita. ¿Por qué se ha molestado usted? —Lolita no cesaba de llorar—. Es que llamaba a Antonia para que me quitase las botas, que me aprietan mucho. Además me han dado *mico.* —Dióse cuenta que había expulsado involuntariamente una palabra vitanda, de las prohibidas por Travesedo, y con el sobresalto que esto le originó olvidóse de llorar.

Doña Juanita no estaba para detener la atención en cosas de tan poco momento como la emisión del vocablo *mico,* porque le traía asombrada y absorta el ver a Lolita vestida de pies a cabeza, con traje de calle, a tales horas. Grande fue el aturdimiento de la señora; pero no tanto que le impidiese oír un sonoro ronquido varonil, y, como volviese la cabeza para averiguar de dónde venía, descubrió al teutón durmiendo panza arriba y con la boca abierta en el lecho de Lolita

Lolita, de su parte, creyó perder la razón. En su cerebro se agitaba la sombra iracunda de Travesedo, denostándola y plantándola de patitas en la calle.

—Soy inosente, doña Juanita; créamelo usté, por éstas. Er pobresiyo viene acá toas las noches, porque dende que apretó la caló su cama está cuajadita de chinche y no pué dormí en eya. Pero le juro a usté, por la gloria de mi mare, que no me ha tocao entavía, lo que se yama ni tocarme. Ahí lo tiene usté toa la noche durmiendo como una criatura, o mejó, como un serdito. —Y así era la verdad. Lolita quedó satisfecha con su explicación, que ella juzgaba compatible con las más estrechas leyes de la honestidad, y doña Juanita salió de la alcoba sin saber qué decir ni qué pensar.

En la caja de la escalera sonaba runrún de voces masculinas. Doña Juanita reconoció a su hijo y al señor Guzmán. Salió a abrir la puerta.

41

EN el saloncillo de Pérez de Toledo se sostenía a diario una tertulia íntima, muy avanzada la noche. El día del estreno, Teófilo no pudo dejar el teatro hasta las tres de la mañana. Salió en compañía de Guzmán y de los poetas imberbes, sus secuaces. Uno de éstos propuso celebrar el éxito con champaña en *Los Burgaleses*. En el restorán fueron a guarecerse dentro de un gabinete reservado. Los jóvenes poetas se mostraban muy expansivos y locuaces. Teófilo no desplegaba los labios. Alberto observó que en la frente de su amigo destacaba aquella robusta vena negra que, según las tradiciones mahometanas, precedía a los accesos coléricos del profeta. Los jóvenes poetas llegaron a cansarse del ensimismamiento del ídolo, que ellos atribuían a engreimiento, a embriaguez [442] del triunfo. Deshízose pronto la reunión, no sin que uno de ellos murmurase al oído de Alberto, según bajaban las escaleras:

---

441 La primera edición no hacía aquí separación de capítulo.
442 *R*: "a engreída embriaguez".

—No hay nada más difícil que escoger un sombrero nuevo de modo que no le vaya a uno ridículo o le mude la cara. Pues si esto ocurre con los sombreros, que los cambiamos a cada tres por cuatro, ¿qué será con la corona o la diadema cuando uno se la pone por primera vez? También es verdad que hay pocas diademas hechas a la medida de la cholla que las ha de lucir. ¿Ha visto usted este pobre hombre, qué fatuo, qué estúpido se ha puesto? Pues la cosa no es para tanto.

En estando a solas Teófilo y Guzmán, éste propuso tomar un coche de alquiler para ir a casa. Teófilo se negó.

—Piensa que tu madre te estará esperando, de seguro.

—No voy a casa, no voy a casa; no te molestes. Voy a pasear por las calles. Si quieres, me acompañas, y si no, me dejas.

—Te acompaño. ¿Adónde vamos?

—A la ventura.

"Algo grave le ocurre a Teófilo", pensó Alberto. Y así como a veces se alivia un gran dolor provocando otro distinto, creyó distraer a su amigo de aquellas negras cavilaciones hiriéndole su amor propio profesional, su vanidad de poeta. [443]

—¿Quieres que te diga sinceramente, de amigo a amigo, lo que me parece tu drama?

Teófilo no respondió.

—¿Me escuchas? Porque si no me escuchas te dejo solo.

Teófilo agarró un brazo de Guzmán, y dijo con voz suplicante:

—No me dejes solo. Habla, que te escucho.

—Tu drama me parece estúpido. —Pausa. Teófilo no se dio por entendido. Añadió: —Palabras, palabras, palabras. Tus versos no son versos ni cosa que se le parezca, sino rimbombancia y estropajosidad; suenan

---

[443] Parece, más bien, que, después de la parodia, Pérez de Ayala quiere darnos la crítica literaria seria.

mucho, pero suenan a hueco. A mí me hacen el efecto
de estar comiendo bizcochos secos, amarillos, sin jugo,
que no hay quien se trague doce seguidos a palo seco.
—Alberto sintió una leve presión en su brazo. Pensó:
"Esto va bien". —Por supuesto, no se te puede echar
a ti toda la culpa, antes bien, a la tradición poética
española, la tradición del verso tónico, que nunca ha
sido verso, sino corrupción nacida de los cantos de la
soldadesca, de la marinería y de las personas iletradas
del Bajo Imperio, gente de áspero oído. ¿Qué será que
los españoles no abren la boca sino para caer en el
énfasis, la ampulosidad, la garrulería? Es cosa vieja y
presumo que será eterna. Ya Cicerón vituperaba en
los latinistas españoles el *aliquid pingue,* un algo pin-
güedinoso, craso. A uno de los grandes predicadores
españoles, San Dámaso, se le llamaba *Auriscalpius ma-
tronarum,* cosquilleador de orejas femeninas. De tu drama podía decirse lo propio. No vayas a creer que me
ensaño en tu drama: no lo considero mejor ni peor
que la mayor parte de los dramas y comedias de nuestro teatro clásico. [444] Y, sin embargo, todo esto que te
digo, con la conciencia de que es la pura verdad, no
impide que, mirándolo bien, en los entresijos de tu
drama se advierta algo escondido, hondo, a manera de
resaca que le sobrecoge e inquieta a uno. ¿Qué es
ello? Es algo que también corre y muge por debajo
de toda la literatura española, aun de sus obras más
áridas y tediosas. Recuerdo que un día me dijiste que
las dos inspiraciones matrices de tu drama te vinieron
de aquel marinero ciego y de aquel desdichado suicida.
La primera, y permite que traduzca en una frase tus
sentimientos, a ver si doy en el *quid,* la primera se
pudiera llamar aspiración a lo infinito; la segunda,
conciencia del fracaso y su amargura consiguiente. La
primera es nada menos que el deseo de subir hasta
Dios y codearse con él; la segunda, descubrimiento tardío de que por pretender lo demasiado hemos

---

[444] Nótese que Pérez de Ayala (como el Azorín juvenil de *Rivas y
Larra*) remonta su dura crítica hasta el teatro clásico español.

descuidado lo preciso, y que sin haber llegado a dioses ni siquiera nos hemos hecho hombres. [445] Dijérase que toda la literatura española, y aun el carácter español, están cuajados en estas dos normas sentimentales. Y hay que ver, por lo que atañe a la primera, o aspiración desapoderada de lo infinito, que si es muy intensa lo es precisamente por la vaguedad del concepto de lo infinito, como a ti te ocurre con el del mar, que lo has recibido a través de un ciego que ya no tiene de él sino el recuerdo. Cuando veas el mar por primera vez vas a sufrir una gran desilusión. En suma, que comencé echando pestes de tu obra y vengo a parar en que hago de ella no flojos elogios.

Teófilo no respondió. Caminaron cerca de una hora en silencio.

—¿Qué te pasa? —preguntó Alberto.

—No sé lo que me pasa. No puedo discurrir, no puedo hablar. Tengo toda la sangre en la cabeza. —Su voz era ronca y salía en coágulos. Atenazaba nerviosamente el brazo de su amigo.

—Teófilo, dime lo que te ocurre. Te ruego que te confíes a mí. No puedes dudar de mi cariño. Trataré de aliviarte de tus pesadumbres lo mejor que pueda. Aquel viejo amor, ¿te hace sufrir aún? ¿Es eso?

—No, no es eso. Es decir, claro que es eso. Pero son otras cosas. ¿Cómo te lo voy a decir, si yo mismo no lo sé? Nunca me he sentido más desamparado, empequeñecido e impotente; más inútil para la vida, más hombre frustrado que hoy, después de eso que llaman mi triunfo. ¿Lo comprendes tú? Pues tampoco yo lo comprendo. Es una voz irracional y frenética que me grita dentro de la cabeza: "Estás perdido". Eso que has dicho acerca de esos dos sentimientos me parece que tiene mucho de verdad; pero hay tantas, tantas cosas además por encima, por debajo y alrededor de lo que tú has dicho. ¿Y sabes en lo que se resuelven aquellos dos sentimientos? Se resuelven en otro sen-

---

[445] Exactamente lo mismo que le ocurrirá al simbólico *Prometeo*, en la siguiente novela de Ayala.

timiento bárbaro, desmesurado, avasallador... de odio
a mi madre. ¿No es monstruoso? —La voz de Teófilo
se quebró como si fuese a llorar. Alberto no respondió.
Repito Teófilo: —¿No es monstruoso? Desde que ella
vino de Valladolid comencé a sentir una aversión latente que me horrorizaba. Esta noche la aversión se
ha convertido en odio: no lo puedo remediar. La culpa
no es mía, la culpa no es mía. [446] ¿Crees que es mía la
culpa?

—No, claro que no. Ahora sosiégate.

—Vamos a casa. Está amaneciendo. Tengo necesidad
de reposo.

Guzmán pensó: "Doña Juanita se habrá cansado de
esperar y a estas horas estará durmiendo como una
bendita".

—Tomaremos un coche, si te parece —habló Guzmán.

—Sí; como tú quieras.

Muy cerca de ellos estaba parado un simón abierto.
El rocín macabro, en los puros huesos, contemplaba
con tristes ojos el albear del cielo. El cochero dormía
sentado en el piso del coche con los pies en el estribo
y la cabeza caída sobre el asiento.

Durante el trayecto ninguno de los dos amigos des-
plegó los labios. En la caja de la escalera flotaba un
vapor grisáceo, melancólico y soporífero, como sensación de convalecencia. Un pájaro cantó.

—Es algo aquí, en semejante parte —murmuró Teófilo, señalando la base de la caja torácica—. Algo que
me ahoga, que me arrebata, que me enfurece —añadió,
levantando la voz y crispando los puños.

—Habla bajo.

—Es algo aquí, como una espada mohosa que me
atravesara. Siempre lo he sentido, desde que era niño;
pero hoy más fuerte que nunca. Es algo anterior a
mi vida, ¿entiendes?, como el recuerdo de una mala

---

[446] Son exactamente las mismas palabras que dirá Urbano, el protagonista de *Luna de miel, luna de hiel*, en un momento de crisis (*Las
novelas de Urbano y Simona*, prólogo de Andrés Amorós, Madrid, Alianza Editorial, El Libro de Bolsillo, 1969, p. 67).

sangre que me hubiera engendrado, ¿entiendes?; es algo que me ha hecho desgraciado sin que yo tenga la culpa, ¿entiendes?

—No te entiendo, porque eso son locuras. Hazme el favor de callar y de bajar [447] la voz.

Cuando se acercaban al segundo rellano, la puerta se abrió, apareciendo, entre la luz incierta de la matinada y a medias disuelta en la penumbra, la figura de doña Juanita, quien dijo con voz cansada y amorosa:

—Hijo de mis entrañas.

Teófilo hubo de apoyarse en Guzmán para no dar en tierra. Con acento estrangulado, de ira o de pavor, bramó:

—¿Sueño? Apártate de mí, sombra maldita.

La anciana avanzó un paso y su lóbrego cuerpo destacó sobre el gris caótico.

—¡Hijo! ¡Hijo! —La primera exclamación fue de estupor; la segunda, de manso reproche.

—Apártate de mí, odiosa criatura; apártate, apártate, que no te vea, porque te desharé entre mis manos —y Teófilo forcejeaba por desasirse de los brazos de Alberto.

Doña Juanita se perdió, huyendo, en el seno de las tinieblas. Guzmán retuvo unos minutos a Teófilo y luego le condujo a su alcoba. En estando dentro de la estancia, el poeta se desbordó en manifestaciones de violenta rabia. Hacía añicos cuanto encontraba por delante, emitía sonidos sordos y palabras incoherentes, y de pronto comenzó a saltar y a correr como loco en torno al aposento. Por último, se dejó caer en la cama boca abajo, hundió la cabeza en la almohada y así estuvo unos minutos. Incorporóse súbitamente, y con desvariados ojos se quedó mirando a Guzmán, que estaba inmóvil en el centro de la habitación.

—¿Eres un hombre? ¿O eres una estatua de piedra? ¿Qué haces? ¿Qué miras? ¿Qué piensas? ¿Qué dices?

447 *R:* "o de bajar".

¿Sonríes? Dame tu corazón de bronce; muéstrame cómo he de llegar a tu indiferencia e insensibilidad.

—Ea. Ahora acuéstate y haz por dormir. —Guzmán estrechó la mano de su atribulado amigo y salió en busca de la madre, a quien imaginaba más atribulada aún.

Estaba la señora en su aposento, sentada, y, según las señales exteriores, muy tranquila.[448] Antes de que Alberto abriera la boca, doña Juanita se adelantó a hablar:

—No se moleste usted en consolarme, señor de Guzmán. Le agradezco su buena intención; pero en este caso no necesito consuelo.

—Es que...

—No, no; ni una palabra. Las cosas del alma son harto sutiles, señor de Guzmán, para que los hombres las entiendan. Sólo incumben a Dios, y Dios sabe lo que se hace. Retírese a dormir, que ya es tarde, y déjeme a solas. ¿No ve usted que estoy serena? De todas suertes, muchas gracias por su solicitud. Buenas noches.

Guzmán se retiró pensando: "Nunca sabemos nada de nada".

Al día siguiente doña Juanita salió para Valladolid.

449

UNA mañana estaba Guzmán todavía en la cama, leyendo *Las Moradas,* de Santa Teresa, cuando la ventruda Blanca penetró en la habitación con un gran sobre color espliego, perfumado de violeta. Decía la carta:

> *Querido Alberto: Pásate por mi hotel, cuanto antes mejor. Tengo que comunicarte una cosa que te hará la mar de gracia. Estupendo, chico, estupendo. Un caso de vocación; pero qué vocación.*

---

[448] Como corresponde, según las ideas de Ayala, a la auténtica conmoción interior.
[449] *R*: "VIII".

¿Quieres venir a almorzar conmigo? Tu amiga,
ROSINA.

Se levantó y a gritos desde la puerta pidió agua caliente para afeitarse. A poco se presentó una monja vieja, con el cacharro de agua caliente.

—Buenos días, Sor Cruz.

—Buenos días nos dé Dios. ¿Se ha dormido bien? ¿A qué hora hemos venido anoche? Esta juventud... Ya me lo dirán ustedes cuando se hagan viejos y se acerque el momento de la muerte...

—Vaya, vaya, Sor Cruz. No me amargue el día dándome a desayunar ideas tristes.

—¿Qué estaba leyendo usted ahí? Cualquier libro empecatado, como si lo viera. —Sor Cruz se acercó a curiosear en la mesa de noche. —Un libro de Santa Teresa. ¡Válgame Dios! ¿Un herejote lee estas cosas? Como no sea para hacer mofa...

—Mal concepto tiene usted de mí, Sor Cruz.

—Y una cartita. De alguna desgraciada... Vaya por Dios. Lástima merecen las tales. Bien lo sé por experiencia. Y algunas son buenas, buenas hasta dejarlo de sobra. La culpa es de ustedes, libertinos. Ya lo ha dicho mi tocaya: "Hombres necios que acusáis...". [450]

—¿Cuándo se van ustedes, Sor Cruz?

—Mañana, en el tren de las ocho de la mañana. Antonia no quiere dejarnos marchar; pero no hay más remedio. Nos ha escrito la superiora. De manera que pasado mañana ya estamos en nuestro convento de Pilares. Tengo una gana que no veo de encontrarme en mi celdita, y a bregar con aquellas infelices recogidas. Si usted fuera hembra en lugar de varón nos lo llevábamos, a encarrilarle por el buen camino.

—Si usted quiere llevarme tal como soy... No crea, a mí me gustaría.

_____

[450] Es el primer verso, hecho lugar común, de Sor Juana Inés de la Cruz en sus famosas redondillas en que "arguye de inconsecuentes el gusto y la censura de los hombres que en las mujeres acusan lo que causan" (Sor Juana Inés de la Cruz: *Antología*, edición de Elías L. Rivers, Salamanca, Biblioteca Anaya, 1965, p. 31).

—Señor, qué atrevido. Sería el diablo en el convento. Y esa pobre Lolita... ¿No cree usted que estaría
mejor con nosotras?

—Pss. Déjela usted. Si ella se encuentra a gusto...
En todas partes y de todas maneras se puede servir a
Dios —dijo Alberto.

—¡Jesús, qué abominaciones! Me voy; no quiero
oírle a usted. —Y Sor Cruz salió, riendo con benevolencia.

Las relaciones de Antonia eran innúmeras, comple-
jas, y con todas las clases de la sociedad. A raíz de
haber tenido a Amparito había estado recogida en el
convento de monjas Adoratrices de Pilares y se había
captado el afecto de las monjitas. Una de las recogidas, compañera y muy amiga de Antonia, había profesado en la Orden, bajo el nombre de Sor Sacramento,
la cual, en unión de Sor Cruz, estaba hospedándose
ahora en casa de Antonia, de paso por Madrid. Siempre que venía a la corte alguna monja del convento de
Pilares se alojaba en casa de Antonia.

Salió Alberto de casa, no sin haber guardado en el
bolsillo *Las Moradas,* porque tenía por costumbre llevar
siempre un libro consigo, y fue derechamente al hotel
Alcázar. Rosina salió a recibirle en peinador y le re-
galó con un beso de salutación.

—No te parecerá mal que te bese, ¿eh?

—Ni que fuera tonto —respondió Guzmán, devol-
viéndole afectuosamente el regalo.

—Eso ya no. Te beso como se besaría a un hermano.
Te quiero mucho, pero como se quiere a uno de la
familia. Estoy segura que si Fernando me viera besarte
no lo tomaría a mal. Siéntate. Yo voy a concluir de
vestirme. ¿Te quedas a almorzar conmigo? —Alberto
asintió. —Quizás venga Verónica también. ¡Qué chica
tan excelente! Somos las grandes amigas. A nosotras
nos ha pasado como con ese drama que le dicen *El
Galeoto*: [451] el público nos ha hecho amigas. Que si

---

[451] Alusión irónica a *El gran galeoto*, de Echegaray. Se opusieron
al homenaje a este autor, en 1905, varios escritores que aparecen en la
novela: Azorín, Maeztu, Bello, Tapia, Villaespesa, Valle-Inclán...

ella es la mejor bailarina y yo la mejor cupletista, y
que si somos las únicas, y dale y dale; pues a mí me
entró la curiosidad de conocerla y a ella lo mismo, y
aquí nos tienes a partir un piñón. Sobre todo desde
que se concluyó la temporada de ella y la mía; pues,
hijo, que no se aparta de mi lado. Parece que me adora.

—Bien. ¿Qué era la cosa que me iba a hacer la mar
de gracia?

—¡Pues no eres nada ansioso! Calma, calma, porque hasta la hora del almuerzo no digo esta boca es
mía.

—Poco falta ya, de manera que tendremos calma.

—¿Qué es de Teófilo?

—En casa estará durmiendo...

—Siempre dije que era un gran hombre. Ya ves,
ahora todo el mundo lo reconoce así. —Rosina cambió
de expresión. —Tú ya sabes que Teófilo y yo hemos
sido muy amigos un poco de tiempo.

—Sí, lo presumía.

—Ahora parece que me aborrece. ¿Tú qué crees?

—Lo que tú: que está enamorado de ti.

—Perdona. Por esta vez tu listeza se me figura que
ha fallado. Tú sabrás de otras cosas; pero lo que es
de aquello que se refiere a mí directamente, no me
vengas con pamplinas. Si tratas de halagarme, te advierto que no es por ahí. Fernando es mi Sino y con
él he de vivir lo que me reste de vida. Así es que me
tiene sin cuidado que Teófilo esté o no esté enamorado; pero, la verdad, tampoco me hace gracia que me
odie y me trate con desdén. Yo no le hice nada malo.
Lo que hice fue lo que no pude menos de hacer. —El
rostro de la mujer adquirió una expresión meditativa.

Desde que había vuelto a Madrid, Rosina no se
había visto a solas con Teófilo, sino siempre rodeados
de otras personas. Teófilo, aunque con la pasión más
embravecida que nunca, había resuelto evitar a Rosina
y darle a entender que la desdeñaba, lo cual, hasta
aquel punto, había logrado sobradamente. Rosina consideraba el amor a su hombre, a Fernando, como la

necesidad permanente de su vida, el nido, el árbol, la tierra, la base en donde posarse y reposarse. Fernando era para ella la plenitud de su feminidad, de su sexo, pero, al propio tiempo, necesitaba del amor de Teófilo, lo ansiaba como complemento y realce del otro amor. Una ave ignora que sufre la tiranía de la tierra hasta tanto que no se le entumecen las alas o las pierde; entonces, junto con la nostalgia del vuelo, llega a saber que la tierra es el elemento que la domina, así como el aire es el elemento que se deja dominar. Pues algo semejante le sucedía a Rosina. Con relación a Fernando, se sentía empequeñecida, anulada, entregada sin albedrío a él. Recordando ahora el sumo acatamiento y entrega que de sus potencias Teófilo le había hecho en otro tiempo y la exaltación gozosa y altanera que de aquel amor ella había recibido, ardía en anhelos de resucitar las emociones de entonces.

Llegó Verónica cuando Rosina concluyó de vestirse. Rosina hizo que les sirvieran el almuerzo en la misma habitación.

—Qué, ¿has tenido noticias de Fernando? —preguntó Verónica.

—Hoy no.

—¿Te escribe todos los días?

—Quiá. No se arregla bien con lo negro; pero, en fin, escribe tan a menudo como puede. Eso sí, a mí me obliga a ponerle un telegrama diario y una postal por lo menos. Es celosísimo.

—Claro, si te quiere. ¡Hija, qué suerte la tuya! Ya puedes corresponderle bien, porque un novio así no se atrapa todos los días. Yo no sé cómo hay mujeres que falten a sus hombres si éstos las quieren de verdad y con fatiga. Por supuesto, no lo digo por ti; contigo no hay caso —dijo Verónica.

—¡Qué ha de haber!... Y menos teniéndote a ti al lado, que estás siempre con la misma canción.

—Y ahora —entró a decir Guzmán—, ¿se puede ya saber aquello que me iba a hacer la mar de gracia?

—Todavía no. De sobremesa.

—Resignación.

En concluyendo de almorzar. Guzmán reiteró la pregunta.

—Sí, ahora os lo voy a referir. Y no sé cómo. Es increíble. Si no estuviera aquí cerca la heroína creeríais que os trataba de tomar la cabellera. Bien; doy principio a mi cuento, es decir, a mi historia. Estaba yo esta mañana en la cama, cuando entra la doncella diciendo que una joven preguntaba por mí. Que pase. Y ya está aquí la joven, vestida de negro, muy asustadita y muy monina, sí, señores. Señorita Rosa, me dice, y parecía que iba a llorar. ¿No me conoce? ¡Qué la iba a conocer yo! Soy Márgara, la hija de *Bergantín*. Este *Bergantín* es un pescador y bañero de mi pueblo. Pero, neña, cómo has crecido y qué guapina estás, le dije yo. Ella se puso muy colorada. Le pregunté a qué había venido a Madrid. Al principio no se atrevía a decir nada; pero fue animándose, animándose poco a poco, y me contó lo que le pasaba. Veréis. Dice que en Arenales había llegado a ser muy desgraciada. La cortejaban muchos mozos; pero ninguno le gustaba a ella. Durante los veranos, los señoritos veraneantes no la dejaban vivir, persiguiéndola sin parar, ya podéis suponer con qué intención. [452] Jura que hasta ahora ningún hombre la ha tocado, y yo lo creo. Dos horas o muy cerca empleó en contarme mil menudencias. Yo abrevio. La cosa fue que comenzó a entrarle un gran disgusto por todo lo que veía en el pueblo; se apartó de las amigas y se encerraba a solas a llorar. Oye, tú, no seas grosero y cierra ese libro.

—Te escucho, Rosina. He tenido una inspiración. Este libro nos ayudará a entender el asunto de que se trata. Verás: esa doncella sentía, según dice este libro, *ansias y lágrimas congojosas y suspiros y grandes ímpetus.* [453]

---

452 Igual que le había sucedido antes a Rosina, como nos cuenta *Tinieblas en las cumbres.*
453 "Estas ansias, y lágrimas, y suspiros, y los grandes ímpetus..." (Santa Teresa: *Castillo interior o las Moradas,* en *Obras completas,* Madrid, Aguilar, s.a., p. 481).

—Todo eso y mucho más, porque ella misma dice que no sabe explicarlo.

Guzmán volvió unas cuantas hojas, y leyó:

—*Es dificultosísimo de dar a entender.*

—Dificultosísimo. Ya veréis en lo que para.

—Lo presumo —dijo Guzmán.

—Eso ya lo veremos. Dice que creyó morirse de tristeza, que no tenía interés por nada, que no sabía lo que quería, que le entraba un dolor en las entrañas como de fuego y después quedaba toda rendida, que le parecía estar rodeada de enemigos malos y a veces tenía que dar gritos y, vaya...

—*Hace crecer la pena en tanto grado que procede quien la tiene en dar grandes gritos* —interrumpió Guzmán, leyendo. Prosiguió: —*Parece un fuego que está humeando y se le representó ser de esta manera los sentimientos que padecen en el purgatorio. Y así, aunque dure poco, deja el cuerpo muy descoyuntado y los pulsos tan abiertos...* [454] —Guzmán espigaba en el libro y leía a retazos.

—¿Pero te estás chungando de mí con todas esas zaragatas que tú mismo inventas?

—Prosigue, Rosina.

—Si te estás callado. Entonces, al parecer, se puso a trabajar como una bestia para olvidarse de todo. De esta manera parece que se contentó algo; pero aquella otra cosa rara, un no sé qué que sentía en el corazón, continuaba siempre.

—*Los contentos* —leyó Guzmán— *nacen de la misma obra que hacemos y parece los hemos ganado con nuestro trabajo. Los gustos ensanchan el corazón.* Esa muchacha quería meterse monja y viene a pedirte el dote. [455]

Rosina rompió a reír descompuestamente.

—¿Cómo lo has averiguado? —preguntó, sin cesar de reírse.

---

[454] Pérez de Ayala mezcla fragmentos de varias frases de *Las Moradas*, sin respetar el orden. Quizás cita a base de algunas notas que tomó al leer el libro, como era su costumbre.

[455] "Dote" es palabra ambigua en cuanto al género.

—¡Qué mundo! —exclamó Verónica.

—No es nada difícil caer en la cuenta —añadió Guzmán.

—Estás fresco. Conque, monja, ¿eh? Pues, hijo, todo lo contrario.

—¿Todo lo contrario? —inquirió Verónica, boquiabierta—. Entonces, fraile.

—Sí —respondió Rosina—, de San Ginés: que se acuestan dos y amanecen tres. Quiere ser una cocote, [456] como yo, y reinar en el mundo y sus arrabales, porque ella se figura que ser cocote y emperatriz es la misma cosa.

—Pues está enterada —comentó Verónica.

—Me dejas anonadado —confesó Guzmán—. ¿Y cómo fue? ¿No te ha explicado?

—Pues fue que llegaron a Arenales los periódicos con mis retratos y los bombos que me han dado, y todas esas paparruchas que cuentan acerca de mis triunfos en Rusia y en Pekín y en donde Cristo dio las tres voces, y cátate que la niña piensa: "Yo voy a ser otra como Rosina". Y sin más, se escapa de su casa y se me plantifica aquí. Decía, con deliciosa ingenuidad: "Es mi vocación. Comprendí de pronto que era mi vocación". Ya veis: vocación de cocote...

Pausa.

—Y ahora, ¿qué vas a hacer con ella? ¿Devolverla a su familia? —inquirió Guzmán.

—Ya, ya. De eso traté; pero habíais de ver cómo se puso la mosquita muerta. No me lo dijo, pero le conocí en los ojos que pensaba que yo era una envidiosa. Le dije que de un millón de mujeres que se pierden, sólo una, y a veces ninguna, llega a darse buena vida. En balde, chicos: ella erre que erre. ¿Qué hacemos? ¿Qué os parece?

—Darle cuatro azotes y enviarla facturada al pueblo —aconsejó Verónica, con ardimiento.

---

456 *R* y *L* copian del francés, en cursiva: *"cocotte".* Así lo siguen escribiendo siempre que aparece la palabra.

—Tengo un proyecto. A ver qué opináis —habló Guzmán.

—Venga de ahí, que siendo tuyo será bueno —jaleó Verónica.

—Es esto. Por la noche cogemos a esa niña y nos la llevamos de casa en casa, a través de todas las casas de mal vivir, desde las de ínfima categoría hasta las de cierto postín. [457] Alistaremos a unos cuantos amigos, reconocidamente brutos, y haremos que beban y desarrollen su brutalidad hasta la máxima potencia. Buscaremos aquellos antros en donde no se puede entrar sin que el alma se aflija y le haremos ver a Márgara, ¿no has dicho que se llama Márgara?, que lo más probable es que vaya a dar con sus huesos allí si se obstina en seguir esa vocación que dice tener...

—¿Y nosotras vamos a ir también? —preguntó Rosina, algo alarmada.

—¿Por qué no, boba? Nos ponemos un mantoncito... —respondió Verónica.

—No tengo mantón.

—Yo te lo prestaré. Ya verás, hasta nos vamos a divertir.

—Tanto como divertir... —observó Alberto—. Entonces, ¿qué os parece?

—A mí, de perlas —declaró Verónica.

—Sí, yo también creo que es una buena idea. Entonces... ¡Ah! Tenéis que conocer a Márgara. —Rosina se levantó y llamó al timbre. Cuando apareció la camarera, Rosina añadió: —Que venga esa chica que llegó esta mañana.

Presentóse Márgara. Era antes alta que baja, gentilísima: un armonioso aire de nobleza natural en toda su persona y movimientos. Muy morena, casi bronceada; tenebroso el cabello; los ojos pequeñuelos, duros y perseverantes en el mirar; los labios apretados y finos, y dientes menudos de roedor; dulce pelusa por la quijada y sobre el labio. No era bella; era peor que bella: diabólicamente incitativa.

---

457 R: "cierto rango".

—No tengo más que verte la cara para comprender
que te gusta de una manera enorme —dijo Rosina a
Guzmán por lo bajo. Y luego, en voz alta: —Es bonita, ¿verdad? Pues si vierais qué carnes, que durezas.
—Y comenzó a oprimirle los senos y los muslos. —To-
cad. Es mármol.

Verónica fue a probar y corroboró el juicio de Rosina, la cual, dirigiéndose a Guzmán, le invitó a cer-
ciorarse por experiencia personal.

—Toca, hombre, y no seas primo. Si a ella no le
parece mal, ¿verdad, Márgara?

Márgara no respondió. Guzmán hubo de experimen-
tar la dureza específica de Márgara.

—Sí, parece una estatua —declaró Guzmán, aludiendo, no tan sólo a las apretadas carnes, sino a la digna
y fría inmovilidad en que se mantuvo la muchacha.

Quedó todo convenido para la noche y Guzmán se
despidió.

A media noche salía del hotel Alcázar la pandilla,
compuesta de Rosina, Verónica y Márgara, a pelo y
con mantones achulados, y Angelón Ríos, Travesedo,
Guzmán, Celedonio Grajal y Felipe Artaza, muy conocidos estos dos últimos en el mundillo del libertinaje
y de la juerga por el mucho dinero que tenían, por
la manera ostentosa de gastarlo, por la excesiva afición
a los placeres báquicos y venusinos, por la heroica
resistencia y brío en uno y otro ejercicio, y, en suma,
por sinnúmero de hazañas elegantes e ingeniosas, tales
como arrojar a una mujer cortesana al estanque del
Retiro, apalear a un guardia, hacer añicos los muebles
de un restorán, meterse con el automóvil por el esca-
parate de una tienda y reparar luego los daños y per-
juicios con jactanciosa largueza. Constituían dos tipos,
o mejor, arquetipos del héroe moderno, a quien el
prosaísmo de la vida contemporánea fuerza y constriñe
a emplear el esforzado ánimo en empresas poco lucidas
y muy inferiores a su ímpetu y arrestos. [458] Con todo,

---

[458] Este tema alcanza un desarrollo trágico en *La caída de los
limones*.

como la plebe propende siempre a admirar el carácter heroico y encarece sus hechos trocándolos en animada narración oral, que a veces se alza hasta crear la leyenda, Grajal y Artaza tenían su gesta heroica y popular que era muy celebrada por estudiantes, horteras y provincianos en las tertulias de los cafés.

Encamináronse todos, lo primero, a casa de la Socorrito, una casa de cinco duros. Fueron muy bien acogidos por la dueña, que tenía en los dos héroes sendas fuentes de muy caudalosos rendimientos. Además, la Socorrito había oído cantar a Rosina y visto bailar a Verónica, y las admiraba mucho, según ella misma declaró en seguida, si bien, como sevillana, opinaba que el *cante jondo* y el baile flamenco, lo castizo en una palabra, son superiores a las danzas y los cuplés modernistas.

Pasaron los visitantes al comedor, atalajado con muebles de nogal de herrajes dorados. La Socorrito llamó a las niñas que se hallaban libres. La Socorrito era una mujer joven, agraciada y pizpireta. Llevaba un pañolillo andaluz, de crespón verde veronés, sobre el busto; el peinado caído en crenchas, agitanadamente, y flores debajo del moño. Presumía de usufructuar el monopolio de la sal; subrayaba las frases con guiños y sonrisas maliciosas, como si cada palabra suya tuviera un valor cómico extraordinario. Llegaron al comedor tres de las niñas: la *Talones,* la *Lorito* y Pepita, ni guapas ni feas, vestidas con discreción, como señoritas de la clase media. Al ver tanta gente, y en particular tres personas de su mismo sexo, se corrieron un poco y se sentaron en actitud cohibida, de la cual no lograron hacerles salir las vayas, desatinos y sobos de Angelón, Grajal y Artaza.

Artaza pidió champaña, y salió la Socorrito a buscarlo. No bien hubo salido, cuando la *Talones* dijo, aludiendo a la dueña:

—Es más templada y más graciosa. Luego tié cada golpe.

Entre las tres pupilas comenzaron a hacer el elogio de la Socorrito. Había sido —y aún coleaba, armó la *Lorito*— amiga [459] de uno de los hermanos González Fitoria, los celebrados autores de comedias. [460]

—¿Creen ustedes —preguntó Pepita, mirando a Rosina— que las comedias de los Fitoria son de ellos? ¡Quiá!

—Pues, ¿de quién son? —interrogó Travesedo.

—¿De quién? Anda, pues de la Socorrito. Todos, pero así, todos los chistes y golpes que ponen en las comedias son de la Socorrito. Si lo sabremos nosotras... Tiene un ángel esta mujer... Nosotras nos fijamos en sus chistes y decimos: en la primera comedia que estrenen los Fitoria saldrán estos chistes. Luego, en el estreno, porque nunca faltamos a los estrenos (la Socorrito nos lleva), zas, los chistes del último semestre. uno por uno.

—¿Es posible? —inquirió Travesedo, con escepticismo.

Las tres pupilas, con la gravedad que el caso requería, juraron por la salud de las madres respectivas que aquello era la pura verdad, y que ellas eran testigo de mayor excepción.

Angelón reía a torrentes.

—Aun cuando no fuera verdad, tiene la mar de gracia —dijo Travesedo—. ¡Y pensar que los Fitoria son los autores favoritos de las niñas cursis y de las incultas clases burguesas!... Admirable. Si uno pudiera decir en un teatro: Sandio y pazguato público, paquidérmicas matronas, amenorreicas doncellas e idiotas niños litris: los donaires que con tanto gusto reís son donaires de una alcahueta, espigados por los autores en el muladar de una mancebía. Por supuesto, eso no puede ser.

Volvió Socorrito con algunas botellas de champaña. A poco llegó una nueva pupila; venía con abrigo de

459　*R*: "querida".
460　Utiliza la novela como fuente histórica para este punto (la Socorrito y los González Fitoria) Camilo José Cela en *San Camilo, 1936*, Madrid. ed. Alfaguara, 1969, pp. 21-22.

calle y mantilla. Era casi una niña, de belleza nada
común. Se llamaba Remedios, y bailaba en un cine
todas las noches.

—Ven a sentarte aquí, chuchería, preciosidad —gritó
Artaza, golpeándose los muslos. Remedios, después de
despojarse del gabán, fue a sentarse sobre las piernas
de Artaza, con desenfado más de inocencia que de
corrupción.

Después de beber el champaña, los visitantes se marcharon. Rosina, Márgara y Guzmán hicieron terna
aparte.

—¿Qué te parece esa chica que llegó a última hora?
—preguntó Rosina.

—Es preciosa, guapísima —respondió Márgara.

—Pues ya ves cómo y en dónde está. Quién crees
que es más guapa, ¿ella o tú?

—Ella, ella ye mucho más guapa —dijo Márgara
con vehemente convicción.

—Pues ya ves, hija. Y no se puede quejar de que le
falten ocasiones de lucirse y cazar hombres ricos.

Rosina continuó sermoneando y haciendo tenebrosas
pinturas de la vida que llevan las mujeres recluidas en
una casa de trato, y como todo el dinero que ganan se
queda entre las uñas de la dueña, y a la postre, casi
todas terminan en un hospital, y por ahí adelante.

En esto, los que iban a la vanguardia se cruzaron
con Teófilo. Angelón obligó al poeta, quieras que no
quieras, a sumarse a la pandilla.

El segundo lugar que visitaron fue la casa de la
Alfonsa, una casa de a duro, en donde las pupilas
proporcionaban al parroquiano voluptuosidades antina-
turales y perversas. [461]

En el umbral de la casa había una gran losa de
mármol, con letras negras, que decían: ALFONSA.

Pasaron todos a la sala de recibir, pieza rectangular,
empapelada de rojo, con divanes también rojos en
redor. Sobre los divanes, y sentadas la mayor parte a
la turca, había hasta siete mujeres, muy pintadas, con

---

[461] *L* dulcifica: "voluptuosidades perversas".

tocados complejísimos y oleaginosos, vestidas como
máscaras, descotadas hasta el ombligo y mostrando las
piernas. Tenían todas ellas un mirar manso y lelo, de
vacas. Había una negra. Otras eran portuguesas, y dos
francesas. No había ninguna española. Algunas eran
bastante lindas, señaladamente *Lilí,* una francesa, que
hacía crochet en aquellos momentos, sin manifestar
ningún interés por los recién llegados. Grajal propuso
que las niñas hicieran cuadros vivos.

—¿Qué es eso? —inquirió Rosina.

Se lo explicaron. Hubo necesidad de pagar cinco pesetas por cada una de aquellas siete mujeres. La encargada examinó las piezas de plata recibidas, calándose
unos lentes de recia armadura de cuerno. Salieron las
mujeres y volvieron muy pronto, desnudas. En el centro
de la estancia, sobre unas colchonetas que al efecto
había introducido la encargada, las siete mujeres, desnudas, comenzaron a hacer simulaciones de amor lés-
bico y otra porción de nauseabundas monstruosida-
des. [462] Rosina, Verónica y Márgara, rojas de vergüenza
por su propio sexo, se levantaron y salieron, seguidas
de los hombres.

En la calle, Rosina volvió a la carga, haciendo saludables consideraciones que Márgara escuchó con hosco
silencio.

De casa de la Alfonsa fueron a una casa de la calle
del Horno de la Mata, de dos pesetas. A medida que
se internaban por aquellos sombríos y fétidos senos de
Madrid, menudeaban los grupos de rameras de ínfima
condición, apostadas de trecho en trecho, por socaliñar
viandantes.

Entraron los peregrinos excursionistas en un enorme
caserón, en donde, según se les había dicho, cada uno
de los pisos era una mancebía de bajo estipendio. Llamaron, a la ventura, a una puerta. Entreabrióse la
mirilla; les preguntaron: "quién"; luego se oyeron
gritos en el interior: *Casianaaa... Opulencia...* Pero no
abrían. Dos duros que Grajal introdujo por la mirilla

---

462   *L:* "y otra porción de tristes simulacros".

forzaron las puertas del antro. Oficiaba de portera una criatura indefinible y lamentable; la cabellera era femenina y el rostro varonil, hirsuto; para hallarle los ojos era menester una larga investigación; el cuerpo, raquítico; chato el pecho. Esta inquietante criatura condujo a los visitantes a una alcoba amplia, en donde había una cama matrimonial de blanca madera curva, algunas sillas y un lavabo. Poco después, la dueña hizo su aparición: era gorda, vieja y sucia.

—¿Qué hueso se os ha roto por aquí? —preguntó con voz insolente y gesto desconfiado.

—Pues, ya ves —respondió Angelón—. Venimos a hacer una visita a tu palacio. Enséñanos las niñas.

—Están haciendo la calle.

—Pues que traigan champaña —ordenó Artaza.

—Mal rayo te parta. ¿Quieres quedarte conmigo?

Artaza puso un billete de cinco duros en manos de la mujer, la cual se domesticó al instante.

—Opulencia, trae sidra y cerveza. ¿Queréis cerveza? Y sal a la calle, que vengan las niñas.

Cuando la llamada *Opulencia,* que era la criatura indefinible, salió, Travesedo, obedeciendo a los requerimientos de su carácter inquisitivo, preguntó por qué habían apodado así a aquella mujer. La dueña lo explicó. Opulencia, al parecer, aunque no en tanto grado como la Socorrito, era también dicharachera y sentenciosa. Aquel cuerpo ambiguo y encanijado encerraba una gran dosis de sabiduría práctica, que brotaba acuñado en forma proverbial. Su sentencia favorita era: "Donde no hay opulencia no hay meneo", y de aquí le venía el remoquete. Volvió Opulencia con la bebida, y en aquel punto a Grajal le acometió el capricho de verla desnuda.

—¿Quieres desnudarte delante de nosotros? —preguntó Grajal.

—¿Desnudarme? —exclamó Opulencia, manifestando a flor de piel sus ojillos tenaces, de insecto venenoso.

—Sí, desnudarte. Tres pesetas te doy.

—¿Desnudarme? —repitió Opulencia, esforzándose en darse por enterada de la proposición.

—Tendrá miedo que lo sepa su novio —observó la dueña.

—¿Su novio? —preguntó Rosina, maravillada.

—Sí, mi novio, mi querido, mi cabrito si quieres —se apresuró a decir Opulencia con los brazos en jarras. Su expresión era perfectamente zoológica. Resultaba absurdo suponer que detrás de aquel rostro se escondiese un espíritu humano.

—¿Qué edad tienes? —preguntó Alberto.

—Veinte —respondió la dueña.

Verónica no pudo menos de exclamar:

—Eso pa el gato.

—Sí, veinte, veinte, veinte —afirmó Opulencia, subiendo la voz.

—¿Sabes contar? —preguntó Alberto.

—¿Contar qué?

—Contar números.

—No, pero tengo veinte.

—Bueno, a lo mío: dos duros te doy; ¿quieres desnudarte?

Opulencia consultaba con los ojos a la dueña. Decidióse con impulso repentino.

—¡Qué Dios! Dos machacantes son dos machacantes. Donde no hay opulencia no hay meneo.

Allí mismo y con presteza quedó desnuda. Iba desprendiéndose de sus fementidas prendas indumentarias, que caían a tierra, formando un cerco alrededor de sus pies; la falda, la enagua de tela escocesa, y otras vestiduras más interiores, de un blanco arqueológico, con reliquias de la historia sexual de Opulencia. [463] Al propio tiempo, la atmósfera íntima de aquel desdichado cuerpo se expandía en el aire a manera de husmillo bascoso, difícil de soportar con entereza. Cuando se quedó desnuda, sin otros atavíos que unas medias color lagarto, sujetas con bramantes a guisa de ligas, y unas botas destaconadas, Opulencia saltó por encima de

---

463 L suprime la frase que sigue a "arqueológico".

cerco que las ropas ponían a sus pies, y se mostró, con inconsciente impudicicia, a la admiración de los circunstantes. Veíasele el esqueleto, malamente tapado por la parda pelleja, pegada al hueso. Sus senos eran flácidos por modo increíble, cónicos y negruzcos, como coladores de café. De la coyuntura de los muslos le brotaba una madeja capilar, abundosa y salediza, como el extremo de un rabo de buey. Parecía la creación macabra de uno de aquellos pintores medievales, atosigado por el terror de la muerte y del diablo. Angelón, Grajal y Artaza le prodigaron requiebros sarcásticos que Opulencia admitía con estulta complacencia, y le indujeron a componer actitudes escultóricas, a lo cual ella se prestó dócilmente. Grajal cogió un enorme gato capón que por allí andaba y se lo dio a Opulencia, diciendo:

—Así; te lo pones así. Esta pierna más hacia atrás. Los ojos elevados al cielo. De órdago. Ahora eres Diana cazadora.

—¡Basta! —suplicó Travesedo.

—¡Basta, basta, por Dios! —añadió Verónica, con lágrimas en los ojos.

—Como ustedes quieran. Puedes vestirte, Opulencia —habló Grajal.

A medida que Opulencia se vestía iban surgiendo nuevas mujeres: *la Coral,* picada de viruelas y los ojos encenagados en el pus de una oftalmía purulenta; *la Leopolda,* segoviana, según dijo, joven y bonita; *la Araceli,* coja y con cara de foca; *la Aragonesa,* de pecho prominente, expresión abatida y la piel revestida de dura costra rojiza, como un dermatoesqueleto. Todas ellas ostentaban dolorosa estolidez, y apenas si se les descubría atisbos de racionalidad. Preguntaron a los hombres en qué cine o café cantaban, dando por sentado que eran cantadores o ventrílocuos, y a las mujeres en qué casa de trato estaban de pupilas.

Oyóse llorar a un niño: sus lamentos eran desesperados, lacerantes. *La Aragonesa* salió y volvió a poco, dando el biberón a una criatura de pocos meses, toda llagada, ciega. El niño resistíase a tomar el biberón y lloraba exasperadamente.

—¿Es su hijo? —preguntó Verónica.

—Sí. Tómalo, condenao, que ahora iremos a la botica —rezongó la madre, introduciendo a la fuerza el pezón de goma en la boca del niño.

—¿Qué tiene? —preguntó Rosina.

—Sífilis —respondió la madre.

—Entonces usted... —insinuó Verónica.

—Yo no. ¿Qué t'has creído? La cogió la criatura, cuando yo estaba embarazada, de un cochino sifilítico que se ocupó conmigo. Pero yo estoy tan sana como tú. Oye, ninchi [464] —añadió, volviéndose hacia Artaza—, dame dos pelas pa la medecina.

Artaza se las dio.

En aquel abyecto concurso de mujeres perdidas sin remisión destacaban con triste contraste el encanto esquivo de Márgara, el brío latente de Verónica y la bella serenidad de Rosina.

Los visitantes salieron a la calle, después de haber dejado algún donativo metálico, y caminaron en silencio largo rato. Angelón fue el primero en decir:

—*Cosi va il mondo.*

—Y nosotros no lo hemos de arreglar, de modo que vamos a concluir la noche en la Bombilla —propuso Artaza.

Teófilo iba con el alma arrebatada y el cerebro como dormido. Toda la pasión que sentía por Rosina se señoreaba de él más tiránicamente que nunca. Afectaba desdeñosa frialdad y perfecta indiferencia; pero el corazón se le quebraba por momentos y perdía el dominio de sí mismo. Pensó marcharse, pero le faltó la fuerza de voluntad.

---

[464] .*ninchi* = 'niño, muchacho', aplicado en tono de camaradería a un ho̧mbre. Es palabra típica de los chulos madrileños (Seco, p. 441). Baroja la adscribe al período de 1890 a 1914: "Otros términos se usaron de índole parecida, aunque no tan generales, como, por ejemplo, *ninchi* (camarada, amigote) que, por cierto, se parece en su sentido y en su sonido al argot francés *aminchi*" (*Memorias, I,* edición citada, p. 462).

Rosina, de su parte, daba por seguro que la frialdad y desdén de Teófilo eran reales y no contrahechos. Esta convicción, fundiéndose con las sensaciones depresivas experimentadas durante la noche, le desolaba el pecho, provocándole deseos de llorar, que acallaba con una alegría sobrepuesta, ficticia y extremosa. Como quiera que Artaza gustaba no poco de Rosina y venía persiguiéndola desde hacía algún tiempo, ella determinó simular que le correspondía con creces y dar a entender a Teófilo que si él no se cuidaba de ella, ella se cuidaba menos de él. Y así, acogió con muestras de exagerado contento la proposición de Artaza, y habló, colgándosele con zalamería del brazo:

—Eres un hombre, Felipín. A la Bombilla, y bailaremos tú y yo, muy ceñiditos, una polquita de organillo.

En el resto de la pandilla se disimulaban otros antagonismos que amenazaban estallar por la virtud expansiva del vino. Eran éstos entre Angelón y Travesedo, cortejadores de Verónica, y entre Grajal y Guzmán, encendidos en deseos por Márgara.

Fueron todos en dos coches a la Bombilla y se apearon en casa de Juan. Era tarde, y coyuntura muy sazonada para cenar. Pidieron la cena en un gabinete reservado del entresuelo, que daba al patio. La comida fue copiosa y suculenta, caudalosamente irrigada por diferentes clases de vino. Entre plato y plato salían a veces, por parejas, a bailar al son del organillo. Los antagonismos ocultos se exacerbaban con movimiento progresivamente acelerado. El primero que conflagró fue el de Angelón y Travesedo, que se vinieron a las manos con iracundo denuedo. Costó Dios y ayuda destrabarlos. Al final de la lucha, Travesedo había perdido el sentido de la vista, con la destrucción de sus lentes, y sangraba por las narices; Angelón tenía un ojo medio pocho y sangraba por una oreja. Entre Grajal, Artaza, Guzmán y Verónica consiguieron apaciguarlos y hasta que se dieran las manos, echando pelillos a la mar. Luego, los dos combatientes, seguidos, por si acaso, de Artaza, Guzmán y Verónica, subieron a una habitación a mitigar las lesiones, lavarse y componer los desperfectos del traje. Se fueron tranquilizando, y gracias a los buenos oficios de Verónica depusieron su ofuscación y solicitaron dispensa por el escándalo y susto que habían ocasionado. Pasaba el tiempo, y Guzmán, que no las tenía todas consigo, a causa de la pertinaz ausencia de Márgara y Grajal, salió de la estancia y descendió al gabinete del piso bajo. El gabinete estaba vacío. Guzmán salió y curioseó en otros gabinetes vecinos. En uno de ellos encontró a Grajal y Márgara sobre una *chaise longue,* luchando jadeantes a brazo partido. Por el desorden de las ropas y otros indicios, Guzmán vino a entender que algo grave [465] se había consumado. Grajal se puso en´pie así que vio aparecer a Guzmán, arregló y colocó en su punto algunas partes de su vestido, se alisó los cabellos con las manos y salió del aposento sonriente y haciendo guiños a Guzmán. Éste cerró la puerta por dentro y fue a sentarse al lado de Márgara, la cual se dejó caer sobre él, llorando. Guzmán la estrechó entre sus brazos, le besó la frente, los ojos, la boca, dura y fresca.

Cuando salieron del gabinete era de día. Al cobijo de una glorieta de amortiguado verde polvoroso estaban Artaza, Grajal, Angelón, Travesedo y Verónica, tomando sopas de ajo con huevos. Recibieron a Guzmán y Márgara con chanzas picantes.

—¿Y Rosina y Teófilo? —preguntó Guzmán, sin darse por enterado de las malicias.

—Nos la han dado con queso —respondió Angelón.

—Es la zorra más zorra que ha parido madre —decretó Artaza—. Toda la noche dándome coba, y al menor descuido, pum, se las guilla [466] con el poeta lilial. [467]

---

465 *R*: "que algún hecho grave".
466 *guillarse* (familiar) = 'irse, huirse' (Academia, p. 686).
467 *lilial:* es adjetivo típicamente modernista (de "lilio" = 'lirio') y fue muy usado por los antimodernistas para caricaturizar a los poetas

—Pero, ¿cuándo ha sido?

—¿Cuándo? Cuando estábamos arriba acabildando a estos gaznápiros, que tienen la culpa de todo. Se les va el vino en seguida a la bola —habló Artaza con enojada mueca—. Vosotros, al fin, no habéis perdido la noche. Tomad sopas de ajo, o, como dice el poeta lilial en su drama, *tomar* sopas de ajo. Recoime con los poetas, que ni hablar saben. Vamos, hijos, meteos por las sopas de ajo, que no hay nada como eso después de una juerga.

A las siete de la mañana terminaba aquella refección matutinal. Grajal, Artaza, Angelón, Travesedo y Verónica volvieron juntos en un coche a Madrid.

En quedándose a solas, Guzmán preguntó a Márgara:

—¿Qué quieres hacer? ¿Te quieres quedar en Madrid o volver a tu pueblo?

—A mi pueblo en seguida —respondió Márgara.

—En seguida. Dentro de poco sale un tren. Vamos andando que la estación está cerca.

Salieron a la carretera y comenzaron a andar hacia la estación del Norte. Oíase el agrio bramido de cornetas marciales y el tecleteo de algún miserable piano de manubrio. El sol, a rebalgas sobre los altos de la Moncloa, ponía un puyazo de lumbre cruel en los enjutos lomos de la urbe madrileña, de cuyo flanco se vertía, como un hilo de sangre pobre y corrupta, el río Manzanares. Un tren silbó. En el andén de la estación estaban Sor Cruz y Sor Sacramento.

—Esas monjitas son amigas mías. ¿Quieres hacer el viaje con ellas? —dijo Alberto.

—¿Adónde? —inquirió Márgara, con ojos ariscos.

'liliales'. Por ejemplo, lo usa Luis de Tapia en los versos que he citado a propósito de Villaespesa:

> El gran cortejo de los Rubenes,
> la inmensa turba de Villaespesas,
> con unos cuantos tristes liliales
> y otros peludos, glaucos estetas...

(Luis de Tapia: *Coplas*, Madrid, Biblioteca Hispania, 1914, p. 55.)

—Ellas van a Pilares.

—Bueno.

—Toma este dinero.

—No lo necesito.

—Sí; lo necesitas para comer en el viaje.

Márgara lo aceptó sin dar las gracias.

Sor Cruz y Sor Sacramento recibieron a Márgara con franca afabilidad. Alberto ayudó a las tres mujeres a acomodarse en un departamento de tercera y aguardó hasta que el tren partiera.

Dos meses después, Antonia recibía una carta de su amiga Sor Sacramento, en la cual había un párrafo que rezaba:

"Dile al señor de Guzmán que aquella muchacha que nos recomendó en el tren se vino con nosotras directamente al convento, como recogida. Dentro de muy poco profesará. Su piedad es ejemplar, y en esta casa la consideramos como un ángel más que como una mujer."

ORMUZD Y AHRIMAN [468]

Οἵη περ φύλλων γενεή τοίη δὲ
καὶ ἀνδρῶν.

[470]
—LARGO de ahí, glotona, egoísta, que todo te lo comes tú.

Verónica palmoteó por ahuyentar una gallina extraordinariamente corpulenta y voraz que, entre una muchedumbre de otras aves de corral, a quienes Verónica en aquellos momentos cebaba arrojándoles puñados de maíz, ejercitaba escandalosa hegemonía, y cuándo por el terror y en fuerza de picotazos, cuándo por diligencia, se embuchaba la mayor parte de la comida.

Era el paraje mezcla de patio y de jardín, a espaldas de una casuca de fisonomía aldeana, con corredor en el único piso que sobre el entresuelo tenía. Entre los

---

[468] *R*: "Parte V: Ormuzd y Ahrimán". Como es bien sabido, se trata (típico dualismo de Ayala) de los principios del bien y el mal en la primitiva religión del Irán. Recuérdese que Ahrimán es el seudónimo juvenil con que Azorín publica *Buscapies* en 1894.

[469] He corregido las erratas en la grafía griega. Es el verso 146 del canto VI de la *Ilíada*, de Homero, y alude a la efímera existencia de los hombres: "Cual la generación de las hojas, tal la de los hombres". Es un pasaje muy famoso, citado posteriormente por Semónides de Amorfos en el siglo VI a. C.

[470] *R*: "I".

barrotes del corredor enredábase un viejo parral sin
fruto, a cuya sombra, y en mangas de camisa, Alberto
escribía. Cerraban el huertecillo, de una parte, la casuca; de otras dos, perpendiculares a ella, sendos muros, no muy altos, medianeros con los huertos de las
casas vecinas, y completando el rectángulo, una verja
de hierro pintada de verde claro, que caía sobre el
mar, porque casa y huerto estaban asentados en peña
viva del acantilado de la costa, como todas las casas
del pueblo, llamado Ciluria. [471] Desde el huerto se salía
al mar por una escalerilla de piedra, adonde podían
atracar lanchas estando alta la marea, y estando baja
proporcionaba excelente baño para quienes no supieran
nadar.

Prosiguió Verónica:

—Esta mal educada de doña Baldomera no deja vivir
a las demás, como si no fueran hijas de Dios. Se están
quedando en los huesos y se me van a morir tísicas.
Yo creo que lo mejor es venderla.

—O comérnosla.

—Eso no. ¿Tendrías valor para comerte ese animalito
que primero has visto vivo? A todo esto no te dejo
trabajar: perdona, hijo, y continúa con tus papelorios.
Procuraré estarme callada, y eso que, al menos para
mí, es punto menos que imposible hacer un nudo en
la lengua. Mira que he cambiado desde que tú me
has conocido hasta ahora: en todo, menos en hablar
por los codos. Bueno, he dicho.

Alberto se aplicó a corregir las pruebas de la primera
parte de una novela que estaba escribiendo. Verónica,
encarnando momentáneamente la personalidad de la
diosa Temis, se esforzaba en poner algún orden en
aquel pequeño mundo gallináceo que ella regía, y
en distribuir bienes y satisfacer necesidades conforme a
las puras normas de la justicia distributiva. Hastióse

---

[471] R: "Celorio", y así siempre que se cita el nombre del pueblo.
Ese es el nombre auténtico del pueblo que Ayala ha elegido como
modelo. En P decidió enmascararlo un poco. En L vuelve al nombre
auténtico.

muy pronto de asumir tan alta misión y vino adonde Alberto escribía.

—Por hoy tienes que aguantarme y mandar al cuerno el trabajo. Quiero hablar contigo y no tengo asadura para que se me pudran dentro del cuerpo ciertas cosillas que me andan escarbando hace ya muchos días.

—Veamos qué es lo que te escarba. Renuncio a trabajar y te escucho.

—No, aquí no. Esos tienen cerradas las maderas, pero a lo mejor están despiertos ya y nos oyen. Vamos de paseo hasta el Cabo de la Muerte; por las peñas, si te parece, y de paso cogemos cangrejos, lapas y bígaros. Y eso que lo que te voy a decir es muy serio y no tendré humor para tales pequeñeces.

—Andando.

Salieron a la calle, llegaron hasta la iglesia, que era el último edificio del pueblo, y siguieron en despoblado, orillando el mar por encima de quebrados peñascos brunos.

—¿A ti no te parece que Rosina está enamorada de Fernando? —habló Verónica, mirando al suelo como si buscase lugar seguro donde colocar la planta.

—Sin duda.

—A pesar de que ella dice que lo aborrece. ¿Qué dices?

—Ya te he dicho que para mí está enamorada de Feranndo.

—Entonces, ¿por qué engaña a este pobre Teófilo? Habla, di algo, hombre.

—Engañar... Explícate mejor.

—Que Teófilo no le importa un comino, que se ríe de él, que lo tiene como un pito para entretenerse y burlarse, que todas las zalemas y mimos que le hace son fingidos, que es una mala mujer.

—No te acalores.

—No lo puedo remediar. Dime qué piensas tú, si es que te merezco confianza.

—Creo que te equivocas.

—¿Qué me equivoco? ¿Pretendes darme a entender que Rosina quiere a Teófilo?

—Tal creo.

—¿Y al otro también?

—También. De distinta manera.

—¿Estás de guasa? ¿Qué, se puede querer a dos personas a un tiempo: lo que se dice querer? Vamos. No sabes lo que te dices. Se quiere a una, a una sola. Y si dices lo contrario es porque no sabes lo que es cariño. ¿Qué digo a un tiempo? En toda la vida, me oyes, en toda la vida no se quiere sino a una sola persona. Y hasta sospecho que la mayor parte de la gente no quiere a ninguna.

Se sentaron en la coyuntura de un alto peñascal, poblada de sombra húmeda, verdiclara y sonora. Alberto miró atentamente a Verónica y dijo:

—¿Es eso todo lo tenías que decirme?

—¿Por qué me miras así, Alberto? ¿Qué es lo que te figuras?

—En último término, son cosas de ellos y a los demás ni nos va ni nos viene.

—Tú no puedes sentir eso que dices. Teófilo es tu amigo. En ocasiones me parecéis hermanos. ¿Crees que Teófilo es feliz?

—Teófilo no puede ser nunca feliz.

—Calla, calla.

—Y ahora está siendo todo lo feliz que puede ser.

—No sabes lo que dices, ¿me oyes? Con todos tus libros y tu ciencia, yo, una mujer ignorante, te digo que no sabes lo que dices. Además, ¿no te has dado cuenta de que esa mujer está matando a Teófilo? ¿No ves que está enfermo, aun cuando él no lo note o lo disimule, y que empeora día por día?

—Sí. Por eso digo que es todo lo feliz que puede ser.

—¿Te has vuelto loco?

Tomaron la vuelta de la casa, en silencio.

472

No bien hubieron reanudado sus relaciones, después de aquella juerga en la Bombilla, Teófilo había dicho a Rosina.

—Antes de continuar adelante es preciso que sepamos lo que vamos a hacer. Separarme de ti me costaría la vida, estoy seguro; pero no vacilo en renunciar a la vida antes que doblegarme a ser amante tuyo a medias. De la primera vez a ahora las circunstancias han cambiado. Tengo dinero; podremos vivir de mi trabajo. ¿Renuncias a todo, a todo y a todos, por mí? De lo contrario te juro que no volverás a verme, costare lo que costare.

Rosina se había resistido a dar una respuesta categórica, evadiéndose por la puerta falsa de las zalamerías y ambiguas frases apasionadas que a nada comprometían; pero Teófilo se había mantenido en la cuestión concreta, y a la postre ella hubo de prometer cuanto él quiso, aunque sin ningún ánimo de cumplirlo y sólo por el placer de guardar prisionero aquel peregrino amador el mayor tiempo posible.

Rosina, con esa fecunda aptitud femenina para la ficción, que a veces llega a convertirse en autosugestión, había presentado a Teófilo como empresa punto menos que irrealizable la ruptura con Fernando. "Odio a Fernando —aseguraba Rosina, justificando ante su conciencia la magnitud de esta falsedad con el gozo resplandeciente que a Teófilo causaba el oírla—, lo odio porque es un tirano y un explotador. De aquí vienen todas las dificultades para romper de sopetón con él, porque él ha sido siempre quien arregló y firmó mis contratos, quien cobró mis nóminas y quien administró mi dinero. Cuanto he ganado en el último invierno, que no es poco, está a nombre de él. Si yo ahora le dijese *se acabó todo,* no te quepa duda que se quedaba, y tan fresco, con todas mis ganancias". A esto Teófilo había respondido que más valía acabar cuanto antes, aun cuando Fernando defraudase malamente aquel

472 R: "II".

dinero. Pero Rosina lloriqueaba, calificando de cruel a Teófilo, que se emperraba en que ella había de [473] mandar a paseo lo que tan honradamente había ganado. "Y sobre todo —añadió— que ese capitalito, más que mío, es de mi niña, y a eso nada tienes que decir". En efecto, Teófilo nada tuvo que decir a esto.

A principios de junio, Rosina retornó a París, con propósitos, a lo que Teófilo creía, de arreglar sus asuntos con Fernando, darle la licencia absoluta y volver a los brazos del poeta, para no salir ya nunca de ellos. Volvió al cabo de un mes, como había prometido, y en extremo desolada, porque Fernando se había negado a darle cuentas del dinero, y, por lo que atañe a la ruptura, había jurado matarla el día que le abandonase. "Ten paciencia, Teófilo —había suplicado Rosina—. Lo mejor es que vayamos a pasar el verano en mi tierra, junto al mar. Que corra el tiempo, y allí, con toda calma, resolveremos lo que convenga hacer".

Cuanto Rosina había referido acerca de su estancia en París y sus tentativas de ruptura con Fernando era una fábula. Habían vivido, como siempre, unos días de ardorosa pasión, mutuamente participada. Luego, Rosina habíale insinuado a Fernando que deseaba pasar el verano en Asturias, con la niña, a lo cual Fernando accedió, si bien él no podía acompañarla (cosa que de antemano sabía Rosina), por tener varios contratos sucesivos en las playas del Norte de Francia.

Como Fernando estaba enamorado de veras y era algo celoso, Rosina temía que por sorpresa se presentase en Asturias. Sólo de pensar en semejante contingencia se empavorecía. Pero, muy precavida y avispada, acudió en un instante con el remedio, y fue llevarse a Verónica consigo, de manera que si Fernando surgía de improviso, Teófilo pasase por amante de la bailarina. Llamó, pues, a Verónica, y por medio de hábiles circunloquios le descubrió su intención. Verónica no respondió por el pronto, sino que quiso antes aconsejarse de Alberto, en cuyo afecto y discreción fiaba.

[473] L: "debía de".

—Chiquillo, estoy como si me hubieran dado un mamporro en la nuca —dijo Verónica a Guzmán, y a seguida refirió su entrevista con Rosina. Añadió: —Por éstas que me costó mucho trabajo contenerme en un principio. Mira tú que es desfachatez proponerme a mí que vaya, así, sin más ni más, a tenerles la vela un santo verano. Pero luego lo pensé mejor, y me dije: ¿Por qué no? Figúrate que viene el tal Fernandito y los encuentra solos; nada, que se carga a Teófilo, no te quepa duda. No lo quiero ni pensar. Pero, niño, yo sola no voy; es mucho gorro para mí sola. Pues se me ha ocurrido lo siguiente: que te vengas tú con nosotros, y somos cuatro. No, no me digas que no, porque si no vienes tú *motu proprio* te arrastro por las orejas.

—¿Qué pretendes? ¡Con claridad! ¿Diente por diente y gorro por gorro? ¿Ellos nos lo ponen y nosotros se lo ponemos?

—A ver si te doy una guantada. ¿Lo dices en serio? Yo creí que me mirabas sólo como una amiga; más que como una amiga, como un amigo. Ya sabes que me he cortado la coleta, y contigo menos que con ninguno. De manera que si quieres ayudarme a aguantar el gorro, con la condición expresa, ¿te enteras?, de que no me has de decir ni una palabra de aquéllo, por ningún concepto, ni una palabra; en este caso, digo, me acompañas. Si no, te puedes ir al guano, y buen desengaño me llevo, que siempre te tuve por un buen amigo.

—Arreglado. Te acompañaré, Verónica, y respetaré tu poda capilar. Yo he sido siempre muy respetuoso con todos los tonsurados.

—Entonces, ¿qué? ¿La condición no es de tu gusto? ¿No quieres venir?

—Te he dicho que sí, Verónica.

—Es que como te habías disparado con esas chanfainas [474] tuyas, que ni el diablo las entiende...

---

[474] *chanfaina*: la Academia lo define (p. 405) como un guiso de carne en una salsa hecha de muchas cosas. El sentido figurado con que se emplea en la novela se entiende muy fácilmente.

—Aludías a que te habías cortado la coleta, acto
que yo respeto.

—Eres un barbián. [475] Choca acá esos cinco.

—Y tú eres la mujer más salada y encantadora que
he conocido. Ahí van los cinco.

Cuando Travesedo, por boca de Guzmán, se informó del proyectado viaje, permaneció unos minutos perplejo y, en recobrándose, aborrascó las cejas, se mesó
las barbas con mal reprimido despecho, y, procurando
emitir una voz patética, adusta y recriminatoria, dijo:

—Nunca lo hubiera creído de ti. Te consideraba
amigo leal. No puedes escudarte en la ignorancia de
mi afecto, y más que afecto, por Verónica, porque en
hartas ocasiones hemos hablado acerca del asunto.

Guzmán explicó la condición que Verónica le había
impuesto, a la cual él se había sometido gustoso.

—Entonces —repuso Travesedo—, ¿por qué no ha
venido Verónica a solicitarme a mí? Yo me hubiera
sometido también.

—¿Por qué? Por eso precisamente, creo yo. Porque
tú piensas que te someterías; lo piensas ahora; pero
más tarde..., siempre al lado de ella... ¿No dices que
te gusta demasiado? Ya sabes, se ha cortado la coleta;
y cuando una mujer se corta la coleta, no sé que ven-
dan en ninguna parte el petróleo Gal que la haga
renacer.

—Quizás sólo en la Vicaría —concluyó Travesedo,
después de pensarlo un rato.

[476]

PARA cualquier observador superficial, la casuca de
Ciluria, en donde moraban Rosina, Verónica, Teófilo
y Guzmán, era la casa del presente; esto es, la casa
de la dicha, ya que es opinión casi unánimemente recibida que la felicidad no es fantasma de esperanza o
recuerdo, afán de lo porvenir o fruición de lo fenecido,

---

[475] *barbián*: según la Academia, "desenvuelto, gallardo, arriscado"
(p. 165). Aquí, simplemente, es ponderación popular que equivale a
'un tipo simpático, estupendo'. Se da en Arniches, López Silva, Fernández Shaw, Valle-Inclán, etc. (Seco, pp. 297-298).

[476] *R*: "III".

sino goce del instante actual, en cierta manera eterno, porque en él se absorben las nociones de pasado y futuro; en suma, el *carpe diem* horaciano. Los cuatro moradores de la casuca se ingeniaban como podían en extraer a los días sucesivos la mayor cantidad posible de substancia de presente. Verónica y Guzmán, por virtud de cierto matiz de su carácter, que pudiera denominarse clásico, vivían casi siempre y sin esfuerzo abandonados al presente: carecían de ambiciones, y, por lo tanto, sus deseos, más que deseos, eran tendencias o mansas energías enderezadas a un fin y reforzadas por un sentimiento latente a modo de sorda certidumbre de que habían de realizarse. Por el contrario, para Rosina y Teófilo la concentración en el presente era propósito de la voluntad, ceguera preconcebida y miedo del mañana misterioso. Aquéllos no temían perder nada; éstos sufrían la zozobra de perderlo todo, o, por mejor decir, en el hondón más íntimo del espíritu mantenían amordazada la conciencia de ser efímera y engañosa aquella felicidad que se hacían la ilusión de estar gozando. De ahí que en la alegría de Rosina y Teófilo hubiera en todo punto algo de estridente y acre.

Pero lo cierto es que la casuca de Ciluria estaba saturada de continuo con cháchara, risas y cánticos.

Teófilo había venido al pueblo con la determinación de aprovechar el verano para *cargarse otro drama,* como él decía. Pasaba el tiempo, sin embargo, y Teófilo no hacía nada. La sequedad de sus facultades creadoras y el torpor de su estro, tan ágil y desenfadado en otro tiempo, eran alarmantes y le traían acongojado. Confióse a Alberto, rogándole que le proporcionase algún remedio.

—No sé cómo te arreglas —habló Teófilo—. Trabajas todos los días cinco o seis horas con regularidad, tú que siempre has sido tan vago. No veo que pongas especial ahínco, sino que parece que escribes por distraer el tiempo; pero tu obra cunde maravillosamente. Dime, ¿qué debo hacer yo?

—Yo qué sé, Teófilo. La mayor parte de las cosas
en la vida son independientes del albedrío humano. Me
pides consejos... Soy enemigo de las frases genéricas
y vanas. ¿Qué quieres que te aconseje? Que te adoc-
trines en la simplicidad de la naturaleza... [477] Que escuches el rumor de árboles y ondas hablándose entre
sí, sin decirse retruécanos, como hacemos los hombres...
Es todo lo que puedo decirte, y esto, como ves, no
tiene ningún valor. Aguarda. Si ahora te sientes incapaz
para urdir un argumento o hilvanar cuatro versos, piensa que esa esterilidad es pasajera y que a todos los
artistas les ocurre lo propio a temporadas. Aguarda.
En medio de todo, no es raro que te sientas inútil para
el arte, cuando el amor te tiene acaparado por completo.

—Así es. Acaparado por completo —repitió Teófilo,
esbozando una sonrisa de candoroso orgullo—. Se cree
vulgarmente que el amor estimula el ejercicio de las
artes, y muy particularmente el de la poesía. Ahora
veo que no. Al contrario, le anula a uno. Pero es un
anulamiento tan placentero... ¿Que ahora no puedo
escribir? No importa; aguardaré. Tienes razón. La vida
es anterior y superior al arte. Yo ahora vivo.

—Sí; vivir es sentir la vida, es tener sensaciones
fuertes, como dice Stendhal. [478]

—Me gusta la cita. Se me figura como si toda mi
vida anterior no hubiera sido sino preparación espiritual para sentir en toda su magnitud las sensaciones
presentes. Tener sensaciones fuertes..., eso es todo, sí,
señor. Pero para resistir las sensaciones fuertes no vendría mal tener un cuerpo fuerte, robusto. ¿No crees
que me estoy desmejorando bastante? —Teófilo preten-
dió en balde sonreír. Sus ojos traicionaban escondido
anhelo.

—Un poco, es natural.

---

477 Idea básica del novelista, íntimamente ligada con su liberalis-
mo: respetar e imitar a la Naturaleza.
478 Es éste uno de los temas básicos de Stendhal, que expone infini-
dad de veces. Probablemente, Pérez de Ayala cita de memoria.

—No me preocupa. Una vez que se amortigüen un tanto estos primeros ímpetus, cuando volvamos a Madrid, cuyo clima me sienta muy bien, me repondré en muy pocos días.

A fines de agosto, cierta noche, a la hora de la cena, Guzmán dijo:

—Amigos míos, pongo en vuestro conocimiento que he terminado mi novela. [479]

"Hurra", "bravo", "choquemos las copas", "tienes que leérnosla", y otras palabras de este tono, fueron las precipitadas respuestas de los tres amigos.

—Gracias, amado pueblo. Ahora os participo que mañana salgo para Madrid. No pongáis esa cara, que la cosa no es para tanto. Os abandono con dolor, pero no puedo quedarme. Quiero que la novela salga a fines de septiembre, y he de estar en Madrid en tanto se imprime. ¿Cuándo pensáis marchar vosotros?

—Yo, por mi gusto, me quedaría aquí toda mi vida, ¿verdad, Teófilo? —dijo Rosina, y contempló al poeta con mimosidad—. Por lo pronto, no tengo contratos hasta el mes de noviembre; de modo que podemos quedar aquí todo el mes de octubre. Y tú, no digas, si te da la gana te puedes quedar también. O, si es tan necesario que corrijas esas pruebas, puedes volver después de publicado el libro.

—No, porque precisamente en el mes de octubre se casa Amparito, la hija de Antonia. Aun no está señalado el día. Yo soy uno de los testigos. Antonia no me perdonaría que faltase.

—Pues, hijo, te portas como hay Dios —dijo Verónica desabridamente—. Tú vas a lo tuyo, y a los demás que nos parta un rayo. Has concluido tu librito, pues agur, y ahí queda eso. *Eso* es una cesta que pesa varios quintales. De órdago, hijo, para llevarla yo sola.

—Ven a Madrid conmigo.

—Estoy por marcharme también.

---

[479] No veo que se compagine esto muy bien con lo que dijo antes de estar ya corrigiendo las pruebas.

—Eso será si te dejo yo. Pues no faltaba más —habló Rosina—. Seremos muy formalitos y no te molestaremos lo más mínimo, ¿eh, Teófilo? Y tú —dirigiéndose a Alberto—, sinvergonzón, no sabes lo que te pierdes, porque ahora saldremos todas las tardes en lancha a pescar panchos, y en cuanto entren las mareas vivas nos vamos a dar cada atracón de percebes...

—¡Quédate! —rogó Teófilo con gran amargura en la voz.

—No me es posible.

Al día siguiente, en el momento de despedirse, Teófilo dijo confidencialmente a Alberto:

—Mientras has estado aquí apenas si me daba cuenta de tu compañía. Ahora que te vas, tengo no sé qué tristes presentimientos. Miedo, sí, miedo.

—¿De qué o a qué?

—No lo sé yo mismo.

⁴⁸⁰

AMPARITO se casó en la primera decena de octubre. La boda fue en la parroquia de San Martín. ⁴⁸¹ Día solemne en la casa de huéspedes, aun cuando el hecho de ser invitados sólo Travesedo y Guzmán originó no poca contrariedad a los preteridos. En honor al acto, a las ocho de la mañana, hora en que la novia abandonó la casa materna, todos los huéspedes estaban en pie. Por unanimidad se decretó que Amparito estaba preciosa. Lolita, llorando como una Magdalena, aunque no de arrepentimiento, precipitóse a abrazar y besar a Amparito, despertando con sus tumultuosa cordialidad la indignación moral de Travesedo y la ira indumentaria de Antonia, que veía chafarse entre los brazos de la cortesana los albos arreos nupciales y las cándidas flores de azahar.

Luisito Zugasti, que así se llamaba el novio de Amparito, ofreció a los asistentes a su boda un almuerzo

480 R: "IV".
481 La iglesia de Portaceli, hoy parroquia de San Martín, se construyó entre 1725 y 1761 por un arquitecto ignorado. Está en la calle de la Luna.

en el *Ideal Room*. Aparte de Travesedo, Guzmán y el cura que había sacramentado el desposorio, el resto de los invitados eran ingenieros de minas, como Zugasti, compañeros de promoción en la escuela; todos ellos, hombres curtidos por la vida activa al aire libre, modestos en el vestir, sobrios en el comer, alegres con alguna rudeza, afables con toda simplicidad, y, aunque ya maduros y entrecanos, el sentido que de la vida tenían era muchachil, llano y placentero. Prologóse la sobremesa largo tiempo, y desde el restorán fueron todos a despedir a los recién casados.

Volvieron de la estación, solos y a pie, Travesedo y Guzmán.

—Son felices; serán felices —exclamó Travesedo, aludiendo al flamante matrimonio.

—Son felices; serán felices —hizo eco Guzmán.

—He aquí el único ideal en la vida: casarse, tener muchos hijos, educarlos bien; vivir tan apartado del mundo como se pueda; no hacer mal a nadie y morir respetado por todos los conocidos. ¡Hermosa tarde! La vida es bella, la vida es buena. Tiene razón Leibnitz: vivimos en el mejor de los mundos posibles. [482]

Y los dos amigos se lanzaron en líricas disquisiciones acerca de la bondad y la belleza de la vida.

En llegando a casa, salióles a abrir la ventruda Blanca.

—Don Alberto, ahí en su cuarto hay un judío que ha venido preguntando por usted hace dos horas.

—¿Un judío?

—O un protestante. Él no habla palabra de cristiano, y ni Dios le entiende lo que dice.

---

[482] Leibnitz trata este problema especialmente en sus *Essais de Théodicée sur la bonté de Dieu, la liberté de l'homme et l'origine du mal* (1710). El texto de Leibnitz puede verse en: Clemente Fernández S. I.: *Los filósofos modernos. Selección de textos*, I, Madrid, Biblioteca de Autores Cristianos, 1970, pp. 297-308, especialmente p. 306. Esta frase es la que se hizo más popular. La cita como conclusión del optimismo metafísico de Leibnitz, por ejemplo, Ángel González Álvarez (*Manual de Historia de la Filosofía*, 2.ª edición, Madrid, ed. Gredos, 1960, p. 335). Pone en relación este optimismo con las ideas de la época Paul Hazard (*Pensamiento europeo en el siglo XVIII*, Madrid, eds. Guadarrama, 1958, pp. 391-411).

Alberto entró en su cuarto, en donde estaba aguardándole el corresponsal de un diario alemán, Herr Heinemann, con el cual, así como con su amante, Guzmán sostenía relaciones amistosas desde hacía unos meses.

Heinemann revelaba gran agitación.

—Tengo que hablarle de asuntos muy importantes. No se ofenda usted si le digo que los españoles que conozco me parecen poco personas y no me merecen ninguna confianza. Usted es el único con quien me atrevo a consultar lo que me ocurre —dijo el alemán.

"El sablazo se cierne sobre mi sesera", pensó Guzmán. Dijo en voz alta:

—Muchas gracias. Siéntese, y si en algo puedo servirle...

—En algo... ¡En todo! ¡Sálveme usted!

Entonces Heinemann refirió que su amante estaba encinta de cuatro meses; que tanto él como ella habían resuelto provocar el aborto, y que no conociendo en Madrid a nadie en cuya discreción pudiera fiar, acudía a Guzmán para que éste le indicase algún médico o comadrona que se prestase a ello.

—¿Y cómo quiere usted que yo sepa nada de eso? —murmuró Guzmán.

—Puede usted informarse. Desde luego, ya suponía yo que no iba a estar usted enterado; pero a usted le es más fácil enterarse. Es necesario. Nora dice que, de lo contrario, se suicida.

—¿Sabe Nora que la operación es peligrosa y puede costarle la vida?

—Lo sabe. Estamos decididos.

—Dispénseme si me atrevo a hacerle alguna consideración de índole moral.

—Lo que usted quiera.

—Pudiera ser excusable que Nora arriesgue su vida voluntariamente. Pero aquí no se trata de eso, sino de destruir otra vida. En suma...

—¿De un crimen, quiere usted decir?

—Algo semejante.

—Yo, por el contrario, creo realizar un nobilísimo acto moral. Si a usted, antes de nacer, le hubieran dado a elegir entre la vida o la nada, ¿qué hubiera usted elegido? —Heinemann ponía y quitaba el monóculo a cada dos palabras, con obstinación de monomaníaco. Sus ojos eran grises y brumosos; [483] su rostro, en absoluto huérfano de expresión. Guzmán callaba. Prosiguió Heinemann: —¿Qué hubiera elegido usted? La vida es mala, la vida es fea, la vida es dolorosa. La vida es una contradicción radical que nunca se resuelve. Vivir es sufrir. Engendrar a un ser es condenarlo a la muerte y, lo que es peor, al sufrimiento.

Oscurecía. Los dos hombres estaban en un ángulo sombrío del aposento. Heinemann se exaltaba, desarrollando una vasta teoría pesimista acerca de la vida. Guzmán le interrumpió:

—Todo eso que usted dice es materia opinable; pero el caso concreto es que yo no conozco a ningún médico o comadrona...

—¡Sálveme usted! —suplicó Heinemann, tomando entre las suyas entrambas manos de Guzmán.

—¿Qué puedo hacer yo? Además, no logro entender por qué les alarma tanto a ustedes tener un hijo.

—Si usted se enterase de ciertos antecedentes e interioridades que no puedo revelar, lo entendería, aparte de las razones de principio, convicción de conciencia, de que ya he hablado. ¡Sálveme! Usted tiene amigos: entre ellos es seguro que alguno sabrá lo que necesitamos saber.

En esto, Guzmán recordó haberle oído contar a Travesedo la historia de los abortos de la Iñigo, con la relación circunstanciada de las personas que habían intervenido y ayudado en ellos. Acercóse a la puerta y gritó:

—¡Eduardo!...

Llegó Travesedo. Guzmán lo presentó a Heinemann, y a seguida le repitió lo que Heinemann pretendía.

---

[483] *L:* "grises y taciturnos".

—Pero eso es un crimen —comentó Travesedo, sin poder contenerse.

—Si antes de nacer —replicó secamente el alemán— le hubieran dado a usted a elegir entre la vida o la nada, ¿qué hubiera usted elegido?

Hubo una pausa.

—La nada —respondió Travesedo con energía.

Adensábanse las sombras dentro de la estancia. Los tres hombres, por movimiento instintivo, acercáronse al balcón. La noche caía sobre Madrid, aplastando contra los tejados al día, ya caduco, cárdeno y macilento, congestionado en sus últimos esfuerzos por sostener en los hombros aquella masa sideral de tinieblas.

—Yo amo a los niños —bisbiseó Travesedo, con acento de confesión—. Yo siento una gran ternura por los niños. Yo no puedo ver un niño sin conmoverme, como en la iniciación de un misterio. Yo no puedo ver un niño, sin pensar: ¿Será, andando el tiempo, un Sócrates, un Dante, un Goethe? —Hizo una pausa. —¿No le parece a usted, Herr Heinemann, que en casos como el presente esta misma consideración tiene gran fuerza?

—O esta otra —repuso el taciturno Heinemann—: ¿Será un tirano, un ladrón, un traidor, un asesino? Pero, sobre todo, genio o degenerado, grande hombre u hombre miserable, será ineludiblemente una criatura sujeta al mal metafísico, al físico y al moral; [484] será una criatura imperfecta, atormentada por el dolor de pensar, acosada por la pasión, tentada por el delito, perseguida por la enfermedad y la vejez y vencida a la postre por la muerte. El mundo es malo; la vida es mala y fea y no vale la pena de ser vivida.

Otra pausa. Las puertas de la noche se habían cerrado sobre el cielo, dejando apenas una estría de luz rojiza a ras de tierra. Travesedo encendió la luz eléctrica, sacó del bolsillo una tarjeta de visita y la respaldó con lápiz.

---

[484]   Adoptando este esquema triple, el novelista sigue fiel a Leibnitz.

—Aquí tiene usted una tarjeta de presentación para la Iñigo. Yo me lavo las manos. Usted se entenderá con ella.

Heinemann se despidió, dando las gracias y sacudiendo con reciedumbre la mano de Travesedo y de Guzmán. En quedando a solas, Travesedo apagó la luz y salió a sentarse al balcón. Guzmán estaba en pie, apoyado en el barandal. Después de largo silencio, Travesedo habló como consigo mismo:

—La vida es mala. No hay otro remedio sino el suicidio cósmico, que aconseja Hartmann. [485]

[486]

D O S días después de casarse Amparito, recibióse un telegrama en casa de Antonia. Era de Verónica. Decía así: "Tren correo llegamos Teófilo y yo. Teófilo mal".

Travesedo y Guzmán descendieron a la estación a esperar a los viajeros.

Al detenerse el tren, Verónica asomó por una ventanilla e hizo señas a Travesedo y Guzmán. Venía desencajada, descolorida, como después de haber pasado una mala noche. No bien se acercaron los dos amigos, Verónica, sin saludar, dijo impaciente:

—Suban a ayudarme. No se puede mover. Está muy malito.

Teófilo estaba tendido a lo largo de un diván. Su lividez era tanta, que semejaba transparecer una amarilla luz interna, la cual, al asomar en el negro vidrio de los ojos, emitía angustiados reflejos.

---

[485] Nótese la temprana cita de Hartmann que, antes de esta novela, sólo había publicado *Platons Logik des Seins* (1909), *Des Proklus Diadochus philosophische Angangs gründe der Mathematik nach den ersten Büchern des Euklid-kommentars dargestellt* (1909) y *Philosophische Grundfragen der Biologie* (1912). Este conocimiento —quizá muy superficial— pudo venirle a Ayala de su estancia en Alemania, la relación con estudiantes que iban a Marburgo y la amistad con Ortega.

En todo caso, ¿no se tratará de una falsa atribución, queriendo referirse a Schopenhauer? Unos años antes escribía su maestro y amigo Unamuno: "El altruísmo lógico es el de Schopenhauer: predicar el suicidio cósmico o colectivo" (*Diario íntimo*, Madrid, Alianza Editorial, 1970, p. 100).

[486] *R:* "V".

—¡Me muero, me muero, me muero! —sollozó Teófilo. Cortóle la palabra un acceso de tos.

—Sí, está muy malito. Pero no tanto. Es un cobardón.
Parece mentira... —Y se volvió a mirar a Teófilo, con
sonrisa reconfortante.

—Me muero. Escupo sangre. Me muero en seguida.
Avisad a mi madre.

—Quizás no sea nada grave. ¿No habéis visto a
ningún médico en Ciluria? —preguntó Travesedo.

—No ha querido él. Se empeñó a venir a Madrid a
escape.

Con infinitos cuidados y no poca dificultad trasladaron a Teófilo a la casa de huéspedes. Se telegrafió a
doña Juanita y Travesedo salió a buscar a un médico
joven y talentoso, amigo suyo.

El médico, después de examinar, auscultar y percutir
a Teófilo, en un aparte que tuvo con Travesedo y Guzmán, declaró:

—No sé lo que tiene. El cuadro sintomático es dudoso. Lo mismo puede ser pulmonía que fiebre tifoidea.
A la tarde volveré, a ver si se han especificado los
síntomas.

—En todo caso, la enfermedad es grave —siguió Travesedo.

—Muy grave. Otra cosa. Es necesario mudar a Pajares de habitación. La que tiene carece de condiciones
de capacidad y de ventilación.

Recorrieron las diferentes estancias de la casa, hasta
la de Lolita, quien estaba aún en el lecho, con San
Antonio, rodeado de flores, en la mesa de noche, prueba
concluyente de que el santo miraba a Lolita con singular predilección por aquellos días. [487]

El médico eligió la habitación de Lolita como la más
amplia y a propósito para el caso. Lolita, abnegadamente, se la cedió al poeta, con todos los muebles y
ropas.

---

[487] L añade: "y aquellas noches".

Verónica se instaló en casa de Antonia; no quería apartarse del enfermo, y éste, de su parte, no admitía otra enfermera que Verónica.

Alberto inquirió cerca de Verónica los orígenes del mal.

—Pues verás, hijo mío —explicó Verónica—. Hace cosa de ocho días, Rosina recibió una carta de Fernando, en la cual él la decía que iba de un momento a otro a Arenales. Ya sabes que Arenales es el pueblo de Rosina. Fernando creía que ella estaba pasando el verano allí. Si supieras el lío que se traía con eso de las cartas..., para no descubrir el pastel. Bueno; con la última carta el cielo se le cayó encima. Vino a decírmelo a mí, con mucho misterio, y quería que yo, con cualquier pretexto, me trajera a Teófilo a Madrid. ¡Qué pretexto ni qué ocho cuartos! Pues va ella, y un día, a la mesa, como un escopetazo, le dice a Teófilo que todo tiene que concluir, porque llegaba Fernando. El infeliz Teófilo se quedó talmente como un cadáver. ¡Daba compasión verlo! Tanto, que hasta esa perra se compadeció, y se fue a él haciéndole cucamonas e hipocresías; y "no te apures, bobín, que es para unos días", y aquello de "yo no quiero a nadie más que a ti", y lo de siempre. ¡Qué hiena sin entrañas! A todo esto Teófilo no dijo esta boca es mía, pálido, pálido como un muerto, y un aire tan orgulloso, tan noble... Al día siguiente se nos fue la pájara. En todo el día Teófilo no salió del cuarto. Yo no entré, porque respetaba su tristeza; ¡a ver qué iba a hacer yo! Pero, ya por la noche, viendo que no daba señales de sí, le llamé desde la puerta. Él contestaba, pero eran cosas sin sentido. Tomé entonces un quinqué; entré en el cuarto... ¡Virgen de Guadalupe! Todas las almohadas llenas de sangre; Teófilo, como un desenterrado, delirando y como si se ahogase. Le toqué la frente; era un horno. Cuando volvió en sus sentidos, lo primero que dijo fue: "Vámonos a Madrid, a escape". Yo quise llamar al médico del pueblo; él se puso furioso; me entró miedo, y así nos vinimos a Madrid; yo, temiendo que se me muriese en el viaje, porque le entraban a veces unos ahogos que partía el alma verlo. Está muy malito, como veis; pero me da el corazón que cura.

A la tarde, el médico añadió una nueva y más fatídica presunción a su diagnóstico.

—Sospecho que se trata de un caso de granulia —dijo.

—¿Qué es granulia? ¿Alguna erupción? —inquirió Travesedo.

—Tuberculosis virulenta, fulminante. Una antigua tuberculosis latente que de pronto se agudiza, estalla y se propaga a toda la sangre. ¿Ustedes recuerdan si solía toser o tener fiebres frecuentes?

—Él siempre tuvo la aprensión de estar tísico —habló Guzmán.

—Si fuera granulia, como presumo —continuó el médico—, conviene que ustedes se precavan del contagio.

—Y si fuera granulia —preguntó Travesedo—, ¿el caso es desesperado?

—Desesperado. Cosa de diez, quince, veinte días. Pajares se encuentra muy débil.

—¿Sin remedio?

—Sin remedio.

A la mañana siguiente, muy temprano, el médico vino nuevamente, y sentenció que la enfermedad era granulia y que no había salvación.

—¿No será lo mejor llevarlo a El Pardo? —consultó Travesedo.

—¿Para qué? —interrogó a su vez, con amargura, el médico—. Por el contrario, no debe moverse. Que esté en cama o en una butaca, como más a gusto se encuentre; pero que no se mueva. Repito que anden con cuidado con el contagio.

Aquí dio prolijas instrucciones acerca del modo de defenderse del contagio. Concluyó:

—Por supuesto, después de terminado todo, que por desgracia terminará antes de lo que se piensa, es preciso destruir los muebles, ropas, etc., que han estado en contacto con el enfermo y desinfectar la habitación. Es una tuberculosis virulentísima.

Cuando Lolita supo que su ajuar estaba condenado fatalmente a la destrucción, exclamó con ánimo heroico:

—¡Anda y que se lo lleve er mengue! Eso y too lo que tengo daría yo por que er probesiyo tuviera salú. Y eso que no le debo ninguna finesa, porque cuidao que era eriso pa tratá a la gente. ¡Dios lo perdone!

Aquella misma mañana llegó doña Juanita. Todos temían que el encuentro entre madre e hijo trajera consigo escenas lamentables y la subsiguiente agravación de la enfermedad. Estaba Teófilo sentado en una butaca, detrás de los vidrios del balcón. Doña Juanita, con mucha entereza, se acercó a besarle la frente. Teófilo elevó hacia su madre los ojos, con ternura infantil y suplicante:

—Madre, me muero.

—Eso será si yo lo consiento. Pues estaría bueno que yo te dejara morir; yo, una vieja que de nada sirve en el mundo, y tú, un mozo que tiene muchos años y mucha felicidad por delante. Conque, ya lo has oído: no consiento que se hable de cosas tristes.

—Madre, creí que usted no vendría.

—¿Que no vendría? Cállate, pillo; ¿por qué no iba a venir?

—Creí que no vendría, madre. Ya sabe usted por qué.

—Estos mozuelos —replicó doña Juanita, esforzándose en dar un tono descuidado a sus locuciones por esperanzar al hijo—, estos mozuelos tan sabidores y poetas, que presumen de conocerlo todo y se les enfrían las migas de la mano a la boca. Calla, aturdido; ya sé a qué te refieres; pero no sabes de la misa la media. Ya te explicaré, ya te explicaré. —Y a pesar suyo, su voz temblaba con oscilaciones dubitativas, como caminando a oscuras entre los dédalos de la vida y de la muerte.

Verónica, de enfermera todo el tiempo que duró aquel morbo ávido que consumía a Teófilo hora por hora, condújose con abnegación, solicitud y blandura tales, que a todos tenían admirados y movieron a doña Juanita al más amante y maternal reconocimiento. No se avenía Verónica fácilmente a que Teófilo muriese. Confiaba en el milagro. Como prestaba absoluta fe al oráculo de Hermes Trimegisto, entre ella y Lolita, con mucha discreción, consultaron por dos veces el libro de los augurios, en la pregunta: "¿Sanará el enfermo?" La primera vez respondió la palabra revelada: "El enfermo puede sanar, pero bueno es estar preparado para lo peor". La segunda: "Los dolores con que es afligido el enfermo terminarán muy pronto".

—Nos hemos quedao como estábamos, a la luna de Valensia y sin saber a qué carta quedarnos —dijo Lolita.

Pero Verónica tuvo la corazonada de que aquellas respuestas anfibológicas anunciaban la muerte de Teófilo.

Una tarde estaban a solas el poeta y la bailarina. Verónica, sentada en una sillita baja, no lejos del enfermo. Teófilo, hundido en un butacón, con los ojos entornados.

—¿Sabe que dentro de ocho días es la apertura del teatro y comienzo a bailar de nuevo? —habló Verónica.

—¿Y te vas a marchar? —bisbiseó Teófilo.

—Marcharme..., vamos. Pues sólo faltaba eso. No sé si aceptar el contrato. En todo caso iría tres horitas al teatro, por la noche, y luego vuelta aquí, si usted me necesita.

—Sí, sí.

—¿Le molesta que hable? ¿Le duele la cabeza?

—Sí; pero no me molesta que hables. Al contrario.

—¿Quiere un poco de agua azucarada?

—Sí; me abrasa la boca.

Verónica acudió con el vaso de agua y lo acercó a los labios de Teófilo.

—Gracias, Verónica. Bendita seas.

—Calle, no diga. Si no vale la pena...

Teófilo envió una mirada ardiente y escrutadora al rostro de Verónica, la cual, por huirla y disimular su turbación, se retiró con el vaso.

—Acércate a mí, Verónica —suplicó Teófilo—. Tengo que hacerte una revelación.

—Ya ha oído al médico, que no le conviene a usted hablar. Estése quietecito y haga por dormir y no pensar en nada. Yo hablaré, si le entretiene, muy bajito para que no le empeore el dolor de cabeza. —Verónica no sabía lo que decía.

—Acércate.

—¿Qué me quiere?

—Si yo me hubiera enamorado de ti en lugar de la otra... Si yo me hubiera enamorado de ti... —interrumpióse para toser. Respiró afanosamente y continuó—. Pero es ya tarde. No tengo derecho a saber; pero quiero saber. Tú... ¿me hubieras querido?

Verónica no acertó a responder. Respondieron por ella las lágrimas que asomaron a sus ojos, las cuales Teófilo parecía querer secar con el fuego de los suyos.

—¡Verónica! ¡Verónica!

Verónica había caído acurrucada a los pies de la butaca, y Teófilo le pasaba la mano sobre la abatida cabeza, de bravos y abundosos cabellos negros. Hubo un largo silencio.

—Yo también te quiero a ti, Verónica.

Verónica, con la cara oculta entre la manta que cubría las piernas de Teófilo, murmuró:

—Usted no puede dejar de querer a la otra.

—No digas eso. Aquello no era amor. Si volviera a estar sano, quizás cayera de nuevo y a pesar de todo en el mismo desorden y locura. Pero ahora soy un alma sin cuerpo, en los umbrales de la eternidad, y veo claro, veo claro, veo claro. Te quiero, Verónica, te quiero.

Verónica estrechaba la mano de Teófilo y apoyaba en ella la mejilla, sin atreverse a besarla. A poco penetró en el aposento doña Juanita, y más tarde Guzmán y también Macías, el actor, el cual, a una distancia

prudencial, por temor al contagio, estudiaba la expresión del enfermo, la deformación de sus facciones, sus
gestos, ademanes e inflexiones de voz, por si llegaba
el caso de representar en escena algún moribundo de
granulia, que todo podía ocurrir. Luego se iba a su
cuarto y hacía sinnúmero de muecas ante el espejo,
repapilándose de antemano con el éxito que había de
tener el día que se muriese en escena con arte tan
concienzudo, tomado del natural. Como más adecuado
observatorio, Macías solía apostarse en los ángulos sombríos; aparte de que por nada del mundo se hubiera
colocado en las estrías y haces luminosos que pasaban
de claro la estancia, con sus infinitas partículas de polvo
danzante, que no eran otra cosa que visibles microbios
voladores, en opinión de Macías. Después de cinco
minutos de tácitos estudios, Macías salía a grabar bien
en la memoria la aprendida lección.

Aquella misma tarde, la obesa Blanca entregó una
carta a Guzmán.

—¿Quién te escribe? —curioseó Teófilo, que había
caído en un infantilismo dulce y mimoso al perder la
salud.

—Voy a ver. Arsenio Bériz.

Teófilo, volviéndose hacia su madre, refirió quién era
Bériz, y cómo, huyendo de Madrid, había encontrado
la felicidad.

Guzmán leyó para sí: "Dos palabras, querido Guzmán: dos palabras de hiel. Necesito desahogar con
alguno. Perdona que te haya elegido a ti. Seis meses
de casado... ¿Tú sabes lo que son seis meses de casado? Y vendiendo abanicos. He pensado en el suicidio.
En serio, Alberto. No vayas a creer que mi mujer es
mala. ¡Quiá! Todo lo contrario. No puede ser mejor,
más afectuosa, más empalagosa quiero decir. Y ahora
se encuentra en estado. ¡Vaya por Dios! Dirás: ¿por
qué el suicidio? Por tedio. Esto no es vivir. Constantemente, con tenacidad de alucinación, me persiguen los
recuerdos de aquellos años de vida madrileña. Una
temporadilla, muy corta por cierto, se me había em-

botado la memoria por efecto del incentivo carnal
—llámalo amor, si quieres— que me inspiraba mi Pe-
trilla. Acabóse aquello, y aquí estoy yo, como Prometeo, [488] encadenado a la roca conyugal, sin dar pie ni
mano, y los buitres insaciables del hastío, de la concupiscencia, del ansia de vivir, de todas las pasiones
nobles, en suma, desgarrándome la tripa. Comprendo
a Heliogábalo, comprendo a César Borgia, comprendo a
todos los que han experimentado la sed de lo extraordinario y el desprecio de este bajo animal que llamamos
burgués; el tirano, el guerrero, el crapuloso, el libertino. Vivir es exacerbar la sensación de vivir y con ella
el anhelo de vivir más. Estoy desesperado. ¡Madrid, mi
Madrid fascinador y canallesco! Compadéceme. *Arsenio".*

Entretanto, Teófilo decía a doña Juanita:

—¿Se acuerda usted, madre, de una carta que me
escribió en que me rogaba: "Vente a Palacios; te
casarás con tu prima Lucrecia. Qué vejez tan dichosa
me deparabas si te decidieras a escucharme". ¿Se acuerda usted? Fue en la misma carta en que usted me
anunciaba que no me podía enviar la mensualidad porque se le habían marchado los huéspedes, hasta don
Remigio, el canónigo; parece mentira. —Doña Juanita
palideció. —Si le hubiera hecho a usted caso... A estas
horas estaría ya casado y seríamos todos felices. Pero,
no vaya usted a creer, madre; casado, y no con Lucrecia. —Contempló a Verónica con ojos vagos y di-
luidos, que no se sabía si estaban vueltos hacia el
pasado o hacia el futuro; en todo caso, hacia lo imposible. —Ese Bériz, ¡qué suerte la suya! Huyó a
tiempo y se salvó. ¿Qué te dice, Alberto? Será ventu-
roso; ha encontrado el paraíso en la tierra. ¿Qué te
dice? Léeme la carta.

—¿Para qué? Lo de la otra vez.

—Sí, mejor es que no la leas. No le deseo mal; pero
me hace sufrir el ver que yo, torpe y cobardemente,

---

[488] Esta comparación con Prometeo no tiene nada que ver con la
que dará título a su siguiente novela.

pude gozar también de lo mismo que otros gozan. Y tú, Alberto, ¿cuándo te casas?

En esto entró Travesedo.

—Nunca.

—¿Y tu novia?

—He roto con ella.

—¿Cuándo?

—Hace varios días.

Oír esto Travesedo, tomar a Guzmán de un brazo y sacarlo fuera de la habitación, fue obra de un minuto.

—¿Es cierto lo que has dicho?

—Sí.

—¿Te has cansado de Fina?

—No.

—Entonces, ¿es cuestión de ideología?

—Desde luego, y otras cosas largas de explicar.

—Bueno, hombre, me haces gracia. En cambio, yo te anuncio con toda solemnidad que me voy a casar. ¿Enarcas las cejas? Sí, hijo, sí. Me caso y en seguida. Por amor y por ideología.

—¿Cuándo?

—No sé aún.

—¿Con quién?

—No lo puedes saber aún.

Penetraron de nuevo en la habitación de Teófilo. Estaban todos sentados sin hablar palabra.

—¡Aquel día, aquel día!... —exclamó Teófilo con voz tenue y afligida.

—¿Qué día, hijo mío? —preguntó doña Juanita.

—El día que recibí aquella carta de usted, madre. ¡Aquel día! De aquel día vienen todos mis infortunios, por mi ceguera y estupidez; de aquel día que debió ser el manantial de mi dicha. Aquel día te conocí, Verónica. Fue aquél el día de mi caída y debió ser el de mi renacimiento. En aquel día cometí la acción más cobarde, vergonzosa, fea y miserable que puede cometer un hombre. Cerca estoy de la muerte; quiero entrar en ella libre de toda carga. Quiero confesarme.

Doña Juanita, que andaba toda preocupada con el

asunto de la confesión sin acertar cómo insinuárselo, vio ahora el cielo abierto. [489]

—¿Quieres confesarte, hijo?

—Sí, en voz alta, ante todos ustedes, como los antiguos cristianos, para que me desprecien. Aquel día robé, sí, robé doscientas pesetas a Antón Tejero. Las robé, se las saqué del bolsillo. No merezco que nadie me mire a la cara, ya lo sé. Madre, que Alberto le diga las señas de ese señor Tejero y usted le restituirá las doscientas pesetas. Ahora quedo tranquilo.

Ninguno se atrevió a hablar. Teófilo respiraba aquel silencio piadoso e indulgente, como si con él recibiera la paz del espíritu.

Doña Juanita, que hacía tiempo y con tácitas angustias ansiaba descargar su conciencia de la pesadumbre de un gran secreto pecaminoso, consideró que aquélla era la mejor coyuntura. Hizo disimuladamente señas a los presentes de que se retirasen y quedó a solas con su hijo.

—Hijo mío —comenzó a hablar con voz tenue y aplomada—, más grave que tu delito es el que yo voy a confesarte, del cual ya me confesé ante Dios y recibí su absolución de manos del sacerdote; pero, con venir del mismo Señor de cielos y tierra, no me considero absuelta ni redimida hasta tanto que tú me hayas perdonado. No creo que el tuyo haya sido delito, sino falta; fea falta, si se quiere, de las muchas a que nos inclina la flaqueza de nuestra natura. Mi error fue más capital que el tuyo y tan funesto que me amargó el corazón toda la vida de tal suerte que los remordimientos y sinsabores que me acarreó, si Dios en su infinita bondad y justicia me los toma en cuenta, me cancelarán muchos años de purgatorio. Por el amor que te tengo, hijo mío, te ruego que me escuches con benevolencia y, aunque no lo merezco, te atengas a aquella flaqueza humana de que antes he hablado y consideres la ofuscación que el demonio pone a veces

---

[489] Nótese que doña Juanita emplea una frase que coincide con el título del drama de su hijo.

en nuestra carne mortal. —Doña Juanita estaba de
espaldas a la luz. Sus palabras fluían en un curso sereno
y claro. Teófilo escuchaba con recogimiento. Doña
Juanita añadió concisa y netamente: —Tú no eres hijo
de Hermógenes Pajares, sino de don Remigio Villapa-
dierna.

Una pausa. Doña Juanita hizo ademán de arrojarse
a los pies de su hijo; éste la detuvo con un movimiento
del brazo.

—No, Teófilo; no puedes entenderme hablándonos
a esta distancia. Déjame tenerte tan junto a mí, tan
pegado a mi cuerpo que mis sentimientos pasen de mi
corazón al tuyo sin necesidad de palabras. Ni ¿qué
palabras podrían expresar lo que yo siento? [490] —Doña
Juanita se acercó a la butaca de su hijo, y reclinando
su cabeza junto a la del enfermo, comenzó a murmurar
en voz baja: —Hermógenes se casó conmigo con engaño y doblez. No me amaba, sino que pretendía solamente apoderarse de la corta hacienda que al matrimonio
llevé. No bien nos hubimos casado, me abandonó. No
quiero decir que hubiera huido de mi lado, no. Ante
los ojos de la gente era un marido como otro cualquiera. Pero, en la intimidad de nuestra casa, era des-
pegado, de todo punto indiferente, duro y hasta cruel
a veces. Vivimos en el pueblo. Él administraba mis
bienes y tan pronto como recibía el importe de las
pequeñas rentas marchábase a Valladolid a gastárselo
Dios sabe cómo. Yo, y bien lo sabes tú, que en eso
eres como yo, siempre he tenido un alma muy tierna
y sensible: yo he querido bien a todo el mundo, y el
desamor ajeno siempre me ha dolido sobremanera. Ima-
gina, pues, lo que me haría sufrir el desamor del propio
marido. ¿Qué iba a hacer yo? Busqué consuelos en la
religión. Era por entonces don Remigio coadjutor del
pueblo y yo su hija de confesión; yo le juzgaba noble,
caritativo, afectuoso. Y así fue como, paso a paso, sin

490   Una vez más, el tema, muy típico de Pérez de Ayala (aparece
también en *Tinieblas en las cumbres* y es básico en *Belarmino y Apolonio*) de la insuficiencia del lenguaje humano para expresar ciertas
vivencias.

echar de ver uno ni otro que nos perdíamos, caímos en el pecado. Naciste tú. —Doña Juanita guardó silencio y continuó al cabo de unos minutos: —Durante los primeros años de tu infancia, don Remigio parecía amarte hasta no más y de doble modo, como padre en la carne y padre espiritual, pues le preocupaba grandemente formarte el espíritu e instruirte en las cosas del saber, que él siempre fue persona muy leída. Viéndole tan solícito de tu bien, el ardor de mis remordimientos se mitigaba un tanto. Más tarde, por empeño de mi marido, pasamos a Valladolid con la fonda. La vida de Pajares fue tal que no había dinero que le bastase. Hubimos de trocar lo que era fonda en humilde casa de huéspedes, a tiempo que Pajares era llamado por Dios a juicio y moría lleno de arrepentimiento. ¡Dios le haya perdonado! Por aquel tiempo don Remigio vino con una parroquia a Valladolid y se hospedó en mi casa. Tú ya eras mayorcito, y entonces es cuando él te enseñaba latín y a hacer versos. Lo odiabas ya entonces, y eso que no podías saber nada ni era fácil que lo sospechases, porque a su vuelta a Valladolid, si bien parecía conservarte algún afecto, a mí, que había envejecido bastante, me trataba con menosprecio. ¡Sólo Dios sabe lo que yo hube de padecer! —Nueva pausa de doña Juanita. —Años y más años, muchos años, hijo mío, me consideraba a mí misma tan malvada que en lugar de desear tu perdón sólo apetecía tu maldición, por recibir con ella esa triste paz que dan las penas justamente recibidas. Por eso, aquella noche que me maldijiste, hijo mío, yo, desde el fondo de mis entrañas, te estaba bendiciendo y loando a Dios porque había enviado, después de muchos años, un rayo de luz a mi alma. Sin lo ocurrido aquella noche, nunca, nunca me hubiera atrevido a revelarte este secreto ni a solicitar, con lágrimas en los ojos, tu perdón.

En efecto, en este punto, doña Juanita comenzó a derramar abundoso y sosegado llanto, que se esparcía

sobre la frente de Teófilo, aliviando el fuego de su
calentura.

—Todo eso lo sabía yo, madre, antes de que usted
me lo confesara, y la había perdonado a usted, la
había perdonado con toda mi alma. No llore, madre.
Sí, llore, madre, que sus lágrimas me refrescan la frente
y el alma.

—¿Que tú sabías...? —dijo doña Juanita, incorpo-
rándose.

—Venga más cerca de mí, madre, que yo la sienta
pegada a mí. Así. No sabía las circunstancias que usted
me ha referido; pero he sentido siempre en lo más
hondo y arcano de mi ser la certidumbre de que yo
había sido engendrado por una mala sangre en una
sangre generosa. Siempre ha habido en mí dos natura-
lezas: una torpe y vil, simuladora y vana; otra sincera
y leal, entusiasta y dadivosa. Usted, madre, me ha
dado todo lo que tenía: porque todo lo bueno que
hubo en mí usted me lo transfundió al darme la vida.
¿No la [491] he de perdonar? Lo malo y ruin me viene
de aquel hombre, que al engañarla a usted me perdió
a mí. Madre, béseme.

Chi sará sará
DIVISA HERÁLDICA

492

LA muerte de Teófilo acaeció precisamente el mismo
día en que Rosina llegó de Arenales a Madrid, de paso
para París, y en que se inauguraba el Coliseo Real, teatrito en donde estaba contratada Verónica. Los cuatro
últimos días de su enfermedad los había pasado en
constante delirio, cortado aquí y acullá por breves intervalos lúcidos. En uno de éstos quiso hablar en secreto a Guzmán, y con trabajosa voz le suplicó:

—Tan pronto como se presente ocasión, vete a ver
a Rosina. Le dirás que la perdono sin reservas. Ha

491   L: "le".
492   R: "VI".

hecho bien, ha hecho bien: Fernando es la fuerza y la vida; yo era un fantasma de ficciones y falsedades, una criatura sin existencia real. Que ha hecho bien y que la perdono.

En otros intervalos lúcidos recibió los Sacramentos de la Penitencia y de la Eucaristía, con gran contentamiento, si en ello cabe alguno, de doña Juanita, y no floja contrariedad de Travesedo, que atribuía esta gran claudicación final a enfeblecimiento del raciocinio, originado por la fiebre alta. Recibió también el último Sacramento de la Extremaunción y murió, según la expresión de Lolita, "como un luseriyo de Dios que se apaga".

Teófilo murió a las tres de la tarde. El dolor de su madre, así como el de Verónica, fue silencioso y adusto. Por el contrario, Lolita se creyó en el caso de aullar y gimotear como si le apretasen las botas, y costó gran trabajo reducirla al simple lagrimeo sin musicalidad.

Apenas muerto Teófilo, Verónica se aplicó a hacer su equipaje y abandonar la casa.

Hacia las seis de la tarde, Guzmán recibió una carta de Rosina: *Querido Alberto: Estamos aquí Fernando y yo por unas horas. Mañana, en el rápido de las nueve, nos marchamos a París. Tendremos mucho gusto en que nos acompañes hoy a comer, a las ocho y media. ROSINA.* Alberto se encontraba en ese estado de vacuo estupor que produce la visión de la muerte, dentro del cual ideas y sensaciones se diluyen saturando el espíritu, como sal en el agua. Se había acostado vestido y dejaba pasar el tiempo sin pensar en nada concreto.

No así Travesedo, que atravesaba en aquellos instantes un período crítico de su vida. Presentóse, ya oscurecido, en la alcoba de Guzmán; encendió la luz y se plantó al borde del lecho, con fruncido entrecejo y ejecutando rabiosas manipulaciones capilares en la lóbrega barba.

—Ya no me caso —declaró con voz macilenta. Y como Guzmán no respondiese, prosiguió: —Mi elegida era Verónica. Ella sabe hace tiempo que la quiero;

pero no podía sospechar que la quería como mujer
propia, ni siquiera yo lo había pensado, hasta que con
motivo de esta enfermedad del pobre Teófilo se me
reveló, no como una mujer, sino como lo que es, como
un ángel capaz de hacer feliz a cualquiera. Reconocerás
que en los últimos días esta extraña criatura alcanzó
las más altas cumbres de la sublimidad. Reconocerás
también que, aun concediendo todas estas perfecciones
intrínsecas en Verónica, el acto de solicitarla por esposa, dados sus antecedentes, supone en el pretendiente
cierta abnegación y un gran desprecio de la opinión
pública. ¿Era verosímil suponer que Verónica recha-
zase a un hombre honrado e inteligente que le propone
el matrimonio, y con él la dignidad y el olvido de su
vida pasada? La inteligencia, el sano raciocinio, responden que no era verosímil esta hipótesis, sino que
lo necesario, por racional, era que Verónica acogiese
con llanto de agradecimiento a este hombre. Me parecía
a mí que la ocasión más solemne y oportuna para dar
el paso era hoy, día de la muerte del pobre Teófilo, de
manera que el anillo que a Verónica le iba a ofrecer
fuese como corona y reconocimiento de sus heroicas
virtudes, aquilatadas estos últimos días. La tomo aparte.
Le hablo todo conmovido, ¿qué quieres?, no lo he podido remediar. Ella llora y dice: "Don Eduardo, es
usted muy bueno y no sé cómo demostrarle a usted
lo mucho que le agradezco esto que usted hace. Pero
es imposible". En otra mujer cualquiera la palabra imposible no significa nada, y muchas veces todo lo
contrario de su contenido gramatical. Pero yo creo conocer a Verónica. "¿Se trata quizás de escrúpulos de
conciencia?", pregunté, y dijo que sí con la cabeza.
"¿Acaso, añadí, por tu vida de otro tiempo?" Respondió que no con la cabeza, y los ojos muy abiertos y
sorprendidos, como si yo hubiera dicho algo extraordinariamente absurdo. "¿No hay esperanza, entonces?",
solicité a la desesperada. "No", replicó con hermosa
decisión; me besó la mano y se fue a bailar.

—¿Cómo a bailar?

—Quiero decir, a su casa; de donde irá al teatro. Según me dijo, piensa bailar esta noche como si tal cosa. Es una mujer enigmática. Lo que me ha ocurrido es también enigmático. Tienes razón: nunca sabremos nada de nada.

Guzmán no estaba de humor para comer en compañía de Fernando y Rosina. Se presentó en el hotel de sobremesa.

Levantóse a recibirlo Rosina, con graciosa alacridad, y le besó las mejillas.

—¿Te acuerdas que un día te dije que no tendría inconveniente en besarte delante de Fernando? Ya ves. ¿A que él no tiene celos? ¿Tienes celos, Fernando?

Fernando se había puesto en pie y sonreía con expresión abierta y tranquila. Tendió la mano a Guzmán.

—Mucho gusto en saludarle, don Alberto. Siéntese usted.

—Qué sentarse, alma boba... Tenemos que ir al teatro. Y tú vendrás con nosotros... Tenemos un palco. Veremos bailar a Verónica.

Unificaba a Fernando y Rosina una a modo de atmósfera de espesa ventura que Guzmán no quiso turbar. Pensó: "No digo nada de la muerte de Teófilo. Que se marchen mañana sin saber nada, y que lo averigüen andando el tiempo como una de tantas noticias fútiles".

Se encaminaron al teatro.

Había un público numeroso compuesto de familias de la clase baja y muchos escritores y pintores. Guzmán vio a Heinemann en una butaca; llevaba corbata negra. Sin explicarse por qué, Guzmán asoció aquel trapo luctuoso a la entrevista que algunos días antes había celebrado con el periodista: dio por consumado el asesinato de Nora y sintió un escalofrío.

Representábase una piececilla sentimental que enternecía al público hasta humedecerle los ojos.

En el primer entreacto el público, volviéndose hacia el palco, ovacionó a Rosina, la cual, transformando el homenaje en sonrisas, brindábaselas a Fernando con caricioso rendimiento, como el árbol transforma los

dones y sustancias de la tierra y el sol en fruto para
regalo de los sentidos.

Cuando la atención del público se hubo desviado del
palco, Fernando habló:

—¿Qué le parece a usted esta comedia, don Alberto?
Yo no acabo de entender qué es lo que le emociona
a esta gente. Sin duda es que no soy capaz de sentir
esos conflictos caseros y esas bobadas familiares que
parecen chismes de portera, porque nunca he tenido
casa ni familia. A mí, con sinceridad, y usted perdone
si digo una herejía, esta pieza me parece una estupidez,
y el público, idiota o hipócrita. ¿Se ha fijado usted
en la enorme cantidad de palabras que dicen todos los
personajes y ninguna viene a cuento? ¡Cristo, qué ta-
barra! Puede que sea porque yo soy actor de cinematógrafo; pero yo creo a pie juntillas que el teatro
hablado aburre a cualquiera. ¿A qué vienen todas esas
gansadas que dicen los cómicos? ¿Qué finalidad persigue el autor? Si las emociones que son verdad se
pueden comunicar sin abrir la boca... [493] Nunca he
visto, ni es posible que vea, como no sea entre locos,
que sandeces y tonterías ayuden a contagiar la emoción. ¿Y es esto la literatura?

—Mameluco —refunfuñó Rosina, con mohín capcio-
so, golpeando suavemente el muslo de Fernando—.
¿Olvidas que Alberto es literato?

—No me refiero a lo que escribe don Alberto. A
mí me gusta mucho leer versos y novelas. Y también
algunas obras de teatro me gustan, y tanto que me
hacen olvidar que se trata de obras de teatro. Me refiero a este otro teatro charlatán, que me revienta. [494]

Después de la piececilla bailó Verónica, y bailó con
más brío e inspiración que nunca. El público, en pie,
aplaudía y clamoreaba frenético.

---

493 Fernando es aquí portavoz de Pérez de Ayala, tanto al expresar
una de sus ideas básicas como al hacer la crítica del teatro palabrero,
que —me parece— alude a Benavente y su escuela.
494 R y L: "a este otro teatro charlatán, a este teatro teatral que
me revienta".

Rosina deseaba visitar a Verónica en su *camerino* y despedirse de ella. Guzmán la disuadió:

—Estará aquello abarrotado de gentuza. Si quieres despedirte le escribes una carta, y al avío.

—Tiene razón don Alberto —afianzó Fernando—. Vámonos a dormir, que mañana tenemos que madrugar y es bueno estar descansados para el viaje.

Mágicas palabras, que en un punto redujeron a Rosina. Con las mejillas levemente arreboladas y untuosa mirada sumisa, bisbiseó:

—Sí, vámonos a dormir.

A la salida, Heinemann se acercó a estrechar con efusión la mano de Alberto:

—No sé cómo agradecerle...

—¿Y Nora?

—Bien; cada día mejor. Muy débil, porque perdió mucha sangre. Aun no puede salir de casa. Somos felices. Y, hablando de otra cosa, ¡qué manera de bailar la de esta mujer! Parece estar poseída por todos los demonios.

Se despidieron.

Alberto acompañó a Fernando y Rosina hasta la puerta del hotel.

En tanto el sereno rebuscaba en el cinto la llave y abría el postigo, Rosina había levantado uno de sus brazos hasta el hombro de Fernando y se reclinaba sobre él con sensual negligencia. Pululaban en su rostro emociones ligeras, desflorándolo apenas. Estaba saturada de alegría discreta y pasiva, como si dentro de ella yaciesen adormiladas las potencias activas y hostiles de su personalidad. Era como si la envolviera y esfumase la penumbra de un gran árbol. De toda su persona emanaban hacia Fernando, a la manera de misteriosas ligaduras, estremecimientos inconscientes de simpatía física: esa simpatía que está siempre a punto de entregarse, y que constituye la esencia de la gracia superior. Fernando se mantenía firme y erguido, con una altivez que hubiera parecido petulante a no estar infundida por la eterna voluntad de la naturaleza. [495]

—A ver si nos haces una visita en París.

—Sí, don Alberto; anímese usted. Tenemos un pisito muy cuco; su casa, de todo corazón.

—Buen viaje y que Dios os guarde.

Así que Alberto volvió las espaldas, acercósele Enrique Muslera, un joven de la mesnada de Tejero. Era anchicorto, de precoz adiposidad y un poco tocado de pedantería. Simulaba expresarse con dificultad en castellano, porque su larga permanencia en Alemania le había hecho olvidar la lengua nativa. Lo primero que hizo en llegándose a Alberto, antes de decir palabra, fue mirarle a los pantalones y a las botas y establecer luego un cotejo óptico con los suyos propios. Después examinó con impertinencia la indumentaria de Guzmán.

—¿Qué hay? ¿Ha leído usted el artículo de esta mañana?

—¿Qué artículo?

—El de Tejero. Ahora resulta que ocuparse de política es perder el tiempo; que el problema España no es tal problema España; que no se debe ser progresista y demócrata, sino tradicionalista, o, lo que es lo mismo, restauracionista; que él, Tejero, no es un hombre objetivo como hasta ahora nos había asegurado, sino un vidente, un místico español. En suma, que nos ha estado tomando el pelo. —Hablaba Muslera; pero la secreción oratoria no le estorbaba para seguir escudriñando, ora los pantalones y botas de Guzmán, ora los suyos, según andaban. Prosiguió: —Pero yo me aferro a la cuestión. Ya, a fines del siglo antepasado, Nicolás Masson de Morvilliers hacía estas dos preguntas en su *Encyclopedie Methodique*: "¿Qué se le debe a España? ¿Qué ha hecho España por Europa desde hace dos, cuatro, seis siglos?" [496] Eso digo yo. ¿Qué ha hecho España? ¿Qué ha producido España?

---

[495]   La fuerza de Fernando viene de la naturaleza, de ser un personaje vital.

[496]   Pérez de Ayala traduce aquí (con una pequeña variación en el número de siglos) las famosas interrogaciones retóricas que han sido

—Pues si le parece a usted poco... —murmuró Guzmán con sordo fastidio. [497]

—¿Poco? Nada. ¿Qué es lo que ha producido? Sepámoslo.

—Troteras y Danzaderas, amigo mío; Troteras y Danzaderas.

FIN

Munich, 10 noviembre 1912.

la base de tanta polémica: "Mais que doit-on à l'Espagne? Et depuis deux siècles, depuis quatre, depuis dix, qu'a-t-elle fait pour l'Europe?" La *Enciclopedia Méthodique* se publicó en Paris, 1782-1832, y amplió la primera y más famosa de Diderot y d'Alembert. Un tratamiento reciente de la polémica a que dio lugar puede verse en Mario Di Pinto, *Cultura Spagnola nel Settecento,* Napoli, Edizioni Scientifiche Italiane, 1964, cap. V: "La polemica sulla Spagna", pp. 175-201.
[497] *R*: "con sordo encono".

ÍNDICE DE LÁMINAS

ESTE LIBRO
SE TERMINÓ DE IMPRIMIR
EL DÍA 2 DE SEPTIEMBRE DE 1991

ÚLTIMOS TÍTULOS PUBLICADOS